»Kompanie, die Augen links«

Dieter Reinecker

»Kompanie, die Augen links«

Vom Rekruten zum Revolutionär

Bibliografische Information der Deutschen Nationalbibliothek:
Die Deutsche Nationalbibliothek verzeichnet diese Publikation in der Deutschen Nationalbibliografie; detaillierte bibliografische Daten sind im Internet über http://dnb.dnb.de abrufbar.

© 2013 Name des Autors/Rechteinhabers: **Dieter Reinecker**

Titelfoto: **Recki 54/Pixelio.de**

Herstellung und Verlag: BoD – Books on Demand, Norderstedt

ISBN: **978-3-7448-1725-7**

»Kompanie, die Augen links«

Kapitel 1

Es war dunkel und schwül warm. Der Harz wirkte gebirgiger als das Sauerland, das ich gut kannte. Die offenen Schiebefenster des R4 klapperten. Seit Stunden fuhr ich schon, allein mit meinen Gedanken. Ich war ein wenig aufgeregt, weil ich überhaupt keine Vorstellung hatte, was mich bald erwarten würde. Ich versuchte, mir vorzustellen, wie ich mich als Soldat fühlen würde. Ich war alleine auf der Landstraße. Eigentlich müsste es gleich hell werden. Meinen Kopf vorschiebend, blickte ich in den sternenklaren Himmel und da krachte es plötzlich.

Das Lenkrad war kaum zu halten. Der Wagen wurde bei voller Fahrt nach links gestoßen. Nach dem ersten Rutsch nach rechts bis fast auf den Beifahrersitz knallte ich mit der linken Schulter gegen meine Tür. Noch fuhr der Wagen, aber auf der Gegenfahrbahn. Gleichzeitig stemmte ich den Fuß gegen das Bremspedal. Ich drückte das Lenkrad wieder leicht nach rechts und konnte mein Auto am rechten Seitenrand zum Stehen bringen. Es war eine leichte Steigung und ich war deshalb nicht so schnell gefahren, was so viel heißen sollte, dass der Wagen gar nicht schneller fahren konnte. Den Adrenalinschub habe ich schon gespürt, aber ich war unglaublich ruhig geblieben. Ich drehte den Kopf links herum nach hinten und sah den Schatten eines riesigen Wildschweins zwischen den Büschen auf der Gegenseite verschwinden. Erst jetzt stellte ich den Motor ab.

Dann stieg ich vorsichtig aus. Ich lief um meinen karminroten R4 herum und sah im Mondlicht auf der Beifahrerseite die stark eingedrückte Beifahrertür. Auch der Kotflügel hatte etwas abbekommen. Ein Glück, dass es keinen Gegenverkehr gab. Das wäre das Ende gewesen.

Ich nahm mit der rechten Hand den Griff der Beifahrertür. Sie ließ sich erstaunlicherweise problemlos und geräuschlos öffnen. Ich hatte mehr Glück als Verstand gehabt. Das massige Tier hätte den Wagen auch völlig auf die Seite stoßen können. Bei dem Gedanken musste ich in mich hinein schmunzeln. Die linke Seite des R4 war nämlich schon total verbeult. Der Wagen hätte also nicht viel anders ausgesehen als jetzt. Auf einem unbefahrenen Landweg hatte Susanne es vor zwei Jahren geschafft, den R4 in einer Kurve auf die Fahrerseite zu legen. Sie hatte damals noch keinen Führerschein. Ich war ihr nicht einmal böse. Für mich war es keine Frage, ihrer Bitte nicht nachzugeben. Sie hatte auch mal fahren wollen. Es war nur ein Versuch. Mehr nicht.

Ein Auto war für mich ein Sachgegenstand, nicht mehr und nicht weniger. Jemandem einen Gefallen zu tun, war für mich wertvoller als ein geldwerter Vorteil. Nachteile nahm ich immer gelassen hin. An Geld oder Geldverdienen hatte ich bisher auch keinen Gedanken verschwendet, jedenfalls nicht, um Geld zu haben, sondern es für etwas auszugeben, was ich brauchte, was für mich einen Sinn darstellte.

Ich setzte mich wieder hinter das Lenkrad und tuckerte langsam los in Richtung Northeim, zu meinem ersten Bundeswehrstandort.

Es war der 1. Juli 1973, der Tag der Einberufung. Es wurde schlagartig hell. Die grünen Blätter der wuchtigen Bäume am Straßenrand waren noch feucht von der Nacht. Die kühle Luft, die sich durch alle Ritzen ins Innere drückte, tat gut und sie duftete nach frischem Grün. Abwechselnd blickte ich in weite offene Täler und dann wieder in dunkle Wälder. Obwohl ich gestern noch über siebenhundert Kilometer von Paris nach Münster gefahren war, fühlte ich mich entspannt, als wenn kein Schwein meinen Wagen gerammt hätte. Ich sollte den Wildunfall melden, dachte ich. Den Gedanken an die Versicherung hatte ich sofort wieder verworfen, ganz ohne Zeugen. Versicherungen waren für mich sowieso sehr suspekt. Ich fuhr bedächtig. Meine Gedanken passten sich der Gemächlichkeit an und dockten an der jüngsten Vergangenheit wieder an. Keine drei Monate war es her, dass ich das Abitur machte. Zwei Klassenkameraden, Klaus und Willi mit seinen schulterlangen Jahren, hatte ich zu einer Rundreise mitgenommen. Von meinem Onkel hatte ich mir ein Vier-Mann-Zelt geliehen, das Nötigste an Wäsche im R4 verstaut, meine Freunde von Zuhause abgeholt, und einen Tag nach der Zeugnisausgabe sind wir einfach Richtung Süden aufgebrochen. Wir hatten die Alpen überquert, fuhren mit vielen Aufenthalten – wir haben einfach wild gezeltet – die ganze Côte d´ Azur entlang bis hoch in die Pyrenäen und über Paris zurück nach Münster. Die beiden Freunde hatte ich nach diesen drei Wochen bei ihren Eltern abgeladen und mich dann direkt auf den Weg in den Harz gemacht. Da ich bereits mit siebzehn aus dem Elternhaus ausgezogen war, wohnte ich in einem angemieteten Studentenzimmer. Schon vor der Reise hatte ich dieses Zimmer geräumt. Warum sollte ich ein Zimmer bezahlen, wenn ich die nächsten fünfzehn Monate kostenlos beim Bund wohnen würde. Ein ungewöhnliches Gefühl von Freiheit hatte sich während der Reise eingestellt. Dazu passte es auch, dass ich damals wie heute nicht mal eine Armbanduhr besaß. Der Uhrzeit wegen drehte ich das Autoradio an und erfuhr, dass es schon sieben Uhr war. Es gab Nachrichten. Aber ich hörte gar nicht zu. Politisches Gezänk hatte mich noch nie interessiert und in meinem Kopf liefen noch die Bilder von Paris ab, von den überwältigenden Umgehungsstraßen, sechsspurig um die ganze Stadt, dem Eiffelturm, dem riesigen Triumphbogen und der Champs-Élysee, genauso wie es im Französischbuch in der Schule mit dem berühmten Café George V abgebildet war.

Das Eingangsschild in Gelb. Northeim. Ab hier nur noch fünfzig Stundenkilometer. Ich fuhr viel langsamer und versuchte, den Ort zu verstehen. Deutsche Häuser, enge Straßen, keine Menschenseele zu sehen. Ich fuhr ins Zentrum bis zu einer kleinen Kirche, daran befand sich ein Marktplatz und ein leerer Parkplatz. Es war ein wenig frisch geworden und ich spürte einen Hauch Wind auf meinen nackten Beinen. Ich trug immer noch die Jeans, die ich mir in Frankreich abgeschnitten hatte. In Sichtweite stand eine alte Holzbank, völlig ergraut und träumte von frischer Farbe. Ich ging noch einmal um den roten R4 und sah mich bestätigt, dass die Symmetrie der Dellen wieder hergestellt war. Die alte dicke Beule auf der Fahrertür fand sich nun auch auf der Beifahrertür. Mein Auto hatte bereits die Lebenserfahrung, die noch auf mich zukommen sollte. Ich ging hinüber zur Bank und legte mich lang hin. Es war noch früh und die Ankunft sollte von zehn bis zwölf Uhr sein. Anderthalb Tage Autofahren ließen meinem Körper nichts anderes mehr zu als einzuschlafen.

»Hast du kein Zuhause, mein Junge. Das ist meine Bank!«

Vorsichtig öffnete ich die Augen. Die Sonne stach direkt zu. Ich hielt die linke Hand über beide Augen und reckte mich langsam nach oben. Eine Sonnenfinsternis mit den Umrissen einer Person erlaubte meinen Augen, sie weiter zu öffnen. Ein alter Mann mit einem bedrohlich wirkenden Stock in der rechten Hand, hob eben diese Hand und klopfte mit dem Stock auf die Holzbank.

»Entschuldigung, ich muss das Namensschild übersehen haben. Wie war doch gleich Ihr Name?«

»Werd` ja nicht übermütig, mein Sohn. Du bist wohl nicht von hier«, knarrte seine verrauchte Stimme, obwohl sie gar nicht so unfreundlich klang, wie man meinen könnte.

»Ich bin zwar nicht Ihr Sohn, aber mit Ihrer Vermutung liegen Sie völlig. Ich muss zur Kaserne. Heute ist Einberufung. Verdammt, wie spät ist es eigentlich?«

Ich sprang auf und blickte hastig um mich, um mein Auto zu suchen. Gut. Es stand da noch.

»Es ist kurz vor zwölf. Aber es ist nicht weit. Dort«, und er hob den Stock über meine Schulter, auf dass ich mich ein wenig duckte.

»Dort, diese Straße immer gerade aus. Die Kaserne liegt auf der rechten Seite, die kannst du gar nicht verfehlen. Da hast du dir aber eine schöne Heilanstalt ausgesucht. Ihr tut mir alle leid. Es gibt nichts Schlimmeres als Krieg. Aber jetzt beeile dich, die können sehr unangenehm werden.«

Ich brauchte nur ein paar schnelle Schritte zum Auto. Die Fenster waren noch offen und der Schlüssel steckte. Ich konnte mir auch nicht vorstellen, dass man ein solches Auto stehlen würde. Ich fuhr in die angezeigte Richtung und schon nach wenigen Minuten passierte ich eine lange, hohe, graue Ziegelsteinmauer und dann sah ich das massige Eisentor. Ich fuhr daran vorbei und erblickte noch ein Tor, das weit offenstand und sah das Schild: Parken nur für Bundeswehrangehörige. Damit war sicher ich gemeint. Ich stellte den Wagen ab. Es war nicht das einzige Auto unter fünfhundert Mark Verkaufswert. Der Parkplatz war schon fast voll. Ich nahm meinen Rucksack und schritt an der grau-roten, hohen Mauer zurück zum Eingang. Zwischen Schranke und »Bahnwärterhäuschen« war es sehr eng und in der Tür stand ein Soldat. Das Fenster daneben war weit geöffnet und mehrere dunkelgrüne Karnevalshütchen streckten mir wie neugierige Hühner ihre Hälse entgegen.

»Guten Morgen, zusammen«, sagte ich brav.

»Bin ich schon zu spät?« fragte ich sofort hinterher.

»Nein, Sie dürfen hier bleiben«, ertönte eine ernste Stimme aus dem dunklen Häuschen.

Der vor mir stehende Soldat streckte mir seine rechte Hand entgegen. Ich wollte sie dankend annehmen und schütteln, da zog er sie wieder zurück und griente:

»Ihre Einweisung bitte!«

Schallendes Gelächter quoll aus der Hütte. Mit der linken Hand fummelte ich umständlich ein auf kleinste Fläche zusammen geknicktes Formular mit dem Titel »Einberufungsbescheid« und streckte es dem Soldaten entgegen.

Dieser faltete es auseinander und las:

»Theo Schreiber. Das sind Sie?«

»Sehe ich denn nicht so aus?«, fragte ich zurück.

»Wenn hier einer Fragen stellt, dann bin ich das. Ihnen werden die Albernheiten noch vergehen. Hier.«

Er gab mir das Formular zurück, zeigte mit seinem langen Arm in die Richtung eines weit hinten liegenden Gebäudes mit drei Etagen und sehr vielen schmalen, hohen Fenstern. Mein Gegenüber kam mir alberner vor als ich, aber ich hielt es für angebrachter, es ihm nicht zu sagen.

»Bewegen Sie sich dorthin, erste Etage, Zimmer vierzehn. Dort legen Sie Ihre Sachen ab und melden sich in der Schreibstube unten.«

Ruckartig schnellte seine rechte flache Hand zu seiner Stirn, dass ich zusammenzuckte.

Seine Augen blickten ernst, aber in seinen Mundwinkeln konnte er ein leichtes Schmunzeln nicht verhindern.

»Beeilen Sie sich, der Spieß wird schnell sauer!« rief er hinter mir her und ich zog mit beiden Händen die Rucksackriemen an den Schultern stramm und rannte los. Ich spürte die Staubwolke hinter mir und kam mir vor wie Asterix, der einen Schluck vom Supertrank genommen hatte. Der Spieß war übrigens sehr nett, auch wenn ich ihn mit Herrn Spieß angeredet hatte.

Kapitel 2

Das Mittagessen war sehr gut. Das Wort Kantine hatte für mich immer einen im wahrsten Sinne des Wortes negativen Beigeschmack. Nein, die Küche machte sich alle Mühe und es gab sogar Obst und Salat. Als ich von Zuhause ausgezogen war, konnte ich mir diesen Schritt nur leisten, weil ich im Zoorestaurant kellnerte. Das habe ich bis zum Abitur gemacht, und ich bin immer noch stolz darauf, dass sowohl der Chef, der auch der Koch war und der alte Oberkellner, den man nur mit Oma ansprach, mir alles beigebracht hatten. So lernte ich nicht nur Forelle Müllerin Blau vorzulegen, sondern wie man eine Tafel korrekt aufbaut mit Weißwein- und Rotweingläsern oder auch eine Schwarzwälder Kirsch-Torte mit wenigen Handgriffen zusammensetzt. Wenn sonntags plötzlich ein Reisebus mit fünfzig alten Damen und einem Herrn ankam, wusste ich schon, dass bald Oma rufen würde:

»Theo, noch mindestens drei Schwarzwälder im Schnelldurchgang!«

Die Kantine war, wie gesagt, ausgesprochen gut und ich konnte mich richtig satt essen. Bereits am dritten Tag hatte jeder Kamerad im Speisesaal seinen Platz gefunden und so brauchte man nicht immer neu zu überlegen, wohin man sich platzieren sollte. So war es nicht verwunderlich, dass man stets denselben Gesichtern gegenüber saß.

Direkt vor mir saß nun Klaus aus Mönchengladbach, ein schlanker Typ, genauso groß wie ich, aber mit auffallend dunkelbraunen Augen und schwarzen, sehr kurz geschnittenen Haaren, die sich am liebsten sofort kräuseln würden, wenn man sie denn ließe. Wir saßen nun zum ersten Mal alle in Uniform in der Kantine. Genau genommen war es der Kampfanzug, der übrigens sehr bequem war und zu dem entweder das Schiffchen oder der Helm gehörte.

»Was war denn bei der Kleiderkammer los?« fragte er mich leise, indem er sich ein wenig vom Platz erhob und sich zu mir über den Tisch beugte.

»Im Grunde nichts Besonderes. Als ich den Helm bekam und der Obergefreite mir diese halbe Stahlschale auf den Kopf setzte, kriegten sich einige Kameraden vor Lachen nicht ein«, antwortete ich im normalen Ton.

»Das habe ich ja gehört, aber ich stand ganz hinten und bekam nur das Lachen mit.«

»Ich habe früher noch nie einen Hut getragen, darum konnte ich auch nicht ahnen, dass ich einen kleineren Kopfumfang habe als der Durchschnitt.«

»Das sieht man dir ja auch nicht so direkt an«, meinte er wohlwollend.

»Jedenfalls ist mir der Helm fast über die Augen gerutscht. Ich drehte mich um und fragte: Ist was? Und da sah ich auch schon die ersten, die sich krümmten und ihren Mund zuhielten, um nicht laut los zu kreischen, andere konnten sich aber nicht zurückhalten und prusteten einfach los. Und dann schrie der Obergefreite der Kleiderkammer, als wenn ihm einer ein Messer in den Hintern gestoßen hätte.«

»Und dann war es plötzlich mucksmäuschenstill«, ergänzte Klaus.

»Er hat mir dann gezeigt, wie man das Innenleder zusammenzieht, damit man den Helm an den Kopf anpassen kann. Und dabei meinte er, ohne seine Miene zu verziehen:

`Wenn Sie so in den Krieg ziehen, brauchen Sie kein Gewehr, die Gegner würden sich ja bereits totlachen, ha ha´.«

Ich fand das gar nicht komisch.

Während ich den Obergefreiten zitierte, fiel mir auf, dass ich schon wieder das Wort »Krieg« gehört hatte.

Bernd, der rechts neben Klaus saß, meinte:

»Dieser OG kommt sich vor, als wenn er der General persönlich wäre. Der leidet wohl gewaltig an Selbstüberschätzung, nur weil er Chef der Kleiderkammer ist, wenn er es überhaupt ist.«

Klaus meinte:

»Der ist bestimmt auch nicht älter als wir, eher sogar noch jünger.«

»Und er ist auch nicht aus unserer Kompanie siebzehn / eins. Denn wir sind alle Abiturienten«, ergänzte ich und fuhr fort:

»Ist euch das auch aufgefallen. Alle Kameraden mit Abi. Ich komm mir bald vor wie in der Oberstufe in der Penne - nur in Uniform. Das ist schon alles sehr komisch hier.«

Kapitel 3

Wir waren nun endgültig in die richtigen Schlafzimmer, genannt Stuben, eingeteilt und man hatte uns in vielen Vorträgen in der Aula mit unzähligen Rechtsvorschriften gelangweilt. Immer wieder fiel der Begriff »Befehl und Gehorsam«. Nun gut, dachte ich, wir sind ja auch bei der Armee. Ein Fähnrich hatte es so formuliert:

»Wenn jeder täte, was ihm gerade einfiel, kann man keinen Krieg gewinnen.«

Ich war nun Wehrpflichtiger, aber in den Krieg wollte ich auf keinen Fall. Ich hatte das Ganze so verstanden, dass wir den Wehrdienst ableisten, damit es keinen Krieg gibt und die Bundeswehr so stark ist, dass kein Feind einmal daran denken dürfte, uns zu überfallen. Am Schluss eines langatmigen Vortrags eines Vorgesetzten durfte man Fragen stellen. Und mein Sitznachbar, Peter aus Dortmund, fragte in diesem Zusammenhang:

»Herr Hauptmann, wann wurde denn eigentlich das letzte Mal Deutschland überfallen?«

Kurzes Schweigen. Da stand vorne jemand auf, der noch mehr Sterne auf den Schultern trug, die nicht silbern, sondern golden glänzten und rief in den Saal:

»Wir sind beim Thema Recht. Bundeswehrgeschichte kommt nächste Woche dran. Herr Hauptmann, fahren Sie fort.«

Peter schaute mich an und schmunzelte. Ich verstand nicht, was daran lustig war und ich vergaß, ihn später darauf anzusprechen.

»Das Wehrstrafgesetz sieht als Strafe für nicht befolgte Befehle oder Gehorsamsverweigerung Freiheitsstrafen bis zu drei Jahren vor. Erstens, wer die Befolgung eines Befehls dadurch verweigert, dass er sich mit Wort und Tat gegen ihn auflehnt, oder zweitens, wer darauf beharrt, einen Befehl nicht zu befolgen, nachdem dieser wiederholt worden ist.«

Danach ging es um Menschenwürde und Ausnahmen und das Beschwerderecht und so weiter. Noch während der Hauptmann redete, schrie plötzlich jemand von hinten:

»Kompanie aufstehen, stillgestanden.«

Wir erhoben uns, wie wir es in der Schulklasse gewohnt waren, langsam, einige räkelten sich und streckten ich erst einmal vom langen Sitzen und andere gähnten auffällig. Ein kleiner, dickbäuchiger Offizier mit einer goldenen Kordel um den halben Brustkorb, seinen Hut unter den linken Arm geklemmt, hatte den Saal durch den Hintereingang betreten. Durch das Getuschel drang das Wort »Oberst«.

Im Saal wurde es ruhig, als wenn ein Sturm ganz plötzlich nicht mehr da ist. Der Hauptmann marschierte auf den Dicken zu, zuckte seine rechte Hand zur Stirn und rief:

»Ausbildungskompanie fünfzehn/eins beim Rechtskunde-Unterricht, vollständig…«

»Danke, danke Herr Hauptmann, setzen, bitte machen Sie weiter.»

Er nahm neben dem Hauptmann Platz und hörte zu, wie der Redner zum nächsten Punkt wechselte:

»Kompanie setzen! In der Schreibstube können Sie ab morgen Ihre Ausgangskarten abholen. Diese müssen Sie beim Verlassen der Kaserne immer bei sich tragen, abends oder auch am Wochenende. Ist Ihnen diese Karte entzogen worden, z.B. durch eine Disziplinarstrafe, dann dürfen Sie die Kaserne nicht verlassen.«

Das Wort »Verlassen« musste den Oberst wohl veranlasst haben, aufzustehen. Als erster hatte es der Redner gesehen und sofort geschrien:

»Kompanie aufstehen … uuuund stiiiiilllgestanden!«

Wir standen wieder auf, einige schauten sich verwirrt um, andere schüttelten nur leicht ihren Kopf und nicht nur ich kam mir vor wie in der Kirche.

»Wenn wir jetzt noch auf die Knie fallen müssen, falle ich vom Glauben ab«, flüsterte mir Peter zu und ich musste grinsen, weil ich genau das gleiche gedacht hatte. Der Redner vorne hatte uns bemerkt und versuchte, uns mit angestrengt scharfem Blick zu fixieren. Er grüßte stramm und der Dicke trottete zur Tür hinaus.

Der Oberst hatte gerade den Saal verlassen, da schrie der Redner vorne wieder wie angestochen:

»Das Aufstehen und Setzen werden wir noch üben. Kompanie aufstehen, aber zackig. Kompanie stillgestanden. Wer sich jetzt noch rührt, kann einen Vorgeschmack von Übungsstunden nach Dienstschluss bekommen. Kompanie, rührt euch. Letzte Reihe zuerst ohne Schritt marsch. Die anderen Reihen folgen nahtlos.«

Wir folgten schweigend den Anweisungen. Im Flur löste sich die Anspannung und alle redeten durcheinander und jeder suchte seine Stube.

Morgen früh sollten wir wieder in Uniform, genau genommen im Kampfanzug erscheinen. Mehrere Unteroffiziere oder Fähnriche oder Fahnenjunker, ich konnte diese Dienstgrade gar nicht unterscheiden, liefen von Stube zu Stube und befahlen uns, die Springerstiefel auf Hochglanz zu polieren und die Jacken, Hemden und Hosen sorgfältig in die Spinde zu hängen, damit sie morgen glatt sitzen.

Kaum jemand hatte Schuhputzzeug in die Kaserne mitgenommen. Da war es nicht verwunderlich, dass sich eine riesige Schlange vor dem Verkaufsschalter der Kantine bildete. Dort gab es Bürsten, Baumwolltücher und Schuhcreme. Ich holte meine neuen Bundeswehrstiefel aus dem Spind und war der festen Überzeugung, dass die Schuhe nagelneu sind und man sie putzen könnte, wenn sie dreckig sind. Ich legte mich auf mein stählernes Bett nach oben, unter mir sollte Peter schlafen, und starrte an die Decke. Ich wollte gerade der Frage nachgehen, wo ich hier eigentlich gelandet bin? Da schimpften schon die ersten:

»Das ist eine Sauerei, das ist alles viel zu teuer!«

Einer meinte:

»Das müsste eigentlich der Bund stellen, das ist doch keine private Angelegenheit.«

Daraus schloss ich messerscharf: Sobald ich in die Stadt komme, hole ich dort die Schuhcreme. Der Unmut legte sich aber bald und man traf sich in der Kantine wieder.

Es war abends immer noch schwül warm. Die Fenster simulierten Durchzug, aber selbst der Atem war kräftiger. Einige Kameraden gönnten sich ein paar Bierchen, andere blieben lieber bei Sprudel, Cola und Mineralwasser. Ein undurchdringliches Stimmengewirr erfüllte den großen rechteckigen Speisesaal, der nur zu einer Seite hohe Fenster ohne Gardinen oder Blumen hatte, während die andere Längsseite aus einer einzigen Theke für die Essensausgabe bestand. Am Eingang rechts war der Verkaufsschalter des Kantinenwirts, der sich bereits beim Schuhcremeverkauf unbeliebt gemacht hatte. Als ich an ihm vorbeiging, schaute er mich merkwürdig an. Ich hatte nichts von ihm gekauft, nicht mal ein Bier und erst recht keine überteuerte Schuhcreme. Ich war gewohnt, Wasser aus dem Wasserhahn zu trinken. Selbstverständlich holte ich mir ein Wasserglas aus dem offenen Holzregal und ging zur Toilette und kam mit einem gefüllten Glas Wasser zurück.

»Hallo Theo, komm setz dich zu uns«, hörte ich eine Stimme aus dem allgemeinen Gedröhne und sah am Fenster Klaus, Bernd und Peter aus meiner Stube sitzen. Alle hoben ihre Gläser gleichzeitig hoch.

Ich setzte mich dazu und musste mich doch gleich wieder umdrehen.

»Guckt euch das an, die ersten im Kampfanzug, ich glaube ich spinne«, rief Peter, der aus Dortmund kam.

»Von der Sorte hatten wir einige Exemplare in der Klasse«, ergänzte er herablassend.

»Einserkandidaten, die am liebsten schon vor dem Abi in weißen Kitteln ´rumgelaufen wären. Wetten, da sind bestimmt einige dabei, die sich verpflichtet haben und über den Bund Medizin studieren, diese Arschkriecher.«

Bernd kam vom Land, Klaus aus Mönchengladbach, Peter aus Dortmund und ich aus Münster. Wie sich später herausstellte, hatten wir vier eine Gemeinsamkeit. Jeder von uns war der jeweils der erste in der Familie, der das Abitur gemacht hatte. Es war eine neue Zeit angebrochen, denn die Unterschicht drängte in die Unis. Wir vier verstanden uns und fühlten ähnlich. Bernd wollte Agrarwissenschaft studieren und dann den Hof seines Vaters übernehmen, Klaus hatte vor, Architekt zu werden. Er konnte sehr gut zeichnen, hatte aber zu wenig Mut, Künstler zu werden. Er hätte das Zeug dazu gehabt, aber seine Eltern legten im nahe, erst mal einen richtigen Beruf zu erlernen, damit er was Sicheres habe. Dann kann man ja immer noch Künstler werden. Klaus aber fühlte sich schon jetzt als Künstler. Bei den Eltern hatte ich eher das Gefühl, sie hofften, dass er bis dahin diesen Spleen vergessen würde. Man kann ja von brotloser Kunst nicht leben, hieß es ja so schön.

Peters Vater war Bergmann, eigentlich gelernter Schlosser, der die Erfahrung gemacht hatte, dass seine Vorgesetzten alle mehr verdienten, angenehmer arbeiteten und studierte Ingenieure waren. Also, Peter sollte und wollte Maschinenbau-Ingenieur werden. Nachdem ich nun erfahren hatte, was die anderen werden wollten, war ich an der Reihe.

»Ich will Sportlehrer werden. Das will ich schon, seit ich fünfzehn war, da habe ich meine erste Jugendsportgruppe gegründet. Ich habe alle Übungsleiterkurse gemacht, beim DJK. Das Ganze hatte begonnen, als wir einen neuen Sportlehrer bekamen, der eine Volleyball-Schulmannschaft aufbaute. Da war ich sofort mit dabei. Später wurde diese Schulmannschaft komplett vom größten Sportverein der Uni Münster einverleibt. Dieser hatte nämlich verpasst, eine Jugend aufzubauen. Aber ohne Jugend darf kein Verein eine Mannschaft in der Bundesliga führen. Deswegen haben wir damals die besten

Trainer gehabt und so war es nicht vermeidbar, dass wir als Schulmannschaft alles an Siegen reinholten, was es gab. In der letzten Zeit hatten wir jedes Turnier gewonnen. Als Siebzehnjähriger habe dann schon in der Regionalliga gespielt und mit der Bundesligamannschaft trainiert. In Münster war die Männermannschaft im Volleyball jahrelang Deutscher Meister und alle Spieler waren im Aufgebot der Nationalmannschaft.«

Meine Ansprache musste nur so von Selbstbewusstsein getrieft haben, dass ich fürchtete, als Angeber zu gelten. Dabei stimmte alles und vieles habe ich gar nicht erzählt. Peter nickte und meinte:

»Das kann ich nur bestätigen, wir haben auch mal in Münster gespielt. Aber wir hatten keine Chance. Münster ist wirklich eine Volleyball-Hochburg. Das muss ich neidlos anerkennen. Dann bist du ja gut gewappnet. Ich habe auf dem Schwarzen Brett gelesen, dass wir schon am Montag einen fünfundzwanzig Kilometer langen Marsch machen müssen. Und das bei der Hitze.«

»Das Schwarze Brett?« fragte Bernd, »das habe ich noch gar nicht gesehen!«

»Das hängt in der Eingangshalle vor der Schreibstube. Das kann man doch gar nicht übersehen. Da hängt auch der Essensplan und so weiter«, fügte Klaus hinzu.

Der Speiseplan der Kantine war wohl das Wichtigste für Bernd. Er war nicht nur einen Kopf größer als wir, sondern hatte auffallend breite Schultern und Hände, so groß wie Toilettendeckel. Ich hatte das Gefühl, dass es gut war, ihn als Freund zu haben.

Obwohl es draußen noch hell war, ertönte eine schrille Pfeife und im gleichen Luftzug der Ruf:

»Zapfenstreich, alle Mann in die Stuben!«

Ich hatte keine Uhr um und fragte in die Runde:

»Wie spät ist es denn eigentlich?«

»Viertel vor zehn. Um zehn kommt der UvD kontrollieren, ob auch alle im Bett liegen«, fügte gelangweilt Klaus hinzu.

»Owaudee, wer ist das denn«, fragte ich.

Peter antworte wie aus der Pistole geschossen:

»U und v und d, Unteroffizier vom Dienst, hat man uns doch vorhin alles erklärt.«

Ich schüttelte den Kopf:

»Das kann wohl sein, dann muss ich gepennt haben.«

»Hast du eigentlich eine Freundin«, fragte mich Klaus. Ich konnte nicht mehr darauf antworten. Plötzlich rannten die ersten zur Ausgangstür und die ganze Meute hinterher. Ich ließ sie alle laufen, bis sich das Gedränge vor meinen Augen und der Doppeltür auflöste, und schlenderte dann gemütlich zum Hauptgebäude, in dem sich unsere Stuben befanden.

Kapitel 4

Unsere Stube hatte Platz für sechs Doppelbetten und sechs graue Stahlspinde. Sie war so breit wie die beiden hohen, schlanken Fenster. Deren Flügel waren weit geöffnet und reichten bis an die Seitenwände. Das Zimmer, also die Stube, war nicht zu eng, es standen nur fünf Doppelbetten zu viel drin. Kein Lüftchen regte sich. Ich war der letzte, der in die Stube zurückgekommen war. Die anderen Kameraden hatten sich bereits aufs Ohr gelegt, schliefen bereits und schnarchten. Der Alkohol hatte ihnen wohl beim Einschlafen geholfen. Ich lag noch keine Minute oben auf meinem Hochbett, da öffnete sich die Tür, jemand knipste das Licht an und sofort wieder aus. Er hatte wohl die Zeit für Dunkel gehalten und musste mit Bedauern feststellen, keinen Kameraden anmotzen zu können, das Licht nicht ausgemacht zu haben.

Die Tür wurde fast lautlos wieder geschlossen und ein leises Flüstern erfüllte den heißen Raum. Ich lag da, nur in Unterhose und T-Shirt bekleidet, hatte die Arme hinter dem Kopf verschränkt und konnte mithilfe des Kopfkissens an meinen Füßen vorbei in den dunkel werdenden Himmel schauen.

Die Sonne hatte für die Helligkeit keine Energie mehr. Der Mond verschlang die beginnende Dunkelheit und tauschte sie durch seine eigene Helligkeit aus. Im Mondlicht hatte ich schon als Kind heimlich nachts gelesen. Internatsschüler in Burgen und Schlössern unternahmen Streiche gegen die Lehrer oder überfielen nachts die Mädchenpensionate, später kämpfte Kara ben Nemsi mit Hatschi Alef Omar gegen Nomadenbanden und Kalifen in den Wüsten des Orients.

Zwei Jahre hatte ich auch im Internat zugebracht, weil ich es wollte. Meine Eltern hatten nichts dagegen, eher das Gegenteil. Sie waren außergewöhnlich jung, er war zudem Streifenpolizist und sie hatten noch zwei Mädchen, meine kleineren Geschwister. Meine Mutter arbeitete als Näherin und alle waren überfordert, jeder auf seine Weise. Da kam mein Wunsch, wie die andere Hälfte meiner Klasse auch im Internat bleiben zu können, ganz passend.

Unsere Schule war ein »halbes« Internat mit ebenso vielen Externen. Die Schule gehörte den Herz-Jesu-Missionaren, die sich über alle Maßen für die Kinder einsetzten. Die Kosten fürs Internat waren sehr gering. Die Schule wollte die Kinder heranholen, deren Eltern kein Geld für die Ausbildung ihrer Sprösslinge hatten. Ihr unausgesprochenes Ziel war es, für Priesternachwuchs zu sorgen.

Der Himmel gab die ersten Blicke auf Sterne frei. Sie funkelten wie die Lichter von den Schiffen auf dem Mittelmeer. Mein Gehirn tippte überall gleichzeitig an. In der Welt der Kaserne strahlten viele bekannte Welten aus der Vergangenheit, jeder Gedanke verführte mich in eine andere Umgebung, andere Gerüche, andere Geräusche. Ich hörte die Grillen zirpen und befand mich am Mittelmeer. Viele Nächte, die ich noch vor kurzem dort erlebte, hatte ich draußen unter freiem Himmel verbracht, vor dem Zelt, in dem meine Klassenkameraden sich eingenistet hatten. Ich fühlte mich draußen freier.

Bei meinen Großeltern in Holland hatte ich auch ein eigenes Zimmer und konnte vom Bett aus die bulligen schwarz-weiß gefleckten Kühe sehen. Obwohl der Gemüsegarten zwischen dem Fenster und der Wiese war, kam es mir vor, als wenn sie den Kopf durch das Fenster hielten und mich beim Schlafen beobachteten.

Dann hörte ich wieder die letzte Frage meines Kameraden: Hast du eigentlich eine Freundin? Ich sah Susanne vor mir. Unser Leben hatten wir über drei Jahre miteinander geteilt und nun hatte sich unser Leben geteilt. Sie war zu ihrer Mutter nach Bayern gezogen. Das, jedenfalls hatte sie mir gesagt. Und ihre letzten Worte waren:

»Theo, es muss sein. Du weißt es, ich weiß es. Also mach`s gut, Amigo.«

Aus meinen Augen quälten sich Tränen. Auch mir war bewusst, dass sie die Wahrheit aussprach, was ich nicht vermochte. Aber es waren auch meine Gedanken. Unsere gemeinsame Zeit war zu Ende. Auch wenn es beiden klar war, ist ein Abschied schmerzhaft. Dieser Abschied war ein Abschied für immer. Ich hatte sie drei Jahre bis zu ihrem Schulabschluss begleitet. Jetzt konnte ich ihr nicht mehr helfen. Ich war mitten im Abitur. Dann sollte die Bundeswehrzeit kommen, das Studium in irgendeiner fremden Stadt. Jeder spätere Abschied hätte Lügen hervorgebracht und unsere Zeit besudelt. Sie hatte den richtigen Zeitpunkt getroffen und es auf den Punkt gebracht. Unwahrheiten waren ihr zuwider. Ich vermutete, dass das mit ihrer alkoholsüchtigen Mutter zusammenhing. Ihre Mutter hatte sie als Kind abgegeben und an ihre Verwandten weitergereicht, sonst wäre sie in einem Heim gelandet. Onkel und Tante aus Münster hatten sie herzlich aufgenommen. Sie konnten keine Kinder kriegen und fühlten sich endlich wie eine richtige Familie. Der Onkel mauerte das Garagentor zu und schuf so ein Kinderzimmer. Durch die Küche konnte man dann in das Garagenzimmer gelangen. Es hatte nur ein kleines

Gitterfenster, aber es war kein Gefängnis, es war die Freiheit, weit weg von einer alkoholkranken und verwirrten Mutter in ein Leben ohne fremde Anforderungen und Befehle, sondern nur liebe Zuneigung und Fürsorge. Aber die Schule war ihr ein Graus, obwohl sie lernen wollte. Sie war ja schon die älteste in ihrer Klasse, aber kaum in der Lage, Kontakte zu den Mitschülerinnen aufzubauen oder konsequent Hausaufgaben zu machen. Sie jobbte damals auch im Zoorestaurant. Wir lernten uns schnell kennen, da wir die einzigen Aushilfen waren, also immer zu denselben Stoßzeiten dazu gerufen wurden. Sie spürte, dass ich es gut mit ihr meinte, ihr immer half, ohne eine Gegenleistung zu verlangen. Irgendwann saßen wir an einem Fensterplatz des Restaurants, nachdem alle Gäste das Lokal verlassen hatten, und genehmigten uns Speisen vom Feinsten, serviert vom alten Oberkellner und wohlwollend beäugt vom Chef.

»Du bist sehr lieb, das bin ich nicht gewohnt bei Fremden, darum war ich misstrauisch und ich habe lange gezögert, dich anzusprechen«, hatte sie mir gesagt und ihre Hand auf meine gelegt. Ich küsste ihre Wange. Sie war fast sechzehn und ich siebzehn und fest entschlossen, von zuhause auszuziehen. Es war der Beginn einer wahren Liebe. Ich wollte nicht weinen. Ein angenehm kühler Lufthauch deckte mich vorsichtig zu. Meine Augenlider verdunkelten die kleinen Sterne und löschten das Mondlicht aus.

Kapitel 5

Ich hatte den Ball sauber angenommen und zum Stellspieler gepritscht, der ihn halb hoch ans Netz stellte, während ich schon gestartet war und zum Schmetterschlag ansetzte, als der Schiri pfiff, so schrill und so laut und dabei auch noch schrie:

»Kompanie aufstehen!«

Es dauerte eine Weile, bis ich mich in der Realität wiederfand. Sechs Hochbetten in der Stube wurden aufgewühlt und das Chaos mit zwölf Männern, die zum ersten Mal den Versuch wagten, sich zu Soldaten zu verkleiden, nahm seinen Lauf. Jeder hatte zwar einen Spind, einen Kasten aus schäbigem Metall, von dem der schwach grüne Lack in großen Fladen abgebröckelt war. Vorhängeschlösser hatten nur wenige Kameraden. Dass der eine oder andere in diesem Wirrwarr in den falschen Spind gegriffen hatte, konnte man an zu kurzen oder langen Ärmeln und Hosen sehr gut erkennen. So mancher Lacher wurde durch eigene Peinlichkeiten erstickt.

Auf einem Flur waren sechs Stuben und fünf Toiletten für alle. Einen Waschraum gab es auch pro Etage, aber bei dieser Katzenwäsche im Sekundentakt war eher die Schlange vor den Toiletten das Problem. Die Springerstiefel waren keine Flipflops oder Turnschuhe, in die man mal eben so hinein springen konnte. Sie waren Herausforderungen besonderer Art, erst recht, wenn man am Abend vorher die Schuhbänder noch nicht eingefädelt hatte, so wie ich, der ja das Eincremen für verfrüht hielt.

»Kompanie antreten«, schrie jemand von draußen, unüberhörbar, denn die Fenster standen ja alle sperrangelweit offen. Er hätte auch sehr viel leiser rufen könne, dachte ich und begab mich als einer der letzten auf den Hof.

»Antreten, in einer Reihe, von links der Größe nach, aber bitte Beeilung meine Herren, sonst wird das Frühstücksbuffet kalt!«

Hinter dem Schreihals standen weitere Soldaten, junge Gesichter, einer mit einem Schnäuzer. Sie wirkten aufgeräumter als wir und erheblich ruhiger, fast lässig. Ein leichtes Schmunzeln konnten sie nicht verbergen. Als ich sie mir genauer ansehen wollte, wurde ich von links geschubst und gestoßen:

»Du musst weiter nach rechts, du bist größer.«

Ein anderer drängte sich zwischen mich und meinen Nachbarn. Bei den größten, oder besser gesagt bei den längsten, war die Hierarchie schnell hergestellt, bei den kürzeren ebenfalls, nur in der Mitte, der Masse gab es Ungereimtheiten. Da fühlten sich wohl einige größer als sie waren.

Der Schreihals stellte sich vor den ersten Soldaten der aufgereihten Kompanie und schaute zu Bernd auf. Die Größe schien ihn nicht zu beeindrucken. Bernd machte einen ordentlichen Eindruck, so sah es jedenfalls aus, denn der Vorgesetzte machte eine kurze Drehung nach rechts und baute sich vor dem Nächsten auf.

»Das Kampfhemd gehört in die Hose, wir sind hier nicht in Woodstock!« rief er und seine Mundwinkel zeigten auffällig nach unten. Der Soldat stopfte sofort aber umständlich sein Hemd in die Hose und der Vorgesetzte schritt zum nächsten »Kandidaten«. Dabei schüttelte er den Kopf. Bei fast jedem hatte er etwas auszusetzen, bis er vor mir stand.

»Soldat, wie heißen Sie?« Er schrie, obwohl er direkt vor mir stand. Ich zuckte zusammen. Dass er es registrierte, sah ich an seinen Augenwinkeln. Es schien ihm zu gefallen.

»Schreiber, Theo Schreiber, Herr ...« stammelte ich und spürte, wie ich im Gesicht rot wurde.

»Schreiber, so, dann wollen Sie wohl auf die Schreibstube!« rief er und seine Brust wölbte sich. An seinem Kopf vorbei, unsere Nasen waren auf gleicher Höhe, sah ich die jungen Offiziere grinsen. Ich verstand nicht, was daran lustig sein sollte.

In der Schule hätte ich ihn gefragt, ob er Schreihals hieße, wenn man vom Namen auf die Tätigkeit schließen könne, läge der Schluss nahe, von der Tätigkeit auch auf den Namen zu schließen. Instinktiv unterdrückte ich meinen Gedanken.

»Nach dem Frühstück sind Ihre Stiefel geputzt, mit Schuhcreme, dass man das Leder nicht mehr sieht. Wir sehen uns an dieser Stelle wieder. Haben Sie das verstanden, Schütze Schreiber?« schrie er mit rotem Hals und heraustretenden Adern an Hals und Stirn.

»Aber klar«, antwortete ich und wunderte mich, dass ich so ruhig blieb. Das schien er zu kennen, denn ich sah keine Regung in seinem Gesicht. Ich spürte seinen Atem, der nach Zigarettenqualm stank. Dann flüsterte er auffällig langsam, fast melodisch, mit einem merkwürdigen Unterton:

»Das heißt, Jawoll, Herr Hauptmann!«

»Jawoll, Herr Hauptmann«, wiederholte ich in der gleichen Lautstärke. Er zuckte nicht einmal und machte eine leichte Rechtswendung und baute sich vor meinem linken Nachbarn auf.

Nach einigen Späßen, die mehr beim Hauptmann und auf der Seite der anderen Offiziere ankamen, stellte er sich wieder vor die ganze Kompanie und befahl:

»Durchzählen, laut!«

Bernd schrie:

»Eins.«

Ich war bei der Vierundvierzig dran und sagte in ruhigem Ton und normaler Lautstärke:

»Vierundvierzig.«

Danach ging es auch ruhiger und mit ebenso normaler Lautstärke weiter. Bei achtundneunzig war Schluss.

Dann wurden wir in drei Züge mit jeweils drei Gruppen eingeteilt und jede Gruppe wurde einem Gruppenführer zugewiesen.

»Fahnenjunker Schubert«, stellte er sich uns vor. Uns, das heißt Gruppe vier.

Er war meines Erachtens jünger als ich, machte einen ernsten Eindruck und schien sehr sportlich zu sein.

»Gruppe vier. Still gestanden. Links um, ohne Schritt mir nach.«

Wir folgten ihm im Gänsemarsch, jeder in seinem individuellen Rhythmus. Sein Gang war dynamisch und wirkte stramm. Wir gingen vom Hof vor der Unterkunft zum großen Exerzierplatz. Es war ein grau sandiger Boden, Staub wirbelte auf und es wurde schon auffallend warm. Bäume gab es nicht. Der Platz hatte fast die Größe einen Fußballfeldes und an den Längsseiten standen je zwei dieser üblichen grauen, schmucklosen Kasernenblöcke, wie man sie aus alten, farblosen Filmen des letzten Weltkrieges kannte. An der Stirnseite stand nur ein Kasernenblock, dessen Eingang mit einem roten Kreuz verziert war, keine Leuchtreklame, sondern ein einfaches quadratisches Holzbrett. Die ersten Sonnenstrahlen glitzerten über dem Dach und stachen direkt ins Auge, als wir den Platz betraten. Gegenüber der Stirnseite befanden sich das Kantinengebäude und eine kleine Turnhalle.

Die Gruppen verteilten sich auf dem Platz und jede Gruppe stellte sich in einer Reihe auf. Zum Glück standen wir noch alle im Schatten der grauen Klötze.

Die Gruppenführer mussten wohl alle die gleichen Anweisungen für den Unterricht erhalten haben, denn alle Gruppen führten dieselben Übungen durch.

»Soldaten, Sie befinden sich hier in der Grundausbildung.«
Fahnenjunker Schubert holte tief Luft:
»Wir haben jetzt drei Monate Zeit, den aufrechten Gang zu lernen!«
Wir schauten ihn verständnislos an und wollten glauben, dass es sich um einen Scherz handeln würde, wagten aber nicht zu widersprechen. Also ergriff er wieder das Wort:
»Wir fangen mit dem richtigen Stehen an. Die Hände links und rechts an die Hose, Arschbacken zusammenkneifen und Brust raus! Die Augen gucken gerade aus und nichts bewegt sich. Das heißt still gestanden. Schütze Köchling, stillgestanden heißt nicht, eine Schifferschaukel auf der Kirmes anzuschieben. Hören Sie auf, mit dem Arsch zu wackeln!«

Schütze Köchling hatte zwar die Anweisung akustisch verstanden, aber wohl in seinem Leben noch nie ruhig gestanden und wackelte weiter, nur nicht mehr so auffällig.
»Schütze Köchling, pressen Sie auch die Knie so zusammen, dass sich die Waden berühren. Ich meine damit Ihre Waden und nicht meine.«
Jetzt mussten wir doch lachen.
»Gruppe vier, stillgestanden!« schrie Schubert, wobei sich seine Stimme fast überschlug.

Alle schlugen die Hacken zusammen, Hände an die Hosennaht, Arschbacken zusammen, Brust raus und die Augen unbeweglich nach vorne gerichtet. Nicht einmal Schütze Köchling wackelte.

»Geht doch, Gruppe vier, rührt euch.«

Schubert stellte seinen rechten Fuß leicht schräg nach vorne und sein verschluckter Besenstiel krümmte sich wieder in die Form eines gesunden Rückgrats. Wir folgten seinem Beispiel und stellten mit Genugtuung fest, dass der Fahnenjunker zufrieden nickte.

»Gruppe vier, stillgestanden!«

Quer über den ganzen Platz die gleichen Anweisungen:

»Gruppe fünf, stillgestanden!« Und

»Gruppe sechs, stillgestanden!« und so weiter.

»Gruppe vier, ausrichten! Augen rechts! Aus der Pisskurve wird eine Gerade! Schauen Sie auf den Hinterkopf Ihres Vordermanns! Gruppe vier, Augen gerade aus. Rührt euch!«

Er zog mit seinem rechten Fuß eine auffallend gerade Linie in den Staub, ein Meter vor der ganzen Gruppe.

»Gruppe vier, an der Linie aufstellen!«

Wir machten sofort einen Schritt nach vorne.

»Gruppe vier, stillgestanden. Die Augen links. Gruppe vier ausrichten!«

Wir drehten unsere Köpfe nach links und schauten unserem Nachbarn in den Nacken. Den Blick entlang der Schultern konnte man sich selbst ausrichten. Die Füße traten unweigerlich auf die Linie im Staub, man ruckelte wieder zurück und nach einigen Minuten standen wir schon fast wie richtige Soldaten in einer Linie. Unser Gruppenführer machte ein zufriedenes Gesicht und befahl:

»Rührt euch!«

Unsere Körperhaltung entspannte sich, aber keiner wagte, etwas zu sagen. Von den anderen Gruppen hörten wir noch weitere Befehle, dazwischen Lacher und doppelt so laute Anschisse. Wir empfanden so etwas wie Stolz, denn wir schienen die ersten zu sein, die in einer Linie stehen konnten, da die anderen weiter übten. Irgendwann konnten alle richtig stehen, zumindest so, wie die Gruppenführer es für richtig hielten.

Ganz vorne standen drei Offiziere, die unser Treiben aus der Entfernung beobachteten. Plötzlich schreit einer von ihnen quer über den Platz:

»Kompanie, Achtung!«

Alle zuckten zusammen, nahmen Haltung an und schauten zu der Dreiergruppe. Hinter ihnen tauchte der Hauptmann auf.

Er stellte sich vor die Offiziere und schrie:

»Kompanie, rührt euch!«

Wir entkrampften uns und unser Gruppenführer rief:

»Fünf Minuten Zigarettenpause, ohne Schritt, Marsch, mir nach!«

Wir folgten ihm zum Rand des staubigen Platzes, gingen an einem Kasernenblock vorbei auf die kleineren Seitenhöfe. Dort standen vereinzelte Büsche und Reststücke von vertrocknetem Rasen, die aussahen, wie die Stellen vor einem Fußballtor. Fahnenjunker Schubert kramte eine Schachtel Marlboro aus seiner Brusttasche, klopfte mit den Fingern gegen den Boden der Schachtel, sodass einige Zigaretten in Panflötenformation herausrutschen und wie auf Befehl so stecken blieben, dass man sie sauber einzeln entnehmen konnte. Es war wie ein Friedensangebot und einige Kameraden nahmen willig das Angebot an. Man spürte eine allgemeine Erleichterung.

Schubert lächelte. Er schaute mich an. Da ich keine Reaktion auf seine Zigarettenschachtel zeigte, meinte er:

»Nichtraucher, was? Ist auch gesünder, habe früher auch nicht geraucht. Sportler?«

Ich nickte:

»Volleyballer, Regionalliga West.«

»Hm, hm, so so. Dann sind Sie hier bei den Panzergrenadieren an der richtigen Stelle. Hier können Sie sich austoben. Mal 'nen Tipp unter uns. Lassen Sie sich nicht vom Leutnant Rottmann provozieren. Der wartet geradezu auf Leute wie Sie.«

Er drehte sich um. Auf dem Platz knatterte es plötzlich gewaltig. Drei offene Militärjeeps kamen aus der Richtung des Eingangstores und fuhren mächtig Staub aufwirbelnd einen großen Bogen und hielten an der Längsseite des Platzes vor einem dieser hässlichen Blocks. Jetzt fielen mir zum ersten Mal die Treppen auf, die nach oben immer enger wurden und zu einer Terrasse führten. Aus dem letzten Wagen stieg jemand aus. Ich erkannte seinen kupfernen Schädel wieder, der Bataillonskommandeur, der aus dem Unterricht.

Er hatte die Treppe noch nicht erreicht, da schrie auch schon der Kompanieführer:

»Kompanie, Achtung!«

Egal, wo wir standen, wir standen alle stramm. Der Hauptmann schritt mit auffällig stampfenden Schritten zum Kommandeur, baute sich vor im auf und schrie:

»Herr Oberst, Ausbildungskompanie fünfzehn / eins vollständig angetreten zum Formaldienst!«

Dabei grüßte er militärisch zackig, während der Oberst seine rechte Hand gerade mal bis zur Wange führte und wieder fallen ließ. Ich hörte ein »Weitermachen« und sah, wie sich der Oberst umdrehte und in dem Eingang der Terrasse verschwand.

»Kompanie, rührt euch«, schrie wieder der Hauptmann und ergänzte: »Zugführer, Gruppenführer zu mir.«

Schubert machte sich eilig auf den Weg und lief zum Hauptmann auf die andere Seite des Platzes. Ein allgemeines Geschnatter wie auf einer Geflügelfarm setzte ein. Nach wenigen Minuten tauchte unser Gruppenführer wieder auf.

Alle Gruppen versammelten sich wieder auf dem Platz und die gleichen Übungen wurden wiederholt. Es sah alles schon viel soldatischer aus. Mittlerweile hatte die Sonne den Platz in Beschlag genommen. Der erste Formaldienst am Morgen war beendet und wir gingen in zivilen Schritten, aber im Verbund unserer Gruppen in Richtung Kantine zum Frühstücken.

Mir ging die Warnung vom Fahnenjunker Schubert nicht aus dem Kopf und schaute mich nach ihm um. Er war nirgend zu sehen. Ich wartete, bis alle Kameraden an mir vorbeigegangen waren.

Man musste sich umgewöhnen. Die zivile Bekleidung machte es einem leichter, jemanden zu finden. Bei den vielen Uniformen verschwanden die sichtbaren Unterschiede. Man war auf die Gesichter angewiesen. Das war anstrengender. Alle Offiziere sah ich dann an der Treppe zur Terrasse stehen. Ich war der letzte, der die doppelte Eingangstür der Kantine für die Mannschaftsdienstgrade erreichte. Die Stimme des Hauptmanns hatte ich schon mal gehört. Nein, jetzt erinnerte ich mich. Unser alter Schuldirektor hatte die gleiche Stimme und die konnte ich gut nachmachen. Als Oberstufenschüler hatte ich mir schon mal den Spaß erlaubt, wenn die Jüngsten durch die Gänge rannten, wie der Direktor zu rufen: Hier wird nicht gerannt, außer zum Zimmer des Direktors. Die Kleinen erschraken nicht nur, sondern das ganze Schulgebäude verwandelte sich schlagartig in einen Friedhof.

Die erste Tür klappte hinter mir zu, blitzschnell setzte ich mein Schiffchen quer auf den Kopf wie Napoleon und schrie mit der Stimme des Hauptmanns: »Kompanie, Achtung!«

Ein Gepolter und Gekrache schwoll durch die halb offene zweite Tür. Ich hörte Stühle umfallen und plötzlich war alles mucksmäuschenstill. Ich schritt durch die zweite Tür und konnte mich kaum beherrschen, lauthals loszulachen. Das Gelächter, das dann aus der Kantine drang, hätte jeden Kabarettisten in den Himmel schweben lassen. Peter winkte mir aus der Menge zu, mich zu ihm zu setzen. Kräftige, aber wohlgemeinte Schläge mussten meine Schultern ertragen, aber die Stimmung war umwerfend.

»Dass du dich das traust, wenn das der Chef mitgekriegt hätte, au weia...«, meinte er, als ich auf dem freien Stuhl neben ihm Platz nahm.

»Ach weißt du«, meinte ich lapidar, »Spaß muss sein. Aber ganz ehrlich, ich habe keine Angst vor Uniformen. Mein Vater ist Polizist, ich bin mit Uniformen groß geworden. Die Polizeimütze mit der schwarzen Krempe lag immer im Flur neben dem Telefon und an der Garderobe hing der Gummiknüppel an einer dicken Kordel. Da gewöhnt man sich dran. Oder auch nicht.«

Ich stand auf und holte mir ein paar Brötchen, ein Ei, Schinken und einen Pott Kaffee. Klaus saß mir gegenüber und amüsierte sich immer noch.

»Dein Auftritt war genau das Richtige am Morgen, was wir heute noch gebraucht haben. Übrigens soll ich dir mal verraten, wie die hier den Kaffee herstellen?«

Er ließ mir keine Sekunde zu antworten und sprach gleich weiter:

»Die haben jede Kaffeebohne auf ein Brett genagelt und lassen das lauwarme Wasser darüber laufen.«

Er klopfte mit solch einer Wucht auf den Tisch, dass der hellbraune vermeintliche Kaffee aus dem Pott schwappte.

Kapitel 6

Der Tag verlief, wie der Morgen es versprach. Wir lernten das richtige Stehen, sich Drehen und Gehen, den militärischen Gruß und Marschieren. Ich versuchte krampfhaft, die Sache ernst zu nehmen. Es wollte einfach nicht gelingen. Während mein Körper die Exerzitien über sich ergehen ließ, gerieten die Synapsen in meinem Gehirn in einen Wirbelsturm und endeten immer wieder in ein Kaleidoskop, das nie die richtige Ordnung fand. Mein Gehirn suchte nach einem Sinn, wie nach Wasser im Meer. Zudem brannte die Sonne unerbittlich auf unsere Körper.

Die Zigarettenpausen wurden immer länger. Auch die Gruppenführer schienen sich zu quälen, vermieden aber jeden Eindruck von Schwäche oder Erschöpfung. Doch auch dieser Tag ging zu Ende, aber andere folgten, und die Julisonne kannte kein Erbarmen. Gegen die Vorschrift hatte der Kantinenwirt die Fenster auf Durchzug gestellt. Er wusste, was nach einer Woche Exerzieren in der Sahara, wie man den Platz bereits nannte, angesagt war: Bier. Er hatte längst vorgesorgt und den Vorratsraum mit Bierkästen bis zur Decke aufgefüllt. Alkohol war ich nicht gewohnt, aber ich wollte mich auch nicht ausschließen. Nach der zweiten Woche griff ich bereits wie selbstverständlich zur Flasche. Die Situation wurde erträglicher. Mein Gehirn besänftigte sich. In der dritten Woche waren wir schon richtige Soldaten. Morgendliche Kopfschmerzen waren die Ritterschläge der jungen Schützen. Zum Ende des Grundwehrdienstes nach drei Monaten prophezeite man uns, dass es dann auch keine Kopfschmerzen mehr geben würde.

Die ersten sechs Wochen war kein Heimaturlaub vorgesehen, also im Grunde verboten, auch am Wochenende durfte kein Soldat nach Hause. Für die meisten wäre der Weg hin und zurück sowieso zu lang gewesen. Trotzdem freute man sich auf den Freitag. Es gab im Ort sogar eine Diskothek. Und wo man schwofen konnte, musste es Mädchen geben. Freitags und samstags war erst um ein Uhr Zapfenstreich. Aber das wurde nicht so genau genommen. Ich hatte zwar mit fünfzehn einen Tanzkurs gemacht, aber Tanzen war nicht mein Ding. Während sich die Kameraden in kleinen Gruppen auf den Weg zu den städtischen Kneipen und dann zur Diskothek machten - es gab nur eine im Ort - ging ich lieber alleine in die Altstadt. Ich schlenderte durch die kleinen aufgeheizten Straßen und Gassen, schaute in die Innenhöfe, sah spielende Kinder und junge Eltern in den Gärten sitzen und grillen. Ich hätte mich am liebsten dazugesetzt, und dann auch wieder nicht, ich suchte Abwechslung und gleichzeitig Ruhe. Abitur, Mittelmeer, Südfrankreich, Paris und dann Soldat. Das musste ich erst einmal verarbeiten. Trotz der körperlichen Beanspruchung in der Sahara fühlte ich mich nicht ausgelastet. Mir fehlte der Sport, eigentlich das Volleyball Spielen. Mein Unterbewusstsein dirigierte meine Schritte und ich staunte nicht schlecht und bewunderte meine Intuition, als ich tatsächlich vor einer Turnhalle stand. Es musste wohl schon acht Uhr sein. Draußen war es noch hell, die Eingangstür war verschlossen und ich klingelte. Ein älterer Mann in kurzer blauer Turnhose und einem weißen Trikot mit langen Ärmeln öffnete. Lange Ärmel, ich spürte Gänsehaut auf meinem Rücken, lange Ärmel, das musste ein Volleyballtrikot sein. Und so war es auch. Ich wurde sofort freudig aufgenommen. Mit kurzer Jeans und barfuß spielte ich mit. Es war eine Hobbymannschaft und alle ein wenig älter als ich. Ich spielte, als wenn ich in meinem Leben nie etwas anderes gemacht hätte. Trotzdem hielt ich mich zurück, ich wollte keinen Neid aufkommen lassen. Zuhause spielte ich in der Regionalliga, die Ebene direkt unter der Bundesliga. Aber im Eifer des direkten Vergleichs konnte ich meine Qualität nicht mehr verbergen. Es waren ehrliche Sportler, auf die ich getroffen war. Sie zollten mir Anerkennung und freuten sich über einen sehr guten Neuzugang. Am zweiten Freitag fühlte ich mich wie zuhause, unter normalen Menschen.

Die Freitage waren nun gerettet.

Samstag. Ich war ausgeruht und hatte gut und tief geschlafen. Die Sonne weckte mich, ich streckte mich und schaute bestürzt um mich. Das Schnarchkonzert realisierte ich nach dem Einatmen. Es stank nach Bier und Kotze. Nichts wie raus, dachte ich, kletterte behände aus dem oberen Bett und rannte zur Dusche. Sie war leer. So fühlte ich mich wohl. Ich zog wieder meine kurze Jeans an, schlüpfte in meine offenen Klepper aus Holz. Das T-Shirt hätte längst eine Wäsche nötig gehabt. Im Laufschritt verließ ich so die Kaserne. An der Wache zückte ich meine Ausgehkarte und schlenderte befreit Richtung Parkplatz.

Mein rundum zerbeulter roter R4 schaute mich ungläubig an. Ich hatte das Gefühl, dass er weg wollte, nur weg, so schnell wie möglich, nur weg. Ich fühlte etwas anderes, ich freute mich auf einen freien Tag im Sommer. Ich öffnete die Heckklappe und durchwühlte meine wenigen Habseligkeiten. Es muffte und ich beschloss, auf dem Rückweg alles herauszunehmen und in der Kaserne zu waschen. Unter der Schutzfolie des Kofferraums, ganz hinten in der Ecke hatte ich noch ein paar Geldscheine versteckt, meine eiserne Reserve. In einer Woche wird es den ersten Wehrsold geben. Aber ich brauchte ja noch Rei in der Tube und Turnschuhe. Barfuß Volleyball spielen war nur bedingt angenehm. Ich nahm mein Geld, schlug die Heckklappe zu und klopfte meinem geliebten Auto freundschaftlich auf den Kotflügel.

»Mach`s gut, Alter, bald geht's wieder auf Tour«, sprach ich ihm tröstend zu. Ich trottete los und schlenderte gedankenverloren die lange Straße entlang, die ich damals hierher gefahren war, nun aber in Richtung Stadt. Die Luft war noch frisch, fast feucht und kühlte noch, obwohl die Sonne versprach, ihre unerträgliche Kraft schon bald zu demonstrieren. Hin und wieder zwitscherte eine Drossel. Die Straße war leicht abschüssig und das Städtchen schien noch zu schlafen. Der Kirchturm trug noch sein nebliges kurzes Nachthemd und wirkte niedrig. Ich schaute ja auch ein wenig von oben nach unten. Die Sonne musste die Vögel geweckt haben, denn sie zwitscherten nun um die Wette. Nach den ersten Seitenstraßen konnte ich den Kirchplatz sehen. Es war Markt und vornehmlich Frauen, alte, aber auch junge mit kleinen Kindern standen vor den Auslagen von Obst, Gemüse, Blumen und Kurzwaren und tratschen. Ein Bild, das mich an San Tropez erinnerte, nur viel kleinbürgerlicher, sauberer, kleiner, aber durch die Sommersonne genauso farbenfroh. Ich kaufte mir zwei knallrote Äpfel und eine Tüte mit blauen Weintrauben. Die Äpfel dufteten süßlich und trotzdem irgendwie frisch und es flossen Tropfen aus ihnen, als ich hineinbiss. Der Saft lief mir über das Kinn auf die nackte Brust. Ich ließ sie laufen und genoss die Freiheit. Da war auch »meine« Bank. Von hier aus konnte ich dem zunehmenden Treiben zuschauen, wie von einer Loge im Theater. Langsam wurde es mir doch zu voll, die Leute begannen zu drängeln, die Kinder wollten lieben rennen und spielen, als an den Händen ihrer Mütter auszuharren, bis die alles über die Nachbarschaft erfahren hatten. Sie zerrten an den Händen und einige begannen zu schreien. Ich verließ die nachlassende Idylle und schlurfte ziellos durch die Straßen bis an den Stadtrand. Einige Jugendliche überholten mich mit ihren Fahrrädern und da erblickte ich auch schon das Ziel ihrer Fahrradtour. Hinter einem Hügel mit verdorrtem, gelblich-weißen Gras und einigen trockenen Büschen zeichneten sich die weißen Holzpfosten von Fußballtoren ab.

Ein feines kleines Häuschen aus rotem Klinker, einem schwarzen Flachdach und zwei kleinen quadratischen Kippfenstern neben der hölzernen schwarzen Tür war die Umkleidekabine. Neben dem Hauptplatz gab es noch zwei kleinere Sandplätze. Der Hauptplatz hatte Rasen, auffallend grünen Rasen und bei näherem Hinsehen dampfte er.

Er musste vor kurzem noch gesprengt worden sein. Der Platz hatte sogar eine kleine Holztribüne ohne Rückenlehnen, aber immerhin, man konnte sitzen. Rundherum hatte man Eisenstangen aufgestellt, wie man sie auf Spielplätzen findet, die Mädchen gerne zum Turnen, Hängematte und so nutzten. Aber es gab keine Laufbahn um den Platz, nicht mal eine Weitsprunganlage. Hier schien sich alles nur um Fußball zu drehen. Auf den Sandplätzen bolzten ein paar Jungen, eher bewegungslos in der sengenden Sonne und begnügten sich damit, immer wieder auf ein Tor zu schießen. Ich saß, die Ellenbogen auf den Knien, träumend auf der untersten Stufe der Tribüne und folgte meinen Gedanken in die eigene Schulzeit, auf meinen Fußballplatz hinter der Schule, ein roter Aschenplatz, von dem meine Knie einige Steinchen für immer mitgenommen hatten.

»Neu hier?«

Ich drehte mich um. Ein Mann mit Sonnenhut und weißem Vollbart hatte mir mit einem Finger leicht auf die Schulter getippt.

»Ja schon, irgendwie«, antwortete ich und erschrak ein wenig über meine eigene Stimme. Sie kam mir merkwürdig vor, so anders als früher, härter.

»Ich bin seit drei Wochen hier in der Kaserne. Ich bin eigentlich Volleyballer, aber ich will Sportlehrer werden, nach der Wehrpflicht.«

»Wir haben immer wieder Jungs von Euch hier. Am liebsten würden sie hier auch Fußball spielen. Aber da muss ich immer enttäuschen. Wir haben hier keine Männermannschaften, nur Damenfußball.«

Sein Tonfall zeugte von einer ehrlichen Entschuldigung.

Ich zuckte nur mit den Schultern:

»Ich wollte gar nicht selbst spielen, nur hier so schauen, versteh`n Sie?«

»Wenn die große Hitze weg ist, heute ab achtzehn Uhr, dann trainieren hier die Mädchen, die C-Jugend. Die haben nämlich morgen ein Turnier. Dann ist das ganze Dorf hier auf den Beinen, Bratwurst und so.«

»Vielen Dank für den Tipp. Ich glaube, das schaue ich mir an. Danke.«

Seine hellblauen Augen glänzten und ließen ihn jünger erscheinen.

»Dann alles Gute.«

Er drehte sich um und watschelte zum Umkleidehäuschen. Seine weißen Shorts saßen stramm und seine Beine waren muskulös und braun gebrannt. Ein bisschen erinnerte er mich an Uwe Seeler.

Kapitel 7

Der Gedanke an Bratwürstchen mit Pommes und Mayonnaise hatte über ein Frühstück in der Kaserne gesiegt. Ich hatte mich richtig ausgeschlafen und keine Kopfschmerzen. Ich war gestern Abend alleine geblieben und hatte auch kein Bedürfnis gehabt, Bier zu trinken. Nach einer ausgiebigen Dusche, bei der ich gleichzeitig mein Ersatz-T-Shirt mit Rei aus der Tube wusch, machte ich mich zu Fuß auf den Weg zum Fußballplatz. Ich nahm denselben Weg wie gestern, denn ich hatte ja noch genug Zeit. Erst lief ich bis zum Kirchplatz, dann wieder bergabwärts Richtung Stadtrand und Fußballplatz. Diesmal standen viele Autos an der Straße zum Platz, der keinen eigenen Parkplatz hatte. Es wimmelte von Mädchen und Eltern, einige Jungen, auch ältere waren dazwischen. Die meisten Erwachsenen standen zwischen dem Getränke - und dem Würstchenstand. Einige Blicke musterten mich und ich musterte zurück. Die Herren waren trotz vieler kurzen Hosen sonntäglich gekleidet, mit Socken in den Sandalen und gebügelten Hemden, teils aufgekrempelten Ärmeln. Mit meinem ausgeleierten, ehemals roten T-Shirt und der ungewaschenen, ausgefransten Jeans, aber sauberen Füßen in den ausgelatschten Sandalen kam ich mir vor wie Robinson Crusoe, nur ohne selbstgebastelten Sonnenschirm. Ich bahnte mir einen Weg bis zur Würstchentheke. Die Bratwurst war gut durchgebraten, die Pommes hatten kaum genug Platz auf der Schale, Senf und Mayonnaise konnte man sich aus den bereitgestellten Plastikflaschen drücken, das Ganze für eine Mark. Ich blieb gleich an der Bude stehen, bei meinem Hunger brauchte ich eine zweite Portion. Da ertönte eine Lautsprecherdurchsage, die so undeutlich war, dass ich nichts verstand, außer Anpfiff. Mit meiner zweiten Portion begab ich mich langsam und vorsichtig zum Spielfeldrand. Die Spielerinnen waren sicher nicht älter als zehn Jahre alt, also hatte der alte Mann wohl recht, als er von der C-Jugend sprach. Die Torhüterinnen wirkten extrem klein in den großen Toren. Selbst mit Anlauf hätten sie nie die Torlatte mit ihren Händen erreichen können. Die mit den gelben Trikots gerieten in Rückstand, obwohl sie nicht so durcheinander liefen wie die mit den roten Hemdchen. Nach einer Viertelstunde wurde zur Halbzeit abgepfiffen und es stand drei zu null für die roten. Die gelben Mädchen versammelten sich auf meiner Spielfeldseite und eine junge Dame mit langen blonden, glatten Haaren ragte aus ihrer Mitte heraus. Wie selbstverständlich marschierte ich auf die gelbe Mädchentraube zu und als ich direkt vor ihnen stand, rief ich einfach dazwischen.

»Hört mal kurz zu.«

Plötzlich waren alle still und sogar die Blonde hatte ihren Mund noch offen stehen.

»Ich wollte nur sagen, dass ihr besser spielt als eure Gegnerinnen. Aber schaut euch doch mal deren Torhüterin an. Die ist so klein, die kann überhaupt keine hohen Bälle fangen. Macht euch das Leben nicht so schwer, schießt einfach immer von weitem hoch auf das Tor, egal von welcher Seite, einfach immer hoch. Ansonsten spielt so weiter. Ihr seid wirklich gute Fußballerinnen.«

Die Schiedsrichter auf dem großen, grünen Rasen winkten schon mit beiden Armen zur zweiten Halbzeit. Ein Mädchen fragte noch:

»Bist du Fußballtrainer?«

Ich konnte gar nicht so schnell antworten, da war sie auch schon auf dem Feld. Neben mir stehen, blieb die Blonde. Sie war höchstens achtzehn und wirkte nun noch jünger.

»Ich bin mal gespannt, ob sie deinen Ratschlag annehmen«, wandte sie sich zu mir und ihre Augen richteten sich sofort wieder auf das Spiel.
Irgendwie kam mir etwas bekannt an ihr vor. Aber ich konnte sie nicht kennen. Ich war das erste Mal hier. Ach nein. Ich war das zweite Mal hier. Gestern war ich schon mal hier, aber da war keiner, außer diesem Platzwart. Die Augen, es waren die gleichen hellblauen Augen.

Meine Gedanken hatten mich ganz vom Spiel abgelenkt und wurden durch ein plötzliches Geschrei aufgeschreckt.

»Hast du das gesehen, das ist ja verrückt!«

Die Blonde riss die Arme hoch und hüpfte wie ein Känguru. Die Gelben hatten ein Tor geschossen. Ich strahlte und freute mich.

»Das haben sie dir zu verdanken. Das war einfach klasse. Dass die das sofort umsetzen, das hätte ich nicht gedacht. Danke!«

»Weiter so«, schrie sie auf den Platz hinaus, »genauso weiter, mehr abgeben, nicht fummeln, nach vorne, nach vorne.«

Die Spielerinnen der roten Mannschaft wirkten ein wenig verwirrt und versuchten nun alle gleichzeitig den Ball zu spielen. Ein Gegentor hatten sie wohl nicht erwartet. Die Erklärung kam prompt von meiner rechten Zuschauerin:

»Unser erstes Spiel gleich gegen den Favoriten, die haben beim letzten Turnier kein Spiel verloren. Da, wir greifen wieder an.«

Und wie sie angriffen. Nur zwei weite Pässe reichten und der Sechzehnmeterraum war nicht mehr weit und eine gelbe legte sich den Ball vor und schlug so heftig gegen den Ball, dass sie nach hinten umkippte. Der Ball flog über mehrere rote Spielerinnen hinweg und über die Torhüterin, die zwar hochsprang, aber den Ball nicht erreichen konnte, direkt unter der Latte ins riesige Netz. Zwei zu drei.

Auf der anderen Seite hörte man die Trainerin schimpfen. Auch wenn sie die Schwachstelle ihrer Mannschaft erkannt haben sollte, sie hätte doch nichts ändern können. Beim drei zu drei waren die roten fertig mit der Welt. Sie schienen zu resignieren und liefen komplett durcheinander. Jegliches Spielsystem, dass sie vielleicht mal eingeübt hatten, war verloren gegangen. Beim vier zu drei für die gelben wurde abgepfiffen. Die letzte Spannung hatte sich gelegt und die Blonde rannte mit wehenden Haaren auf den Platz, Zuschauer von allen Seiten jubelten und klatschten, die gelben umarmten sich und tanzten und mittendrin die Blonde. Die roten standen oder saßen auf dem schönen Rasen und weinten. Für sie war die Welt untergegangen. Eltern liefen herbei und trösteten sie, nahmen sie an die Hände und begleiteten sie zum Umkleidehäuschen.

Ich hatte langsam Durst und drehte mich um in Richtung Getränkestand. Da war es noch voller als vor dem Spiel.

»Warte, ich komm mit«, rief ihre helle Stimme hinter mir her.

»Ich möchte mich noch einmal im Namen der ganzen Mannschaft bedanken. Mit deiner Hilfe haben sie gewonnen«, ihre Stimme trällerte und ihr Gesicht schimmerte rosa vor Aufregung.

»Nein, sie haben einfach gut gespielt und nur gute Spieler, also Spielerinnen sind überhaupt in der Lage, Anweisungen umzusetzen. Die haben eben eine gute Trainerin.«

»Danke für die Lorbeeren, was möchtest du trinken? Ich habe schrecklichen Durst.«

»Wasser, am liebsten Wasser, ohne Kohlensäure und eiskalt«, antwortete ich.

»Brinkmann, Cornelia Brinkmann, Du bist herzlich eingeladen, im Namen der ganzen Gruppe«.

»Danke, ich bin Theo. Das Spiel hat Spaß gemacht und ich freu mich für euch.«

»Wir trainieren immer dienstags und donnerstags von siebzehn bis achtzehn Uhr, hier.«

»Das würde mich schon interessieren, aber da kann ich leider nicht«, antwortete ich, gequält und in Gedanken schon wieder die Uniformen und der dauernde Befehlston.

Sie muss meine Bedrückung gespürt haben:

»Du bist hier in der Kaserne, nicht wahr, in der Grundausbildung.«

Ich nickte. Wir gingen schweigend die paar Schritte zum Getränkestand. Sie bestellte zwei große Wasser ohne Kohlensäure, bezahlte selbstbewusst und hob ihr Glas:

»Prost, und nochmals danke.«

»Prost, auf die nächsten Siege«, antwortete ich.

»Wir können uns ja mal außerhalb vom Sport…, da kommt mein Vater.«

Ich bewegte nur meinen Kopf und sah in dieselben blauen Augen. Natürlich, es ist ihr Vater, unverkennbar.

»Ah, Sie sind ja doch gekommen. Haben Sie das Spiel gesehen. Das war die Mannschaft meiner Tochter. Das habt ihr ja toll gemacht, da hat keiner mit gerechnet. Gratuliere. Der nächste Gegner tut mir jetzt schon leid.«

»Papa, das ist Theo. Theo hat«, ich unterbrach sie spontan:

»Theo hat gar nichts, nur aufmerksam zugeschaut. Ihre Tochter ist eine prima Trainerin, da können Sie wirklich stolz sein.«

Er nahm das Kompliment wohlwollend und zufrieden nickend entgegen. Während wir noch weiter fachsimpelten. Er wollte mal Fußball-Profi werden, aber dann kam diese Geschichte mit dem Rücken und so weiter.

Jedenfalls hämmerte es unaufhörlich in meinem Gehirn: Sollte und wollte ich mich mit Cornelia, also Connie, wie ihr Vater sie nannte, noch mal treffen? Sie war sehr hübsch und überaus sympathisch und irgendwie stimmte alles an ihr und sie war sportlich. Ich spürte eine innere Aufregung, mein Herz klopfte an den Hals. War es jetzt schon mehr als Sympathie, ein kleiner Wirbelsturm aus Liebe. Mein Verstand griff ein. In zwei Monaten werde ich wieder versetzt, wer weiß, wohin. Und dann das ersehnte Studium. Abenteuer pur. Andere Gefühle durchzogen gleichzeitig meine Vernunft.

Welche Schmerzen kommen auf mich zu … und auf sie. Sie ist ja noch fast ein Kind. Dieses dramatische Hin und Her in meinen Gefühlen konnte ich nicht beruhigen. Aber ich hatte mich trotzdem entschieden, ohne es zu wollen, schon bevor ich es mir bewusst gemacht hatte. Ich sagte leise:

»Nein.«

»Theo? Nein? Was meinst du plötzlich mit Nein?«

»Entschuldige, ich war gerade in Gedanken. Ich wollte dir nur sagen, dass ich nicht zum Training kommen kann. Die Bundeswehr verplant uns komplett. Und außerdem müssen wir heute früher in der Kaserne sein. Morgen früh geht es schon um vier Uhr los, unser erster Zwanzigkilometermarsch, verstehst du?«

Sie verstand. Ich schluckte. Ich hatte zwar nicht gelogen, mit dem Marsch, aber der Zapfenstreich war erst um zweiundzwanzig Uhr. Aber ich musste die Beziehung jetzt beenden, bevor es zu spät ist. Ich verabschiedete mich höflich von Ihrem Vater und streckte auch ihr meine Hand entgegen. Sie drückte sie kräftig, als wollte sie mich nicht mehr loslassen. Ich spürte mehr als nur einen Händedruck, Wärme wie weicher Strom. Ich drückte auch noch mal zu und sagte:

»Ich muss jetzt aber wirklich los und deine Mannschaft wird das Turnier schon schaffen, da bin ich ganz sicher.«

Ich drehte mich um und verließ den Platz. Ich fühlte mich traurig und befreit und traurig.

Kapitel 8

Schreie und Gestampfe. Ich riss die Augen auf und sah ins Dunkle. Dann flackerte die blecherne Stubenlampe an der Decke und wackelte. Es stank nach Bier und kaltem Zigarettenrauch, obwohl die Fenster sperrangelweit offen standen. Mir wurde schlecht. Missmutig, verärgert und verkatert quälten sich meine Mitschläfer aus ihren Stahlbetten. Schlaftrunken suchte jeder seine Sachen aus dem Spind. Die Waschbecken konnte man nicht sehen, Männer in Unterwäsche oder nacktem Oberkörper standen in Zweierreihen vor den schmalen länglichen Trögen und die Duschen waren alle überfüllt, die Toiletten genauso, die Türen offen. Den meisten war das alles egal. Wer irgendwie fertig war, rannte durch die Flure, die Rucksäcke halb über den Schultern, die Gewehre wie im wilden Westen in einer Hand, die Treppen hinunter auf den Hof, als wenn das Haus brennen würde. In einer langen Linie sortierte sich der der Haufen grüner Männchen der Größe nach. Es klappte schon viel schneller als in den ersten Tagen. Vor den jungen Soldaten stand die Gruppe der leitenden Offiziere. Einige schnippten an ihren Zigaretten, klopften demonstrativ lässig die Asche ab und nahmen tiefe Züge, wobei sich mancher Brustkorb aufblähte und der letzte Rest des Tabaks direkt vor dem Filter noch einmal rot aufglühte.

Der Horizont schien die Farbe der Zigarettenbrände aufzufangen und färbte sich in ein leichtes Orange. Das vorsichtige Rot kündigte die Sonne und den Tag an.

Ich hatte meinen Platz gefunden, das heißt, mein linker und rechter Nachbar waren dieselben wie jeden Morgen. Die frische Luft tat gut. Sie schmeckte angenehm leicht süßlich nach Blumen, die nirgendwo zu sehen waren.

Auf der obersten Stufe der breiten Treppe zum Haupteingang erschien der Hauptmann. Die letzten Soldaten rannten noch so gerade an ihm vorbei, die Treppe hinunter zur aufgereihten Truppe. Ein Offizier schrie:

»Kompanie! Aaaachtung!«

Die Offiziere nahmen Haltung an und ihre rechten Arme reckten sie zackig und angewinkelt zum Gruß.

»Rühr`n«, war die knappe Antwort des Hauptmanns.

Er begann wieder beim Längsten, musterte jeden einzelnen, zupfte an so mancher Jacke, machte seine üblichen Bemerkungen. Einige hatten ihre Jacken falsch zugeknöpft, manche Schuhe waren noch nicht zugeschnürt. Einer hatte seinen Gürtel in der rechten Hand, in der linken die Hosennaht, damit die Hose nicht hinunterrutschte. Das Gewehr, das G3, hing schräg auf dem Rücken wie Winnetou nach einem Ausritt.

Als der Hauptmann vor ihm stand, schüttelte er nur mit dem Kopf. Dann zuckte sein Kopf ruckartig nach links. Der Soldat verstand sofort den Wink und rannte wie angestochen los und stolperte wieder die Treppen hinauf ins Gebäude, wobei er fast seine Hose verloren hätte.

Inzwischen musterte der Hauptmann den Rest der Truppe. Der verwiesene Soldat kehrte sauber angezogen, mit Gürtel in der Hose zurück, reihte sich wieder ein und war sichtlich erleichtert, keine Moralpredigt zu hören. Zum ersten Mal hatte ich den Eindruck, dass der Hauptmann gar nicht mal so schlimm war, wie er anfangs auf mich gewirkt hatte. Schlimmer oder besser gesagt, brutaler war der Oberleutnant, der sich besonders toll vorkam, wenn er jemanden schikanieren konnte. Ihm war die Aufgabe übertragen worden, den langen Marsch zu organisieren und zu betreuen, was immer das bedeuten sollte. Er hatte auf jeden Fall das heutige Befehlskommando.

Beim Durchzählen, ich war Nummer vierundvierzig, hatte sich die Lautstärke auf ein erträgliches Maß ein gependelt. Nur der letzte in der Reihe schrie seine »Achtundneunzig« so laut, dass sich alle anderen Köpfe nach links umdrehten.

»Kompaniiiie. Stiiiiiillgestanden«, schrie nun der Hauptmann seinerseits. Leiser aber mit festem Ton fuhr er fort:

»Das Oberkommando während des Marsches hat heute Oberleutnant Dömer. Jede Gruppe läuft für sich. Dass da keiner aus der Reihe tanzt, dafür sorgen die Gruppenführer. Wir machen drei Pausen. Eine zum Frühstück, eine zu Mittag und eine am Nachmittag. Die Gruppen bleiben in Sichtweite. Ein San-Fahrzeug wird Sie begleiten. Alle gehen noch einmal in die Stuben und kontrollieren das Besteck auf Vollzähligkeit. Ansonsten gibt's die heiße Suppe in die Hände. Ich hoffe, ich habe mich klar genug ausgedrückt. Rührt euch! Gruppenführer zu mir.«

Nach wenigen Minuten standen wir wieder auf dem Vorplatz. Es wurde langsam hell und die Gruppenführer schritten zu ihren Gruppen, die sich nun in Zweierreihen aufstellten.

Die Abstände zum Vordermann erreichte man, indem der hintere dem vorderen seine linke Hand auf die Schulter legte. Ein letztes Mal meldete sich der Hauptmann:

»Kompanie stiiillgestanden. Augen gerade aus. Links um. Kompanie im Gleichritt marsch.«

Wie aus einem Munde schrien nun die Gruppenführer:

»Links und links und links und links und links und links...«

Mit diesem Dauerkommando verließen wir die Kaserne, machten einen Bogen nach rechts und überquerten die einspurige Straße und marschierten auf der linken Seite stadtauswärts weiter. Wir waren die dritte Gruppe, die durch das Tor der Kaserne kam und man konnte in der Kurve die ersten beiden Gruppen sehen. Wir hatten einen Abstand von fünf Minuten und man konnte gut erkennen, dass es leicht bergauf ging.

»Aufschließen, keine Lückenbildung, im Gleichschritt links und links und links«, schrie nun Fahnenjunker Schubert, mein Gruppenführer.

Ich schaute nach rechts und sah den Parkplatz und mittendrin mein roter R4. Er stierte wehmütig hinter mir her. Ich atmete tief durch und wäre beinahe aus dem Tritt geraten.

Auf dem Hügel angekommen, musste ich mit gemischtem Gefühl erkennen, dass zwar nun eine kleine Hochebene vor uns lag, es aber dann gewaltig bergauf ging.

»Vor uns liegt der Pluto, das ist der Berg vor uns«, erklärte Schubert. Vor uns und hinter uns hörte man die schrillen Anweisungen der anderen Gruppenführer. Schubert wirkte dagegen eher zurückhaltend und freundlich.

Wir verließen die gepflasterte schmale Straße und betraten einen staubigen, breiten Feldweg mit riesigen Spuren und Furchen, Panzerspuren. In der Kaserne hatte ich bisher keine Panzer gesehen. Diese gewaltigen Spuren haben mich enorm beeindruckt und ich dachte gleichzeitig an Dinosaurier. Den Anstieg spürte ich zwar in den Oberschenkeln, aber das war ich ja vom Sprungtraining mit Sandjacken vom Volleyball gewohnt. Dass die Sonne langsam ihre Kraft spielen ließ, war schon beklemmender. Man spürte sie im Nacken, man spürte, wie sie immer schwerer wurde. Links, der Wald war dunkel, aber die Sonne griff uns direkt am Rücken an. Nach rechts fiel der Berg langsam ab und man hatte einen weiten Blick über Wiesen und Felder. Die Wiesen waren nicht so auffallend grün und saftig wie der Rasen auf dem Fußballplatz. Ich sah die hellblauen Augen von Cornelia. Trotz der beginnenden Hitze spürte ich Kälte auf dem Rücken, als wenn sich die Haut zusammenziehen würde. Ich fühlte so etwas wie Schuld und gleichzeitig machte ich mir logisch klar, dass ich mich richtig verhalten hatte. Sie tat mir leid, aber ich wollte mich in dieser Situation nicht verlieben. Das Abenteuer an sich war verlockender. Trotzdem stand sie vor meinem geistigen Auge, blonde, lange glatte Haare, schlank, goldbraune Haut und diese funkelnden, aber liebevollen Augen einer noch zu jungen Frau.

Hinter den ockerfarbenen Wiesen tauchten die ersten Stoppelfelder auf. Ich konnte sie schon von weitem riechen. Der Herbst wurde von den Bauern rücksichtslos eingeläutet. Meine Sommerferien hatte ich auf Stoppelfeldern verbracht. Ich hatte mir selbst das Bauen von Drachen beigebracht und bis zur Perfektion getrieben. Breite rote Schultern und das untere Dreieck in lichtblau, aus diesem besonderen Drachenpapier, den Schwanz über zwanzig Meter lang, beschwert mit Grasbüscheln alle anderthalb Meter mit einem Schlaufenknoten festgezurrt – meine Drachen waren übermäßig groß und wenn sie einmal richtig Wind gefasst hatten, standen sie vor den Wolken wie Wachsoldaten, aufrecht und unbeweglich, majestätisch. Die dicke Maurerkordel knotete ich damals an einen Pfosten und legte mich ins Gras. Der Wind bewegte die weiten Wiesen wie weiche Wellen über dem Meer.

Jetzt stand die Luft. Wir bewegten uns, aber die Luft bewegte sich mit uns. Ich hörte die ersten Stoßseufzer. Unsere Gruppe bestand aus zwanzig Mann, die alle ziemlich gleich groß waren. Wir waren ja auch die mittlere Gruppe, die kleineren waren ja vorne in der ersten Gruppe und die großen wie Bernd in der letzten Gruppe. Vorn und hinten waren aber auch die dicken, die sich in der Oberstufe vor dem Sport gedrückt hatten, die Physiker oder Historiker, die lieber über ihren Büchern hockten, als stundenlang scheinbar sinnlos hinter irgendeinem Ball her zu rennen oder ein Ziel zu erreichen, dass man auch langsam erreichen konnte.

Von hinten nahte ein Motorengeräusch, das das zarte Gepiepste der Vögel brutal überzog. Ein grüner offener Militärjeep überholte uns von rechts. Ich vermutete den Hauptmann auf der Beifahrerseite, sah, wie sich ein Arm hoch streckte, der sofort im aufgewirbeltem Sand der Landstraße samt Fahrzeug weder verschwand. Es schien ein Kommandozeichen gewesen zu sein, denn vorne in der Gruppe begannen die ersten Kameraden zaghaft zu singen. Vor einer Woche hatten wir den Text schon bekommen, mehrere für jede Stube mit der Aufforderung, den Text auswendig zu lernen. Ich hatte den Zettel nicht mal ganz durchgelesen und seiner inhaltlichen Bedeutungslosigkeit angemessen unbeschadet in den Papiereimer geworfen. Doch jetzt war ich dem Liedgut völlig ausgeliefert. In der dauernden Wiederholung hat das Gehirn keine Wahl. Es ist dem Fluch der unbeabsichtigten Erinnerung hilflos ausgeliefert. Obwohl ich es nicht mitgesungen habe, kannte ich bis zum Frühstück den Text, ob ich wollte oder nicht. Die Sonne auf dem Stahlhelm konnte es auch nicht verhindern:

»Frühmorgens, wenn die Hähne krähen
ziehn wir zum Tor hinaus
und mit verliebten Äuglein spähn
die Mädels nach uns aus
Am Busch vorbei wir ziehen
wo Heckenrosen blühen
Und mit den Vögelein im Wald
ein frohes Lied erschallt

Von der Lore, von der Dore, von der Trude und Sophie von der Lene und Irene
von der Annemarie Ja ! Schön blühn die Heckenrosen
schön ist das Küssen und Kosen
Rosen und Schönheit vergehn
D´rum nützt die Zeit, denn die Welt ist so schön

Und mittags, wenn wir rücken ein
mit frohem Spiel und Sang
begleiten uns die Mägdelein
die Straße dann entlang
Und jede sucht den ihren
und will mit ihm marschieren
vergnügt im gleichen Schritt und Tritt
dann singen wir das Lied

Von der Lore, von der Dore
von der Trude und Sophie
von der Lene und Irene
von der Annemarie
Ja ! Schön blühn die Heckenrosen
schön ist das Küssen und Kosen
Rosen und Schönheit vergehn
D´rum nützt die Zeit, denn die Welt ist so schön

Und abends, wenn kein Dienst mehr drückt
wird lustig ausgeschwärmt
an neuer Liebe sich erquickt
die alte aufgewärmt
Ein jeder weiß ein Schätzchen
an einem trauten Plätzchen
Der Mensch braucht, was er haben muss
und ab und zu 'nen Kuss

Von der Lore, von der Dore
von der Trude und Sophie
von der Lene und Irene
von der Annemarie
Ja ! Schön blühn die Heckenrosen
schön ist das Küssen und Kosen

Rosen und Schönheit vergehn
D´rum nützt die Zeit, denn die Welt ist so schön«.

Endlich machten wir Rast. Wir suchten Schutz unter den Bäumen am Straßenrand, entblätterten unser Frühstückspaket und schauten hinunter ins weite Tal. Einige Kameraden zogen noch im Stehen an ihren Jacken und Hosen und fummelten vorsichtig die zerdrückten Zigarettenschachteln aus den Taschen. Den Rucksack zur Rechten, den Stahlhelm zur Linken streckte ich mich lang auf dem Rücken aus. Der Schatten tat gut und durch die unbewegten Äste strömte das himmlische Blau. Die Vögel meldeten sich zurück. Der Harz zeigte sich von seiner schönsten Seite und konnte den Betrachter zur Verzweiflung bringen. Er strahlte die Freiheit aus, die dem Soldaten abhanden gekommen war. Die Stille förderte das bewusste Sein. Von der weichen Luft umgarnte junge Männer, die in ihren Widersprüchen die Sinne verloren oder ihre Situation verdrängten, flüchteten in Träume oder resignierten. Nur zwei Soldaten flüsterten miteinander. Die Stille entfachte die Gedanken. Ich spürte den leichten Duft von Kräutern und gemähtem Getreide. Die Qualmwolken der Zigaretten blieben stumpf bei den Rauchern. Ein Zitronenschmetterling landete auf meinem Rucksack. Gezwungen, die Schönheit der Natur zu bewundern, war für viele unerträglich, ohne zu begreifen, was mit ihnen geschah. Fragen konnten nicht gestellt werden, weil es keine Antworten gab. Wir lagen im Gras und warteten.

Schubert, unser Gruppenführer sprang plötzlich auf, der Schmetterling flatterte gleichzeitig los in die weite Wiesenlandschaft. Ein weiterer Jeep fuhr an uns vorbei. Der Fahnenjunker nahm Haltung an und grüßte militärisch. Vorne links am Kotflügel flatterte die Rote-Kreuz-Fahne. Zwei junge Sanitätssoldaten saßen im Wagen und lachten. Der Fahnenjunker hatte wohl gedacht, dass da wieder ein Vorgesetzter im Wagen gewesen sei, wie vorhin der Hauptmann, aber die untergebenen Sanis hätten ihn grüßen müssen, er nicht sie. Er ließ sich nichts anmerken und zog tief und lang an seiner Zigarette. Dieser Vorfall zerpflückte die Spannung und schuf Erleichterung. Das Fühlen und Denken waren entwichen.

Kapitel 9

Wir brachen wieder auf. Jeder kannte seinen Nachbarn und den Vordermann. Die Helme durften wir nun auf die Rucksäcke binden und unsere Schiffchen aufsetzen. Die olivgrünen Helme hatten die Sonnenstrahlen vollständig gespeichert und glühten so sehr, dass man sie kaum anfassen konnte. Nun ging es ein wenig bergab und Schubert gab das Kommando:

»Ohne Tritt, Marsch!«

Gesungen wurde nur im Gleichschritt. Automatisch zog sich die Gruppe langsam auseinander. Eigentlich hätte man sich nun auch ein wenig mit dem Nachbarn unterhalten können, aber das war verboten. Also marschierten wir insgesamt etwas langsamer und jeder suchte nach seinem eigenen angenehmsten Laufstil. Die Sonne sollte bald ihren höchsten Stand erreicht haben, dachte ich bei mir. Ich hatte bemerkt, wie die Schatten immer kürzer wurden. Bergab ist anstrengender als bergauf. Diese Erfahrung hatte ich noch vor gut einem Monat gemacht, als wir unsere Rückreise über die Pyrenäen nahmen und einen Gletscher bestiegen. Es war damals viel kälter als jetzt, obwohl die Sonne direkt auf uns knallte. Der weiß-graue Gletscher reflektierte die Sonnenstrahlen direkt in die Augen. Ohne Sonnenbrille war man aufgeschmissen. Ich erinnerte mich, wie wir an einen kleinen Gebirgsbach ankamen und uns das eiskalte, aber klare Wasser mit den Händen vorsichtig hochnahmen und uns dann über den Kopf schütteten. Kein Wasser aus dem häuslichen Wasserhahn, keine noch so kalte Dusche konnte dieses urtümliche Naturgefühl vermitteln. Heiße Sonne, frische, kalte Luft und eiskaltes Wasser auf dem warmen Kopf und heißen Rücken. Die Schatten waren weg. Die Sonne hatte ihren Zenit erreicht und es ging langsam wieder bergauf. Der Zwang, Soldat zu sein, wurde hingenommen. Man musste mitmachen, auch wenn sich innerer Widerstand auflud.

»Kompanie im Gleichschritt, Marsch«, und dann der gefürchtete Nachtrag:
»Kompanie, ein Potpourri!«
Nicht schon wieder dasselbe Lied. Aber wir kannten nur das eine.
»Frühmorgens, wenn die Hähne krähn…«
Von oben tauchte unerwartet eine mächtige Staubwolke auf. Ein Militärjeep durchstieß die sandige Nebelwand und raste auf uns zu.
»Kompanie halt. Alle Mann von der Straße, zack-zack.«
Während wir noch zur Seite stolperten, schnaubte auch schon der offene Sanitärwagen an uns vorbei. Vorne saß neben dem Fahrer ein junger Offizier, der sein Schiffchen mit einer Hand auf dem Kopf festhielt, und auf dem hinteren Sitz saß der andere Sanitäter und ein Kamerad, seinen Kopf auf der nach unten gedrückten Schulter des Sanitäters. Ich konnte nicht erkennen, wer es von uns war. Die Namen der meisten kannte ich sowieso nicht, aber die Gesichter, die hatte man alle schon viele Male gesehen.

»Der hat bestimmt einen Hitzschlag erlitten«, rief einer hinter mir.

»Für den ist der Marsch zu Ende«, meinte ein anderer.

»Das darf man nicht unterschätzen«, warf ich ein, »das kann auch ganz schön ins Auge gehen. Wenn der nicht sofort medizinisch versorgt wird, dann Prost Mahlzeit. Damit ist nicht zu spaßen.«

Die anfänglich lustigen Kommentare verstummten. Wir wurden wieder aufgefordert, uns zu formieren und in Zweierreihen im Gleichschritt weiterzumarschieren. Wir stampften stumm und das Marschlied hallte nur noch als leises Echo in den Ohren. Der aufgewirbelte Staub kratzte in den Augen. Die Brillenträger nahmen, ohne den Marschrhythmus zu stören, ihre Brillen ab und rieben sich ebenfalls die Augen. Ich war bemüht, die Anstrengung sportlich zu nehmen und konnte nicht anders, als über unser Tun nachzudenken. Als Leistungssportler erlebt man es immer wieder, dass Leute zusammenbrechen, die sich im Eifer des Gefechtes übernommen haben. Beim Training allerdings war es die Aufgabe des Trainers, die Anforderungen dem Leistungsstand anzupassen. Was wird hier eigentlich gespielt? Training ist das hier nicht, das sähe anders aus. Kurze Intervalle, längere Strecken langsam zur Erholung, dann wieder die Leistungssteigerung, Pulsmessung. Ein Training zur körperlichen Leistungssteigerung umfasst mindestens drei Monate, meist ein halbes Jahr und ist in einen Jahresplan eingebettet, der seinen Höhepunkt am Wettkampftag erfährt, vorausgesetzt, alles ist sauber aufeinander abgestimmt. Dann ist es auch ein guter Trainer. Und der Sport macht glücklich und wenn dann noch der Erfolg dazukommt, das ist nicht mehr beschreibbar, dann rollen die Tränen vor Freude und man genießt die Anerkennung. Für mich ist dieser Marsch noch keine Herausforderung. Ich bin durchtrainiert und das Wandern ist für mich eher eine angenehmere Abwechslung zu dem stumpfsinnigen Exerzieren.

Aber wie ergeht es den anderen? Was wird hier mit uns angestellt? Das ist kein Sport, geschweige denn Training. Die meisten werden nur unsinnig gequält ohne Sinn und Verstand. Was dabei ´rumkommt, hat man ja gerade gesehen. Man will uns in die Knie zwingen, uns irgendwie kaputtmachen. Hier wird der Sport missbraucht. Aus meiner Betrachtung entstand Erkenntnis.Ich stampfte im Gleichschritt weiter durch den Staub, links und links und links … und spürte eine innere Gegenwehr. Der Marsch zieht sich. Es entsteht Zeit, die Ablenkung schwindet, Gedanken kommen zum Vorschein, Ideen, Vorstellungen, Fragen und immer derselbe stumpfe Rhythmus und links und links und links, zwo, drei, vier und links…

»Ohne Tritt, Marsch«, das Kommando von Schubert entspannte die Situation. Vor uns lagen schon die ersten drei Gruppen im Gras unter den Bäumen. An einer Stelle hatte sich eine Schlange gebildet, an deren Spitze zwei große dunkelgrüne Stahlkessel standen. Es gab Suppe, die dem absoluten Klischee entsprach: Erbsen mit Würstchen. Einzelne Kameraden saßen auf umgefallenen Bäumen, andere standen in kleinen Gruppen zusammen und unterhielten sich. Eine Stimme aus dem Gewühl war deutlicher zu hören: Die Stimme von Peter aus der zweiten Gruppe. Als ich näherkam, hörte ich ihn schimpfen:

»Das müsste man eigentlich melden. Das ist eine Sauerei.«

»Zumal sich Freddy gemeldet hatte, dass es ihm schlecht wird«, kommentierte sichtlich aufgeregt sein Nachbar.

»Wir hätten einfach alle anhalten sollen«, meinte ein anderer mit einer piepsigen Stimme. Er fuchtelte mit den Armen, um Mücken zu vertreiben.

»Was ist denn eigentlich passiert?«, fragte ich dazwischen.

»Hallo Theo, Leutnant Rottmann, unser Gruppenführer, der ist, glaube ich noch schlimmer als der Dömer. Reagierte gar nicht auf Freddy. Der hatte laut gerufen: Ich kann nicht mehr. Und was macht Rottmann, der dreht sogar noch auf und befiehlt Gleichschritt, und das bergab. Dann schrie Freddy wieder: »Mir wird schlecht«.
Worauf Rottmann den Gang verschärfte und die Geschwindigkeit mit links und links und links noch schneller vorgab. Und dann befahl er auch noch das Lied. Da brach Freddy zusammen. Der Hintermann ist über ihn d´rübergfallen. Der hätte ihm fast das Genick gebrochen. Rottmann hat sich überhaupt nicht um Freddy gekümmert, sondern über Funk den San-Wagen angerufen, sich an einen Baum gelehnt und in aller Seelenruhe an seiner Zichte gezogen. Das war schon echt krass«.

»Wenn wir das melden, geht es zuerst zum Dömer. Der hält mit Sicherheit die Hand über Rottmann. Der würde sich höchstens noch an uns rächen«, piepste der eine Kamerad.

»Wir müssen uns etwas anderes einfallen lassen«, meinte Peter.

»Der Rottmann ist unheimlich fit, auch wenn er wie ein Schornstein qualmt. Und er ist immer vorneweg und überkorrekt.«

»Hauptsache dem Freddy geht es wieder besser. Das sah nämlich gar nicht gut aus. Erst hatte er einen ganz roten Kopf und nachher war das Gesicht extrem blass«, warf ein Soldat ein, den ich nicht kannte.

»Als mein Vater starb, sah der auch so aus.«

»Jetzt mal den Teufel nicht gleich an die Wand, vielleicht wird er auch ausgemustert«, meinte ein anderer und atmete schwer.

Nach der Mittagspause formierten wir uns wieder in den verschiedenen Gruppen. Die Gruppen blieben nun näher zusammen und wir marschierten gemeinsam die Landstraße entlang. Der Weg führte auf eine geteerte Autostraße. Wir liefen auf der linken Seite und man konnte aus der Entfernung das Städtchen sehen und den Kirchturm. Wir wanderten im Grunde in einem riesigen Kreis um den Ort im Tal herum. Die Nachmittagssonne begann uns zu blenden. Ich blickte fast immer nach rechts, den Sonnenstrahlen ausweichend in Richtung Stadt. Da tauchte plötzlich am Rand das Fußballfeld auf und der kleine schwarze Kasten, die Umkleidekabine. Vor meinem geistigen Auge sah ich wieder die Mädchen in den gelben Trikots, die Würstchenbude und Cornelia mit ihren strahlend blauen Augen. Wenn sie wüsste, dass ich jetzt hier oben bin, dachte ich. Ich hatte das Gefühl, ich müsste ihr davon erzählen, wenn ich zurück bin.

Aber dann vergaß ich den Gedanken wieder. Die Sonne brannte jetzt auf die linke Schulter. Bald hatten wir die Stadt umrundet und dann machte die erste Gruppe einen Schwenker nach links direkt in einen Wald. Die dunklen Fichten spendeten angenehme Kühle, aber ich erkannte, dass wir einen Umweg gingen, wieder in Richtung Pluto, den kleinen Berg hinter der Kaserne.

»Rottmann, das Schwein, will uns zeigen, was eine Harke ist«, hauchte mein Hintermann mir in den Nacken. Es war ein Umweg, aber ein kühler. Auch ich war der festen Überzeugung, dass Rottman noch einen drauf setzen wollte, um uns so fertig zu machen, dass wir nicht mehr die Kraft hätten, aufzumucken. Den Pluto ging es nun bergab und wir konnten schon die Kaserne sehen. Unsere Socken qualmten. Der Schweiß lief uns unter den Armen hinunter. Unterhemd und Hemd waren schon völlig durchnässt. Aber es gab kein Halten. Rechts vor dem großen Tor glitzerte die gelbe Telefonzelle im gleißenden Sonnenlicht. Gut ein Kilometer vor den grauen Blocks machten wir doch Halt. Leutnant Rottmann postierte sich vor der gesamten Kompanie, hinter ihm versammelten sich die anderen Gruppenführer. Er schrie mit leicht erhöhter Stimme:

»Kompanie, stillgestanden, Augen geradeaus.«

Er holte tief Luft und rief:

»Die Gruppenführer bringen Sie jetzt in die Kaserne. Danach gehen Sie geordnet in Ihre Stuben, reinigen das Geschirr und warten auf den Appell. Und nun Freiwillige vor, die mit mir noch eine Runde im Dauerlauf um die Kaserne machen. Der erste, der den Kasernenhof erreicht, erhält den morgigen Vormittag frei. Also Freiwillige vor. Rührt euch!«

Wir entspannten unsere Haltung und ich spürte einen Ellbogenhieb von meinem rechten Nachbarn.

»Los, Theo, du schaffst das, los, zeig`s ihm«, raunte er leise, aber Rottmann musste etwas gehört haben und blickte ruckartig in unsere Richtung.

»Schütze Kortmeier?«, rief Rottmann fragend. Kortmeier schüttelte nur den Kopf. Keiner bewegte sich. Ich weiß nicht, welcher Teufel mich geritten hatte. Ich trat einen Schritt vor.

»Schütze Schreiber, gut. Kortmeier, Sie übernehmen den Rucksack und das G3. Schütze Schreiber zu mir. Ist das alles. Habe ich es denn nur mit Schlappschwänzen zu tun?«

Rottmann war einen halben Kopf größer als ich, hatte schwarze, fast dunkelblaue, kurze Stoppelhaare und sehr dunkle, leicht schräge Augenschlitze, das einzig asiatische an ihm. Er verschränkte seine Arme hinter seinem Rücken und ließ seinen Blick über die lange Reihe der Soldaten schweifen. Ganz am Anfang der Reihe, wo die längsten von uns standen, traten noch zwei Soldaten nach vorne und übergaben das Gepäck ihren Nachbarn.

Ich stand neben Rottmann und sah von der Seite, wie sein Gesicht eine Art Schmunzeln zu unterdrücken versuchte. Er schien zufrieden zu sein.

»Kompanie, stillgestanden, rechts um, im Gleichschritt Marsch«, rief er schrill zur Kompanie und zu uns dreien gerichtet:

»Mir nach, in Laufschritt, Marsch.«

Die Kompanie setzte sich unter Begleitung der anderen Gruppenführer in Bewegung und wir Läufer stellten uns hinter dem Leutnant auf. Ich spürte alle Blicke, ohne Augen zu sehen. Meine zwei Mitläufer ballten ihre Fäuste. Man roch ihre Wut und Entschlossenheit. Ich wurde innerlich ganz ruhig. Der salzige Schweiß von der Stirn verklebte meine Augen. Ich rieb mir die Sicht wieder frei und musterte Rottmann. Vielleicht war er stärker als ich. Nur nicht unterschätzen, dachte ich. Ich muss nachdenken: Hier zählt nur die Taktik. Ich muss ihn beobachten, nicht er mich. Wir rannten los. Ich lief als letzter, Rottmann ganz vorne. Er bestimmte das Tempo und das war ungewöhnlich schnell. Ich hatte Mühe dran zu bleiben, hielt aber Abstand. Wir liefen links um die Kaserne, am Parkplatz vorbei. Mein roter R4 feuerte mich an und schaute aufmunternd hinter mir her. Er hatte ein Wildschwein überstanden, dachte ich und hielt auf Abstand mit dem harten Tempo mit. Es war ein schmaler, trockener Boden, ein Weg zwischen hohen, ausgedörrten Sträuchern auf der linken Seite und einer massiven Mauer mit Efeu und oben mit Stacheldrahtrollen. Sie waren rostig und vielleicht noch aus dem letzten Weltkrieg. Der erste Läufer hinter Rottmann keuchte immer lauter, wurde langsamer und fiel zurück. Ich sah, wie Rottman sich umdrehte, lächelte und sein Schiffchen vom Kopf riss. Das war also seine Taktik. Schon gleich am Anfang die allgemeine Erschöpfung der Soldaten auszunutzen und sie langsam, aber sicher zur Aufgabe zu zwingen. Für mich war alles klar. Ich musste durchhalten und mich nicht am Anfang verausgaben. Ich vergrößerte den Abstand auf nun ungefähr zwanzig bis fünfundzwanzig Meter. Mein letzter Kamerad blieb Rottman direkt auf den Fersen und trieb ihn vor sich her. Das passte in mein Konzept. Der sollte ihn ruhig so weiter jagen. Die halbe Strecke war geschafft, ich konnte zum ersten Mal die Kaserne von hinten sehen. So sah man Städte, wenn man mit dem Zug in eine Stadt fährt.

Mein Vordermann wurde langsamer. Er kam mir immer näher. Rottmann sah sich wieder um und schien zu triumphieren. Ich hielt meinen Abstand genau ein und überholte meinen Mitstreiter, der erschöpft hinter mir aufgab. Das letzte Drittel lag nun vor uns. Ich verkürzte langsam, aber vorsichtig den Abstand zu Rottmann. Er schaute sich noch einmal um und schien, mit sich zufrieden zu sein. Er wähnte sich in Sicherheit. Ich spürte nichts mehr, ich hatte den toten Punkt überwunden. Ich kannte mich genau und wusste um meine Reserve. Noch rund vierhundert Meter bis zum Tor. Jetzt zog ich an. Fünfzehn Meter, zehn Meter, neun, acht, sieben. Noch knapp hundert Meter bis zum Eingang. Ich brauchte jetzt nur noch meine höhere Geschwindigkeit beizubehalten. Das Gesicht werde ich in meinem Leben nie wieder vergessen, als ich neben ihm auftauchte, ihn aber nicht beachtete und ihn leichtfüßig hinter mir ließ. Er konnte nicht mehr beschleunigen. Er war am Ende und ich drei Schritte vor ihm und durchlief das Eingangstor.

Ich rannte weiter, ohne mich umzugucken, über den Exerzierplatz, am Speisesaal vorbei bis zur großen Treppe unseres Kompanieblocks. Dort saßen sie fast alle, sprangen auf und umringten mich, drückten mich fast zu Boden und jubelten.

Kapitel 10

»Stube sieben, aufstehen!«
Die Tür knallte und ich blieb regungslos liegen. Die Fenster standen weit geöffnet. Die Sonne blinzelte bereits über meine nackten Füße und ich genoss meinen Erfolg. Der Appell vor meinem Fenster auf dem Vorplatz des Wohnblocks dauerte heute nur wenige Minuten und dann kamen sie schon wieder alle in die Stube gestürzt.
»Habt ihr auch heute frei?«, fragte ich erstaunt in die Runde.

»Man hat uns gerade angedroht, in zwei Wochen ist die Vereidigung und vorher gibt es noch eine schriftliche Prüfung«, sagte ein Kamerad, dessen Rücken ich nur sah, während er aus dem Fenster in den Hof blickte.

»Für die sollen wir heute Vormittag üben, in der Stube, bei dieser Hitze, lesen und so.«

Er schien, sich auf der einen Seite darüber zu freuen, nicht exerzieren zu müssen, aber diesen trockenen Stoff jetzt bei dieser ebenso stickigen Hitze durch zu büffeln, danach stand ihm auch nicht der Sinn.

»Ich halte das für eine ganz linke Tour«, meinte Gregor, der mit knapp zwanzig schon eine hohe Stirn und sehr dünne hellblonde Haare hatte. Er wirkte bisher immer sehr zurückhaltend und erklärte in seiner eigentümlichen Art sehr leise:

»Ich glaube, dass es so nicht auffällt, wenn du frei hast, Theo. Übrigens haben wir heute auch nicht durchgezählt. Rottmann steckt mit Dömer unter einer Decke. Ich gehe davon aus, dass die dich auf dem Kieker haben. Nimm dich in acht!«

Die Drohung vernahm ich wohl, aber sie berührte mich nicht. Angst war für mich ein Fremdwort. Ich hatte mal Angst – vor meinem Vater. Mein Vater war ja Polizist, aber zudem noch einer von der Sorte, die allzu gerne mit ihren Gummiknüppeln für Ordnung sorgte. Mit sechzehn hatte ich ihm klargemacht, was ich von ihm hielt:

Er stand im Wohnzimmer an der Dielentür ganz dicht vor mir. Wir guckten uns mittlerweile gerade in die Augen und er wollte wohl wieder mit seinen Drohungen und Vorhaltungen anfangen. Sein Brustkorb hatte sich schon gewölbt. Ich baute mich genauso vor ihm auf und sagte, ohne mit der Wimper zu zucken, in ruhigem, aber sehr festem Ton:

»Du bist ein Spinner.«

Er schluckte, aber bevor er sich wieder fangen konnte, hatte ich mich bereits umgedreht und war selbstbewusst in den Flur geschritten, in Richtung Haustür. Seine väterliche Autorität war nicht mehr da. Seine verbalen Anwandlungen und inhaltsleeren Drohungen prallten nicht nur bei mir ab, sondern ich empfand sie regelrecht lächerlich. Mit siebzehn bin ich von zuhause ausgezogen, noch während der Schulzeit, genau genommen zum Beginn der Oberstufe. Seitdem habe ich mich von keiner Autorität mehr einschüchtern lassen. Das hatten auch einige Lehrer in meiner Schule zu spüren bekommen. Ohrfeigen hatten meine Haltung nur gestärkt.

Zu meinen Mitsoldaten in der Stube sagte ich:

»Dieser Befehl, in der Hütte zu bleiben, gilt nicht für mich. Ich gehe in die Stadt.«

Ich hopste behände aus der ersten Etage des Stahlbetts und schlupfte in meine ausgefranste kurze Jeans, zog das verwaschene, ehemals rote T-Shirt über und sprang barfuß in meine Sandalen.

»Leute, macht`s gut, bis heute Mittag. Man sieht sich!«

Ich fühlte, wie hinter mir die Kiefer noch eine Zeitlang offen blieben. Aber ich wollte mir den hart erkämpften freien Vormittag nicht nehmen lassen.

Gestern hatte es zum ersten Mal den Wehrsold gegeben und ich hatte mir sowieso schon vorgenommen, in die Stadt zu gehen, um mir eine neue Hose zu kaufen. Einige Tage, nachdem wir die Kampfuniform erhalten hatten, wurden wir in die Ausgehuniform gesteckt. Die hellgraue Anzugjacke war ja noch so gerade erträglich, aber die fast schwarze, gräuliche oder besser gesagt, grausame Hose, war die blanke Katastrophe. Um den Hintern und die Oberschenkel fast so weit und ausgebeult wie ein Rock lief sie nach unten enger zu. Wenn ich schon keine kurzen Jeans trug, sondern lange Hosen, dann wenigstens Cordhosen mit Schlag, nicht ganz so auffällig und übertrieben wie die von Elvis Presley, aber immerhin modern.

Mit diesen Gedanken und einer inneren fröhlichen Stimmung sprang ich tänzelnd die breiten Treppen der Kaserne hinunter in den Hof. Eine zusätzlich belebende und freundliche Sommerfrische empfing mich und versetzte mein Gefühl in eine Art besonderer Freiheit, die ich nun so richtig zu schätzen wusste. Auf dem staubigen Weg zum Tor fasste ich noch einmal in meine flache Gesäßtasche. Die Ausgangskarte war da und in der vorderen linken Tasche raschelte leise das Münzgeld, in der rechten piksten die scharfen Kanten der Ecken von den klein zusammengefalteten Scheinen. Zwischen dem Vorplatz und dem Tor kam mir der Hauptmann unserer Kompanie entgegen. Froh gelaunt und unbekümmert hob ich leicht die rechte Hand zum Gruß und rief strahlend:

»Guten Morgen Herr Hauptmann!«

Er wäre fast gestolpert, so abrupt stoppte er seinen Gang.

»Was fällt Ihnen ein, Schütze Schreiber. Sie sind Soldat im Dienst, da haben Sie Haltung anzunehmen, zu salutieren und Meldung zu machen. Verstanden?«

Seine Stimme bebte.

»Jawoll, Herr Hauptmann«, rief ich in derselben Lautstärke, reckte meine rechten Arm zum Hitlergruß und knickte ihn ohne Unterbrechung in der Bewegung sofort im Ellenbogen wieder ein, wobei ich fast an meine Stirn geschlagen hätte.

»Schütze Schreiber meldet sich ab, zum Gang in die Stadt!«

»Wenn Sie krank sind, haben Sie während der Dienstzeit Uniform zu tragen«, regte er sich künstlich auf.

»Ich bin nicht krank, Herr Hauptmann«, antwortete ich entspannt und dachte in tausendstel Sekunde, dass das auch eine gute Idee sei, dem Kasernenalltag entfliehen zu können.

»Ich habe Sonderurlaub, genehmigt von Herrn Leutnant Rottmann. Und in die Stadt gehe ich ja – wegen der Uniform.«

Seine Stirn zog sich nach oben. Die Augenbrauen versuchten, sich zu berühren. Er konnte wohl dem Gehörten nicht so recht einen Sinn abgewinnen. Seinen Versuch, nachzudenken, drückte er so aus:

»So. Also der Rottmann. Sonderurlaub.«

Er machte eine Pause und fuhr entkrampfter fort:

»Und wegen der Uniform. Rühr`n. Wegtreten!«

Nichts tat ich lieber. Ich löste die soldatische Körperverspannung und passte sie wieder meinem individuellen Outfit an. Wir drehten uns gleichzeitig um und jeder ging seines Weges, er hinein, ich hinaus.

Ich glaubte, ein kleines Kopfschütteln bemerkt zu haben.

In ungebremster Ferienlaune schlenderte ich in die Stadt, die noch müde war. Ich musste unweigerlich an Rottman denken. Er hatte versucht, meinen Sonderurlaub zu vertuschen. Seine Blamage sollte auf keinen Fall auffallen, um nicht zum Gespött der Kaserne zu werden. Jetzt wird ihn sicher der Hauptmann zur Rede stellen. Das brauchte er auch, dachte ich in mich hinein.

Ich hielt nach einem Café Ausschau. Endlich mal wieder richtig guten Kaffee trinken und Kuchen essen. Seit meinem Aushilfsjob als Kellner in dem Zoorestaurant meiner Heimatstadt hatte ich nicht nur tadelloses Kellnern gelernt, sondern bin auch buchstäblich auf den Geschmack gekommen. Schwarzwälder Kirsch oder Käse-Sahne, das waren meine Lieblingskuchen, dazu schwarzer Kaffee ohne Milch und Zucker.

Ganz in der Nähe der Kirche befand sich ein Café, ein typisch deutsches. Die Bistros in Frankreich mit den langen Theken und dem riesigen Spiegel hinter den aufgereihten Pernot- und Weinflaschen, die Böden voller Kippen und Erdnussschalen – diese französische, scheinbar rücksichtslose Gelassenheit gab es hier nicht. Spießig, aber meinen Augen nicht ungewohnt, sind unsere Cafés. Es ging drei Stufen hoch und man stand direkt rechts vor der Verkaufstheke mit freiem Blick auf farbenprächtige Torten hinter Glas. Gegenüber war die Tür zum Salon. Das Milchglas vernebelte den Blick hinein und ein goldener Türgriff veranlasste mich, sie zu drücken. Die Tür führte zum Salon mit sechs kleinen quadratischen Tischchen, darauf in der Mitte jeweils eine kleinen schlanke, weiße Porzellanvase mit einer einzelnen rosaroten Rose. Daneben, zwischen dem sauberen gläsernen Aschenbecher stand die Angebotskarte wie ein Dach. Beim Öffnen der Tür durchstieß ich eine Dunstwolke aus Zigarettenqualm und süßlichem Parfüm. Ich blieb erst einmal im Türrahmen stehen und verschaffte mir einen Gesamteindruck. Die drei Fenster zur Straße waren mit vielleicht ehemals weißen, ockerfarbenen Rüschengardinen in hängenden Bögen verunstaltet. Breitblättrige Pflanzen, die nach Wasser lechzten, verhinderten einen freien Blick hinaus und hinein. Am hintersten Fenster saß ein älterer Herr vor einer Tasse Kaffee, einem leeren Eierbecher und einem halben unberührten Käsebrötchen. Während er noch kaute, schaute er kurz auf, um dann nach einem unverbindlichen Nicken sich wieder in seine breit offen gehaltene Tageszeitung zu vertiefen. In der rechten Ecke hinten hatten sich zwei Damen, auffallend gut, aber nach meinem Gefühl zu farbig, aber teuer gekleidet, gemütlich gemacht. Ihre blumigen Sommerkleider reichten bis an die Knie, die sie übereinander gelegt hatten. Aus ihren kurzärmligen Blusen drohten dürre Arme. Ihre Haut war sonnengebräunt und an der Grenze der Verbrennung angekommen. Vor ihnen standen zwei Piccoloflächchen Sekt und dünne hohe Sektgläser. Beide Damen hielten Zigaretten in ihren Händen mit abgespreizten kleinen Fingern. Sie redeten gleichzeitig. Sie starrten mich für eine Sekunde an, musterten mich von oben bis unten, überwanden ihren ersten Schock und schnatterten weiter, beide.

Ich setzte mich gleich an den ersten Fensterplatz. Die kleine, faltige Kellnerin stand schon hinter mir und ich bestellte meine heiß ersehnte Schwarzwälder Kirschtorte und ein Kännchen Kaffee.

»Zum Frühstück Torte«, hörte ich aus den Satzfetzen heraus.

Ich schaute an der armen Pflanze auf dem Fensterbrett vorbei auf die Straße. Eine unheimliche, unwirkliche Atmosphäre überzog mich wie ein Schleier. Ich fühlte mich nicht normal. Es war nicht das Alleinsein, das einfach nur Dasitzen in einem Café. Ich war in einem Theater, auf einer Bühne oder war ich jetzt wieder Zuschauer? Viele Schularbeiten hatte ich im Café gemacht. Zuhause konnte ich nicht lernen und mich konzentrieren. Immer stand meine Mutter im Rücken und kontrollierte mich, obwohl sie schon lange nicht mehr verstand, womit ich mich in der Schule beschäftigte, falls sie überhaupt jemals etwas verstanden hatte. In Cafés hab ich mich wohl gefühlt. Sie waren zu meinem Ersatzzuhause geworden, Arbeitsplatz und Wohnzimmer zusammen, und es gab immer wieder potentielle neue Gesprächspartner.

In meinem Gehirn liefen viele Filme parallel ab, überkreuzten und verdeckten sich, gaben einzelne Szenen frei, nur Ordnung wollte nicht entstehen. Mein Kopf war voll und leer gleichermaßen. Es war Anfang August. Im April war ich zwanzig geworden, im Mai machte ich mein Abi, im Juni war ich mit Freunden am Mittelmeer und Frankreich und im Juli Soldat und jetzt sitze ich hier.

»Ich sollte mal wieder etwas Vernünftiges lesen«, murmelte ich vor mich hin.

Ich hatte keine Bücher mehr. Nach jedem Schuljahr gaben wir immer unsere Schulbücher an die nachfolgende Klasse ab. Meine wenigen privaten Bücher hatte ich verschenkt, als ich das Zimmer aufgab und in die Ferien gefahren bin. Fast alles andere an Literatur hatte ich in der Stadtbücherei gelesen oder ausgeliehen. Neben Englisch, Latein und Französisch wurde in unserer Schule auch Russisch als freiwilliges Zusatzfach angeboten, etwas Außergewöhnliches in Westdeutschland, wie ich später erfahren hatte. Russisch, das völlig Fremde, hatte mein unstillbares Interesse geweckt und in seinen Bann gezogen. Die kyrillischen Buchstaben lernte ich damals ungeheuer schnell und unsere pummelige Russischlehrerin brachte uns das liebevolle Gefühl der russischen Duscha, der russischen Seele näher. Tschechow, Tolstoi, Dostojewski waren für mich die Schriftsteller an sich geworden, die die Menschen ehrlich sahen und beschrieben und kein Blatt vor dem Mund hielten. Sie waren ganz einfach authentisch. Das hat mich tief beeindruckt. In der Oberstufe kamen dann in Französisch die Schriftsteller und Philosophen Camus und Sartre hinzu. Mit achtzehn war ich Existenzialist. Mein Französischlehrer war stolz auf mich, hatte ich doch meine Abiturarbeit über Sartre geschrieben und er meine Arbeit mit einer Eins belohnt.

Ich beschloss, mir nicht nur eine neue Hose zu kaufen, sondern auch Bücher. Der Geschmack der Schwarzwälder Kirschtorte entfachte weitere unzählige Situationen meiner jungen Vergangenheit. Der Duft mit dem einzigartigen Hauch von Kirschlikör verwirrte meine Gedanken noch mehr. Papier knisterte. Der Herr in der Ecke blätterte seine Zeitung um. Der Besuch des Bundeskanzlers in Israel machte immer noch Schlagzeilen. Davon hatte ich bisher nichts mitbekommen. Ich war ja auch zu dieser Zeit in Frankreich. Auch die Ursache vom Flugzeugabsturz in Paris vor zwei Wochen war noch immer nicht geklärt. Wenn man im Wehrdienst steckt, kriegt man gar nichts mehr mit, dachte ich. Es ist eine andere Welt.

Als ich das Café verließ und die schwere Tür nach draußen öffnete, prallte ich gegen einen heißen Luftschwall von der Straße. Im Café war es noch angenehm kühl, trotz des Zigarettenqualms, aber draußen war es schon unerträglich heiß geworden. Obwohl ich keine Uhr trug, hatte ich doch ein sicheres Gefühl für Zeit. Bis zum Mittag war es nicht mehr all zu weit. Das Städtchen war klein genug, dass sich in aller Nähe eine Buchhandlung und ein Herrenmodegeschäft befanden. Die schlanke Herrengröße neunzig passte immer, meine Wahl stand schnell fest. Die schwarze Hose, nicht gräulich wie die grausame Bundeswehrhose, saß, wie sie sitzen musste, der Stoff war angenehm und ab dem Knie hatte sie einen kleinen, unscheinbaren, nicht auffälligen Schlag. Ich fand sie gut. Das Ganze hatte keine zehn Minuten gedauert. Nebenan in der Buchhandlung musste ich mich erst zurechtfinden. Eine kleine Abteilung, Sprache und Literatur, ein volles Regal mit englischer und französischer Literatur für Schüler, aber auch einige wenige aus Russland. »Meine Universitäten« von Maxim Gorki, den Namen kannte ich, auch den Titel. Es ging, soweit ich mich erinnern konnte um seine Jugendzeit, eine Zeit, in der er das wahre Leben kennenlernte. Aber der Titel »Universität« war ebenso verlockend. Ich wollte ja auch zur Uni und freute mich auf das zukünftige Abenteuer. Und dann war da noch ein kleines Heftchen. Ich schlug es auf. Links russisch, rechts deutsch: »Der stille Don« von Tchechow. Daraus hatten wir in der Schule schon einen Text gelesen und übersetzt. Tchechow gehört zu den leichteren Schriftstellern, die nicht so sehr verschachtelt schrieben und daher für Schüler und Studenten als Einstieg geeignet waren. Zudem brauchte ich dann auch kein Wörterbuch. Das hätte ich auch nicht mehr bezahlen können. Zufrieden und stolz mit meinen neuen Errungenschaften machte ich mich auf dem kürzesten Weg zurück zur Kaserne.

Kapitel 11

In der Schule hätte es hitzefrei gegeben. Ich war überzeugt, es musste der heißeste Tag des Sommers sein. Das Exerzieren wurde auf den nächsten Tag verschoben. Heute Nachmittag bildete das G3, die sogenannte Braut des Soldaten, den Mittelpunkt der buchstäblichen Auseinandersetzung. Wir saßen, knieten oder hockten vor unseren Stuben wie Juden vor der Klagemauer. Davor die Schnellfeuergewehre. Unsere Aufgabe und Übung war es, die Gewehre zu reinigen. Dazu musste man sie zuerst vollständig auseinandernehmen. Wer sich die Reihenfolge der Einzelteile nicht sorgsam einprägte, hatte nachher ein Problem, das auch mit Gewalt nicht gelöst werden konnte. Da helfen einem nur Erfahrungswerte. Als ich mir mit Fünfzehn meine erste Velo-Solex, natürlich alt, verdreckt und anfangs auch nicht fahrbereit, gekauft hatte, lernte ich in brutaler Eigenerfahrung, was es bedeutet, eine Maschine auseinanderzunehmen und richtig wieder zusammenzusetzen. Tage hatte ich verzweifelt daran herum gewerkelt und probiert, bis der Motor wieder ein ganzes System war. Jedes Stück, was ich nun dem G3 entnahm, reihte ich fein säuberlich auf und legte die Teile so, dass die zusammenhängenden Seiten sich zuwandten. Danach wurde jedes Teil mit einem Tuch und Waffenöl gereinigt und wieder an dieselbe Stelle richtig herum gelegt. Nun spulte ich im Kopf den Weg zurück und in wenigen Minuten war mein G3 wieder einsatzbereit. Ich stand auf und schritt gemächlich den Flur entlang in Richtung Dusche.

»Wer hat Ihnen erlaubt, Ihren Platz zu verlassen, bevor das Gewehr gereinigt ist?«, schallte es quer durch den langen Flur.

Die Köpfe der Kameraden zuckten erst in Richtung des Leutnants Rottmann und drehten sich dann zu mir um. Dieses Theaterstück wollte sich keiner entgehen lassen.

Ich nahm zackig die stramme Haltung eines Soldaten an und rief so laut, dass es auch der letzte Kamerad am hintersten Ende des Flurs hören konnte:

»Schütze Schreiber, G3 ordnungsgemäß auseinandergenommen, gereinigt und zusammengesetzt auf dem Weg zum Abort!«

Das Kichern aller Anwesenden war unvermeidbar.

»Ruhe in den untersten Rängen!«, schrie Rottmann und kam stampfend auf mich zu, blieb vor meinem Gewehr stehen, das ich hochkant an die Wand gestellt hatte.

»Schütze Schreiber, zerlegen Sie das G3 zur Kontrolle!«

Ich nahm mein Gewehr, kniete mich hin und zerlegte es in rasender Geschwindigkeit und stand wieder auf.

»Gereinigtes G3, zerlegt zur Reinigungskontrolle«, sprach ich und schaute Rottman direkt in seine Augen. Er verzog keine Miene und wollte sich keine Blöße geben, erst recht mir keine Anerkennung zollen. Er sparte sich eine nähere Inaugenscheinnahme des Gewehrs, drehte sich auf der Hacke um und rief in den langen Flur:

»Weitermachen!«

Ich addierte im Stillen: Zwei zu null für mich. Die verweigerte Anerkennung erfuhr ich später in der Stube von meinen Kameraden.

»Das konnte der Rotte aber gar nicht gut haben«, meinte einer.

Ein anderer zweifelte:

»Theo, treib es nicht zu weit, das könnte böse enden!«

»Wieso, Theo hat doch keinen Fehler gemacht, der versteht halt ´was von Waffen, nicht wahr?«

»Wenn man aus einer Polizistenfamilie stammt, wird einem das in die Wiege gelegt. Mein Vater hat mich immer wieder zu Schießübungen mit genommen. Da bleibt das nicht aus«, antwortete ich gelassen.

»Da bin ja mal gespannt, wenn wir bald zu den Schießplätzen kommen.«

Wer das sagte, musste wohl eine Ahnung gehabt haben. Ich hatte dieses Gespräch schon längst wieder vergessen, als wir eine Woche später einen Marsch mit unserem Zug von rund dreißig Mann zum Truppenübungsplatz machten. Diesmal hatten wir kein volles Sturmgepäck zu tragen, sondern jeder nur das G3. Vor dem Schießstand machten wir halt. Oberleutnant Dömer führte den Zug, unser Gruppenführer Schubert wies uns in die Sicherheitsmaßnahmen ein. Heute wurde scharf geschossen. An einem kleinen grauen, abgeblätterten Holztisch saß ein Kamerad und notierte in einer dicken Kladde die ausgegebene Munition für jeden Soldaten. Ein anderer griff immer in die neben ihm stehende Stahlkiste und holte die abgepackten Patronen heraus. Der Schießplatz war von unbewachsenen Bergwällen umgeben. Auf der einen Seite standen Strohpuppen und große Holztafeln mit Zielscheiben.

Für unsere Gruppe waren drei Tafeln aufgestellt und wir standen fünfzig Meter vor ihnen. Je drei Soldaten mussten aus der Gruppe vortreten und sich auf die markierten Stellen postieren. Schubert rief in die menschenleere Schussrichtung:

»Achtung, Schussbahn freihalten. Es wird scharf geschossen! Lebensgefahr!«

Dann zu uns gerichtet:

»Schütze Westholt, Kortmeier, Schreiber auf die Positionen. Gewehre entsichern. Jeder nur drei Schuss, danach wieder sichern und Gewehre ablegen. Dass keiner so verrückt ist und hinterherläuft, Verstanden?«

Wir drei stellten uns auf und taten wie befohlen.

»Feuer frei!«

Es knallte entsetzlich. Die Gruppe zuckte zusammen, einige hatten sich sogar erschrocken. Ich kannte die Lautstärke und auch den gewaltigen Rückschlag des Kolbens auf die Schulter. Kortmeier neben mir stolperte sogar einen Schritt zurück und sofort schrie Schubert:

»Sind Sie verrückt. Das Gewehr in Zielrichtung halten. So und jetzt wieder Position einnehmen!«

Meine Schießnachbarn stellten sich wieder auf, ich konnte stehenbleiben. Nach weiteren zwei Schüssen konnte man schon von weitem sehen, dass meine Kollegen kein Bundeswehreigentum beschädigt hatten. Heute sollte es wohl nur um die erste Erfahrung mit einem echten Schuss gehen und nicht um Zielschießen. Jedenfalls erfuhren wir keine Ergebnisse. Als ich zur Gruppe zurückkehrte, wandte sich aber Schubert an mich:

»Anfängerglück, Schreiber. Das gibt's immer wieder.«

»Ich weiß nicht, wovon Sie sprechen«, antwortete ich und zuckte mit den Schultern. Es schien, dass er mir glaubte. Sein süffisantes Lächeln umschmeichelte seine gut gemeinte Geringschätzung. Ich reagierte mit Schweigen.

Die namentliche Registrierung und das Abzählen der abgeschossenen und zurückzugebenden Patronen ließen wir unbeeindruckt über uns ergehen und marschierten ohne Tritt in kleinen Gruppen der untergehenden Sonne entgegen zurück zur Kaserne. Die tiefen Sonnenstrahlen blendeten und, um nicht zu stolpern, schritten wir immer langsamer. Da uns aber auch kein Vorgesetzter führte, genossen wir den bequemen Gang.

»Sind euch auch die Strohpuppen ganz hinten auf dem anderen Schießplatz aufgefallen?«, fragte einer aus unserer Sechsergruppe.

»Ich hätte dabei ein komisches Gefühl, da drauf zu schießen«, meinte der großwüchsige Bernd von hinten.

Worauf mein Nachbar zur linken rief:

»Du streichelst doch auch nicht eure Kühe, wenn ihr sie zum Schlachter schickt!«

»Ich möchte mal sehen, wie die zerfetzt werden, wenn die so richtig einen abkriegen!«

»Mann, du freust dich wohl schon drauf, ne«? schallte es von vorne und Peter drehte den Kopf nach hinten.

»Du hast wohl noch gar nichts begriffen. Hast dich wohl auf Z-Grabstein verpflichtet. Leute wir du haben uns noch gefehlt!«

Peters Stimme machte Klimmzüge und man spürte, wie er sich aufregte.

»Ich möchte auch nicht auf Menschen schießen«, warf ich ein.

»Aber wenn eine Armee abschrecken soll, muss sie auch töten können.«

Als ich mich selbst hörte, spürte ich ein Unbehagen.

»Es ist nun mal ein Widerspruch, Schießen und Töten zu üben, um es nicht zu tun. Das scheint ja auch nicht anders zu gehen«, ergänzte ich, um meinem aufkommenden Widerwillen ein Alibi zu geben.

„»Wer will denn schon Krieg?« hieß es hinter mir. Worauf Peter sofort erwiderte:

»Das hörte sich vorhin aber ganz anders an. Wenn ich eins hasse, dann sind das karrieregeile Streber ohne Verstand!«

»Hört auf zu streiten, das bringt doch nichts«, versuchte ich die aufkommende Spannung herunterzufahren.

Bernds Vorschlag jedenfalls wurde einhellig angenommen:

»Die erste Runde geht auf mich!«

Kapitel 12

Davon hatte ich schon nicht mehr zu träumen gewagt: Schwimmen zu gehen. Doch dieser Tag war von oben geplant. Man wollte den letzten Schulferientag nutzen, um ins noch leere Freibad des Ortes zu gehen. Ein ganzer Tag war das Bad für den Privatbereich gesperrt. Wir spürten die aufgehende Sonne im Rücken und alle Kameraden schienen mit diesem Tagesplan mehr als zufrieden und zum Teil ausgelassen und fröhlich zu sein, bis auf diejenigen, die am Vorabend zu lange ins Glas geschaut hatten. Der Weg zum Freibad war uns nicht ganz unbekannt. Wir mussten am Fuße des Pluto vorbei und ich konnte auch das Fußballstadion sehen und dachte unweigerlich an Conny. Ich atmete tief durch versuchte, den Gedanken zu verdrängen und mich auch auf das Schwimmereignis zu freuen. Fast hundert Mann im nato-oliven Kampfanzug aber ohne Helm, Gewehr und Sturmgepäck, aber mit dem albernen Schiffchen auf dem Kopf wanderten in Zweierreihen und in drei Zügen aufteilt durch die frische Morgenluft. Von weitem kam uns ein Zivilfahrzeug entgegen, also im Grunde nur ein Auto. Schubert hatte die Aufgabe übernommen, die Ausbildungskompanie fünfzehn / eins ordnungsgemäß zum Freibad zu führen. Er marschierte ganz vorne, blieb plötzlich stehen und schrie:

„»Kompanie im Gleichschritt! Marsch!«

Er gab das Schritttempo vor und marschierte voran:

»Und links und links und eins, zwei, drei, vier und links und links und eins...«

Schon nach wenigen Minuten hörte man die Kommandos nicht mehr bewusst, sondern übernahm den vorgegeben Rhythmus, wurde eins mit der Bewegung und konnte wieder seinen Gedanken nachhängen. Ein hellblauer Opel Kadett fuhr an uns vorbei und Kinder winkten aus den offenen Fenstern. Obwohl wir uns eigentlich nicht umdrehen und erst recht nicht zurück winken durften, haben sich doch einige Kameraden nicht daran gehalten. Es war wie ein Blick zurück in die andere vergangene Welt, obwohl man diese Welt erst vor wenigen Wochen verlassen hatte. Auch spürte man so etwas wie Wehmut. Ich schluckte. Ich hatte plötzlich nicht mehr das Gefühl von selbstverständlichem Wehrdienst, sondern ich dachte eher an einen Marsch an die Front, wie man sie in Filmen immer zeigt. 1939 waren die Jungs auch nicht älter als wir und die meisten mussten sterben.

»Ohne Tritt Marsch!«

Die Stimme Schuberts erlöste mich von weiterem Grübeln. Wir marschierten entspannter und fühlten uns auch so.

Das Freibad war klein, also das Becken höchstens fünfundzwanzig Meter lang, aber die Liegewiesen waren sehr weitläufig und hinten standen sogar zwei graue Holztore ohne Netze. Viele Kameraden stürmten regelrecht aus den Umkleidekabinen in bunten, engen Badehosen zu den Schwimmbecken und sprangen wie die kleinen Kinder ins kühle Nass. Nach wenigen Minuten ertönten die ersten Pfiffe und wieder die militärischen Kommandos. Es wirkte völlig widersprüchlich und merkwürdig, zumal die Jungs ohne Uniform nicht mehr wie Soldaten aussahen. Wir wurden wieder in Gruppen zu sechs Mann eingeteilt, die mit Fahrtenschwimmer in die ersten Gruppen und die unsportlichsten am Schluss. Es hatte sich keiner gemeldet, der nicht schwimmen konnte. Wir standen da und warteten auf dem trockenen, schon zertretenen, vergilbten Rasen. Und da kamen mehrere Gefreite, deren Gesichter den Kameraden aus der Kleiderkammer ähnelten. Jetzt war für mich schlagartig klar, was kommen sollte: Kleiderschwimmen. DLRG. Seit meinem sechzehnten Lebensjahr war ich DLRG-Schwimmer. Unser damaliges Gymnasium war eines der wenigen, wenn nicht sogar das einzige in der Region, das ein eigenes Freibad besaß. Während meiner Oberstufenzeit habe ich immer Aufsicht geführt. Das durfte man nur mit dem DLRG-Schein. Als zukünftiger Sportlehrer war das für mich auch eine Selbstverständlichkeit. So war es nicht verwunderlich, dass ich mich im Wasser wohl fühlte. Zuerst mussten wir uns einige Bahnen einschwimmen, dann tauchten wir nach blauen und roten Ringen und man zeigte uns, wie man Ertrinkende umgreift und auf dem Rücken schwimmend zum Beckenrand zieht. Den meisten hat das sehr viel Spaß gemacht, andere hatten erhebliche Probleme, so lange und tief zu tauchen, und ihre Gesichter liefen rot an. Einige Kameraden taten mir leid, unter den Augen von Vorgesetzten und dem Gelächter mancher Kameraden ihre Unsportlichkeit zu offenbaren. Die Sonne hatte ihren höchsten Stand überschritten, die Schatten wurden länger und ein zaghafter Wind setzte ein. Obwohl kein Grill in der Nähe war, hatte sich ein Lebensgefühl eingeschlichen, das nach Grillwürstchen und kaltem Bier lechzte. Doch das Programm war noch nicht zu Ende. Jetzt kam das gefürchtete Kleiderschwimmen dran. Die weißen Leinenanzüge waren schon beim Anziehen schwer und schlabberten um den Körper. Im Wasser sogen sich voll und zerrten unsere schlanken Körper mit unsichtbarer Gewalt nach unten. Wer versuchte, normal zu schwimmen, um sich fort zu bewegen, hatte verloren. Das ist ähnlich wie im Moor oder Sumpf: Je mehr man strampelt, umso weiter versackt man. Lange kräftige Züge mit den Armen, die Bewegung nach vorne über dem Wasser und die Bein möglichst langsam anziehen, sonst drückt man sich wieder zurück. Wir hatten das früher in der Schule geübt, hier bekam ich Angst, wie ich die strampelnden Kameraden sah, wie sie nach und nach absoffen. Im Laufe des Tages hatten sich auch weitere Offiziere eingefunden, unter anderem auch Leutnant Rottmann. Über hundert Mann standen nun um das Schwimmerbecken an den Rändern herum und feuerten die letzte Gruppe an, die noch zwei Bahnen vor sich hatte. Es war die schwächste Gruppe und, wie soll es anders sein, auch die mit den dicksten Kameraden. Diese Abiturienten hatten ihre Schwerpunkte eher in Mathe und Chemie, aber ganz sicher nicht im Sport. Und da eine Fünf im Sport beim Abi nicht zählte, hatte man sich mit der Pflichtteilnahme zufrieden gegeben und die mitfühlenden Sportlehrer ihnen das Abi-Zeugnis mit einer Vier kosmetisch nachbehandelt. Sechs Bahnen, sechs Schwimmer in schweren Leinenanzügen und ein allgemeiner Tumult am Beckenrand! Fünf Kameraden hatten die erste Wende hinter sich, der letzte noch vor sich. Die Blicke richteten sich auf die ersten, die immer stärker angefeuert wurden. Der letzte hatte den Beckenrand immer noch nicht erreicht und begann, wie ein Hund im Wasser zu laufen. Knapp zwei Meter vor dem Rand sackte er ab und streckte seine Arme nach oben. Das war das Signal, das mich, ohne einen Gedanken zu verschwenden, im Bruchteil einer Sekunde in Bewegung setzte. Ich machte einen gewaltigen Sprung ohne Anlauf kopfüber in Richtung des Ertrinkenden. In drei Armzügen war ich unter ihm, umarmte ihn von hinten und drückte mich mit kräftigen Beinstößen zur Wasseroberfläche. Er begann wieder zu strampeln und krallte sich am Beckenrand fest. Ich holte tief Luft. Er lebt, dachte ich und der ehrliche Stolz katapultierte mich mit einem Schwung in die Hocke am Beckenrand und ich erhob mich. Wassertropfen klebten noch an meinen Augen und verquollen sah ich eine Uniform vor mir stehen: Rottmann.

»Schütze Schreiber, wer hat Ihnen erlaubt vom Beckenrand zu springen!« kreischte er derart laut, dass er das ganze Freibad mit dem Schall erfüllte. Ich fühlte, wie sich alle zu uns umdrehten.

»Ich habe«, begann ich meine Rechtfertigung.

»Sie haben gar nichts! Stillgestanden!«

Ruckartig zuckte ich die Schultern zurück und presste meine Arme links und rechts an meine nackten Beine.

»Ich habe … «

»Sie reden trotz stillgestanden! Das ist Befehlsverweigerung. Erst unerlaubtes Verlassen der Truppe und dann noch Befehlsverweigerung. Das wird Konsequenzen haben. Ich muss Meldung machen und ein Eintrag in Ihre Personalakte ist unvermeidbar! Abtreten!«

Ich stand da wie erstarrt.

»Das heißt: Jawohl, Herr Leutnant!«

»Jawohl, Herr Leutnant!« rief ich zurück, obwohl er auch einen Flüsterton gehört hätte. Vom Sprung ins Wasser bis zu diesem Anschiss war gefühlt nicht eine Sekunde vergangen. Der Umstand, zuerst nichts zu verstehen, schlug direkt um in geballte Wut. Strammen Schrittes ging zu meiner Gruppe und spürte neugierige, aber auch verständnislose Blicke. Die Kameraden machten den Weg frei und ich lief an ihnen vorbei, weiter direkt auf die Umkleidekabinen zu. Ich wollte mit keinem reden. Ich musste allein sein und erst einmal die Situation verdauen. Verstehen konnte ich sie nicht. Aber ich schwor Rache. Kein Kamerad hatte den Mut, mir zu helfen. Vielleicht war das auch zu viel verlangt. Ich zog die nasse Badehose aus und setzte mich auf die Holzbank, stützte meine Ellbogen auf die Knie, und blieb wie versteinert sitzen. Die Pendeltür knarrte und der pummelige Kamerad, nun ohne nassen Leinenanzug, aber in einer angeklatschten grünen Turnhose kam herein und setzte sich neben mich.

»Du hast mir das Leben gerettet, weißt du das?« Er sprach sehr leise.

»Ich bin Tommy. Ich will mich bei dir bedanken. Der Rottman ist eine Sau. Der will dich nur fertig machen. Ich stehe zu dir, verstehst du?«

»Der kennt mich noch nicht«, antwortete ich ohne aufzublicken.

»Mach bitte keinen Fehler. Der sitzt am längeren Hebel. Die Zeit ist auf unserer Seite. Die letzten vierzehn Monate gehen auch vorbei.«

Kapitel 13

Noch ein Wochenende und dann durfte die Ausbildungskompanie ihren ersten Heimaturlaub antreten, ihr erstes Wochenende nach Hause. Erstens war mir das sowieso egal - ich hatte schon lange kein Zuhause mehr und zweitens musste ich im Kopf erst einmal wieder klar werden. Einige Kameraden hatten nun das Freibad für sich entdeckt und verbrachten den sonnigen Samstag im überfüllten Schwimmbecken oder holten sich einen Sonnenbrand. Mir war der Spaß am Schwimmen vergangen. Ich spürte überhaupt kein Verlangen mehr nach irgendeinem Sport, ein Gefühl, das ich in dieser Form noch nicht kannte. Ich wusste auch zum ersten Mal nicht, was ich nun eigentlich wollte. Und es war sehr heiß. Ich stand am weit geöffneten Fenster meiner Stube und starrte auf den staubigen leeren Kasernenhof. Ein freies Wochenende lag vor mir und ich wusste nichts mit mir anzufangen. Ich war aus der Bahn geworfen. Immer stärker entwickelte sich in mir ein Gefühl von Ohnmacht. Es ist Samstagnachmittag, ich hatte bewusst nur meine kurze Jeans an und fühlte den leichten Windzug auf meinem nackten Oberkörper. Warum kneifen die alle den Schwanz ein? Warum sagt denn keiner was? Warum haben die alle eine solche Angst? Als normaler Mensch auf der Straße könnte sich ein Typ wie Rottmann nicht so aufführen. Die Uniform ist doch nur etwas Äußeres. Dahinter versteckt sich die Macht, die Gewalt, die Staatsgewalt. Oder versteckt sich Rottmann hinter der Staatsgewalt. Ist es nur seine Person? Kann er seine Aggressivität und seine Wut nur hier ausleben? Warum wird er durch die Uniform geschützt und nicht ich. Ich hatte richtig gehandelt, nicht er. Ob er seine Drohung wahr gemacht und mich dem Hauptmann gemeldet hat, war mir egal. Damit kann er mich nicht beeindrucken. Und wenn ich mich beschwere? Nützt das etwas? Langsam wurde mir klar, dass ich hier in einer anderen Welt lebte, mit eigenen Gesetzen, Gesetze, die nur hier galten, quasi ein Staat im Staate. Ich soll mich dieser Gewalt unterwerfen, aber ich will es nicht - ich muss. Man kann auch mit keinem darüber reden. Die einen greifen zum Bier, andere duckmäusern sich und hoffen nur, dass die Zeit vergeht oder lenken sich sonst wie ab. Da sind sie, dachte ich, als sich eine kleine Gruppe meiner Mitsoldaten im Hof versammelte. Sie winkten zu mir hoch und kreisten mit den Armen. Ich sollte runter kommen.

Ich krallte mein T-Shirt, rutschte in meine ausgelatschten Turnschuhe und rannte durchs Gebäude, die Stufen weit überspringend und war in wenigen Sekunden bei der Gruppe.

»Komm doch mit. Wir gehen in die Stadt und dann in die Disko. Bleib locker und lass dich nicht auf diese Spielchen ein, das bringt doch alles nichts!«

»Auf Disko stehe ich nicht. Und mit diesen Klamotten komme ich da garantiert nicht ´rein!«

Ein mir fremdes Gesicht aus der Gruppe musterte mich:

»Das kriegen wir schon gebacken. Ich kenn´ den Türsteher. Übrigens, ich bin Helmut.«

»Hi, Helmut, woher kenne ich dich eigentlich?« fragte ich ihn. Er schmunzelte. Jetzt erkannte ich ihn wieder.

»Kleiderkammer, nicht wahr?«

»Genau, du hast es erfasst. Ich bleibe das letzte Wochenende hier.«

Er zog mit sichtlichem Stolz ein aufgerolltes gelbliches Maßband aus seiner Hosentasche und rollte es wie mit einem Peitschenschlag vor uns aus. Man hatte die optische Illusion, dass sich nun ein hundert Zentimeter langes Maßband handelte, aber es war nur noch ein Stummel von sieben Zentimetern.

»Heute Nacht, um Mitternacht, schneide ich die Sieben ab, auch wenn ich mit dem heißesten Schneewittchen vom Harz tanze. Das ist für mich ein historischer Augenblick«, lachte er übers ganze Gesicht.

»Dann wissen wir ja, wer um Mitternacht die Runde schmeißt«, warf Bernd ein und rieb sich die verschwitzten dicken Pranken. Der Kleiderkammer-Soldat im Endstadium seiner Dienstzeit musste sich buchstäblich geschlagen geben, denn Peter und Klaus standen neben ihm und klopften ihm von beiden Seiten unsanft auf die Schultern.

Helmut hatte nun keine ruhige Minute mehr, denn wir anderen, die noch ganz frisch dabei waren, fragten ihm Löcher in den Bauch und wollte möglichst alles wissen, was für uns in der nahen Zukunft wichtig sein könnte.

So verging die Zeit unbemerkt schnell, auch dann noch, als sich alle im Biergarten einfanden und sich quasi innerlich auf die Disko vorbereiteten.

Zoten und anrüchige Witze, in denen immer mehr Blondinen vorkamen, ließen das Gelächter in der direkten Tischnachbarschaft die Köpfe schütteln.

Anfangs tat mir diese Ablenkung gut, doch so langsam begannen meine Gedanken, sich zu verselbständigen. Ich hörte nicht mehr richtig zu, lachte, obwohl ich gar nicht verstand, worüber die anderen lachten. So fiel ich wenigstens nicht auf. Das eiskalte Bier trank sich wie Wasser und ich hatte das Gefühl, dass es mich entspannte, die Illusion von Freiheit. Die Wirkung des Alkohols kam mir erst ins Bewusstsein, als ich versuchte, mich vom hölzernen Gartenstuhl zu erheben, um die Toilette aufzusuchen. Ich schwankte, der Stuhl wackelte, ich griff intuitiv nach der dicken Tischplatte und der Klappstuhl klappte hinter mir zusammen, wie es seine Bestimmung war. Die Gruppe grölte und ich fühlte unter meinen Achseln links und rechts kräftige Stützen, die mich zur Toilette begleiteten. Ich wollte nicht kotzen. Ich hasste es, seit ich mit fünfzehn in Frankreich zu viel Rotwein getrunken hatte und alles aus dem Fenster der Jugendherberge gespuckt hatte. Die rot besprenkelte Wand hatte mich noch tagelang verfolgt. Ich rührte kein Bier mehr an und erholte mich langsam bei einer großen Flasche Mineralwasser.

Kapitel 14

Als wir vor der Disco ankamen, war es schon fast dunkel. Den Alkohol spürte ich zwar noch, aber mir war nicht mehr schlecht und ich konnte wieder alleine und aufrecht gehen. Helmut hatte uns die Anweisung gegeben, uns absolut ruhig und nüchtern zu verhalten. Er war vorgegangen und diskutierte mit dem Türsteher. Dann winkte er zu uns herüber und machte das militärische Zeichen für Marsch-Marsch, indem er mit der rechten Hand an einer Schnur aus Luft zog, zweimal, zack – zack und wir reagierten wie die Marionetten und schritten im Gänsemarsch und im holperigen Gleichschritt an ihm und dem Türsteher vorbei in einen dunklen Gang. Hinten sah man schon bunte Lichter und eine riesige, runde Holztheke wie aus einem Saloon aus Cowboyfilmen. Wir waren die ersten Gäste und als wir alle einen Hocker an der Bar unter uns hatten, quietschte und dröhnte es und Gitte trällerte:

»Ich will`nen Cowboy als Mann!«

Ich traute meinen Ohren nicht, hielt das Ganze für einen Scherz, mit dem man uns begrüßte. Weit gefehlt. Helmut klärte uns schnell auf:

»Das hier ist die Tenne und hier geht richtig die Post ab!«

Wie aus dem Nichts tauchte der Barkeeper hinter der Theke auf und stellte jedem einen dicken Glaskrug mit Bier hin. Ich war positiv überrascht, das Bier schmeckte grandios, nach den Mengen an Wasser, das ich getrunken und sofort wieder ausgeschwitzt hatte. Disco, das kommt bestimmt nicht von Diskutieren, dachte ich. Dafür waren die Musik, die Schlager und Sauflieder viel zu laut. Die Stimmung lullte mich zwar ein, aber ich gehörte irgendwie nicht dazu. Ohne, dass ich es wahrgenommen hatte, füllte sich die Disco und der Zigarettenqualm begann, in den Augen zu zwicken. Die Luft wurde undurchsichtiger und gleichzeitig dünner. Ich spürte das Wasser über meinen Rücken laufen. Mein T-Shirt war schon völlig durchnässt und die dicke Disco-Kugel unter der Decke mit den unzähligen Spiegeln verwirrte jeden gezielten Blick auf einen bestimmten Gegenstand oder auch Mädchen und verwandelte den ganzen Raum in ein unaufhörliches Dauerzucken. Diese optische Foltermethode wurde mit deutschem Schlager auf die Spitze getrieben. Das Licht wurde herunter gedämmt, als der DJ über Bernd Klüver mit der Mundharmonika auf englische Schmusesongs überging. Plötzlich zuckte mein Körper bis in die Fingerspitzen und Zehen. Ich war für wenige Sekunden stocknüchtern. War das gerade Conny, gegenüber? Ich spürte mein Herz bis an den Hals schlagen. Dann war sie wieder weg. Ich löste mich von meinem Hocker und schlenderte langsam und vorsichtig durch die schwingende Menge und versuchte so zu tun, als wenn ich nach nichts Ausschau hielte. Das vibrierende Disco-Licht-Geflacker machte mich fast zornig. Dann sah ich sie wieder, die hellen langen Haare. Nein, sie waren nicht blond, als ich ihr näher kam, eher rötlich und sogar ein wenig gelockt, also irgendwie wellig – ich stand nun direkt vor ihr und wollte mich wieder abwenden. Doch sie drehte sich um, blickte mir direkt in die Augen und nahm spontan meine beiden Hände und zog mich auf die Tanzfläche.

„So hat mich noch keiner aufgefordert«, schrie sie mir gegen Simon and Garfunkel ins Ohr und legte ihre beiden Arme um meinen Hals, das ich fast keine Luft mehr bekam. Ich fing einen Blick zwischen ihr und dem DJ auf. Vicky Leandros stimmte ihr neuestes Lied an: Ich habe die Liebe geseh´n. Ein Schmusesong folgte dem anderen. Irgendwann zog sie mich mit fester Hand zum Ausgang und wir schwebten wie auf seichten Luftkissen durch die Gassen. Die Luft war immer noch sehr warm, aber ohne diesen ätzenden Qualm aus der Disco. Graue Häuser, ein Hauseingang, eine alte Treppe, die knarrte und ich fand mich in einem Zimmer wieder, das nur durch eine gelbliche Straßenlaterne die Konturen von einem Bett erkennen ließ.

Kapitel 15

»Er wacht auf«, hörte ich und anderes Gemurmel. Ich öffnete die Augen, um sie sofort wieder zu schließen. Sonnenblitze mussten meine Augen getroffen haben.

»Was ist los?« stöhnte ich und versuchte, mich aufzurichten.

»Das müssten wir eigentlich dich fragen! Wieso bist du abgehauen. Wir haben dich überall gesucht!«

Langsam gewöhnten sich meine Augen an das grelle Licht. Die komplette Mannschaft von gestern Nacht stand an meinem Stahlbett. Mein Bett war doch oben? Ich lag aber unten.

»Wieso liege ich hier … und nicht oben?«

»Wir sind froh, dass wir dich bis hierher gekriegt haben. Da kannst du mehr als zufrieden sein. Wir haben dich abwechselnd durch das ganze Dorf geschleppt!«

Verzweifelt versuchte ich, mich an irgendetwas zu erinnern.

»Durch das ganze Dorf bis hierher?« wiederholte ich ungläubig.

»Mann, warst du schicker, wie `ne Strandhaubitze. Wir wollten schon den Sanni rufen, aber dann wärst du sofort in den Bau gewandert, zum Ausnüchtern. Das haben wir dir erspart.«

»Und plötzlich warst du aus der Disco verschwunden!« meinte Klaus.

»Wo war ich denn?«, fragte ich völlig verwirrt.

»Ich glaube, der hat einen Filmriss!« schallte es von hinten.

»Mensch Theo, es wurde schon hell, als wir dich in einem Hauseingang gefunden haben. Du hast im Sitzen gepennt. Weißt du denn gar nichts mehr?« fragte Bernd, der auf der Fensterbank des weit geöffneten Fensters hockte.

»Zuletzt hattest du doch noch mit diesem rothaarigen Feger geschwoft, und dann warst du spurlos verschwunden. Jedenfalls hatte dich seitdem keiner mehr von uns gesehen. Auf dem Rückweg hast du immer wieder von der heißesten Nacht deines Lebens gefaselt. Du solltest dir mal deinen Rücken angucken, der ist völlig zerkratzt!«

In meinem Kopf dröhnte es, direkt über den Augen zerrten Schmerzen quer durch den Kopf bis in den Nacken.

»Die rothaarige, ja«, stammelte ich. Sie hatte rötliche Haare, dachte ich. Mein Schädel brummte. Ich drehte mich zur Seite und während ich wieder einschlief, hörte ich noch halbwegs:

»Lasst ihn erst einmal pennen und seinen Rausch ausschlafen. Es ist ja Gott sei Dank erst Sonntag.«

Es war schon wieder Nacht, als ich aufwachte. Ich musste den ganzen Tag durchgeschlafen haben. Der Vollmond erhellte das Zimmer, die Jungs schnarchten um die Wette und mir war kotzübel. Ich duschte alleine, brauchte nicht einmal Licht anzumachen und trank unter der Dusche das kalte Leitungswasser.

Ich hatte mich kaum wieder hingelegt, hörte ich diesen entsetzlichen Schrei:

»Kompanie, aufstehen, Fertigmachen zum Appell!«

Das überlebe ich nicht, dachte ich und versuchte, so gut es irgendwie ging, mich soldatisch zu verkleiden. Ich war einer der letzten, die sich auf dem Hof einreihten und ich spürte Blicke, die ich aber nicht auffangen konnte.

Ich bekam meine Augen kaum auf und vor mir stand plötzlich Rottmann. Einen Augenblick spürte ich keine Schmerzen mehr.

»Hat die Sau denn da noch Titten?« schrie das grüne Monster vor mir.

»Wie sehen Sie denn aus, Schütze Schneider, äh, Schreiber? Hat man so etwas schon mal gesehen? Ohne Hemd unter der Kampfjacke. Los Mann, marsch, marsch in die Stube, in zehn Sekunden sind Sie wieder hier, als Soldat versteht sich!«

Mir blieb nichts anderes übrig, ich rannte los, quer über den Platz zum Gebäude, die Treppe hoch, in die Halle, am Aquarium und den alten Bildern aus den letzten Weltkriegen vorbei in die erste Etage zu meiner Stube. Während ich mich in Windeseile ordnungsgemäß anzog, erinnerte ich mich an das Aquarium in unserer Schule. Das war damals auch so heruntergekommen und veraltgt, bis ich mich darum gekümmert hatte. In Bio hatte ich dann eine Zwei bekommen.

Wieder eingereiht und für kampftauglich gemustert, hörte ich die nächste Schreckensnachricht: Marsch zum Truppenübungsplatz mit voller Ausrüstung. Meine erste Idee war, mich krank zu melden. Doch das wäre zu auffällig gewesen und hätte vielleicht noch meine Kameraden in Erklärungsnot gebracht, wo wir die ganze Nacht verbracht hätten. Nein, ich musste mir etwas anderes ausdenken. Nach dem Appell drängelten sich die Kameraden zur Essensausgabe durch die Kantinentür, um den Proviant für den Tag in Empfang zu nehmen. Ich ging in die Gegenrichtung wieder zum Kasernengebäude und blieb unweigerlich vor dem Aquarium stehen. Es war bestimmt über ein Meter breit und stand auf einer massiven alten und abgewetzten Eichenkommode. Die grünlichen und völlig verschlammten Plastikschläuche ragten aus einer runden Luke des schwarzen Deckels und verschwanden hinten im Schrank. Ich öffnete die linke Tür, wo ich den Außenfilter vermutete und zog den Schlauch vom Filter ab. Das Wasser lief nicht mehr in Richtung Aquarium, sondern tröpfelte hinter dem Filter langsam auf den Boden der Truhe. Ich vergewisserte mich, dass mich keiner gesehen hatte und lief eilig in die Schreibstube. Dort saß hinter dem Metalltisch vor einer wuchtigen nato-oliven Schreibmasche ein Kamerad in grauer Uniform und neben ihm stand der Hauptmann.

»Schütze Schreiber, melde gehorsamst, Herr Hauptmann…« Der Hauptmann unterbrach mich und rief halblaut:

»Was gibst, Schreiber, Sie sind ja ganz aufgeregt!«

»Jawoll, Herr Hauptmann, das Aquarium ist leg. Es läuft bereits aus!«

»Schreiber, holen Sie jemanden, der sich damit auskennt oder zum Hausmeister. Haben wir überhaupt einen? Was ist Schreiber? Beeilen Sie sich.«

»Ich kenn mich damit aus, ich habe das Schulaquarium gepflegt«, antwortete ich unverblümt.

»Gut, Schreiber, dann sehen Sie zu, was Sie da machen können. Das ist ein Befehl!«

»Das habe ich schon, Herr Hauptmann, sonst wäre es mir ja nicht sofort aufgefallen. Der Filter muss repariert werden.«

»In Ordnung, ich meine, bringen Sie das in Ordnung. Sie sind heute vom Marsch befreit!«

»Jawoll Herr Hauptmann«, antwortete ich zackig. Beinahe hätte ich mich noch bei ihm bedankt, aber ich konnte es genauso gut unterdrücken wie meine innere Genugtuung.

Aus dem Fenster beobachtete ich, wie meine Kompanie, aufgeteilt in drei Zügen die Kaserne im Gleichschritt verließ. Ich hatte nun Zeit, mich um das Aquarium zu kümmern, es einmal richtig sauber zumachen, die Scheiben von den Algen zu befreien und die Inneneinrichtung mit gesammelten Steinen vom Grüngelände aufzupäppen und mich von meinen Kopfschmerzen zu erholen. Jetzt konnte man auch wieder die Fische sehen.

Kapitel 16

Das Gebäude war menschenleer. Ich war völlig allein. Es herrschte Ruhe. Alles Soldatische schien zu entschwinden. Selbst die Schreibstube war geschlossen. Draußen stand die Luft. Ein Gefühl, das ich zuletzt an der Côte d'Azur empfunden hatte, durchströmte meinen Körper, ein Gefühl von Freiheit, die in dieser Kaserne absurd, ja beinahe erschreckend wirkte. Splitternackt ging ich zur Dusche. Im Spiegel konnte ich so halbwegs die langgezogenen Kratzer und Druckstellen von spitzen Fingernägeln erkennen. Das Duschen mit kaltem Wasser war eine Wohltat. Meine Kopfschmerzen verflüchtigten sich. Hunger verspürte ich immer noch nicht, aber ich wurde müde. Also legte ich mich wieder in mein stählernes Hochbett und blickte an meinen Füßen entlang in den hellblauen Sommerhimmel ohne Wolken. Ich lag auf dem Rücken und spürte jetzt zum ersten Mal die dünnen Wunden. Die Erinnerung kam bruchstückhaft. Von draußen drangen Vogelstimmen und ich versuchte die Augen zu schließen. Es ging noch nicht. Die Kopfschmerzen, dieses Pochen über den Augen war sofort wieder da. Mit offenen Augen sah ich einzelne Bilder. Peggy, sie hieß Peggy. Und so langsam fiel mir ihre Geschichte wieder ein. Ihre Tante hatte sie von drüben geholt, als sie noch sehr klein war. Sie war damals in einem Heim untergebracht, ihre Mutter saß im Gefängnis wegen versuchter Republikflucht. Mit dem Personalausweis ihrer gleichaltrigen Cousine hatte sie mit ihrer Tante aus dem Westen unbemerkt den Check-Point passiert. Seitdem hat sie Ihre Mutter nie wieder gesehen und manchmal ging sie auf den Pluto, den höchsten Berg in der Nähe der Kaserne und schaute nach drüben. Bis jetzt war mir das noch gar nicht so klar vor Augen gewesen, dass sich unsere Kaserne so nah an der DDR - Grenze befand. Zuhause hieß es immer, die Ostzone und in der Schule, die sogenannte DDR. Mein Vater und dessen

Familie waren damals aus Oberschlesien geflohen. Daran konnte ich mich nun erinnern. Es hatte mich nie interessiert.

Ich bin neunzehnhundertdreiundfünfzig geboren, das war ganz schön nah am Kriegsende. Und ich bin Soldat, ich, Theo. Alles war so schnell gegangen. Schule, Abi, Frankreich, gestern Nacht.

Sie hatte auch einen Bruder, Enrico, der soll beim Vater geblieben sein. Seit ihrer Flucht hatte sie auch nie mehr etwas von ihm gehört. Ich hatte sie gefragt, ob ihr Vater Italiener war. Da hat sie angefangen, lauthals zu lachen, während wir aufeinanderlagen. Ihr Körper vibrierte.

»Das haben viele gemacht, damals, aus Protest, sie haben ihre Kinder nach westlichen Stars oder südländischen Vorbildern benannt. Das war legal und hat die Stasi geärgert.«

Ihre tiefe Stimme wirkte in diesem Moment trotzig und aufgeregt. Sie hatte mich wieder umgerissen und sich auf mich gesetzt. Ab dann hatte ich keinen blassen Schimmer mehr, was und wie es weiter geschah, nicht einmal, wie ich das Haus verließ und mich die Kameraden fanden. Alles war weg.

Wildes Getrampel und Gegröle weckte mich. Der riesige Bernd stand vor meinem Bett und konnte über mich hinweg schauen. Schweißperlen glitzerten auf seiner Stirn. Er hielt mir mit seiner echten dicken Pranke eine eiskalte Flasche Bier entgegen und rief:

»Man soll damit anfangen, womit man aufgehört hat, dann geht´s wieder aufwärts! Prost.«

Er hatte mich überzeugt und das kalte Bier war ein unbeschreiblicher Genuss. Am nächsten Morgen, beim Appell, wurde ich von unserem Hauptmann gelobt, dass ich das Aquarium so hervorragend wieder in Stand gesetzt hätte.

Kapitel 17

Wir waren in der Grundausbildung. Drei Monate sollten reichen, uns Abiturienten zu Scharfschützen auszubilden. Jeder Soldat hatte, wie es hieß, seine Braut, sein Gewehr G3, das er hegen und pflegen sollte. Ich fand den Vergleich widerlich. Wir lernten auch das Schießen mit dem Schnellfeuergewehr Utzi. Das war nur halb so lang wie ein Gewehr, sehr handlich, aber man konnte quasi nonstop einen kompletten Patronengürtel durchziehen. Und dann kam noch der besondere Spaß, wie die Uffze, die Unteroffiziere, sagten, mit der Panzerfaust. Wie eine solche Waffe auf hundert Meter einen Panzer in Stücke riss, war schon beeindruckend und gleichermaßen erschreckend. Mit der Panzerfaust durften nur die Vorgesetzten schießen. An die Lautstärke und

Knallerei gewöhnte man sich auffallend schnell. Die Schießübungen mit dem G3, liegend auf Puppen aus Stroh oder Pappe fanden irgendwie alle Kameraden spannend. Es gab immer wieder Wettkämpfe untereinander. Wenn der Zugführer gut gelaunt war, versprach er auch schon mal einen freien Tag, für den besten Schützen des Tages.
Ein neuer Unteroffizier und Ausbilder wurde uns vorgestellt: Fähnrich Faber.

Er führte zum ersten Mal einen Zug zum Schießstand. Als wir nach dem einstündigen Marsch endlich auf dem Truppenübungsplatz angekommen waren, erteilte er seine Befehle:
»Männer, heute wollen wir Trophäen ins Quartier zurückbringen. Das heißt. Zielscheiben, die nach der Übung keine mehr sind. So wahr ich hier stehe, ich, Faber, ohne Wenn und Aber. Und heute gilt, der beste Schütze hat einen Tag frei. Den kann er sich aussuchen. Ohne Wenn und Aber, das ist mein Wort, aber nicht erst nach dem Wehrdienst, haha«.
Wir sollten wohl lachen, aber wir standen noch im Stillgestanden und jede Regung war in dieser soldatischen Haltung strengstens untersagt. Da keiner lachte oder auch nur den Anschein eines Lächelns bot, konnte man ihm anmerken, wie sein Gehirn arbeitete. Und plötzlich schrie er:
»Dritter Zug, rührt euch!«
Wir entspannten unsere Haltung, aber es lachte immer noch keiner. Doch seinen Spitznamen hatte der Neuzugang weg: Fähnrich ohne Wenn und Aber.
Es lief, wie es laufen musste. Meine Kameraden hatten schon längst mitbekommen, dass ich zuhause mit meinem Vater bei der Polizei den sauberen Umgang mit der Waffe gelernt hatte. Zwar nur um einen Ring, aber immerhin, waren meine Treffer die besten. Ich erhob mich und ein Kamerad brachte im Eilschritt die durchlöcherte Scheibe.
Fähnrich ohne Wenn und Aber musterte die Pappe mit prüfendem Blick. Dreißig Kameraden hatten zugeschaut und standen im weiten Halbkreis um den Fähnrich und mich. Er ließ sich von einem Soldaten sein G3 bringen. Es war ein nagelneues Gewehr. Ich fürchtete nun um meinen freien Tag, trat aus der Menge hervor und stellte mich direkt vor den Soldaten, der im Begriff war, das neue G3 dem Fähnrich zu übergeben. Meine zwei Schritte waren sehr schnell und so überraschend für den Kameraden, dass er mir das G3 in die Hand drückte, anstatt dem Fähnrich.
»Danke, Kamerad, das ist sehr fair, ein neues Gewehr für beide«, rief ich mit dem Tonfall des Hauptmanns. Fähnrich ohne Wenn und Aber lief rot an, wagte aber nicht zu widersprechen. Ich setzte noch einen drauf:

»Das ist doch in Ordnung, Herr Oberleutnant? Ein Stechen mit demselben Gewehr. Wollen Sie zuerst schießen?«

Fähnrich Faber stand kurz vor der Explosion, fasste sich aber wieder und rief:

»Danke für die Beförderung, werde Sie in der Messe lobend erwähnen. Schütze ...«

»Schreiber, Herr ...«, weiter konnte ich nicht antworten.

Er überließ mir das Gewehr. Ich schritt zu dem Kameraden, der auf einem Stuhl hinter einer braunen Kiste stand und die Munition austeilte.

»Drei Patronen für den Schützen Schreiber«, nuschelte er und notierte es in seiner dicken Kladde. Ich nahm die drei Patronen und legte sie in das leere Magazin. Ich ging zehn Schritte vor, von wo man auf die Scheibe schießen musste. Fünfzig Meter vor mir hob ein Soldat den Arm und entfernte sich aus der Schussbahn. Ich hob das G3 leicht über dem Ziel und senkte es langsam ab, bis ich den obersten Ring genau über der Mitte erreichte und drückte dreimal hinter einander ab. Es hatte sich angehört, als wenn nur ein langer Schuss gefallen wäre. Dann wurde die Scheibe ausgetauscht und der Fähnrich nahm die Waffe. Er schoss sehr konzentriert erst einmal, dann eine zweites Mal und nach einer Weile das dritte Mal.

Zwei Kameraden rannten sofort los und holten die Scheiben. Sie mussten ihre helle Freude haben, den sie lachten, bis sie vor uns standen. Die Scheibe vom Fähnrich wies drei Löcher auf, die sich um den schwarzen Mittelpunkt gruppierten. Auf meiner Scheibe war der schwarze Punkt weggeschossen.

»Ihre Ausbildung als Scharfschütze ist hiermit beendet. Schütze Schreiber, ich bin froh, in meiner Gruppe Leute wie Sie zu haben und wir können hier sehen, wie gut unsere Ausbildung an der Waffe ist. Sie haben einen Tag frei.«

Er drehte sich zu den anderen:

»Kompanie! Stillgestanden, Augen gerade aus. Rechts um und in Zweierreihe marsch.«

Am nächsten Morgen meldete ich mich in der Schreibstube beim Spieß für den ganzen Tag ab. Der Hauptfeldwebel, bekannt auch als fürsorgliche Mutter der Kompanie, war schon längst im Bilde, hatte nur noch geschmunzelt und mir wohlwollend zugenickt.

Von mir aus konnte es so weitergehen.

Kapitel 18

Jede freie Stunde, jeder freie Tag war für mich eine geistige Verschnaufpause. Sobald es irgendwie möglich war, entledigte ich mich der soldatischen

Kluft und zog am liebsten meine kurzen Jeans und das ehemals rote T-Shirt an. Meine Holzkläpper mit den abgewetzten Lederriemen über den Zehen gaben meinem Outfit den letzten Schliff. So gefiel ich mir. Und wenn am Wochenende die Kaserne frei von Uniformen war, fühlte ich mich fast wie zuhause, wie in unserem alten Schulgebäude, das ich, anders als meine Mitschüler aus tiefsten Herzen liebte. Diese ruhige menschenleere Atmosphäre und weit weg von meinen Eltern war für mich Entspannung pur.

Obwohl ich mich auch in einer Gruppe Gleichaltriger wohl fühlte und gerne Fußball und Volleyball spielte und sogar Jugendgruppen im Verein leitete, war ich doch auch sehr gerne allein. Aber ich empfand nie Einsamkeit, sondern ließ in der Ungestörtheit meine Gedanken sich verlieren. Die Erlebniswelt nahm ich auf wie ein trockener Schwamm das Wasser. Ich musste immer über alles nachdenken und verarbeiten. Dafür brauchte ich meine Ruhe.

In mir spürte ich nach einer gewissen Zeit wieder diesen Drang nach einem Ruhepol, einer geistigen Oase.

In der Kaserne war ich war stets hin und her gerissen zwischen dem soldatischen Alltag und der Notwendigkeit der Ruhe. Es war auch diese Art der Fremdbestimmtheit, die mich irritierte. Die Suche nach der freien, unabhängigen Zeit wurde gleichsam zu einer Sucht oder Flucht. Ich fühlte eine gewisse Hilflosigkeit in der Gängelung und einen Missbrauch meiner Person. Vielleicht war es auch die Angst, nicht mehr ich selbst zu sein. Ich sah mich im Alltag als Rekrut fremder Willkür völlig ausgeliefert und entmündigt. Auch ich versuchte, mich wie viele Kameraden mit dem Gedanken an die zeitliche Begrenztheit der Wehrpflicht, zu trösten oder abzulenken. Es wollte mir nicht so recht gelingen.

Zweimal in der Woche wurde uns eine besondere Aufgabe zuteil, entweder ein sehr langer Marsch oder wir mussten Schützengräben am Waldrand ausheben, nicht mit einem vernünftigen blanken Spaten eines Gärtners, sondern mit dem kleinen Bundeswehr-Klappspaten. Es waren keine vier Wochen vergangen, da lag wieder ein Marsch an, aber dieses Mal sollte es nicht in Marschformation die Landstraßen entlang gehen, sondern querfeldein.

Das ganze Vorhaben fing aber nicht wie üblich nach dem Appell an. Es hatte keine Ankündigung oder Vorwarnung gegeben. Es sollte wohl eine Überraschung werden. Laut, schrill, Angst verbreitend dröhnte plötzlich die Alarmsirene.

Trotz Tiefschlaf schreckte ich hoch, einige Kameraden waren aus dem Bett gefallen, andere schrien, einige schimpften. Von draußen, vom Hof, schallte es durch die offenen Fenster:

»Alarm, Alarm, Kompanie fertigmachen, Alarm, Alarm, alle Mann in den Hof!«

»Was ist los«, kreischten einige, die bereits in Unterhose oder Schlafanzügen auf den Flur gerannt waren.

»Brennt es? Wo? Was ist passiert?«

Die Aufregung war perfekt. Die Stubentür öffnete sich und Fähnrich Schubert stand im Raum:

»Warum gibt es keine Meldung? Wer ist hier die Stubenälteste«?

Peter stand ja schon vor ihm, in Unterhose, riss zackig seinen recht Arm zum Gruß, als die Sirene wieder losheulte und schrie aus vollem Hals gegen sie an:

»Stube sieben, vollständig …«

Weiter kam er nicht.

»Marsch, marsch, beeilt euch, der Hauptmann wartet schon unten!«

Die Sirene hatte aufgehört zu tröten und das allgemeine Chaos setzte sich in höchster Hektik fort. Die Sirene hallte im Kopf weiter – Tinitus hoch zehn. Wir bemühten uns, uns so schnell es irgendwie ging, in die Kampfuniform zu zerren und die Springerstiefel anzuziehen. Es waren nicht mal drei Minuten vergangen, da standen wir in einer Reihe der Größe nach vor dem Hauptmann im Hof mit dem Blick geradeaus auf das graue Gebäude. Hell glotzten die Fenster auf den Hof. Es war noch dunkel und die Luft war schwül und feucht. Links und rechts neben mir hörte ich die Versuche, ein Gähnen zu unterdrücken. Dann trat Rottmann vor den Hauptmann und rief mit der rechten Hand an seiner Stirn:

»Ausbildungskompanie fünfzehn / eins zum Appell vollständig angetreten!«

Der Hauptmann salutierte wie eine aufgedrehte Puppe dem Leutnant zurück und wandte sich dann an die noch sichtlich müde Truppe:

»Guten Morgen Soldaten, diese Übung ist kein Selbstzweck, sondern dient im Ernstfall zur Sicherheit der Bevölkerung. Als Soldaten der Bundesrepublik Deutschland nehmen wir unseren Auftrag ernst.«

Dann trat Rottmann einen Schritt vor und schrie mit heiserer Stimme:

»Kompanie fünfzehn / eins, rührt euch. In fünfzehn Minuten wird hier wieder in drei Zügen angetreten. Großes Sturmgepäck, Pionierpäckchen, Stahlhelm und Verpflegungsbecher. Danach Abmarsch zur Kantine, Verpflegung abholen und weiter zur Gewehrausgabe. Kompanie Marsch!«

Verständnisloses Gemurmel, leicht unterdrückte Rufe der Entrüstung wie: Scheiße, und das bei der Hitze, verdammter Mist. Flüche durchdrangen das Gestampfe der ungeordneten Meute, die sich durch den Haupteingang ins

Gebäude drängelte. Ich nahm es gelassen und war wie jeden Morgen einer der letzten, die in den Flur liefen.

Der Marsch in Zweierreihe war mittlerweile ein gewohntes Bild. Heute marschierten wir der Sonne entgegen und die oliv-grünen Männer mit den prallen Rucksäcken und glänzenden Stahlhelmen wirkten unwirklich, wie Außerirdische. Ich marschierte im dritten Zug und konnte in den Kurven der Landstraße die vorderen Züge erblicken. Genauso musste ich von weitem auch aussehen. Ich schüttelte innerlich den Kopf und dachte: Das ist alles nicht wahr. Wo bin ich hier gelandet? Dabei kam ich aus dem Tritt. Ein kurzer Zwischenstep wie beim Foxtrott und der Gleichschritt war wieder hergestellt. Ich spürte einen inneren Widerstand in mir. Ich marschierte im Gleichschritt, aber ich wollte es nicht. Ich wollte mich nicht in der Konformität verlieren, in der Masse verschwinden, als Ich nicht mehr sein. Das gleichgeschaltete Stampfen der Hunderten von Stiefel hämmerte unaufhörlich auf mein Gehirn. Ich konnte nicht ausbrechen, selbst wenn ich den Willen dazu aufbauen würde. Auch dieses Gefühl wurde beim bloßen Gedanken schon blockiert. Bei einem solchen Tempo im Gleichschritt mit dieser Last auf dem Rücken und dem Stahl auf dem Kopf war es auch unmöglich, mit dem Nachbarn ein Wort zu wechseln. In diesem Moment hätte ich am liebsten mein Gehirn abgestellt. Ich versuchte, mich abzulenken, an früher zu denken oder malte mir aus, wie es wohl nach der Wehrpflichtzeit weitergehen würde. Aber ich sah andere Filme in meinem Kopf. Filme, richtige Filme aus dem Fernsehen, Berichte von damals, die zeigten, wie die letzten jungen Soldaten in den Krieg zogen und Bilder von Rücktransporten, ohne Gleichschritt, mit humpelnden, dreckigen Soldaten in ihren zerschlissenen Kleiderfetzen. Sie marschierten nicht, sie schleppten sich in kleinen Gruppen durch die verstaubten Straßen, an den zerbombten Hausruinen vorbei, völlig apathisch, teilnahmslos und verwirrt.

Es waren die Übriggebliebenen aus der Gefangenschaft. Während es unmerklich hell wurde, verblassten die filmischen Erinnerungen.

Die Sonne erhob sich über die Bäume und blendete. Es ging leicht bergauf und der Gleichschritt wurde aufgehoben. Wir überquerten mehrere Hügel und trotteten durch kleine trockene, vergilbte Täler. Zum Glück mussten wir nicht singen. Der erste Zug hatte angehalten, der zweite vergrößerte den grünen Männerhaufen und auch wir gesellten uns dann ungezwungen dazu und durften unser Frühstückspaket von der Kantine auspacken. Nach einer knappen halben Stunde gab es den Befehl zur letzten Zigarette. Als wir uns wieder aufgestellt hatten, wurde es sehr ruhig um uns. Das Getrampel und die letzten Gesprächsfetzen waren verklungen, da postierte Rottman sich vor die Truppe.

»Kompanie stillgestanden!«

Wir schlugen die Hacken zusammen und lauschten. Rottmann hielt seine rechte Hand an sein Ohr und vergrößerte quasi seine Ohrmuschel. Dann erhob er wieder seine Stimme:

»Der Feind befindet sich hinter der Autobahn.«

Und tatsächlich, man konnte fahrende Autos leise hören und dazwischen Vogelgezwitscher.

»Heute unterqueren wir die Autobahn. Dazu folgende Regelung: Der Einstieg erfolgt einzeln. Die Zugführer vor jedem Zug und die Gruppenführer hinter ihren jeweiligen Gruppe hinterher. Sobald man sich in der Röhre befindet, gibt es nur eine Richtung: Nach vorne, es gibt kein Anhalten, erst recht kein Zurück. Verstanden? Hat das jeder verstanden? Kompanie stillgestanden, links um und Marsch!«

Erst jetzt klingelte es in meinen Ohren, wir sollen die Autobahn nicht überqueren sondern unterqueren. Ich konnte es kaum glauben. Aus der Menge der Kameraden konnte ich Bruchstücke auffangen:

»Typisch Rottmann« und »Was soll das denn schon wieder?« und »Der ist doch nicht ganz dicht!« und »Rottmann, das Schwein!« und »Der kommt auf die verrücktesten Ideen!«

Aber es schien nichts zu helfen. Da mussten wir wohl im wörtlichen Sinne »durch«. Die Geräusche der Autobahn kamen immer näher. Nach einer viertel Stunde erblickten wir den mit wilden Blumen und Sträuchern verwachsenen meterhohen Wall, über den die Autobahn führte. Die Sonne brannte unerbittlich und heizte unsere Stahlhelme auf. Ein paar noch nicht ganz ausgewachsene Eichenbäume boten uns Schatten. Wir durften uns niederlassen, die Helme abnehmen und abwarten, wie es weitergehen sollte. Die ersten Gruppen wurden in Einerreihen vor dem Betonrohr aufgestellt. Aus entspannter Entfernung konnte ich erkennen, dass der Kamerad, der in das dunkle, fast schwarze Loch sich bücken sollte, vorher noch seinen Stahlhelm festzurrte, sein G3 in der rechten Hand hielt und sich dann in die Röhre bückte und kriechend auf allen Vieren im Dunkel verschwand.

»Du, Theo, was meinst du, wie lang der Tunnel ist?« fragte mich mein Nachbar.

Er zog hastig und tief an seiner Zigarette, hatte die Knie angewinkelt und wirkte, obwohl er auf dem Boden am Baumstamm angelehnt saß, ängstlich und aufgeregt.

»Vier Spuren mit Mittelstreifen und Standspur, das weiß ich auch nicht so genau, zwanzig, dreißig Meter. Und die Böschung muss man ja auch eigentlich dazurechnen«, antwortete auffallend ruhig.

»Ich weiß nicht, ob ich das schaffe«, antwortete er sorgenvoll.

»Du solltest wenigstens da drinnen nicht anfangen zu rauchen«, versuchte ich ihn aufzuheitern.

»Du hast gut reden, ich kriege Panik, wenn ich nur daran denke, wenn einer feststeckt und dann? Der Rottmann hat´se nicht alle. Ob das überhaupt erlaubt ist?«

»Woher soll ich das wissen. Aber ich kann mir nicht vorstellen, dass der das zum ersten Mal macht«, erwiderte ich.

Mit Angst hatte ich prinzipiell keinen Vertrag, aber ich fühlte doch eine gewisse Unruhe in mir.

»Ferdinand, ich heiße Ferdinand, Ferdi reicht auch. Du bist Theo, du bist ja schon allgemein bekannt. Das mit dem Wettlauf, war ja erste Sahne. Bleibst du bei mir in der Nähe, wenn´s gleich losgeht?« fragte er stirnrunzelnd.

»Na klar, aber jetzt los, wir sind gleich dran«, antwortete ich und da ertönte auch schon der Befehl von Schubert:

»Gruppe Sieben, fertig machen!«

Unsere Gruppe rappelte sich auf, wir legten unsere Rucksäcke an, Helme auf, das G3 in die rechte Hand und Einzelaufstellung vor dem Betonloch. Rechts stand Leutnant Rottmann und grinste, als er mich sah. Links neben dem schwarzen Loch stand Schubert und nickte uns wohlwollend zu. Er musste ja direkt hinter uns in die Röhre.

»Ferdi, du kannst ja genau hinter mir bleiben«, sagte ich ihm über die Schulter, obwohl mir klar war, dass ich hier nichts machen konnte, geschweige denn helfen.

Ich setzte wie meine Vorgänger den Helm auf und zurrte meine Rucksackschnallen fester. Noch zwei, drei Schritte und dann musste ich mich doch sehr stark bücken. Die graue Betonröhre war viel enger als sie von weitem schien. Selbst auf den Knien rutschend, schleifte der Rucksack an der Oberkannte des Betons. Zog der Vordermann sein rechtes Bein nach, schob ich meine rechte Hand hinterher, um möglichst nah dran zubleiben. Der Drang, wieder herauszukommen, wurde immer stärker. Vor mir war alles tief schwarz und dunkel und ich schaute nur auf die sich bewegenden Schuhsolen und den Hintern meines Vordermanns. Ferdi hielt sich hinten an meinem linken Fuß fest. Soweit es ging, versuchte ich, mal einen kurzen Blick nach hinten zu riskieren, den Kopf zudrehen, aber auch da blickte ich nur ins Dunkel. Ich begann spürbar zu schwitzen. Es gab kein Vor und Zurück mehr, nach Oben ging gar nichts und immer nur Hand für Hand stückweise weiter in den Stollen der Finsternis. Irgendjemand musste vor mir gefurzt haben. Es begann entsetzlich an zu stinken, wie faule Eier, beißend sauer. Zudem wurde die Luft immer dünner. Die Sekunden dehnten sich zu Minuten. Ich hatte kein Gefühl mehr für Zeit. Krampfhaft versuchte ich bei jeder Bewegung, an meinem Vordermann vorbei zu sehen. Aber es blieb stockdunkel. Ich hatte das Gefühl, dass die Röhre immer enger wurde. Die Handballen rieben sich auf dem spröden Beton und die Knie begannen zu brennen. Leise Schreie, dumpfes Geheule, echoten von vorne und hinten. Ich spürte weiterhin Ferdis Hand an meinem linken Fuß. Ich atmete immer schwerer. Der Schweiß lief mittlerweile unter den Achseln in Bächen an den Armen herunter bis auf die Hände. Angst, jetzt fühlte ich sie. Ich darf keine Angst bekommen. Ich will keine Angst bekommen. Ich denke einfach an, an ja, an was? Und weiter krabbeln, immer einfach nur weiter. An nichts denken und weiter. Die Röhre wurde immer enger, wie ein strammer werdender Gummigürtel um den Bauch. Vorne – ein hell grauer Schleier, die Vorderleute gaben ihre ersten Umrisse preis. Licht. Die Erlösung nahte. Auch eine Ewigkeit kann zu Ende gehen. Meine Augen gewöhnten sich wieder langsam an die aufkeimende Helligkeit.

„Wir haben es bald geschafft, Ferdi", rief ich aufgeregt.

Ein schwaches »Ja«, kam von hinten, fast nicht hörbar, aber trotzdem mit einem Unterton von Freude. Noch drei, dann zwei Männer vor mir und dann erreichte ich das Ende der Röhre. Obwohl der Tunnel zu Ende war, kroch ich weiter. Ich konnte mich nicht aufrichten, der Rücken blieb gekrümmt. Ich kroch noch ein paar Meter und fiel gekrümmt um, erst auf die Seite und dann auf den Rücken wie ein umgestuppster Maikäfer. Langsam streckte ich mich und blieb erschöpft auf dem Rücken liegen. Jetzt hörte ich erst das Beifall spendende Klatschen meiner Kameraden um mich herum. Ich richtete mich auf den Ellenbogen auf und sah, wie nun auch die anderen aus der Röhre kraxelten und begann auch, in die Hände zu klatschen. Aber dann kam keiner mehr aus der dunklen Hölle. Das konnten ja nicht alle gewesen sein, dachte ich und in diesem Moment erscholl ein hohler, langer Schrei aus dem Tunnel. Das Echo erstickte. Ein mir unbekannter Gefreiter, Gruppenführer, wie ich richtig erkannte, schrie:

»Weg da vom Ausgang!«

Er bückte sich in das Dunkel und rief aufgebracht:

»Keine Panik, kriecht weiter, hierher, meiner Stimme nach!«

Dann kroch er selbst in den Tunnel und man hörte seine verzerrte Frage:

»Hallo. Könnt ihr mich hören?«

Wir vernahmen ein zaghaftes »Ja«.

»Der muss gleich rückwärts zurück, Prost Mahlzeit«, sagte mein Nachbar.

»Ich geh da nicht noch mal `rein. Das sollte man eigentlich melden.«

Es bildete sich eine Traube von Soldaten vor dem Ausgang und jeder versuchte, irgendwie in die Röhre zu gucken. Es dauerte eine nervenzerreißende Viertelstunde, da sah man die Schuhsohlen vom Gruppenführer. Millimeter für Millimeter quälte er sich rückwärts aus der schwarzen, engen Höhle. Sein gebückter Körper hatte den Tunnel fast verlassen, da sah man, wie er seinen Gewehrlauf mit der Rechten umklammerte und dahinter ein Kamerad auftauchte, der sich am langen Kolben festgeklammerte hatte. Aber anstatt nun auch die Röhre zu verlassen, ließ er sich flach auf den Boden fallen und stieß einen Schrei aus, den ich bis heute nicht vergessen habe. Er ließ das Gewehr des Gruppenführers los und sein Kopf krachte auf den Boden, während sein Stahlhelm in den Nacken rutschte.

»Der ist bewusstlos«, rief ein Kamerad aus der Traube.

»Wir brauchen einen Sanitäter!«

Aber wo sollte einer sein? dachte ich

»Auf der anderen Seite der Autobahn«, hauchte ein Soldat.

»Packt mit an«, befahl der Gefreite und zerrte mit ganzer Kraft an den Händen des Soldaten.

»Der muss den Ausgang frei machen, schnell!« Mehrere Kameraden sprangen auf, packten ohne Rücksicht den Bewusstlosen an seinem Gürtel, Hemd und Hose und zogen den schweren Körper ruckweise vom Ausgang. Sofort krochen weitere Kameraden aus dem Loch. Ihre Gesichter glühten. Sie ließen sich unmittelbar neben dem Ausgang ins Gras fallen und streckten alle Viere von sich. Der bewusstlose Soldat hatte ein kindliches Gesicht. Er hatte die Augen geschlossen. Die Kameraden, die alle auf dem Boden saßen oder lagen, schienen in eine Schockstarre gefallen zu sein.

»Ich werde es wagen«, rief ein Soldat.

Wir wussten nicht, was er meinte und schauten ihn fragend an.

»Er muss schnellstens ins Krankenhaus. Bis zur Kaserne ist es zu weit. Dann kann es zu spät sein. Man muss auf die andere Seite der Autobahn. Dort steht ein Sanni. Ich gehe oben rüber.«

Er drehte sich um, legte seinen Rucksack ab, ließ den Helm und das Gewehr im Gras liegen und rannte die Böschung hoch zur Autobahn.

Einige Kameraden versuchten, den Bewusstlosen anzusprechen und berührten mehrmals sein Gesicht, um ihn aufzuwecken. Aber es war zwecklos. Die

Sekunden zerrten die Zeit ins Unendliche, während immer mehr Soldaten aus dem schwarzen Loch kraxelten und sich über die angespannte Ruhe wunderten. Dann hörten wir endlich das Motorengeräusch eines Jeeps.

»Das wird der Sanni sein!«, rief einer und rannte dem Geknatter entgegen. Er fuchtelte mit seinen Armen und schrie:

»Hier her, hier her!«

Andere Kameraden waren ihm hinterhergelaufen und bildeten eine breite Schneise und ließen das offene Militärfahrzeug hindurch.

Der Jeep bremste kurz vor dem Bewusstlosen. Zwei Sanitäter sprangen aus dem Wagen, wobei sie den Motor weiter laufen ließen. Der eine beugte sich sofort zum Gesicht des Soldaten auf dem Boden und begann mit einer Mund-zu-Mund-Beatmung, der andere hockte sich auf der anderen Seite des Mannes hin und begann mit beiden Händen auf das Herz zu drücken. Wir waren alle aufgestanden und sahen den beiden aufmerksam und aufgeregt zu. Man sah und spürte, wie bei den Sanitätern die Kräfte nachließen. Und dann geschah das Wunder. Der bewusstlose Soldat öffnete die Augen.

»Toll, krass, klasse, er lebt, das habt ihr prima gemacht!«

Alle klatschten vor Begeisterung in die Hände und ließen ihrer Bewunderung freien Lauf, redeten durcheinander und die allgemeine Anspannung legte sich. Zu viert und mit den Kommandos der Sanitäter hievten sie den Kameraden in den Jeep und legten ihn auf die Rückbank. Der eine Sanitäter setzte sich mit nach hinten und hielt den Kopf des Kameraden. Der andere sprang wie ein Cowboy aufs Pferd über die Fahrertür auf den Sitz und fuhr sofort los. In diesem Moment kam ein Unteroffizier, auch Zugführer seines Zeichens, aus dem Loch gekrochen. Wir erklärten ihm, was sich hier abgespielt hatte. Dann übernahm er das Kommando und führte uns zurück zur Kaserne. Am nächsten Tag ging der anstrengende Alltag weiter. Den »Bewusstlosen« habe ich seitdem nicht mehr gesehen, und der Vorfall wurde kein einziges Mal von den Offizieren angesprochen. Ich habe mich damals schon gewundert, wie schnell eine solche Geschichte in der Versenkung verschwindet. Man hätte uns wenigstens über den weiteren Verlauf und den Gesundheitszustand informieren können. Man ließ uns im Ungewissen und schien auf das Vergessen zu setzen.

Kapitel 19

Nach dreizehn oder mehr Schuljahren und dem Abitur sind Prüfungen nichts Besonderes mehr. Auch unsere Allgemeinbildung wurde mehrmals abgefragt, was von vielen entsprechend auch nicht so ernst genommen wurde. Ich war immer stets bemüht, so schnell wie möglich fertig zu werden, da die Zeit danach zur freien Verfügung stand. Diese merkwürdigen »Klassenarbeiten« hätte ich längst vergessen, wenn nicht mein Kompaniechef, der Hauptmann Hagemann, mich wieder daran erinnert hätte. Eines Morgens, beim Appell, rief unvermittelt unser Zugführer:

»Schütze Schreiber, nach dem Frühstück sofort zum Chef!«

Danach hörte ich noch zwei, drei andere Namen. Ich hatte mich derart erschrocken, dass ich nicht verhindern konnte, dass mein Kopf heiß wurde. Ich hatte keine Angst, aber doch ein Unbehagen. Mein Gehirn arbeitete in höchster Erregung, fand aber keinen offensichtlichen Grund für die Auswahl. Ich hatte doch nichts ausgefressen, fragte ich mich? Oder hat mich jemand mit dem Aquarium verpfiffen. Das konnte ich mir einfach nicht vorstellen. Auch schauten mich die Kameraden in der Messe so merkwürdig an, aber keiner wagte es, mich zu fragen. Ich wollte diese Konfrontation mit dem Hauptmann möglichst schnell hinter mich bringen, trank hastig nur eine Tasse Kaffee, lief dann eiligen Schrittes zurück zur Kaserne und meldete mich in der Schreibstube. Der diensthabende Obergefreite telefonierte kurz:

»Der Schreiber ist da.«

Er schickte mich eine Tür weiter. Ich bedankte mich höflich und lief aus der Stube in den Flur und stand sofort vor der Tür der Hauptmann-Stube. Ich klopfte vorsichtig und hörte:

»Kommen Sie rein, Schreiber!«

Ich betrat die Stube, die so groß war wie drei unserer Stuben. Ganz hinten an der Wand saß der Kompaniechef. Ich wollte gerade zum militärischen Gruß ansetzen, da rief er schon:

»Lassen Sie mal das Theater und nehmen Sie dort Platz!«

Er zeigte auf den Holzstuhl mit dem grünen Sitz vor seinem Schreibtisch und ich setzte mich, während ich das Schiffchen auf meine Knie legte. Ich war andächtig gespannt, was nun auf mich zukommen würde.

»Sie wundern sich sicher, warum ich Sie hierher zitiert habe. Aber das will ich sofort aufklären und nicht lange drum herum reden. Ich habe da nämlich so gewisse Fragen.«

Ich schaute ihn erstaunt an, wagte aber nicht nachzufragen. Er stand auf, ging um seinen Schreibtisch herum an mir vorbei, während ich nun direkt auf die Wand schaute, die ausschließlich mit dem Bild unseres Bundespräsidenten verziert war.

„Sie haben in allen schriftlichen Prüfungen als bester abgeschnitten. Englisch hatten Sie im Abitur. Ihre Körpergröße hat das Idealmaß und Ihre sportliche

Verfassung ist vorbildlich. Und geschossen haben Sie wie ein Weltmeister. Das hat sich sofort herumgesprochen. Ich will es kurz machen. Sie bringen alle Voraussetzungen mit. Von höchster Stelle hat man mir aufgetragen, Sie zu überzeugen. Sie sind der geborene Starfighter-Pilot. Ich könnte Sie sofort zur Fortbildung anmelden. Sie wissen, nächste Woche ist Bergfest und die Vereidigung steht an. Der Oberst persönlich wird uns besuchen und ich werde ihm dann entsprechend Meldung machen. Nun, was sagen?»

Ich brachte kein Wort heraus. Wenn ich eines nicht wollte in meinem Leben, dann ist es, Berufssoldat werden und mich auf Z-Grabstein verpflichten. Eher würde ich den Wehrdienst verweigern, dachte ich unvermittelt. Aber ich sagte nichts und wunderte mich über mich selbst, dass ich diesen Gedanken schon irgendwie in mir trug. Mein Ziel, mein eigentliches berufliches Ziel war, Sportlehrer zu werden und nichts anderes. Deswegen hatte ich Abitur gemacht. Und Pilot? Daran hatte ich noch nie gedacht. Wie sollte ich auch?

»Das kommt jetzt sicherlich sehr überraschend für Sie!«

Er stellte sich neben mich. Ich machte den leichten Versuch aufzustehen.

»Bleiben Sie noch einen kleinen Augenblick sitzen. Ich gebe Ihnen bis zum Ende der Woche Bedenkzeit. Übrigens, wir suchen noch Helfer für das Fest, Kellner im Wesentlichen. Wollen Sie da mitmachen? Sie haben in Ihrem Lebenslauf erwähnt, dass Sie Ihren Lebensunterhalt während der Schulzeit als Kellner verdient haben.«

Ich nickte. Er wertete meine Geste als Zusage und schritt zu einem alten, schmucklosen Kleiderschrank, öffnete ihn knarrend und kam wieder auf mich zu, hinter sich etwas verbergend. Nun erhob ich mich doch, was er wohl als angemessen ansah.

»Für Ihr Engagement und besonders für Ihre Arbeit mit dem Aquarium.«

Er holte hinter seinem Rücken eine Langspielplatte hervor und sagte:

»La traviata, von Verdi. Ich glaube, ich habe Sie richtig eingeschätzt. Ich dachte mir, dass Sie Klassische Musik lieben?«

»Natürlich«, log ich und wurde nicht einmal rot. Ich mochte sie nur deswegen nicht, weil mein Vater jeden Sonntag den Chor der Gefangenen hörte.

»Dafür bedanke ich mich, aber es war nicht nötig, Herr Hauptmann.«

»Nichts für ungut. So und nun gehen Sie wieder zu Ihrer Truppe, Schütze Schreiber.«

Ich nahm die Langspielplatte und grüßte in perfekter soldatischer Form, drehte mich korrekt auf der linke Hacke um und schritt selbstbewusst zur Tür.

Im Flur atmete ich tief durch und schaute mir das Titelbild auf der Platte an. Ich konnte in diesem Moment noch nicht ahnen, dass die Ouvertüre meine

Lieblingsmelodie würde. Nur bis jetzt hatte ich keinen blassen Schimmer, weder von La traviata noch von Verdi.

Kapitel 20

Ich weiß bis heute nicht, welcher Teufel mich an diesem Tag, dem Tag der Vereidigung, geritten hatte. Ich war innerlich enorm angespannt und wäre am liebsten direkt zum Ausgangstor gerannt und dann zu meinem alten R4 und nichts wie weg, weit weg, ganz weit weg.

Mit diesem Freiheitsgefühl sich wieder zwangsweise einzureihen, sich zum Statisten zu machen, zu einer Nummer zu degradieren, das wurde für mich zu einer unbeschreiblichen Qual. Über meine Kindheit und der frühen Selbständigkeit hatte ich mich zum Einzelgänger entwickelt. Gruppen von Menschen waren mir stets suspekt, besonders diejenigen, die nur einen extrem kleinen gemeinsamen Nenner hatten, um sich zusammenzuschließen. Und wenn dann noch der Zwang wie bei der Armee dazukam, lief in mir der Eimer der Erträglichen über. Ich hatte mich sowieso schon gewundert, wie ich die ersten sechs Wochen mit der stumpfen und blödsinnigen Formalausbildung durchgehalten habe. Aber, was ich jetzt erleben durfte, war der Höhepunkt kollektiven Schwachsinns, der nicht mehr auszuhalten war. Auf der Tribüne standen die Unteroffiziere, unsere Gruppenführer, dann die Offiziere, der Hauptmann, einige Gäste, der Spieß der Kompanie und der Oberst. Alle beobachteten, wie die neue, junge Kompanie marschierte, sich mal links herum drehte, mal rechts herum, sich aufteilte und wieder zusammenschloss, wie einzelne Gruppen marschierten, auseinanderstoben und sich auf Befehl wieder in Reih und Glied sortierte. Dann kam der Moment, der alles andere in den Schatten stellen sollte. Die ganze Kompanie stellte sich wie beim Morgenappell in einer Reihe vor der Tribüne auf. Nun musste jeder Wehrpflichtige einzeln die Kompanie abschreiten und dann auf Höhe der Offiziere diese militärisch grüßen. Beim normalen Gang des Menschen bewegen sich die Arme gegenläufig zu den Beinen. Es gehört viel Übung und volle Konzentration dazu, im sogenannten Passgang zu laufen: Rechtes Bein nach vorne und gleichzeitig auch den rechten Arm nach vorne zu schwingen und dann das linke Bein mit dem linken Arm nach vorne bringen. Aus Spaß hatte ich früher diesen Gang beim Training einstudiert. Nachdem sich die Nummer dreiundvierzig wieder hinten angeschlossen hatte, kam ich dran. Ich startete sofort mit dem Passgang. Als ich der Offiziersclique näher kam, verstummte die Gruppe. Ich sah, wie sich das Gesicht von Hauptmann Hagemann versteinerte. Er muss wohl vorher dem

Oberst erzählt haben, welche Qualitäten ich mitbrachte und nun diese Blamage. Trotzdem wagte keiner von da oben, mich zu stoppen oder sogar zu belehren. Stur geradeaus schauend und gehend konzentrierte ich mich auf die verdrehte Arm- und Beinführung. Ich beendete meinen Marsch am Ende der Kompanie und reihte mich wieder ein. Meine Kameraden allerdings konnten sich vor Vergnügen und Lachen kaum beherrschen. Zwei, drei Soldaten prusteten einfach drauflos und husteten vor sich hin. Die gesamte Reihe schwankte, als wenn alle zu viel getrunken hätten. Nach mir präsentierten die anderen Kameraden im Marsch und Gruß ihr erlerntes Können, hatten aber offensichtlich Mühe, sich zu konzentrieren. Nachdem alle ihr Können gezeigt hatten, sortierten wir uns in Zweierreihen in der Mitte des Exerzierplatzes. Von der Tribüne knarrte die deutsche Nationalhymne. Direkt danach sprach der Oberst über ein Mikrophon den Spruch der Vereidigung:

»Ich gelobe, der Bundesrepublik Deutschland treu zu dienen und das Recht und die Freiheit des deutschen Volkes tapfer zu verteidigen.«

Nach fast jedem zweiten Wort machte er eine Pause und wir wiederholten lautstark jeweils seine letzten Wörter. Nach dem feierlichen Gelöbnis zeigten wir den oben stehenden Offizieren, wie geschickt wir schon unsere G3 - Gewehre handhaben konnten. Diese Vorstellungen dauerten dann ohne Zwischenfälle bis kurz vor Mittag. Die Offiziere bewegten sich in Richtung ihrer Messe und wir Fußvolk fanden uns in der großen Kantine wieder. Die freiwilligen Kellner wurden in die Kleiderkammer gerufen. Wir erhielten jeder einen passenden weißen Kellnerkittel. Jetzt trug ich aber meine schwarze neue Hose. Danach teilte uns ein Obergefreiter ein und wir bedienten unsere Kameraden. Die Soldaten brauchten heute nicht an der Essensausgabe anzustehen, sondern bekamen von uns Ihr Mittagsmenü mit Suppe, Hauptgericht und Nachtisch serviert. Immer, wenn ich an einen Tisch kam, wurde ich angesprochen, warum ich mir diesen Spaß erlaubt habe. Einige hielten mich für verrückt, andere für mutig. Genau genommen wusste ich es selbst nicht.

»Hattest du denn keine Angst«, wurde ich auch gefragt.

»Nein«, sagte ich selbstbewusst und arbeitete weiter. Nachmittags gab es Kaffee und Kuchen und abends sogar Freibier für alle, aber nur einen Liter für jeden Soldaten. Alles Weitere mussten sie selbst bezahlen. Um zweiundzwanzig Uhr war aber Schluss und man begab sich in die Stuben.

»Du kannst echt gut kellnern«, lobte mich Peter, während er sich langsam auszog.

»Danke, habe ich mal gelernt«, antwortete ich knapp, da ich keine Lust verspürte, dieses langweilige Thema auszuwalzen.

»Aber, was du dir da vor der Obrigkeit erlaubt hast, war schon krass. Andere nehmen einfach nicht an der Vereidigung teil und riskieren, nicht befördert zu werden. Zudem dürfen sie an keinen Fördermaßnahmen teilnehmen. Das kann dir auch noch passieren.«

»Mir ist auch aufgefallen, dass unsere Kompanie nicht komplett war. Das waren bestimmt über zehn Kameraden. Weißt du, wo die waren, während wir diese Show machen mussten?«

„Man hat sie auf die Stuben geschickt und ein Uffz musste sie bewachen. Die sind alle vom KBW, soviel ich weiß.«

»Vom KBW? Was ist das denn?« fragte ich ernsthaft.

»Das ist der kommunistische Bund Westdeutschland, eher Mao-orientierte, die die Bundeswehr am liebsten übernehmen würden.«

»Woher weißt du das alles, Peter? Das ist ja erstaunlich.«

»Ich habe mit einem von denen gesprochen. Wir sind nicht für die Abschaffung der Wehrpflicht. Ohne Wehrpflicht gäbe es ja gar keine gesellschaftliche Kontrolle. Dann machen die Rechten, was sie wollen!«

»Darüber habe noch gar nicht nachgedacht. Ganz im Gegenteil, der Hauptmann will mich zu den Starfightern schicken. Ich wäre prädestiniert dafür, meinte er. Aber ich will weiterhin Sportlehrer werden und da hat sich auch nichts in meiner Überzeugung geändert.«

Daraufhin meinte Peter:

»Der Hauptmann wird dich mit Sicherheit nicht mehr fragen, nach diesem Auftritt! Erst wollte auch ich verweigern, aber dann habe ich beschlossen, die Bundeswehr einmal genauer unter die Lupe zu nehmen.«

Ich hätte sehr gerne noch mehr von Peter erfahren, aber unser Gruppenführer betrat die Stube und wir mussten in die Horizontale. Als ich flach lag, spürte ich eine schwere, aber angenehme Müdigkeit und schlief sofort ein.

Kapitel 21

Die folgenden Tage nach der Vereidigung wurden härter. Unser Gruppenführer machte keine anzüglichen Bemerkungen mehr und Witze gab er erst recht nicht mehr von sich. Selbst der Tonfall von ihm war zwingender geworden. Es war kaum eine Woche vergangen, wurden wir wieder mit einem Alarm geweckt. Es war gerade mal vier Uhr morgens, und selbst die Sonne schien noch zu schlafen. Um uns aber richtig zu quälen, mussten wir im Hof mit vollem Kampfanzug auflaufen, mit Besteck, Becher, Pi-Päckchen, Rucksack und Klappspaten. Das ließ Böses ahnen. Das Frühstück gab es als eingepacktes Paket an der Essensausgabe der Kantine. In drei Zügen à dreißig Mann verließen wir im vorgegebenen Rhythmus, links, zwei, drei, vier, links … die Kaserne. Ich befand mich im letzten Zug und wir marschierten in Zweierreihen.

»Jetzt weiß ich, wo es lang geht«, sprach ich zu meinem Nachbarn, einem Jungen aus gutem Hause, der sich auf fünfzehn Jahre verpflichtet hatte.

»Es ist doch egal, wo es hingeht, Hauptsache wir werden geschult und wir haben ja ein Gelöbnis abgegeben!«

»Du glaubst doch wohl nicht selbst, was du sagst. Dann bitteschön, verteidige nachher mal die Freiheit des Volkes, wenn du mit dem Arsch im Schlamm steckst!«

Ich konnte solche Leute nicht verstehen, die sich zum Volkshelden aufspielen und als Schütze schon den Offizier `raushängen lassen. Meine Vermutung bewahrheitete sich. Es ging zum Pluto hinauf. Es dauerte auch nicht lange, da begann wieder die Sonne, uns anzukokeln. Oben angekommen, durften wir uns in den Rand des Waldes setzen und beim Frühstück den weiten Blick ins Tal genießen. Widersprüchliche Gefühle schien es nicht mehr zu geben. Der innere Widerstand schien ebenso gebrochen zu sein. Sollte es wirklich so schnell gegangen sein? Kein Rumoren, kein Stöhnen, alles wurde als selbstverständlich hingenommen. Aus den Abiturienten waren Soldaten geworden und das Getreide war seit dem letzten Marsch gemäht worden. Die kurzen Stoppel glänzten golden in den Sonnenstrahlen. Wolken gab es schon seit Wochen nicht mehr. Nach dem Frühstück wurden wir wieder in unsere Gruppen gerufen. Ohne Schritt bewegten wir uns in das Dickicht des Waldes. Generationen vor uns hatten hier schon ihre Schützengräben ausgehoben, die nun eher aussahen wie verlassene Gräber.

Wie sollte es anders sein, mussten auch wir ran. Jeder einzelne suchte sich eine geeignete Stelle mit möglichst wenig Wurzeln und begann mit seinem Klappspaten zu graben. Nach drei Stunden bekamen wir Besuch von älteren Kameraden, die große, grüne, mit Schrauben verschlossene Stahlbottiche mitbrachten und uns aufforderten, sich vor Ihnen anzustellen. Wer seinen Blechnapf vergessen hatte, hatte nun ein Problem. Nach der Quälerei im Erdreich schmeckte die Erbsensuppe himmlisch gut. Es gab Nachschläge, bis der Stahltopf leer war. Danach streckten wir uns auf dem Boden aus und einige gönnten sich eine Zigarette. Die ersten Blasen an den Händen mussten versorgt werden. Aber an Pflaster hatte niemand gedacht. So griff man in die kleinen Verbandkästen und umwickelte die Hände mit weißem Verbandsmaterial. Nach einer guten halben Stunde gab es einen neuen Befehl:

»Gruppe vier, Tarnung anlegen!«

Sofort begann eine aufgeregte Suche nach dem Pi-Päckchen, dem Pionier-Päckchen, dass alles Wichtige enthielt, um im Busch zu überleben und was jetzt gebraucht wurde, nämlich die schwarze Kohle fürs Gesicht. Nachdem die Wangen und die Stirn schrecklich verunstaltet waren, musste der Helm mit Blättern und Zweigen dem Wald angeglichen werden. Bei diesen Tarnungs-Prozeduren beobachteten sich die Kameraden und verfielen nicht selten in Lach-Hysterien.

»Wer noch einen unqualifizierten Laut von sich gibt, macht zwanzig Liege-stütze«, schrie Unteroffizier Schubert in den Wald. Schlagartig wurde es leise, selbst die Vögel hatten aufgehört zu singen.

»Und nun zurück an die Gefechtsstände und weiter ausheben. In einer Stunde ist Kontrolle!« Jeder suchte sein begonnenes Bodenloch und schaufel-te sich innen kniend Schüppe für Schüppe immer tiefer. Dabei hörte man bekannte und neue Flüche über die Wurzeln, die sich widerspenstig wehrten, ausgehoben zu werden.

Schubert ging von einem zum anderen und gab entsprechende Tipps. Als er bei Wolfgang ankam, fiel er fast aus allen Wolken.

»Schütze Westermann, was haben Sie denn die ganze Zeit gemacht? Doch nicht etwa geschlafen? So, zum Auftakt zwanzig Liegestütze, aber zack zack!« Wolfgang war fast so breit wie er hoch war. Jede Bewegung war für ihn eine Herausforderung. In der Regel sah man ihn nur sitzend etwas essen. Er schaff-te gerade mal drei Liegestütze und brach dann zusammen. Er blieb bäuchlings auf dem Waldboden liegen und Schubert schrie noch heftiger als vorher:

»Das darf doch wohl nicht wahr sein? Hat die Sau denn da noch Titten? Stehen Sie auf, Mann! Sie fangen sofort an, Ihren Gefechtsstand zu graben – solange, bis wir abmarschieren! Verstanden?«

»Jawohl Herr Unteroffizier«, antwortete Wolfgang gequält, erhob sich lang-sam und begann vor den Füßen des Gruppenführers zu graben.

»Pause für alle anderen!«

Schubert setzte sich im Indianersitz vor Wolfgang und zog geschickt mit zwei Fingern eine Zigarette aus der Brusttasche. Wolfgang bemühte sich wirklich, aber es half nichts. Nach nicht mal zehn Minuten fiel er in sich zusammen und knallte dabei mit dem Kopf auf die Spatenkante. Die Stirn fing an zu bluten.

»Schütze Westermann, setzen Sie gefälligst Ihren Helm auf, rucki, zucki und zwanzig Liegestütze! Haben Sie mich verstanden, Sie Rollmops. Wir werden noch einen Soldaten aus Ihnen machen, das schwöre ich Ihnen!«

Wolfgang nahm seinen Helm vom Boden, setzte ihn auf und versuchte sich an der ersten Liegestütze. Es war ein Ding der Unmöglichkeit. Sein Gesicht glühte und die Beine zitterten bereits. Als er auf dem Bauch liegen blieb, war mein Geduldsfaden gerissen. Das konnte ich mir nicht länger mit ansehen.

»Herr Schubert, das geht nun aber zu weit. Lassen Sie Wolfgang in Ruhe. Sie sehen doch, dass er am Ende ist. Außerdem blutet er«, rief ich aufgeregt und ebenso überrascht, wie die anderen, wie mutig ich den Gruppenführer ansprach.

Alle dachten wie ich, aber keiner hatte den Mut, hier einzuschreiten. Es herrschte Angst vor oder zumindest wirkte die allgemeine Einschüchterung. Schubert zerdrückte mit bloßen Fingern seine glühende Zigarette und schrie:

»Schütze Schreiber, was fällt Ihnen ein, mich so anzusprechen. Sie sind hier nur der Schütze Arsch und haben Befehle auszuführen. Das wird Konsequenzen haben!«

Auch sein Kopf wurde rot. Ich behielt die Ruhe und antwortete in normalem Tonfall:

»Herr Unteroffizier Schubert, militärisch mögen Sie Recht haben, aber menschlich sind Sie ein Schwein!«

Schubert trat einen Schritt an mich heran, sodass sich unsere Nasen fast berührten und schrie mir spuckend ins Gesicht:

»Schütze Schreiber, stillgestanden! Das Wochenende können Sie erst einmal vergessen. Noch ein Wort und ich verpasse Ihnen eine Disziplinarstrafe, dann können Sie Ihre Karriere bei der Bundeswehr hier unten direkt begraben!«

Dabei zeigte er auf meinen ausgehobenen Gefechtsstand.

»Mit der Bundeswehr habe ich längst abgeschlossen«, wagte ich eine Antwort trotz der Aufforderung: Stillgestanden.

»Das ist Befehlsverweigerung. Das werde ich heute noch melden, da können Sie sich drauf verlassen! Und für heute habe ich noch ein Sonderprogramm, da wird Ihnen der Arsch auf Grundeis gehen. Schütze Schreiber, satteln Sie Ihren Rucksack, mit Helm und nehmen Sie das G3 auf. Sie laufen jetzt in diese Richtung, dort in die Lichtung, so lange im höchsten Tempo, bis Sie den Pfiff aus meiner Pfeife hören, dann kehren Sie um und laufen zurück. Verstanden? Und sagen Sie ja kein Wort! Und nun laufen Sie los!«

Ich setzte meinen Helm auf, zog den Rucksack auf den Rücken, ergriff mein G3, das neben mir am Baum stand, mit der linken Hand und mit der Rechten den Klappspaten. Ich rannte los und erreichte nach wenigen Minuten den Waldrand, und die gelben Stoppelfelder breiteten sich vor mir aus. Ich hatte längst einen Plan, als Schubert meinte, ich würde zurücklaufen, wenn er pfeift. Da hat er sich aber geirrt. Ich konnte das weite Stoppelfeld überblicken. Daumengroß war die alleinstehende Hainbuche weit unten mitten im Tal der gelben Felder. Ein reizvolles Ziel. Ich überquerte mit langen Schritten den sandigen Weg am Waldrand und rannte wie um mein Leben in die Stoppelfelder hinein. Plötzlich ertönte der angedrohte Pfiff. Aber wollte ich ihn wirklich hören. Natürlich nicht und kein Mensch, auch kein Unteroffizier kann mir nachweisen, dass ich ihn gehört haben musste. Ich rannte nun vergnügt, aber immer noch so schnell ich konnte, den weiten Pluto hinunter. Ich wollte mich beim Baum verstecken und eh jemand mich suchte, würde er mich nicht schon so weit vermuten. Nach gut einer Stunde hatte ich den einsamen Baum erreicht und legte mich hinter den Stamm in den Schatten. Mir war klar, dass man mich hier nicht suchen würde. Für Schubert wäre es zudem mehr als peinlich. Nun hatte ich den ganzen Nachmittag frei und kam mir vor wie Tom Sawyer von Mark Twain. Der rasante Lauf hatte einiges an Anstrengung gekostet und so war es nicht verwunderlich, dass ich einschlief. Als ich erwachte, war die Sonne schon untergegangen und ich beschloss, zur Kaserne zurückzugehen. Am Tor hat mich der Wachhabende wohlwollend durchgelassen. Ich war in der Kaserne kein unbeschriebenes Blatt mehr. Als ich die Stube betrat, war es schon weit nach zehn Uhr und nach dem Zapfenstreich. Meine Kollegen schliefen schon längst, man konnte es deutlich hören. Der Gestank körperlicher Mühen flüchtete glücklicherweise durch die weit geöffneten Fenster. Diese Art der Belastung waren Abiturienten natürlich nicht gewohnt. Ein solcher Tag, der um vier Uhr begonnen hatte und durchzogen war mit schwerer körperlicher Arbeit im Freien und Gewaltmärschen in voller Montur bei gleißender Sonne brach jeden Widerstand und nahm den Soldaten die Zeit, über ihre Erfahrungen nachzudenken. Ich lag auf meinem Bett noch lange wach und ließ meine Gedanken über das Erlebte wie einen Film vor mir ablaufen. Irgendwie fühlte ich mich allein, aber nicht einsam. Allein, weil alle anderen sich in der Menge zurückhielten und nicht wagten, ihre Meinung zu sagen. Merkwürdigerweise fühlte ich nicht die Angst, die bei meinen Kameraden offensichtlich war. Ich konnte mit keinem darüber sprechen, über das, was man mit uns jeden Tag anstellte. Immer wechselten sie das Thema, meistens auf Fußball. Nächstes Jahr lag die Weltmeisterschaft an. Das interessierte mich auch, aber es war nicht wichtig, weil es auch keine Auswirkungen auf mein eigenes Leben hatte. Ohne Ergebnisse meiner Überlegungen muss ich dann doch eingeschlafen sein.

Kapitel 22

Eine Woche verging schnell und wie ich es mir auch gedacht hatte, hatte Schubert sich nicht blamieren wollen. Das Gelächter der ganzen Kompanie wäre ihm sicher gewesen. Er ignorierte einfach den Vorfall und mich und ging zur Tagesordnung über. Am nächsten Montag mussten wir alle zum Sehtest. Ein Augenarzt war extra aus dem Ort gekommen und hatte sich im Gebäude vom Roten Kreuz eingerichtet. Die ganze Kompanie stand in einer langen Reihe auf dem Exerzierplatz vor dem Eingang des grauen Gebäudes mit dem Holzschild und dem darauf gepinselten roten Kreuz. Obwohl ich meine hervorragende Sehkraft beim Schießen unter Beweis gestellt hatte, dachte ich daran, mir eine Brille verpassen zu lassen. Der Augenarzt war ja nicht beim Schießen dabei gewesen. Die Brille, das hatte ich noch im Kopf, muss man in der Stadt bestellen und dann auch später wieder abholen. Das bedeutete zwei freie Vormittage.

Der Kamerad vor mir, der in den Untersuchungsraum gegangen war, kam hoch erfreut wieder heraus, sah mich und meinte fröhlich:

»Meine Augen sind voll OK, ich brauche keine Brille!«

»Mein Glückwunsch«, antwortete ich und betrat den Raum. Hinten sah ich sofort die aufgehängte Rolle mit den immer kleiner werdenden Buchstaben und Zahlen.

»Schütze Schreiber meldet sich zur Augenkontrolle«, grüßte ich wie selbstverständlich soldatisch an.

»Lassen Sie das Militärische weg, stellen Sie sich hier hin und halten Sie sich das linke Auge zu.«

Ich tat, wie mir befohlen und fing sofort an, die Buchstaben von der Rolle zu lesen und hörte einfach vor der letzten Reihe auf.

»Bis hierher, Herr Doktor, der Rest besteht nur aus Punkten.« Der Augenarzt setzte sich an einen schräg in den Raum gestellten Tisch und notierte den Befund. Dann musste ich das andere Auge zuhalten und ich las wieder bis zur vorletzten Zeile.

»Gut«, sagte er.

»Das ist ja noch so an der Grenze, aber Sie sollten doch eine Brille tragen.«

Er gab mir einen Zettel.

»Damit gehen Sie in die Stadt zum Optiker Bruns und lassen sich ein Gestell verpassen.«

Ich bedankte mich höflich und verließ den Raum. Als ich die Reihe meiner Kameraden abging, hörte ich einige sagen:

»Unser Scharfschütze braucht eine Brille. Der Schreiber führt doch wieder etwas im Schilde!« Solche Sprüche berührten mich nicht, ganz im Gegenteil, sie amüsierten mich und ich konnte ein gewisses Lächeln nicht verhindern.

Ich lief über den Platz in unser Gebäude und betrat das Büro des Hauptfeldwebels Bucheneck, unsres Spießes. Er entsprach wirklich dem Cliché einer Mutter der Kompanie. Er hatte stets ein Auge auf seine Schützlinge und setzte sich immer für sie ein.

»Herr Hauptfeldwebel, ich muss in die Stadt zum Optiker. Muss ich dafür einen Urlaubsantrag stellen?«

Bucheneck schaute mich ungläubig an.

»Sie? Das hätte ich nie gedacht, ab wenn`s denn so ist. Gehen Sie gleich heute nach dem Essen. Dafür brauchen Sie keine Bescheinigung. Nehmen Sie den Arztbericht mit, das reicht an der Wache. Und«, fuhr er in mütterlicher Stimme fort, »wenn Sie die Kaserne verlassen, dann im Dienstanzug! Sie repräsentieren den Staat, Schütze Schreiber. Und wenn Sie mal nicht in den Stoppelfeldern verschwinden, sondern oben vom Pluto nach Osten schauen, können Sie die besetzten Ostgebiete, die sogenannte DDR sehen und die Menschen draußen wollen von uns beschützt werden. Sie zollen Ihnen Respekt und das geht nicht in abgewetzten Jeans. Ich glaube, ich habe mich klar genug ausgedrückt?«

»Jawoll, Herr Hauptfeldwebel, wie Sie befehlen!« antwortete ich, machte auf der linken Hacke einen Schwenk und beeilte mich, die Schreibstube zu verlassen. Daher weht also der Wind, dachte ich. Dann hat sich das doch herumgesprochen. Ich hatte mich schon gefreut, meine alte kurze Hose anziehen zu können, um für einige Stunden das Soldatische abzulegen. Gut, sagte ich mir, dann ziehe ich mich doch noch um. Ich rannte die Treppen herauf und stürmte in meine Stube, öffnete behände meinen Spind und nahm meinen Anzug mit der neuen Hose heraus. Den oliv-grünen Kampfanzug warf ich zusammengeknäult hinein und stolzierte nach draußen. Wie sollte es auch anders sein, kurz vor dem Tor kam mir der Hauptmann entgegen. Ich blieb vor ihm stehen, nahm Haltung an, grüßte zackig mit der rechten Hand an der Stirn und meldete:

»Schütze Schreiber auf dem Weg zum Optiker!« Der Hauptmann war auch stehengeblieben und musterte mich von oben bis unten und antwortete schon viel entspannter:

»Rühr´n!«

Ich lockerte meine Haltung und strahlte meinem Gegenüber direkt ins Gesicht, das sich aber schlagartig verfinsterte.

»Schütze Schreiber, wo haben Sie denn diese Hose her, eine Offiziershose, sind Sie noch ganz bei Trost. Das ist eine Anmaßung. Bei Ihrer Intelligenz muss ich davon ausgehen, dass Sie wissen, was Sie tun. Machen Sie kehrt und ziehen Sie sich sofort um! Das ist ein Befehl!«

Mir blieb nichts anderes übrig, als ihm Folge zu leisten.

»Jawoll, Herr Hauptmann!« antwortete ich anständig und sah auf seine Hose. Sie war genauso schwarz wie meine. Im normalen Leben, dachte ich gleichzeitig, hätte ich ihn nach dem Grad seiner psychischen Erkrankung gefragt. Aber hier versagten sogar Argumente, die beim »Bund« generell keine Chance hatten, wie ich ja längst zu erkennen gezwungen war. Während ich militärisch korrekt Kehrt machte, hörte ich ihn sagen:

»So etwas habe ich noch nie erlebt.«

Und ich sagte mir:

»Ich auch nicht.«

In der Stube war niemand, der zusehen konnte, wie ich die in den Spind geworfene Hose unter dem zerknüllten Kampfanzug herausholte und anzog. Sie war optisch genau das Gegenteil von dem, was gerade modern war. Aber noch schlimmer war, dass diese graue, oben weite und nach unten hin eng zulaufende Hose bei jeder kleinsten Bewegung kratzte und juckte. Das wäre allein schon Grund genug gewesen, die Offizierslaufbahn einzuschlagen. Der Weg bis zum Ort war eine einzige Qual. Ich schlenderte vorsichtig durch die Stadt, um jeder Berührung von innen an den brutalen Stoff zu vermeiden, und fing gleichzeitig die Blicke der Passanten auf. Sie hatten mehr Mitleid mit mir als Respekt vor einem Repräsentanten des Staates. Der Optiker stellte mir die verschiedenen Kassengestelle für Soldaten vor: Ich hatte die Wahl zwischen hässlich und entsetzlich. Ich entschied mich für entsetzlich: Dick, braun, kreisrund. Der Optiker, ein ergrauter alter Mann, hochgewachsen, mit einer weichen Stimme beugte sich leicht zu mir hinunter und sprach:

»Mit der Brille werden Sie keine Neider haben und im Falle eines Krieges werden Ihre Feinde vor Ihnen flüchten.«

»Dann bedanke ich mich für Ihre hervorragende Beratung«, antwortete ich, und wir konnten beide ein Schmunzeln nicht vermeiden. Nachdem er mir den Abholtermin auf einem Zettel gekritzelt und überreicht hatte, machte ich mich auf den Weg zum Café an der Kirche, um bei Käse-Sahne meine neuen Erfahrungen zu verdauen.

Kapitel 23

An einem der nächsten Tage erfuhren wir beim Morgenappell, dass der sogenannte Hoffotograf kommen würde und uns verewigen wollte, denn wir sollten zum Abschluss der Grundausbildung einen Wehrpflichtigenausweis mit
Passbild bekommen. Kein Formalunterricht, also in heißer Sonne exerzieren,
keine Gewaltmärsche über staubige Hügel, keine Unterquerung von Autobah-
nen, kein Aushub von Schützengräben, es sah ganz so aus, dass dies ein schöner Tag bei Bund werden sollte. Entsprechend ausgelassen war auch die
Stimmung. Beim Frühstück verabredeten sich einige Kameraden zum Skat
oder Pokern, andere träumten davon, sich wieder aufs Ohr hauen zu können,
um zu warten, wann sie an der Reihe wären. Aber es kam anders, es wurde
der langweiligste Tag der ganzen Ausbildungszeit. Die Kompanie wurde nach
dem Frühstück in die Aula geführt. Oben auf der Bühne hatte der Fotograf
seinen Schirm, zwei Stehlampen und seine Kamera aufgebaut. Er hielt eine
Rede über die richtige Körperhaltung, den geraden Blick, die gestriegelten
Haare und versuchte den Eindruck zu wecken, dass es das Wichtigste der
Soldatenausbildung sei, ein wertvolles Portrait in seinem Soldatenpass zu
haben. Solange er oben an einem Foto sich aufhielt, musste die Kompanie
unten sitzen und warten. Zu all dem Unglück mussten wir uns auch noch umziehen. Nach der Einweisung durch den Fotografen, mussten wir also wieder
in unsere Stuben, um uns fein zu machen. Die Äußerungen über die kratzen-
den Hosen hielten sich zwar in Grenzen, aber es gab ein anderes Problem.

»Wer kann mir mal die Krawatte binden?«, war die Frage, die man von
überall hören konnte.

Unsere Stubentür war offen und wir bekamen die Stimmung aus den anderen
Stuben gut mit. Schäbiges Gelächter drang aus den Stuben über die kreativen
Leistungen, Krawattenknoten zu produzieren. Unser Jahrgang hatte schon
unter dem Einfluss der Studentenbewegung gestanden und sich so mancher
Etiketten der bürgerlichen Gesellschaft entledigt. Selbst bei der Abifeier und
der Übergabe der Zeugnisse, hatten höchstens ein, zwei Streber eine Krawatte
um, die ihnen ihre Mütter gebunden hatte.

Das Problem war nur, die Muttis waren nicht da. Die Gruppenführer allerdings kannten das Problem aus den früheren Ausbildungen. Schubert stand
plötzlich in unserer Tür.

»So, Soldaten!« Er hielt eine Bundeswehrkrawatte über seinen Kopf.

»Alle folgen nun meinen Anweisungen und jeder macht genau das, was ich
hier zeige.«

In der Stube war es plötzlich mucksmäuschenstill. Wir starrten auf seine Handbewegungen und machten jeden Handgriff nach und siehe da, es entstand tatsächlich ein ansehnlicher Krawattenknoten. Fast eine Stunde lang mussten wir den Knoten immer wieder lösen und von neuem binden, bis wir mit geschlossenen Augen die Kniffe beherrschten. Dann ging es wieder herauf in die große Aula, wo uns der Fotograf erwartete. Unsere Stube war mittlerweile bis in die zweite Reihe vorgerückt, sodass wir das Theater auf der Bühne sehr gut mit verfolgen konnten. Auch wenn es für viele Kameraden, besonders diejenigen, die sich schon jetzt für viele Jahre verpflichtet hatten, sehr wichtig war, so erschien mir das Getue um den richtigen Blick in die Kamera und den perfekten Sitz der Krawatte völlig absurd. Da werden junge Männer schick gemacht, um später im Ernstfall elendig zu krepieren. Dieses Theater auf der Bühne war für mich in diesem Moment die reale Umsetzung von Absurdität.

»Was soll dieser Quatsch?«, sagte mein Sitznachbar Peter und sprach mir aus der Seele.

»Kein Mensch fragt später nach deinem Wehrpflichtausweis. Zudem gibt es ja fast keine Vergünstigungen mehr und in den Zoo brauche ich nicht zu gehen, den haben wir hier ausreichend!« lachte er mich an.

»Dem kann ich nur zustimmen. Man sollte das Ganze mal in die Absurdität bringen, in die es gehört!«, antwortete ich ihm.

Er schaute mich fragend an.

»Ich will mal sehen, was man da machen kann«, sagte ich spöttisch und zog mein neues Brillenetui aus der grauen Anzugsjacke. Meine Nachbarn zur linken und zur rechten wurden neugierig. Ich öffnete das Brillenetui, holte das braune Monstrum heraus und setzte es auf meine Nase, die fast völlig verschwand. Meine Nachbarn klopften sich auf die Beine und lachten so laut, dass der Fotograf uns von oben tadelte:

»Meine Herren, bitte beherrschen Sie sich und halten Sie die Ruhe ein. Sie wollen doch auch noch drankommen!«

Ein mehrstimmiges Nein schien ihn nicht zu beeindrucken. Nach einer geschlagenen Stunde ließ Peter die Prozedur stillschweigend über sich ergehen und er lachte in die Kamera, wobei er mir ein Auge zuzwinkerte. Darauf wurde er sofort ermahnt, die Augen doch offen zu halten. Nun war ich an der Reihe. Brav setzte ich mich auf den runden Hocker mit dem Drehfuß.

»Stehen Sie noch einmal auf und drehen den Stuhl etwas tiefer«, bat mich der Fotograf. Er war in zivil und mit Sicherheit kein Soldat. Ich stand also auf und drehte einmal kräftig an der runden Sitzscheibe. Der Stuhl wackelte wie ein Kreisel und stoppte quietschend an der niedrigsten Stelle.

»Das war wohl ein wenig zu viel des Guten«, meinte der Fotograf noch ganz entspannt.

Ich drehte daraufhin mit dem Zeigefinger den runden Sitz, bis er nach einigen Minuten die passende Höhe wieder erreicht hatte und setzte mich wieder hin. Dann zog ich mein Brillenetui aus der Innenseite der Jacke und setzte die besagte Brille auf.

»Nein, nein, so geht das nicht«, rief der Fotomensch schon etwas ungeduldiger.

Er trug einen Oberlippenbart und wirkte auf mich wie ein Franzose.

»Sie brauchen doch sonst auch keine Brille. Bitte versuchen Sie es mal ohne!«

»Ohne Brille sehe ich doch nichts«, rechtfertigte ich mich.

»Das ist in diesem Moment auch nicht wichtig«, entgegnete er.

»Hauptsache, Sie schauen hier in die Kamera«.

»Aber ohne die Brille sehe ich die Kamera nicht und ich fange an zu schielen«, rief ich so laut, dass die Kameraden unten es auch mit bekamen.

»Das werden wir ja dann sehen«, meinte er und sein Geduldsfaden wurde schon dünner. Ich nahm die Brille ab, hielt sie aber in der Hand fest und verdrehte meine Augen. Er kam drei Schritte auf mich zu und starrte mich ungläubig an.

»Ich kann Sie kaum erkennen!« rief ich in den ruhig gewordenen Raum.

»Entweder Sie richten Ihre Augen gerade in die Kamera oder ich fotografiere Sie so. Haben Sie das verstanden?«

Seine Stimme war höher geworden. In den Reihen der Soldaten mehrte sich das Kichern.

»Sie werden schon sehen, was Sie davon haben«, antwortete ich provozierend.

»Sie können mir nicht drohen! Aber wenn Sie jetzt nicht normal hier in die Kamera gucken, werde ich Sie so fotografieren! Darauf können Sie sich verlassen. Beschweren können Sie sich dann beim Kompaniechef, verstanden?«

Nun war er so aufgebracht, dass seine Hand am Auslöser zitterte. Ich verzog nun auch noch den Mund und drehte meine Augen derart auf meine Nasenspitze, dass es weh tat. Ich vernahm schallendes Gelächter und einen Klick. Die Aufnahme war im Kasten.

»Vielen Dank«, sagte ich höflich, drehte mich um und ging gemächlich die Treppe hinunter in den Zuschauerraum. Der Fotograf stand wie die Salzsäule vor Sodom und Gomorrha, und es dauerte, einige Minuten, bis er sich wieder gefangen hatte und den nächsten aufforderte, Platz zu nehmen.

»Hoffentlich bekommst du keinen Ärger«, meinte Peter und Bernd kam auf mich zu und lachte:

»Theo, du hättest mal das Gesicht von dem Fotografen sehen sollen. Endlich ist hier mal wieder ein wenig Stimmung im Laden.«

Dass ich nach der Aushändigung des Ausweises zum Hauptmann zitiert würde, damit habe ich fest gerechnet. Aber nichts passierte. Umso besser, dachte ich.

Kapitel 24

Auch eine Grundausbildung von drei Monaten musste einmal zu Ende gehen. Es wurden noch wenige kurze Märsche abverlangt und wir lernten als letztes, mit der Panzerfaust umzugehen. Das Rohr war schon sehr schwer und wer es zum Schießstand tragen musste, hatte sich bestimmt vorher nicht ganz im Sinne der Oberen verhalten. Drei Mal gingen wir zum Schießstand mit der Panzerfaust und drei Mal durfte ich sie schleppen. Beim Schießen mit dem G3 auf eine Scheibe konnte man noch an eine Freizeitbeschäftigung wie das Sportschießen denken, aber wer mit der Panzerfaust einen ganzen Panzer aus dreihundert Meter Entfernung mit einem Schuss in seine Einzelteile zerlegte und sah, wie der restliche Schrott sofort Feuer fing und für potenzielle Soldaten im Panzer keine Chance des Entrinnen geben konnte – in solch einem Moment hörte der Spaß auf. So mancher Kamerad konnte danach nicht mehr ruhig schlafen.

Noch vierzehn Tage und wir wurden in unseren endgültigen Standort versetzt. Auf dem Weg dorthin durfte man auch nach Hause fahren und die Woche Urlaub genießen. Bis dahin wurde jeden Abend gefeiert. Die meisten Kameraden verließen nicht einmal mehr die Kaserne, sondern füllten sich gleich nach Dienstschluss in der Kantine ab. Eines Abends, ich saß wie so oft allein im offenen Fenster und lauschte deutschen Schlagern aus einem kleinen Transistorradio eines Kameraden. Die Bouzouki klang durch die Sommernacht, trällerte gerade Vicky, da sprach mich Peter an:

»Freust du dich nicht, bald nach Hause fahren zu können, Theo?«

»Ach Peter, ich muss denken. Dir kann ich es ja ruhig sagen. Also, ich stehe kurz davor, mich zu entscheiden. Ich glaube, ich werde verweigern.« So ruhig und wie selbstverständlich ich diese Worte aussprach, musste mir Peter Glauben schenken.

»Das ist kein leichter Schritt, Theo. Ich habe vorher darüber nachgedacht, aber man darf den Rechten nicht das Feld überlassen. Darum bin ich bewusst in die Bundeswehr gegangen und habe nicht verweigert. Wenn du aber jetzt mittendrin diesen Schritt wagst, wird es sehr hart für dich werden. Du musst weiter Dienst schieben und solange die Verweigerung nicht durch ist, wirst du eine Schikane nach der anderen erdulden müssen. Ich weiß nicht, ob ich mir das zutrauen würde. Hast du dir schon mal überlegt, wie du argumentieren willst. Die Prüfer drehen dir aus fast jedem Satz von dir einen Strick!«

»Das macht mir am meisten Sorgen. Aber ich werde mir da schon etwas einfallen lassen.«

Ich sprang vom Fensterbrett und beugte mich zum Radio, das auf dem Boden stand und drehte den Laut-Knopf nach links.

»Erst muss ich der Vicky den Hals umdrehen, das ist ja zum Mäuse melken, diese Schnulzen«, sagte ich mit einem zerknirschten Lächeln.

»Mit einer solchen Beschreibung wärst du schon sofort durchgefallen, davon kannst du ausgehen. Willst du nicht mitkommen, wir können doch unterwegs noch darüber reden. Die anderen sind schon vorgegangen. Wir treffen uns im besagten Biergarten.«

»Okay, aber mich kriegt keiner in die Disko. Das Kapitel ist für mich abgeschlossen«, antwortete ich mit fester Stimme. Peter steckte sich eine Zigarette an, während ich dankend ablehnte.

»Du meinst, dieser rote Feger ist wieder da?«, fragte er ironisch.

»Das ist mir völlig egal, das Vergnügen überlasse ich heute gerne dir. Ich kann da gut drauf verzichten.«

»Nein Danke. Außerdem will ich heute pünktlich in die Koje, denn morgen muss ich zum Arzt, mein Rücken, verstehst du. Das schwere Tragen bin ich nicht gewohnt.«

»Da schließ ich mich dir mal an. Ich brauche auch noch `ne Mütze Schlaf. Die letzten Tage waren sehr hart. Mir reicht es langsam.«

Wir zogen uns um und ich fühlte mich gleich sehr viel besser, als ich meine ausgefranzte kurze Jeans und mein verwaschenes, ehemals rotes T-Shirt am Körper spürte.

»Peter, bitte erzähl den anderen noch nichts von meinem Vorhaben. Ich muss erst mal mit mir klarkommen, verstehst du?«

»Na klar. Trotzdem sollten wir darüber sprechen. Du ziehst dich sehr schnell zurück, um nicht zu sagen, dass du ein Einzelgänger bis. Umso wichtiger ist, dass du dich mit anderen austauschst. Bist du fertig? Dann las uns losgehen!«

Unterwegs hielt er mir noch einen Vortrag, was ich auf jeden Fall machen und berücksichtigen sollte. Was für mich neu war, war die Tatsache, dass es

Institutionen gab, die sich mit Wehrdienstverweigerern beschäftigen und sie beraten. Da wollte ich mich auf jeden Fall melden.

»Du darfst auf keinen Fall den Eindruck erwecken, ein Drückeberger zu sein. Dann hast du sofort verloren. Ich weiß ja, dass du das nicht bist, aber solche Prüfer lassen nichts unversucht, dich dahin zu treiben. Das ist für die ein Kinderspiel.«

»Ich meine es ja auch ernst, aber ich muss noch viel darüber nachdenken. Du hast mir schon mal sehr geholfen.«

Peter wollte mich aufmuntern, aber er hat mich eher verunsichert. Plötzlich war ich mir nicht mehr so sicher, aber das sagte ich ihm nicht.

Nach einer halben Stunde erreichten wir den romantischen Biergarten mit den dicken, alten Kastanienbäumen, die für ein angenehmes Klima sorgten und kaum einen Sonnenstrahl durchließen. Die angeheiterte Stimmung war schon von weitem zu hören. Wie sich schnell herausstellte, hatte heute Klaus aus Mönchengladbach Geburtstag. Das war meist kein guter Umstand, um früh nach Hause zu kommen. Ich war mir plötzlich nicht mehr so sicher, ob ich rechtzeitig in die Kaserne kommen würde. Die Wachsoldaten waren zum Ende der Grundausbildung sehr gnädig geworden und machten keinen Stress mehr, wenn man zu spät kam. Klaus zeigte sich als außergewöhnlich spendabel. Erst nach einigen Stunden fiel mir auf, dass ich Geschmack an dem Gerstensaft gefunden hatte. Außerdem brauchte ich den ganzen Abend nicht meine zerknitterten Scheine aus den engen Jeanstaschen zu kramen. Ich war ganz bestimmt nicht geizig, aber es gab doch noch einzelne, die von Zuhause über alle Maßen unterstützt wurden. Willy Brand, unser Bundeskanzler hat sich enorm stark gemacht, dass auch die Kinder der Arbeiter und Angestellten eine höhere Schulausbildung erhielten. Schon in der Schule wurden die Unterschiede deutlich, wer in den Ferien jobbte oder Tennis spielen ging. Heute Abend strömte das Bier ohne Unterlass. Obwohl der Biergarten sich leerte, wir Soldaten hielten eisern durch. Der Zapfenstreich war in der zweiten Hälfte der Grundausbildung von zehn auf ein Uhr nachts verlegt worden und die Wachen drückten so manches Mal beide Augen zu.

»Mitternacht, Leute, hört, sogar die Kirchenglocken läuten! Da darf das Ständchen für Klaus nicht fehlen«, rief Bernd in die Runde und erhob sich. Dann begann er mit seinen Armen in der frischen Luft zu dirigieren und stimmte sein Lied ein:

»Happy birthday, dear Klaus, happy birthday, dear Klaus …«und wir alle stimmten mit ein. Das Lied war noch nicht zu Ende gegrölt, da erschien der Wirt höchstpersönlich:

»Jungs, das ist ja alles prima, aber wir haben auch Nachbarn. Wenn ihr wollt, könnt ihr noch reinkommen. Wir schließen dann von innen zu und dann könnt ihr von mir aus so lange weitermachen, wie ihr wollt!«

Das ließen wir uns nicht zweimal sagen und das angeheiterte Dutzend schob sich durch die alte, schmale Eingangstür aus dem fünfzehnten Jahrhundert in den altdeutschen Gasthof. An der hinteren Seite befand sich ein Kamin und ausreichend Stühle waren dort gruppiert.

»Wir brauchen Feuer«, rief einer aus der Meute dem Gastwirt hinterher und ein anderer tönte lauthals:

»Und was zum Löschen!«

Diejenigen, die sich nah an die Feuerstelle gesetzt hatten, knipsten bereits mit ihren Feuerzeugen an dem bereitliegenden Holz. Ein weiterer Soldat warf Bierdeckel auf die Herdstelle und ein Deckel fing Feuer. Jubel brach aus und von allen Seiten flogen weitere Bierdeckel in den offenen Kamin.

»Das sich hier keiner verbrennt«, rief der Wirt dazwischen und stellte die halbvollen Krüge Bier mit viel Schaum auf den runden Holztisch.

»Sonst ist auf der Stelle Schluss mit lustig!«

Befehle waren uns mittlerweile nicht mehr fremd und wir verhielten uns schlagartig ruhiger. Da ich wie gewohnt als letzter den Gastraum betraten hatte, saß ich auch am weitesten von dem Kamin entfernt und genoss es, die Meute aus der Distanz zu beobachten. Das viele Bier, das ich bereits zu mir genommen hatte, half mir, melancholisch zu werden. Ich hatte keinen Menschen, mit dem ich diese Atmosphäre gemeinsam erleben konnte, keine Freundin, Geschwister oder Eltern. Ich fühlte mich allein, obwohl ausreichend junge Männer den Raum ausfüllten. Der Wirt hatte die leeren Bierkrüge wieder zur Theke gebracht und kam nun mit einem runden Tablett Wieder. Darauf standen kleine Gläschen mit bis zum Rand gefüllten klaren Schnaps.

»Das geht auf Haus, Jungs!«

Er reichte jedem einzelnen das Tablett hin und nahm zum Schluss selbst auch ein Glas, hob es gegen die Decke und rief:

»Zur Mitte - zur Titte, zum Boden - zum Hoden, zum Sack: Zack Zack!«

Dabei folgte seine Hand mit dem Schnapsglas den eigenen Anweisungen und sein Gesicht strahlte im flackernden Schein des brennenden Holzes. Dann fing er an, von seinen Tagen im letzten Krieg zu erzählen. Aber keiner hörte zu. Ich sah Klaus, wie er zum Wirt schlich, seine Geldbörse aus der Hosentasche zog und mit dem Wirt hach vorne zum Tresen ging. Als er zurückkam, rief er in das Geschnatter hinein:

»Wer kommt mit, ich mache einen Abflug?« Erst war es nur einer, dann zwei und schließlich begleitete ihn die Hälfte der Kameraden. Auch ich ging, oder besser gesagt, torkelte hinter der Gruppe her, aber ich wollte nicht zur Kaserne – jetzt noch nicht. Nachdem wir einige Straßen hinter uns hatten, bog ich nach links ab. Es schien keiner gemerkt zu haben. Die Gasse kannte ich. Hier musste irgendwo die Rote wohnen. Ich versuchte, mich sowohl an ihren Namen zu erinnern, als auch den besagten Hauseingang, an dem man mich gefunden haben will. Ich konnte mich nicht festlegen, mal sah die eine Tür genauso aus wie ich sie in Erinnerung hatte, mal eine andere. Dann sah ich den Eingang mit den drei abgewetzten Stufen. Das muss sie sein, sagte ich mir, stolperte allerdings schon bei der ersten Stufe und wäre beinahe hingefallen, wenn ich mich nicht mit der rechten Hand auf allen Klingeln abgestützt hätte. Plötzlich öffnete sich ein Fenster und eine alte Frau schrie hinunter:

»Machen Sie, dass Sie von hier wegkommen, sonst rufe ich die Polizei! Das wird ja immer schlimmer hier!«

Das Fenster knallte. Es war wieder zu, sagte mir der Rest meines Verstandes, und die merkwürdige Erscheinung war verschwunden. Hatte ich diesen Zwischenfall nun geträumt oder war es Wirklichkeit gewesen? Zumindest war dieses Erlebnis für mich ein ausreichender Anlass, auch zur Kaserne zurück zu gehen. Es war immer noch schwül und ich sah, wie meine nackten Arme dampften. Amseln trällerten freudig dem Tag entgegen. Man spürte, dass die Nacht schwächelte. Die wenigen fleckigen Straßenlaternen schienen auch schwächer zu werden, aber der nahende Tag entzog ihnen bereits so langsam ihr Licht. Ihr morgendliches Gelb verlieh den grauen, einstöckigen Häusern eine Art von Romantik. Nach einigen verwirrten Umwegen kam ich dann doch noch auf diese gerade Straße, die direkt zur Kaserne führte. Ich drückte die Po-Backen zusammen, nahm soldatische Haltung an und schritt wie selbstverständlich durch das Tor:

»Halt, wer ist da?«, rief eine dunkle Männerstimme aus dem Wachhäuschen.

»Bringen Sie Ihren Ausweis hier zum Fenster! Und keine Sperenzien! Klar?«

Ich tat wie mir befohlen und trat an das offene kleine Quadrat. Das grelle Licht schmerzte in den Augen.

»Ach du bist es, Theo. Sei ja leise und sieh zu, dass du in die Koje kommst. Es ist schon fast vier Uhr. Die anderen sind schon lange da. Los hau ab!«

»Okay«, gab ich möglichst nüchtern zurück und schritt etwas eiliger zu unserem Schlafgebäude. Alle hohen Fenster waren schwarz. Am liebsten wäre ich in diesem Moment umgekehrt, zu meinem roten R4 gegangen und weggefahren. Mit einem tiefen Seufzer stieg ich bedächtig die breite Treppe hoch, öffnete die Doppeltür und stand allein in der Vorhalle. Das Licht des Aquariums war auch aus. Aus Gewohnheit ging ich zum dunklen Glaskasten und hörte das Sprudeln. In Kopfhöhe neben dem Aquarium befand sich hinter einer kleinen Stahlplatte der Handzug für den Alarm. Die Klappe ist bestimmt zu, dachte ich und zog vorsichtig an der Halterung. Die Stahltür quietschte leise und gab die Sicht auf den Hebel frei. Den Spaß gönne ich dir, sprach eine innere Stimme zu mir: Wenn mal die Offiziere nichts ahnen und unvorbereitet dem Alarm und mir gehorchen müssen. Diese Vorstellung war überwältigend. Ein Griff und die Sirene ging los. Die Eingangshalle vibrierte. Mein Körper zitterte. Aber ich hatte keine Angst. Ich war nur überrascht, über mich selbst. Ich lief die Treppe hoch und dann sofort in unsere Stube. Die Betten waren zerwühlt, die Kameraden kämpften sich durch ihre Spinde, schrien sich gegenseitig an, welche Kleidung gefordert war. Die meisten zogen ihren Kampfanzug an, mit Springerstiefeln und dem dünneren oliv-farbigen Sommerhemd. Ich ging zum Fenster, das weit offenstand und einen herrlichen Blick auf den Appell-Hof freigab. Die ersten Soldaten hatten schon ihre gewohnte Position in der Reihe gefunden und nach und nach füllte sich die Reihe entsprechend auf. Dann sah ich, wie der Hauptmann und hinter ihm die Unteroffiziere über den Exerzierplatz zu uns rannten. Außer Atem und hustend stellten Sie sich auf der Treppe auf. Die Sirene schallte immer heftiger und hatte nun auch noch Pfeiftöne im Programm, sodass man schon geneigt war, am Himmel nach Bombern Ausschau zu halten. Dann hörte ich den Hauptmann schreien:

»Wer hat den Alarm ausgelöst, wenn ich es nicht war?«

»Dömer, ab in die Halle und den Alarm abstellen!«

Unteroffizier Dömer rannte direkt los und nach wenigen Augenblicken verstummte die Sirene. In den Köpfen dröhnte sie nach, aber man spürte die Erleichterung.

»Kompanie, stillgestanden. Durchzählen!«,

schrie nun wütend der Hauptmann. Langsam aber entschlossenen Schrittes ging er die Treppe hinunter und folgte den Zahlen und starrte jedem Soldaten in die verschlafenen Augen. Jetzt wusste ich, dass ich keine Chance mehr hatte, unentdeckt zu bleiben. Angst hatte ich immer noch nicht, ich fand das Ganze bisher sogar lustig. Als unten mein Nachbar die Zahl dreiundvierzig rief, schrie ich beherzt:

»Vierundvierzig!« aus dem offenen Fenster. Als ich mich umdrehte, ergriffen vier kräftige Hände von hinten meine Arme und schoben mich durch die Stubentür, dann die Treppe hinunter, an der langen Reihe der Kameraden vorbei. Als der Hauptmann uns drei erblickte schrie er:

»Zur Wache, am besten gleich in die Ausnüchterungszelle! Kompanie, rührt euch, nein stillgestanden! Die Augen links, Unsinn, Augen geradeaus, rechts um, ohne Schritt Marsch in die Stuben!«

Kapitel 25

Tausend Sirenen dröhnten in meinen Ohren. Darüber dröhnten hunderte Starfighter, die alle gleichzeitig starten sollten, aber stehen blieben. Ich bedauerte zutiefst, dass ich aufgewacht war. Eine Bewegung war unmöglich, ich hätte sofort gekotzt. Ich schrie einfach nur:

»Scheiße!« und ich versuchte, wenigstens ein Auge zu öffnen. Ich trinke nie wieder. Dieser Satz durchzog mein Gehirn wie ein Bandwurm durch alle Regionen, die Denken und Schmerz vereinten.

»Er ist wieder unter uns«, hörte ich von irgendwo her. Die Stahlklappe öffnete sich.

»Er lebt«, schallte es durch die Klappe.

»Ja ich lebe. Aber bitte fragt mich nicht: Wie? Wo bin ich eigentlich. Ich ahne Böses«, rief ich und versuchte, mich aufzurichten. Dabei öffnete ich die Augen. Die Decke drehte sich und mein Magen wollte sich mit drehen. Ich konnte es nicht verhindern und kotzte flächendeckend über den Boden der Stube.

»Wolfgang, mach den Schlauch fertig und hol den Schrubber. Er hat sich noch mal alles durch den Kopf gehen lassen!«

Ein typisches Quietschen, wenn eine alte Stahltür sich öffnet, und ein Luftschwall ließen mir keinen Zweifel, hier wurde eine Zellentür geöffnet.

»Los Theo, bleib auf dem Bett und zieh deine Beine drauf, ich mach das schon.«

Ich dachte nicht mehr an den Augenschmerz und stierte ihn an. Dann kam ein zweiter Wachsoldat mit einem Wasserschlauch in der Hand, lief bis zur hinteren Wand und ließ ihn frei gewähren. Mit dieser Wasserkraft schob er den ganzen, ausgekotzten Dreck aus der Zelle durch die Tür.

Der andere Kamerad arbeitete mit dem Schrubber hinterher, bis der Boden der Zelle wieder glänzte und damit der ekelige Gestank verflogen war.

»Draußen ist ein großer Abfluss unter dem quadratischen Gulli. Das ist echt praktisch. Oder glaubst du etwa, dass du der erste bist, der die Ausnüchterungszelle vollgürbelt?«

Ich widersprach nicht und schwieg. Ich glaubte, dass ich ihm leid täte. Aber das brauchte er nicht. Ich war selbst schuld und stehe voll und ganz zu meiner Tat.

»So das war`s. Um fünf kommt das Abendessen. Ich lass dir neue Sachen holen, wenn du mir deinen Spindschlüssel gibst. Dort am Becken liegen ein Handtuch und Seife. Dann wasch dich erst einmal.«

Ich kramte meinen Schlüssel aus der Hosentasche. Er nahm ihn und war mit zwei schnellen Schritten durch die Tür, die dann auch sofort wieder krachend ins Schloss fiel. Danach müsste ich an die zwölf Stunden geschlafen habe, resümierte ich, ging zum Waschbecken und hielt meinen Kopf unter den Wasserhahn.

Ich registrierte eine leichte Verbesserung und setzte mich auf die Bettkante.

Zum Abendbrot legte der Kamerad von der Wache noch eine Aspirin-Tablette auf den Teller, murmelte etwas, was ich nicht verstand und sagte in einem sachlichen und bestimmten Ton:

»So kenne ich den Hauptmann nicht. Du musst einen Stein bei ihm im Brett haben. Der hatte echt Verständnis für dich. Ich musste heute Mittag zu ihm. Ich soll dir ausrichten, dass du noch einen Tag und eine Nacht hier verbringen sollst. Das ist alles. Damit ist das Ganze für ihn erledigt, wie er sagte. Milde, milde, kann ich da nur sagen. Glück gehabt!«

»Ich habe über die Konsequenzen noch gar nicht nachgedacht. Ich werde jetzt erst langsam nüchtern. Aber vielen Dank für die Unterstützung und so«, antwortete ich ein wenig hilflos.

»Ist schon Okay. Dafür, was du dir hier geleistet hast, kommst du glimpflich davon. Brauchst du noch etwas, dann sag es mir jetzt. Meine Wache ist nämlich zu Ende und nach mir kommt ein Uffz, verstehst du?«

»Ja, alles klar und vielen Dank. Aber du kannst mir wirklich noch etwas besorgen. Ich brauche Schreibpapier, einen Kuli und einen Umschlag. Das wäre prima.«

Er erledigte umgehend meinen Wunsch. Ich war noch derart erschöpft, dass ich mich nicht wusch, sondern wieder auf das harte Bett legte und vor mir hin döste. Mein Unterbewusstsein musste die Entscheidung längst getroffen haben, denn ich war über mich selbst erstaunt. Nun begann ich, im Kopf diese Entscheidung vor mir zu rechtfertigen. Ja, ich musste den Wehrdienst verweigern, egal was man mit mir machen würde. In der Schule war ich nie der Clown der Klasse, außer dass ich mal die eine oder andere Spitzfindigkeit von mir gab. Mit der Sprache jonglierte ich immer schon gerne. Ich schloss die Augen und dachte an die Erlebnisse, die ich anscheinend nicht endgültig verarbeitet haben musste. Es war der Kamerad im Schwimmbad. Was ist eigentlich aus ihm geworden? Seit diesem Vorfall hatte ich ihn nicht mehr gesehen. Oder der Soldat im Tunnel. Die Sannis hatten ihn abgeholt und versorgt. Hat er überhaupt überlebt? Und dieses ganze Getue mit dem Exerzieren. Ein korrekter Stemmschritt beim Volleyball ist wirklich schwer zu lernen, weil er für unser menschliches Laufen untypisch ist. Wir werden wochenlang damit gequält, obwohl man die Formation in einer Gruppe an einem Vormittag drin hat. Ich schüttelte innerlich den Kopf. Auch die Kasernierung an sich und der geringe Wehrsold, alles zusammen irritierte unterbewusst mein Gehirn, das sich dann naturgemäß dagegen wehrte, ohne eine Chance zu haben, etwas zu verändern. Und die Jungs, die sprachen überhaupt nicht darüber, sondern lenkten sich ab oder griffen zum Alkohol.

Mir war schon sehr früh klar geworden, dass der Sport keinen Charakter formt, sondern dass er bestimmte Charaktere nur anzieht, die sich dann in den jeweiligen Sportarten tummeln. So muss es auch mit dem Soldatentum sein, vermutete ich. Die Armee zieht ganz bestimmte Charaktere an und mein Charakter passt da nicht hinein. Mein Kopf hämmerte zwar nicht mehr so schmerzhaft, aber das Denken strengte mich doch sehr an und ohne dass ich es merkte, war ich eingeschlafen. Ich wachte auf, als die Zellentür sich knarrend öffnete.

»Schütze Schreiber, aufstehen. Machen Sie sich fertig zum Frühstücken. Ich hole Sie in fünfzehn Minuten ab.«

Ich war sofort hellwach. Während ich mich wusch und anzog, nahm ich mir vor, heute noch den Brief zum Kreiswehrersatzamt in Münster zu schreiben, um den Wehrdienst zu verweigern. Die Entscheidung war für mich glasklar, aber ich hätte nie geglaubt, was sich daraus alles noch ergeben sollte, wenn man mir das vorher gesagt hätte. Niemals.

Kapitel 26

Es waren noch neun Tage bis zum Ende der dreimonatigen Grundausbildung. In der Kaserne spürte man eine allgemeine Aufregung. Am schwarzen Brett hatte der Spieß ausgehängt, zu welchem Standort man uns eingeteilt hatte. Bei manchen Orten waren mehrere Kameraden aufgeführt. Mein Name stand da ganz allein unter: Transportbataillon Rheine. Obwohl ich meinen Brief abgeschickt hatte und davon träumte, anerkannt zu werden, freute ich mich, denn Rheine, das war ja fast zu Hause, nur fünfzig Kilometer von Münster entfernt. Und Transport, das konnte ja nur bedeuten, viel mit dem LKW zu fahren. Ich war irgendwie zufrieden. Aber vielleicht kommt alles anders, dachte ich. Und wie es anders kam! Als Absender meines Verweigerungsbriefes hatte ich die hiesige Adresse angegeben und darum gebeten, mir die Bestätigung zum nachfolgenden Standort nachzuschicken. So stand ich also vor dem schwarzen Brett und war in Gedanken versunken. Ich hatte gar nicht gemerkt, dass sich hinter mir eine Traube von Kameraden gebildet hatte, bis einer laut „Scheiße" schrie. Ich drehte mich um, aber ich kannte das Gesicht nur vom Sehen. Ich hatte mir angewöhnt, zuerst ins Gesicht zu schauen, als die ganze Erscheinung wahrzunehmen, denn die war bei allen ja sehr ähnlich.

»Was ist denn los?« fragte ich ihn.

»Ich muss am weitesten weg. Ich komme aus Nürnberg und muss nach Neumünster, ganz zum Norden, fast an der Nordsee. Das machen die extra. Möglichst weit weg von zu Hause. Das hat System.«

Als er sich umdrehte um zu gehen, sah ich, dass ihm Tränen über die Wangen rollten. Die anderen klopften ihm zum Trost auf die Schulter und versuchten vergeblich, ihn aufzumuntern.

»Ein Tauschen ist ja nicht erlaubt«, sagte einer, »das wäre ja auch zu schön. Und man könnte hier sehr gut einige Standorte tauschen. So wie ich das hier erkenne, muss man extra überlegt haben, alle so weit wie möglich zu verschicken.«

Er kämpfte sich durch die Männertraube. Andere nahmen ihre neue Lage gelassen hin. Sie erschienen mir regelrecht willenlos und unfähig zu einem Widerstand. Diese Menge von Angepassten beschäftigte mein Gehirn. Ich ging langsam und nachdenklich zu meiner Stube. Dort fand ich Peter auf der Bettkante sitzen. Er stützte seine Ellbogen auf den Knien. Seine Hände hielten den Kopf.

»Na, musst du auch so weit weg? Die anderen haben sich ganz schön beschwert, aber keiner wagt, ein Wort zu sagen oder sich richtig zu beschweren, diese Weicheier«, sagte ich und wartete auf seine Reaktion. Er aber schwieg.

»Übrigens, Peter, ich habe verweigert. Der Brief ist schon unterwegs.«

Er hob den Kopf und schaute mich mit feuchten Augen an.

»Ich sehe jetzt schon zum zweiten Mal Tränen. Erzähl schon, was ist passiert?«

»Meine Freundin hat mich verlassen. Sie hat einen anderen. Und das schreibt sie mir jetzt, wo ich doch nun nach Hause komme. Ich habe mich so auf die Woche Ferien mit ihr gefreut!«

Dabei wischte er sich mit dem nato-oliven Handtuch der Bundeswehr übers Gesicht.

»Ich will dich auch gar nicht trösten. Aber ich kann deine Verzweiflung mehr als gut verstehen. Ich habe da so meine eigenen Erfahrungen.«

»Bevor du in die Verhandlung gehst«, lenkte er von seiner Trauer ab, » solltest du dich wirklich gut beraten lassen. Außerdem musst du sowieso erst einmal den Dienst mitmachen, auch wenn du verweigert hast. Aber man kann sich von der Waffe befreien lassen. Da musst du dich mal schlau machen. Es gibt übrigens auch Soldatengruppen, die einem helfen können.«

Peters Stimme wurde wieder fester.

»Woher weißt du denn das alles so genau. Du hast doch gar nicht verweigert, oder?«, fragte ich neugierig.

»Das nicht. Ich habe mich für den anderen Weg entschieden. Aber bei uns in Dortmund sind die Antikriegsgruppen sehr aktiv und es gibt immer wieder Auseinandersetzungen mit den Nazis, weißt du!«

»Politik ist eigentlich nicht so mein Ding. Aber ich merke schon, dass die Wehrdienstverweigerung da ganz schön mit reinspielt. Ich werde mich wohl oder übel damit beschäftigen müssen, glaube ich.«

Ich begann, in meinem Spind nach einem sauberen Kampfhemd zu suchen.

»Das mit der Politik ist viel spannender, als man sich das so im Allgemeinen vorstellt. Im Grunde ist alles politisch. Und Politik wird ja nicht nur im Bundestag in Bonn gemacht, sondern findet im Alltag statt. Aber, das hatte ich dir ja schon gesagt, pass auf mit politischen Behauptungen bei der Prüfung. Die nageln dich in null Komma nichts an die Wand. Du warst doch auf einer katholischen Schule, hast du mir erzählt, die Priesternachwuchs heranzüchten wollte oder mal früher sollte. Überleg mal, ob man da nicht ansetzen könnte?«

»Daran hatte ich auch schon gedacht.«

Ich schaute nachdenklich aus dem Fenster und sah, wie die Offiziere sich vor dem Gebäude aufstellten.

»Peter, gleich ist Appell, wir sollten uns beeilen!«

Die besonders heißen Tage waren vorbei und draußen zu stehen war schon viel angenehmer. Der nahende Herbst schickte abgekühlte Winde zur Erfrischung. Genau in einem Jahr wird die Bundeswehrzeit zu Ende sein und im Oktober fängt ein neues Leben an, das Studium. Während die Offiziere sich vorne in ihren Vorträgen abwechselten, träumte ich vom Leben auf dem Campus. Es muss wohl so ähnlich wie in der Oberstufe sein, mit dem Unterschied, dass man nur noch die Fächer hat, die man mag und alle anderen wegfallen, wie Mathe, Physik oder Chemie und so weiter. Es wird die große Freiheit werden. Ich wurde immer aufgeregter und bekam kaum noch etwas mit, worum es bei diesem Appell ging.

Dann kam der langersehnte Tag des Abschieds. Der Kontakt zu den Kameraden auf meiner Stube war nicht so intensiv, dass ich in Tränen ausbrach. Er war eher notwendig, aber oberflächlich gewesen. Am Tag der Abfahrt waren wir wieder alle in zivil. Ich gab meinen Stubenkameraden die Hand, sagte „Tschüss", aber nicht „Auf Wiedersehen" und trottete mit dem zerschlissenen Rucksack zu meinem geliebten roten, zerbeulten R4. Dieses Gefühl war ein außergewöhnliches Gefühl, das ich so noch nicht erlebt hatte. Ich war gleichzeitig ruhig und aufgeregt. Ich saß in meinem Auto und wartete. Wieder ein Lebensabschnitt war zu Ende gegangen. Ich hatte sehr viel erlebt, aber ich konnte es nicht in einem Guss erfassen. Ich hatte mich verändert. Ich wusste nun mehr als in dem Moment, in dem ich zum ersten Mal durch das Tor ging und der Wachposten mich begrüßte. Als wenn es gestern gewesen wäre. Ich fuhr auch deswegen noch nicht los, weil ich keinen Gedanken daran verschwendet hatte, wohin ich fahren sollte und was ich eigentlich in dieser freien Woche machen wollte. Als es langsam in mein Gehirn träufelte, dass ich einfach direkt zum vorgesehenen neuen Standort fahren sollte, zog ich den Choke und startete den Wagen. Er jammerte ein wenig, begann aber mit etwas Gasgeben zu rollen. Es war ein wunderbares Gefühl. Ich war einer der letzten, die sich auf die Reise machten. Ich fuhr noch einmal durch das Dorf, sah von weitem den Sportplatz und dachte an Connie mit ihren kleinen Fußballmädchen, erblickte den schäbigen Eingang der herabgekommenen Disko, und der Junge mit der Monika war wieder da. Das Café, das ich liebgewonnen und die Kirche, die ich nie betreten hatte. Der alte Mann saß auf meiner Bank und schien zu schlafen. Ich fuhr einen großen Kreis auf dem Marktplatz und steuerte dann zum Stadtausgang.

»War die Zeit doch schön, irgendwie?«

In mir kamen Zweifel auf. Ich habe mich auch so manches Mal sehr dämlich verhalten. Auf der anderen Seite ist doch einiges passiert, was mich völlig aus der Bahn geworfen hatte. Trotzdem spürte ich etwas, was mich stutzig machte. Irgendwie vermisste ich jetzt schon etwas, vielleicht dieses merkwürdige Gefühl, dazuzugehören, Teil einer irgendwie großen Sache zu sein. In demselben Gedankenzug prallte ich gegen die Realität, die sich aus dem Sinn ergab: Krieg und alles Grausame, was dazugehört. Ich hatte über Peters Einwurf nachgedacht, damals in der Aula. Nicht Deutschland wurde angegriffen, sondern die deutsche Armee stand zweimal in diesem Jahrhundert in anderen Ländern. Obwohl man uns mehrfach versichert hatte, dass wir nur eine Friedensarmee, eine Verteidigungsarmee und wir Soldaten nur Bürger in Uniform seien, konnte ich diesen Beteuerungen nicht so recht Glauben schenken. Dafür habe ich in diesen drei Monaten zu viel Scheiße erlebt. In derartige Gedanken verstrickt fuhr ich intuitiv in Richtung Süden, bis die ersten Schilder kamen, die auf meine Heimat hindeuteten und mir immer bekannter wurden.

Kapitel 27

Am späten Abend erreichte ich Rheine. Der Bundeswehrstandort war gut ausgeschildert, zumal es gleich drei davon an verschiedenen Ausfahrtsstraßen gab. Es war schon dunkel, aber der Mond ließ sich noch nicht blicken. Die gelben Straßenlaternen halfen nur wenig, die Straße auszuleuchten. Nach zehn Minuten musste ich in eine Seitenstraße abbiegen, die durch einen dichten Wald führte. Sie war nicht geteert, sondern bestand aus großen Betonplatten, die den schweren Panzerketten standhalten konnten.

Nach der dritten Kurve sah ich das typische Eingangstor mit dem Schlagbaum und rechts daneben das Wachhäuschen mit dem Aufenthaltsraum und den Zellen. Genau genommen sah ich die kleinen quadratischen Zellfenster mit den Gittern. Aber ich wusste ja mittlerweile, wie es innen aussah. Ich fuhr rechts auf das Freigelände des Parkplatzes, stellte meinen geliebten R4 mitten auf den Platz, nahm meinen Rucksack und marschierte zum Eingang. Es stand kein Wachsoldat am Baum oder am Häuschen. Ich klopfte an die Tür und hörte ein:

»Hereinspaziert.«

Ich öffnete die dunkelgrüne Holztür und sah drei Soldaten an einem Tisch sitzen und Karten spielen. Mein Gehirn schaltete sofort. Es war ja Freitagnacht und die Kameraden hatten Wochenenddienst und alle Offiziere waren nach Hause gefahren. Dann kann man es sich ja auch gemütlich machen. Mit der dröhnenden Stimme meines Hauptmanns rief ich:

»Panzergrenadiere, stillgestanden!«

Da hätte selbst der Hauptmann von Köpenick seinen Spaß gehabt. Obwohl ich in kurzen Jeans und Turnschuhen da stand, fielen drei Stühle nach hinten und drei Kameraden nahmen die befohlene Haltung an.

»Wo bleibt die Meldung? Aber Zack-zack! Rührt euch!«

»Obergefreiter Bienemann mit zwei Soldaten zur Wache angetreten!« schallte es mir entgegen.

»Angenehm, Theo Schreiber, ich bin der Neue. Wo muss ich vorsingen?«

»Das wirst du noch bereuen. Uns so zu verarschen!« beschwerte sich der Obergefreite sichtlich erleichtert.

»Aber Respekt, das war schon ganz schön echt. Woher kommst du und zu dieser Uhrzeit? Hast du dich verfahren? Ich heiße Wolfgang, das sind Michael und Gerd.«

»Das ist ganz einfach. Ich habe kein Zuhause und bin direkt vom Harz durchgefahren. Ich hoffe, Ihr habt noch ein Bett frei«, antwortete ich trocken. Ich merkte nun meine Müdigkeit und musste gähnen.

»Eins?«, fragte Michael, »sicherlich an die hundert! Du bist der erste. Die anderen werden sicherlich in einer Woche eintrudeln. Wölfi, ich bringe ihn am besten gleich rüber in die fünfte / hundertsiebzig, wo die neuen reinkommen.«

Der Obergefreite nickte und Michael, etwas kleiner als ich, eher rundlich, schritt durch die noch offen stehende Tür und rief:

»Komm mit. Du siehst schon verdammt müde aus. Folge mir einfach unauffällig.«

Wir überquerten mehrere betonierte Plätze, die von langen offenen Garagen gesäumt waren, die den Eindruck vermittelten, ebenfalls zu gähnen. Unter den Wellblechdächern standen oliv-grüne LKW, bestimmt weit über fünfzig. Hinter dem dritten Block auf der linken Seite bogen wir zum vierten Gebäude links ab. Es war zweistöckig und der lange Flur leuchtete auf Knopfdruck so hell, dass es in den Augen schmerzte. Das erste Zimmer links hatte ein Fenster nach außen und eins nach innen zum Flur. Dahinter führte eine Treppe nach oben. Gegenüber war die Schreibstube, die nächste Tür war die Tür zum Spieß. Die dritte und vierte verbargen die heiligen Räumlichkeiten des Kompaniechefs.

»Alle anderen stehen zur freien Auswahl«, meinte Michael. Dann zog er aus der Seitentasche seiner grünen Kampfhose eine kleine Flasche Bier und reichte sie mir mit den Worten:

»Als Begrüßungsgeschenk, zum Einschlafen, hier!«

Die Flasche nahm ich gerne an, nicht weil ich jetzt unbedingt ein Bier trinken wollte, nein, ich hatte Hunger und den langen Tag so gut wie nichts gegessen.

»Ich gehe gleich in die nächste Stube nach dem Chef. Dann habe ich nur kurze Wege«, sagte ich spontan, als wenn ich eine Vorahnung gehabt hätte. Michael öffnete seinen Mund und hielt ihn offen. Er war sichtlich verblüfft, konnte aber meinen Anspruch nicht zuordnen, ob es Spaß war oder ich es ernst meinte. In dem Moment war es mir egal. Ich bedankte mich und trat in meine neue Stube. Wie bereits in der ersten Kaserne suchte ich einen Fensterplatz, ließ den Rucksack fallen und glitt ohne Umstände ins Bett. Der Schlaf hatte sich bedenklich einem Koma genähert, als piekende Sonnenstrahlen in meine noch geschlossenen Augen mich wiedererweckte.

Wie auch in der letzten Herberge befanden sich die Duschen am Ende des Flurs. Ich genoss die Einsamkeit. Da mir klar war, dass die Kantine geschlossen war, beschloss ich, mit dem Auto in die Stadt zu fahren, um irgendwo zu frühstücken. Rheine, eine mittelgroße Arbeiterstadt, kannte ich noch nicht. In der Fußgängerzone fand ich ein Café und gönnte mir ein Ei, Brötchen und Kaffee. Es war Samstag und langsam füllte sich das Café und die Innenstadt.

Eine Woche hatte ich nun Zeit, mir Gedanken zu machen und mich zu informieren, wie ich die Gesinnungsprüfung erfolgreich überstehen könnte. Ich brauchte Zeit zum Denken und einen Schreibblock, um meine Gedanken festzuhalten. Die Schreibsachen waren schnell eingekauft und ich fuhr zurück zur Kaserne.

Kapitel 28

»Herr Pfarrer oder Herr Pastor, Sie machen mir keine großen Hoffnungen. Ein gewaltloses Gewissen, oder wie soll ich mich ausdrücken, muss es doch auch ohne Religion geben. Entweder ich argumentiere religiös oder es wird automatisch politisch. Ich will aber verweigern, weil die Methode der Armee an sich unmenschlich ist. Ich hege sehr wohl den Verdacht, dass zumindest ein Kamerad den Grundwehrdienst nicht überlebt hat. Die haben versucht, mich in die Knie zu zwingen. Aber sie haben es nicht geschafft. Ich konnte von Anfang an den Laden nicht ernst nehmen, aber im schlimmsten Fall kann es tödlicher Ernst werden und dann müssten wir auf richtige Menschen schießen. Und das kann ja nicht nur gegen den Willen Gottes sein, sondern es steht auch im Widerspruch zu meinem Gewissen!«
Ich war regelrecht aufgebracht und meine Stimme zitterte. Ich schaute erst dem Geistlichen in die Augen, dann an ihm vorbei durch das Fenster nach draußen.

»Jetzt beruhigen Sie sich erst einmal. Ich gebe Ihnen ja Recht, aber ich habe schon Dutzende junge Männer bei der Wehrdienstverweigerung begleitet. Da weiß man sehr bald, wie der Hase läuft. Ich kann Ihnen nur sagen: So vortrefflich Ihre Argumente auch sein mögen, sie werden sich in Widersprüche verstricken und dann haben Sie verloren. Man wird Ihre Aussagen in der Luft zerreißen und Ihnen unterstellen, dass Sie sich vor dem anstrengenden Dienst drücken wollen. Wenn Sie sich drücken, nehmen Sie keine Rücksicht auf die anderen Kameraden, die die Staatspflicht für Sie erfüllen. Das wird Ihnen als Egoismus ausgelegt.

Und die Prüfer, zumindest einer ist ein hoher Offizier, der sich natürlich im Vorhinein über Sie erkundigt hat. Kompaniebester Schütze. Damit haben Sie schon verloren. Sie werden spätestens aus Notwehr, um zum Beispiel das Leben Ihrer Freundin zu retten, zur Waffe greifen. Sie werden nicht überzeugend auftreten können und behaupten, Sie lassen Ihre Freundin lieber umbringen, als sie zu befreien, vorausgesetzt, Sie haben die Möglichkeit, dies mithilfe einer Waffe auch zu tun. Entweder setzen Sie ganz auf die religiöse Schiene, und das sage ich nur, um es Ihnen klar vor Augen zu führen oder Sie üben sich in der politischen Diskussion. Aber dafür ist die Zeit zu knapp und dann bin ich auch nicht der richtige Ansprechpartner für Sie. Hier tagt übrigens auch eine Soldatengruppe einmal im Monat. Die Infos finden Sie alle am schwarzen Brett im Flur.«

Er lehnte sich zurück und wartete. Tausend Gedanken durchfluteten gleichzeitig mein Gehirn.

»Das ist keine reelle Prüfung meines Gewissens, das ist ein Tribunal, dessen Ergebnis, das Urteil, schon vorher feststeht«, sagte ich niedergedrückt und versuchte meine Gedanken neu zu ordnen:

»Ich kenne mich in der Politik bestimmt nicht so gut aus wie in der Religion. Ich habe immerhin mein Abitur bei den Jesuiten gemacht und ich hatte fast immer eine Eins in Religion und ich war Messdiener und kenne heute noch die Gesänge auf Latein. Wir mussten damals jeden Morgen vor der Schule in die Messe. Dem Kloster gehörte die Schule. Ich kenne das alte und das Neue Testament wie kaum ein anderer. Ich muss religiös argumentieren, da habe ich gar keine Wahl. Sagen Sie mir, worauf ich achten soll, bitte.«

Ich flehte mein Gegenüber fast an. Wir saßen uns direkt gegenüber. Nicht mal ein Tisch war zwischen uns. Er legte seine Hände bedächtig auf seine Knie und beugt sich zu mir, als wenn er mir ein Geheimnis anvertrauen wollte.

»Gehen Sie bis zum Tag der Prüfung jeden Tag in die Kirche und beten Sie. Dann kann es sein, dass Gott Sie erhört und Ihnen die Kraft gibt, Ihren

Standpunkt überzeugend vorzutragen. Rezepte gibt es nicht. Gott sei bei Ihnen, mein Sohn!«

Er erhob sich langsam. Dabei streckte er mir seine beiden Hände entgegen, als wenn er mir aufhelfen wollte. Ich nahm seine Hände und bedankte mich für das offene Gespräch.

»Ich bin zwar evangelischer Pfarrer, Studentenpfarrer an dieser Uni, aber auch ein katholischer Kollege würde Ihnen Ähnliches sagen.«

Ich verließ den Raum, schaute mich im Flur um und sah das schwarze Brett. Meine Blicke trafen noch einmal seine Blicke. Er nickte wohlwollend. Ich suchte am schwarzen Brett, was gar nicht schwarz war, sondern weiß und voll von Notizen und Flyern übersät, die sich zum Teil überlappten.

Da stand es: Soldaten- und Wehrpflichtigen-Treff jeden Montag neunzehn Uhr hier im Hause, Raum fünfzehn. Das ist erst in einer Woche, dachte ich und beschloss, nicht in die Kirche zu gehen, sondern in meine Stadtbücherei. Hier zu sein, in Münster, in meiner Heimatstadt, das war in diesem Moment das Größte für mich. Schon sehr früh empfand ich diese Stadt als etwas ganz Besonderes. Die historischen Fassaden, nach alten Plänen wieder aufgebaut oder nachempfunden rekonstruiert, enge Gassen mit Kopfsteinpflaster und an jeder Kreuzung eine Kirche und zwei Kneipen. Die Kirchen, die sich am Sonntag gegenseitig Konkurrenz machten und ihre Glocken bis zum Anschlag in Schwung brachten, der See, der fast ins Zentrum der Stadt hineinragt, das Schloss und die grüne Promenade, die um den ganzen Stadtkern führte - diese Stadt konnte man nur lieben. Im alten Kramerhaus war die Stadtbücherei untergebracht und man las Zeitungen und Bücher im gediegenen mittelalterlichen Ambiente. Man schwieg oder flüsterte. Hier hatte ich als Schüler oft gesessen und Bücher gewälzt, die wir zu Hause nicht hatten. Ich war der erste in der Familie, der Abitur machte. Dass die Arbeiterkinder an die Uni drängten, war ein Verdienst der Sozialdemokratie, im Besonderen von Willi Brandt. Das war uns damals noch nicht bewusst. In den Räumlichkeiten der Kultur fühlte ich mich wohl. So ging ich also in den Lesesaal, nahm verschiedene Zeitungen, den Stern und den Spiegel und vergaß die Zeit. Die ganze Woche fuhr ich jeden Tag von Rheine nach Münster und saß in der Bücherei. Es war noch nicht einmal gelogen, dass ich in Religion sehr gut war. Aber weil ich die Bibel gut kannte, die inneren Zustände des Ordens hautnah erlebt hatte, konnte ich mich bewusst und klarsichtig von den Zwängen der Kirche befreien. Die Schule hatte mich geprägt, aber auch das kritische Denken gefördert. Ich sollte, wenn es nach der Schule gegangen wäre, Priester werden, aber ich wurde Humanist. Als solcher wollte ich bei der Gewissensprüfung bestehen.

Auf dieser Ebene könnte ich authentisch auftreten, dachte ich. Nicht Gott ist der Maßstab, sondern der Mensch. Ich suchte in den Büchern nach Argumenten und logischen Ableitungen, aber konkret für eine solche Befragung gab es so gut wie nichts. Ich musste schon selbst argumentieren. Es war trotz mangelnder Ergebnisse eine Woche tiefen Glücksempfindens. So stellte ich mir das spätere Studium vor

Kapitel 29

Am frühen Abend des Sonntags trudelten die ersten Kameraden aus den verschiedenen Städten in der Rheinenser Kaserne ein. Meine Stube füllte sich. Es wurde eng. Die schöne Zeit der Ruhe und ein eigenes Zimmer zu haben, war nun endgültig vorbei. Die neuen Kameraden und Mitbewohner stellten sich vor, erzählten, woher sie kamen und was sie in der Grundausbildung erlebt hatten. Ihre Erfahrungen ähnelten doch sehr den meinigen, nur mit dem Unterschied, das sie, anders als ich, nicht daran interessiert waren, warum sie derart behandelt worden sind, sondern mit allen Klischees um sich warfen, die man ihnen in drei Monaten beigebracht hatte. In diesen oberflächlichen Gesprächen konnte ich kaum argumentieren. Ich versuchte es und setzte mehrmals dazu an, scheiterte allerding kläglich. Dafür gab es schon am ersten Abend reichlich Bier. Als letzter der Stubengemeinschaft war Otto aus Duisburg eingetroffen. Er war etwas kleiner als der Durschnitt und auch wohl etwas älter. Als er sein Käppi abnahm, kam eine glänzende Glatze zum Vorschein. Er gab jedem die Hand. Ich saß hinten auf der Fensterbank und als er mit seiner Pranke meine schmale Rechte zerdrückte und ich mein Gesicht verzerrte, schmunzelte er und aus einem breiten Mund quoll die Frage:
»Na Kumpel, haste schon mal nackt gefickt?« Darauf wusste ich nicht zu antworten, aber alle lachten.
»Wenn du meine Hand wiederloslassen würdest, wäre ich dir dankbar«, sagte ich verkrampft.
»Wer dankbar ist, tut ´nen Bier aus, Kumpel.« Dabei lachte er so heftig, dass die Stahlbetten vibrierten.
»Daran soll`s nicht liegen«, sagte ich und er sprach weiter:
»Otto, ich heiße Otto. Und hört, hört, daran soll`s nicht liegen. Ein Studierter. Aber mach dir nichts draus. Ich nehm dich unter meine Fittiche, damit ein vernünftiger Kerl aus dir wird.«
»Ich bin Theo. Das Bier sollst du kriegen, aber erst morgen. Versprochen. Ich habe nämlich nichts hier.«

»Du brauchst dich nicht bei mir einzuschleimen. Ich tue dir schon nix. Harte Schale, weiß´te?«

Er hatte keine Wahl mehr und musste sich mit dem Bett am Eingang zufrieden geben. Den Spind befüllte er sehr sorgsam und auffallend ordentlich. Er war der erste, der Fotos von vollbusigen Frauen an die Innentür klebte.

»Bist du auch Bergmann?« fragte ein Kamerad.

»Klar, Kumpel, Zeche Augustus in Marl, verstehste. Bin extra von Duisburg nach Marl gezogen. Und jetzt heißt es, dass auch die dicht gemacht werden soll. Vielleicht werde ich auf Kraftfahrer umschulen. Das geht hier, hat man mir verplauscht.«

Spätestens jetzt war mir klar, mit wem ich es zu tun hatte. Zu meinem Vorteil hatte ich in Fabriken, beim Paketdienst nachts auf dem Bahnhof, auf dem Bau und Gärtnereien gejobbt und gelernt, mich auf normale und besondere Menschen einzustellen.

»Leute, hört mal alle zu«, rief ich in das aufkommende Stimmengewirr. Es wurde plötzlich still. Auf meine laute Stimme konnte ich mich stets verlassen.

»Ihr werdet es sowieso alle erfahren: Ich habe verweigert. Aber das heißt nicht, dass ich nicht zu euch halte. Ihr könnt auch auf mich verlassen.«

Jetzt begann eine Diskussion, die mir doch sehr zu denken gab. Obwohl alle ihre Erfahrungen in der Grundausbildung gemacht hatten, standen sie mehr oder weniger hinter der Bundeswehr. Die Wehrpflichtzeit würde doch keinem schaden, war fast die einhellige Meinung. Man lerne auch Kameradschaft kennen. Jedes Land brauche eine Armee zur Verteidigung. Man könne ja auch noch sich weiterbilden. Trotzdem akzeptierte man meine private Meinung. Lag ich nun falsch und sprachen wir über verschiedene Dinge. Ich wurde zunehmend verunsichert und nahm mir vor, das ganze Thema Wehrpflicht und Bundeswehr genauer zu untersuchen. Die Äußerungen der Mitbewohner meiner Stube waren mir doch zu oberflächlich und ich konnte mich nicht des Eindrucks erwehren, dass sie nur ihre eigene Situation rechtfertigen wollten. Ihre Argumente waren einfach und bestanden eher aus puren Behauptungen. Aber das konnte ich ihnen nicht vorhalten, ohne als Oberlehrer abgestempelt zu werden. Alle meine neuen Stubenkameraden standen bereits voll im Beruf, einige waren sogar schon verheiratet und trugen Verantwortung für Ihre Familien.

Wir hätten sicherlich bis in die Nacht diskutiert, aber um zweiundzwanzig Uhr kam der Wachhabende vom Dienst und befal Bettruhe. Acht erwachsene Männer gehorchten und ich war froh, endlich wieder Ruhe zu haben.

Der nächste Tag war ein Tag in der Kleiderkammer. Die üblichen Rituale, Appelle und Anweisungen ließen wir über uns gleichgültig ergehen. Zu meinem Glück wurde pünktlich Feierabend gemacht und ich konnte rechtzeitig nach Münster zum Soldatentreff fahren.

Kapitel 30

Das Gebäude der evangelischen Studentengemeinde kannte ich schon und ich fand auch sofort einen Parkplatz. Zimmer fünfzehn hatte ich mir gemerkt. Es war neunzehn Uhr, so stand es auf der großen Wanduhr im Eingang. Die Tür mit der fünfzehn war die dritte im langen Flur. Ich klopfte. Aber nichts regte sich. Ich drückte die Klinke. Die Tür war verschlossen. Ich wartete. Den ganzen Tag musste ich stehen und die passende Uniform, Kampfanzug, Springerstiefel, Hemden und Parka anzuprobieren. Jetzt merkte ich meine Beine. Ich setzte mich auf den Boden neben der Tür. Nach einer gefühlten halben Stunde glaubte ich nicht mehr, dass noch jemand kommen würde. Vielleicht waren die Soldaten durch die nicht planbaren Anforderungen beim Bund verhindert. Ich verließ das Haus und fuhr die fast fünfzig Kilometer beunruhigt nach Rheine zurück. Ich brauchte Ruhe zum Denken und ging in meine Stube. Neben dem Eingang stand ein kleiner Tisch und ein Stuhl, was mir in diesem Moment entgegen kam, aber doch verwunderte, ein Stuhl für acht Leute. Ich begann, mir Notizen zu machen, Argumente aufzuschreiben und Verbindungen zwischen verschiedenen Begriffen herzustellen. Wörter wie Gewissen, Armee, Krieg, Religion, Humanismus, Authentizität, Erfahrungen in der Grundausbildung, Schule, Leitung von Jugendgruppen sollten mir helfen, ein sinnstiftendes Konzept aufzubauen. Aber es wollte nicht gelingen. Das Thema Religion hatte ich in der Oberstufe bereits für mich abgehakt und beschlossen, nach der Schulzeit aus der Kirche auszutreten. Und jetzt sollte ich mithilfe der Religion mich durch die Gewissensprüfung mogeln? Das wäre nicht ehrlich und ich fühlte mich auch unwohl bei diesem Gedanken. Aber alle anderen Bereiche berührten die Politik oder waren irgendwie politisch. Ich kreiste immer wieder um den Begriff der Absurdität. Die Ideen von Camus hatte ich damals wie ein Schwamm aufgesogen. Der Wehrdienst hatte für mich etwas Absurdes, der Krieg sowieso. Aber wie bekomme ich von einem solchen Gedanken die Kurve zur Verweigerung des Wehrdienstes. Ich zermarterte mir den Kopf. Unzufrieden und entnervt, aber auch sehr müde, legte ich mich in mein Bett und schlief sofort ein, noch bevor die anderen Kameraden von ihrem Kneipenbummel zurückkamen.

Der Morgen begann wie gewohnt mit dem Morgenappell. Nach einigen Erklärungen des Hauptmanns wurde mein Name aufgerufen und mir befohlen, mich nach dem Frühstück beim Spieß, Hauptfeldwebel Lange, zu melden.

Ich bekam kaum einen Bissen herunter und trank nur eine Tasse Kaffee. Der Hauptfeldwebel erwartete mich schon. Er war genauso groß wie ich, aber noch schmaler und drahtiger. Seine dunklen Augen strahlten trotzdem Wärme aus. Ich fühlte mich nicht unwohl in seiner Nähe. Ich wollte ordentlich Meldung machen. Er winkte aber sofort ab:

»Rühr´n, Schreiber. Da lernen wir uns schon so früh kennen und ich muss erfahren, dass Sie einen Antrag auf Wehrdienstverweigerung gestellt haben. Nun gut, das ist Ihre Sache. Ich werde Ihnen keine Steine in den Weg legen. Ich habe Sie rufen lassen, weil ich einen Brief vom Kreiswehrersatzamt aus Münster für Sie habe. Man wird Sie sicherlich zum Termin laden. Lassen Sie mich das rechtzeitig wissen. Ich gebe Ihnen dann frei. Dafür brauchen Sie keinen Sonderurlaub einzureichen. Auch wenn ich auf der anderen Seite stehe, aber ich wünsche Ihnen viel Glück.«

Dabei streckte er mir einen bräunlichen Briefumschlag entgegen, den ich auch ohne zu zögern annahm.

»Vielen Dank, Herr Hauptfeldwebel. Panzergrenadier Schreiber meldet sich ab«, antwortete ich, grüßte zackig und drehte mich zur Tür. Im Flur blieb ich kurz stehen und atmete tief durch. Die Anspannung verflüchtigte sich.

»Der Spieß ist in Ordnung«, sprach ich zu mir und lief mit dem Brief in der Hand zu meiner Einheit auf das Gelände.

Als man mich sah, rief mich jemand und zeigte auf die Gruppe, die vor einem nato-oliven Lkw stand. Ich stellte mich ohne militärische Allüren dazu und horchte den uninteressanten Beschreibungen des Unteroffiziers nur mit einem halben Ohr zu. Vorsichtig öffnete ich den Brief und las. Tatsächlich, in vierzehn Tagen sollte ich mich mit Personalausweis im Rathaus von Münster zur Prüfung einfinden. Plötzlich zitterte ich am ganzen Körper. Aufregung, pure Aufregung. Doch, ich ziehe das jetzt durch, dachte ich, schob den Brief in meine Brusttasche und versuchte, den Ausführungen über die Einzelheiten des Kraftwagens zu folgen.

Kapitel 31

Auf dem Hindenburgplatz vor dem Schloss konnte ich kostenlos parken. Die Oktobersonne ließ die Blätter der Linden in einem gold-gelben Glanz erstrahlen. Der hellblaue, wolkenlose Himmel gab den Blick in seine Unendlichkeit frei, während man die Freiheit des Studentenlebens atmen konnte. In meiner Stadt war ich glücklich und mit voller Vorfreude auf meinen Studienbeginn machte auf den Weg. Scharen von Studenten kamen mir entgegen, die sich unterhielten und lachten. Diese freie und unbeschreibliche Atmosphäre hat mich tief beeindruckt. Vom Parkplatz waren es nur zehn Minuten zu Fuß bis zum Rathaus. In dem von Johann Konrad Schlaun entworfenen Schloss befand sich die Anmeldestelle der Universität. Das war der Grund, warum mir auffallend viele junge Leute dorthin strömten. Nur ich, ich musste in die andere Richtung. Aber in einem Jahr, machte ich mir bewusst, werde ich auch in ihre Richtung gehen, zum Schloss, zur Uni und mich einschreiben. Nach einem sehnsüchtigen Blick zurück auf das alte ehrwürdige Gebäude wandte ich mich in Richtung Innenstadt. Der Weg führte mich am Haus »Frauenstraße vierundzwanzig« vorbei. Das Haus war immer noch von Studenten besetzt und bewohnt. Die Stadt hatte es geduldet, bis heute. Zwei Jahre zuvor hatte ich hier Heiligabend und eine unvergessliche Nacht verbracht. Ich war achtzehn und sie feierte ihr Examen. In welchem Fach hatte ich vergessen, alles andere war der helle Wahnsinn. Seitdem wusste ich, dass es auch ohne Liebe geht. Dann lief ich weiter, vorbei an der Uni-Bibliothek. Zwischen dem Fürstenberghaus und dem Landesmuseum gelangte ich auf den Domplatz und konnte schon das gotische Rathaus sehen. Meine Pumpe bollerte. Die Gedankenfetzen aus den Erinnerungen torpedierten alle Versuche meines Verstandes, mich auf die Prüfung zu konzentrieren. Ich wusste überhaupt nichts mehr. Mir war es sogar völlig egal. Ich gehe da hinein, dachte ich und ich werde ja sehen und hören, was man von mir will und dann kann ich ja reagieren. Ich überquerte den historischen Prinzipalmarkt und betrat den Nebeneingang des Rathauses, in dem sich der Friedenssaal befand. In ihm hatte der dreißigjährige Krieg 1648 sein Ende gefunden. Und wieder das Wort Krieg. Dieser Krieg wurde durch Diplomatie beendet. Nur der damalige Papst war gegen den Friedensbeschluss und hatte aus Rache ein deutsches Dorf mit Frauen und Kindern niedergemacht. Das wäre vielleicht ein Eingangsthema für die Prüfung, dachte ich. Aber es sollte alles anders kommen. Ich stand pünktlich vor der ausgewiesenen Tür, wagte aber nicht zu klopfen. Ich wartete nicht einmal eine Minute, da öffnete sich die Tür und ein älterer Herr beugte sich herum, sah mich und fragte mit rauchiger Stimme:

»Schreiber, Theo?«

Ich nickte.

»Kommen Sie herein. Ihren Personalausweis bitte.«

Sie saßen zu dritt nebeneinander hinter zwei zusammengeschobenen Tischen und glotzen mich regelrecht an. Ein Schrecken durchzog meinen Körper vom Kopf bis in die Zehen. Aber ich ließ es mir nicht anmerken. Den rechts von mir sitzenden Mann mit Halbglatze und westfälischen Bullenkopf kannte ich. Es war der Vater eines meiner Mitschüler aus der Oberstufe. Dieser Mann war ein sehr hohes Tier bei der Bundeswehr und hatte schon unter Hitler gedient. Ich erkannte ihn wieder, aber ob er mich wieder erkannte, konnte ich nicht erkennen. Wenn ich jetzt etwas von meiner Schule erzähle, wird er mich erkennen, denn ich war so manches Mal bei ihm zuhause. Sein Sohn, der Gregor, war sehr gut in Mathe und wir hatten gemeinsam unsere Schularbeiten gemacht. Ist es nun gut, dass er mich erkennt oder eher ein Nachteil. Mit dieser Frage belastet, musste ich mir einen Vortrag von dem Herrn in der Mitte anhören, der mit der Frage endete:

»Und Sie wollen dem Vaterland nicht dienen, obwohl sie als Bester in der Grundausbildung abgeschnitten haben und wohlgemerkt, liebe Kollegen, sogar im Schießen?«

Mir blieb die Spucke weg. Damit hatte ich nicht gerechnet.

»Auch wenn man treffsicher ist, heißt das noch lange nicht, dass man die Übungen zum töten Lernen missbrauchen darf und im Ernstfall junge Männer in Kriege schickt, die, wie alle Kriege unnötig sind, nur Menschen vernichten und Städte zerstören.«

Ich fand meine Antwort gut und passend.

»Sie sind also Pazifist?«

»Ja«, antwortete ich. Was sollte ich auch anderes sagen.

»Das ist gut, wir sind auch Pazifisten. Wer will schon Kriege, da haben Sie vollkommen Recht. Und damit es keinen Krieg gibt, wurde die Bundeswehr gegründet. Es ist eine Friedensarmee, und der oberste Mann ist kein Kriegsminister, sondern der Verteidigungsminister. Die Betonung liegt auf Verteidigung. So sieht es das Grundgesetz vor. Deshalb sprechen wir auch vom Bürger in Uniform. Das hat man Ihnen doch sicher in der Grundausbildung beigebracht.«

Er griente und schaute mal nach links und nach rechts und holte sich die Zustimmung seiner Kollegen ab.

»Haben Sie etwas gegen das Grundgesetz?"

Ich musste nachdenken und schwieg erst einmal. So einfach kann man jemandem eine Falle stellen, wurde mir klar. Wie sollte ich da wieder herauskommen. Man hat mich auf die politische Ebene gezwungen. Es war genau das eingetreten, was ich vermeiden wollte.

»Natürlich stehe ich zum deutschen Grundgesetz. Aber nur, wenn Armeen existieren, kann es überhaupt Kriege geben.«

Ich hoffte, so den Dreh zur Ethik zu kriegen.

»Wir kennen natürlich den dummen Spruch: Stell dir vor, es ist Krieg und keiner geht hin! Aber der Feind geht hin und was machen Sie? Schauen Sie zu, wie fremde Armeen unsere Städte verwüsten, das Volk unterjochen wollen, Ihre Freundin gefangen nehmen, um sie, ... na Sie wissen schon. Und was machen Sie? Antworten Sie! Lassen Sie alles geschehen?«

»Ich empfinde Ihre Frage zu vordergründig, wenn ich das mal so sagen darf. Bevor es soweit kommt, ist einiges an Fehlern in der Politik passiert. Da waren keine Pazifisten an der Regierung, sondern unvorsichtige, unethische Personen, die es auf einen Krieg haben ankommen lassen.«

Ich kämpfte ums Überleben.

»Sie weichen mir nur aus. Das ist alles. Entscheidungen werden in Situationen getroffen und nicht im Nachhinein kritisiert und wenn Sie, und davon bin ich überzeugt, in eine solche Situation geraten, werden Sie zur Waffe greifen, nicht wahr meine Herren?«

Seine Nachbarn nickten zustimmend.

»Das ist eine Unterstellung, die letztendlich nur auf einer Behauptung beruht«, erwiderte ich und meine Stimme wurde etwas aggressiver.

»Nur mit dem Unterschied, dass meine Unterstellung, um mit Ihren Worten zu sprechen, richtig ist. Aber machen wir es kurz. Meine Herren, ich glaube, wir haben genug gehört. Oder hat jemand noch eine Frage?«

Er blickte wieder einmal nach links, dann nach rechts. Beide Nachbarn schüttelten nur ein wenig den Kopf und schwiegen weiter. Er begann nun einen Monolog über die Vorteile der Wehrpflicht, der Richtigkeit, dem Vaterland einen Dienst zu erweisen, zum Schutze des eigenen Volkes, den Wert der Kameradschaft und den Zusammenhalt von jungen Männern, die stolz sein können, diesen besonderen Auftrag der Gesellschaft wahrnehmen zu dürfen und so weiter und so weiter. Dieser Typ mit seinem Geschwafel widerte mich an. Ich hatte auch gar keine Chance, ihn zu unterbrechen. Doch dann kam er endlich zum Ende:

»Wir werden nun Ihren Fall besprechen und Ihnen unsere Entscheidung schriftlich zukommen lassen. Sie dürfen jetzt wieder zu Ihrer Einheit fahren. Und junger Mann, stellen Sie sich der Realität. Auch wenn es noch so schwer fällt.«

Er erhob sich. Ich stand ja immer noch. Ich reichte ihm nicht die Hand, sondern sagte:

»Auf Wiedersehen« und verließ den Raum. Im ersten Moment fühlte ich mich wie betäubt. Ich hörte, wie die schwere Tür ins Schloss fiel.

»Und ob ich mich der Realität stellen werde«, murmelte ich mir selbst zu.

»Wenn ihr das so haben wollt, sollt ihr es auch kriegen«, sagte ich nun halb laut, ohne genau zu wissen, was ich damit eigentlich meinte.

Es sollte Konsequenzen haben. Ich war allein im Flur und hätte am liebsten geschrien. Ich lief unter den gotischen Bögen den Prinzipalmarkt entlang bis zur Lamberti-Kirche. Ich wollte nicht sofort zum Auto. Nach nur wenigen Schritten stand ich vor dem schnuckeligen Café Kleikötter. Hier hatte ich so manches Mal mit Susanne gesessen. Der hintere Raum war wie ein Wohnzimmer eingerichtet und mit bequemen Sesseln ausgestattet. Die Bedienungen ließen uns auch mehrere Stunden bei einer Tasse Kaffee in Ruhe. Das Theater, dieses absurde Theater einer Scheinprüfung musste ich erst einmal verdauen. Mir war klar, dass ich diese Prüfung nicht bestanden hatte und auch gar nicht bestehen konnte. Es musste wohl stimmen, was man erzählte, dass die meisten Verweigerer, wenn nicht sogar alle, bis in die dritte Instanz gehen mussten, um anerkannt zu werden. Bis dahin würde so viel Zeit vergehen und solange müsste ich auch beim Bund bleiben. Zwei weitere Prüfungen dieser Art wollte ich mir unter dem Eindruck von heute auf gar keinen Fall antun. In mir spürte ich Rachegefühle. Während der Grundausbildung hätte ich schon viele Gründe gehabt, die Verantwortlichen zur Rede zu stellen, ja sogar regelrecht anzuzeigen. Ich werde mir derartige Dinge nicht mehr gefallen lassen. Das schwor ich mir und bestellte ein Kännchen Kaffee und ein Stück Schwarzwälder-Kirsch-Torte.

Kapitel 32

Der Fuhrpark des Transportbataillons war schon beeindruckend. Was weniger bei uns Soldaten ankam, waren die vielen Tage, die wir damit verbringen mussten, die vielen LKW zu reinigen. So war es auch an dem Tag nach meiner Exkursion nach Münster. Nach dem Morgenappell lief ich in die Schreibstube, um dem Spieß mitzuteilen, wie die Prüfung gelaufen ist. Er hatte sogar Verständnis für meinen Frust, meinte aber, dass er keinen Soldaten kennt, der beim ersten Termin anerkannt worden wäre. Na also, dachte ich. Als ich mich verbschieden wollte, sagte er in einem bestimmenden Ton:

»Warten Sie, ich brauche Sie ja nicht gesondert darauf hinzuweisen, dass Sie Ihre Sache hier an die große Glocke hängen. Und ich weiß nicht, ob man Ihnen schon mitgeteilt hat, dass Sie vom Fahr-Unterricht ausgeschlossen sind.

In dieser Zeit haben Sie sich im Wachzimmer der Kompanie einzufinden. Haben Sie das verstanden?«

»Jawoll, Herr Hauptfeldwebel. Ich sage Ihnen im Vertrauen, mein Berufsziel ist nicht der LKW-Fahrer, sondern der Sportlehrer!«

Ich spürte, dass ich schon in der ersten Konfrontation aggressiver wurde. Der Spieß ließ sich aber nicht provozieren, er lächelte sogar:

»Jetzt machen Sie aber, dass Sie zu Ihrer Truppe kommen, aber ruckizucki!«

Ich verließ ohne militärische Allüren die Stube, rannte auf den Hof und suchte meine Gruppe. Was ich dann sah, verschlug mir die Sprache.

»Was ist denn hier los? Was macht ihr denn da?« fragte ich entsetzt. Ich stand vor einem Dreizehntonner und mehrere Kameraden rieben mit dicken Schwämmen, die mit Diesel vollgesogen waren, den verklebten Dreck von den Reifen, dem Kühler und den Seitenteilen.

»Das ist ein Befehl vom Uffz Klausen, wir sollen die Wagen abdieseln. Dann werden sie nicht nur sauber und blank, sondern sie halten auch länger. Außerdem geht der Dreck besser ab«, meinte Ludger, der seinen Schwamm wieder in einen Eimer voll Diesel tauchte und sich an der Fahrertür zu schaffen machte.

»Der Diesel kostet den Liter fünfundvierzig Pfennig. Seid Ihr denn verrückt und wohin schüttet ihr den dreckigen Diesel? Doch wohl nicht in den Gulli!«

»Doch, warum denn nicht. Außerdem ist das der Befehl gewesen.«

»Ich glaube, mein Muli priemt«, rief ich. Doch die Kameraden ließen sich nicht beirren und arbeiteten fleißig weiter. Ganz hinten sah ich unseren Zugführer am letzten LKW stehen. Ich rannte zu ihm, machte meine Meldung und ergänzte selbstbestimmt:

»Herr Unteroffizier Klausen. Ich meldete mich noch einmal ab. Ich muss unbedingt mit dem Hauptfeldwebel sprechen. Bin danach sofort zurück!«

Uffz Klausen hatte nicht das Kaliber der Gruppenführer aus der Ausbildungskompanie. Er brachte keinen Ton heraus, nickte nur kurz und konnte nicht anders, als mich gehen lassen. Nach fünf Minuten stand ich wieder vor dem Spieß.

»Panzergrenadier Schreiber, machen Sie Meldung. Sie sind hier Soldat und nicht im Kindergarten!«

»Panzergrenadier Schreiber meldet sich zur Beschwerde!«

Ich wusste es nicht besser auszudrücken.

»Das fängt ja gut an. Also, was wollen Sie?«

»Herr Hauptfeldwebel, die Kameraden reinigen auf Befehl die LKW mit Diesel!«

Ich war aufgeregt.

»Ja, das ist völlig in Ordnung. Und was wollen Sie, heraus mit der Sprache und dann aber zügig wieder zur Truppe, verstanden?«

Verstanden? Ich verstand die Welt nicht mehr. Der teure Sprit ist das Eine, das Andere aber ist die Verseuchung des Bodens. Wer weiß, wie viele Jahre hier schon so gearbeitet wird.

»Herr Hauptfeld, das ist nicht nur Verschwendung von Steuergeldern, sondern versaut Grund und Boden. Das kann niemals erlaubt sein. In meinen Augen ist das ein Skandal. Außerhalb der Kaserne ist das strengstens untersagt. Damit muss auf der Stelle Schluss sein!«

»Sie sind tollkühn, Schreiber. So und jetzt rucki-zucki zurück zur Kompanie! Das ist übrigens ein Befehl, Panzergrenadier Schreiber!«

Seine Stimme hatte einen merkwürdigen Unterton bekommen. Sie wirkte bedrohlicher. Ich hätte weiter dagegen halten können, aber ich nahm mich lieber wieder zurück. Entweder wollte er hier nichts ändern oder ihm waren die Hände gebunden. Vielleicht hatte er auch Angst um seinen Job.

»Panzergrenadier Schreiber meldet sich ab zum Abdieseln der LKWs!« antwortete ich und unterlegte meiner Stimme einen ironischen Unterton. Als ich wieder bei meiner Gruppe ankam, saß ein Kamerad im Fahrerhaus hinter dem riesigen Lenkrad und schien sich ganz toll vorzukommen. Zwei LKW weiter spritzen einige Kameraden einen Wagen mit Diesel ab. Die hintere Klappe war heruntergelassen und ich kletterte über der Stoßstange und dann dem Rückstrahler an dem LKW hoch. Da saß die halbe Mannschaft und spielte Karten.

»Rainer sitzt vorn und hält Wache«, schallte es mir entgegen.

»Wo kommst du denn jetzt her, Theo«, fragte mich ein Spieler und sein Nachbar ergänzte:

»Hast du wenigstens Bier aus der Kantine mitgebracht?«

»Ihr seid mir die Richtigen«, sagte ich.

»Habt ihr euch jetzt so auf das ganze Jahr eingerichtet? Was bin ich froh, dass ich nicht Kartenspielen kann, außer Mau-Mau. Leute, das mit dem Abdieseln geht gar nicht. Das habe ich dem Spieß untergejubelt. Aber es scheint ihn nicht die Bohne zu interessieren.«

»Mensch Theo, was soll denn das Ganze? Du kannst doch sowieso nichts ändern. Komm setz dich zu uns. Du kannst auf jeden Fall zugucken.«

Was blieb mir anderes übrig. Jeden Montag und fast jeden Freitag wurden die LKW gereinigt, gewaschen und abgedieselt. Nach einigen Wochen hatten wir den Fuhrpark komplett durch. Josef, genannt Jupp, aus Recklinghausen war uns weit überlegen, denn er war Automechaniker und nahm jede Gelegenheit wahr, uns Funktionen wie Getriebe und Nockenwelle zu erklären. Dabei hatte er alle Wagen gründlich unter seine kritische Lupe genommen. Eines Mittags, als wir alle gemeinsam zur Kantine gingen, blieb er vor uns stehen:

»Ich lass mich mal überraschen, wenn wir mit der Fahrschule beginnen. Ich habe mir nämlich alle Karren genau angeschaut. Es ist unfassbar, mehr als jeder zweite LKW ist fahruntüchtig. Jetzt könnt ihr das sogar sofort erkennen. Das sind diejenigen Fahrzeuge, die nie dreckig werden, die man kaum zu waschen braucht.«

»Entweder ist kein Geld dafür da oder keiner interessiert sich dafür«, schlussfolgerte ich und die anderen stimmten mir zu. Sebastian hatte sich zu mir gesellt. Wie sich später herausstellte, war er der andere in der Kompanie, der auch Abitur hatte. Es war ein schlaksiger Typ, mit lockigem, aber sehr kurzen und dünnen blonden Haaren und blauen Augen, die ehrlich und interessiert aussahen. Er griff meine Idee auf und meinte:

»Theo, ich glaube, wir werden noch andere Dinge finden, die nicht ganz in Ordnung sind. Überleg mal, wir sind schon fast einen Monat hier und der Unterricht hat immer noch nicht angefangen.«

»Das stimmt, aber auf dem schwarzen Brett stehen die Namen, die beim Unterricht mitmachen und in welcher Gruppe man ist. Da steht auch, dass es nächste Woche losgeht.«

»Na endlich, danke für den Hinweis. In welcher Gruppe bist du denn? Vielleicht können wir ja zusammen in einem Wagen fahren.«

»In keiner, Bastian, ich bin ausgesondert, weil ich ja verweigert habe.«

»Aber du bist doch gar nicht durchgekommen?"« stutzte er.

»Das nicht, aber das handhaben die hier so, quasi als Strafe. Ich habe, wenn ihr in der Fahrschule seid, im Wachzimmer in der Kaserne zu bleiben.«

Sebastian schüttelte nur den Kopf. Er hatte dafür kein Verständnis. Ich tat ihm leid, während komischerweise ich mir gar nicht leid tat.

Kapitel 33

Ich hatte mich gerade von den Bundeswehrklamotten entledigt, trug meine Jeans, die ich vom neuen Wehrsold geleistet hatte und ein neues blaues Sweatshirt, das ich locker über der Hose tragen konnte. Das Wetter Anfang November war entsprechend traurig und ich war froh, dass ich keinen Mantel kaufen musste, sondern Gefallen an dem neuen Bundeswehrparka fand. Ein paar Kameraden lümmelten sich bereits auf ihren Betten und planten, was sie mit dem angebrochenen Abend noch anstellen könnten. Es klopfte und wir alle dachten, jetzt kommt irgendein Offizier, aber es war ein gewöhnlicher Panzergrenadier.

»Ist hier der Schreiber? Man sagte mir, er sei hier.«

»Das bin ich«, rief ich vom Fenster aus.

»Worum geht's? Komm hier rüber und erzähl mal, was dich hierher treibt.«

Da fragt jemand nach mir, den ich gar nicht kenne. Das fand ich schon merkwürdig. Er kam zu mir und setzte sich auf die Fensterbank. Jetzt sah ich, dass er etwas mit sich herum trug und er sah älter aus als die meisten hier.

»Meine Tochter ist krank und meine Frau muss arbeiten gehen. Ich will irgendwie nach Hause. Man hat mir gesagt, dass du mir das schreiben könntest, so, dass ich frei bekomme. Kannst du mir helfen? Ich weiß nicht, wie ich das machen soll. Du bist doch ein Studierter. Du hast ja sogar verweigert.«

Ob es nun mein Hausname war oder sonst ein Gerücht, jedenfalls kam er zu mir und ich sollte helfen. Ich fühlte mich geehrt und ließ ihn alles erzählen. Dann versprach ich ihm, am nächsten Morgen mich genau schlau zu machen, welche Paragraphen und Begründungen ich anbringen müsste, damit er zu seiner Familie nach Gelsenkirchen fahren kann. Vom Spieß holte ich mir die ZDV zehn / fünf, die unter anderem den Innendienst regelt und aufzeigt, welche Wege man gehen muss, um bestimmtes Anliegen zu beantragen. Ich schrieb ihm eine Begründung, die jeden Spieß zum Weinen bringen würde und beantragte einen Sonderurlaub und so weiter. Er unterschrieb den Brief an den Hauptfeldwebel Lange und gab ihn in der Schreibstube ab. Bereits am Mittag wurde er zum Spieß zitiert. In der Kantine kam er zu mir gerannt und sagte aufgeregt:

»Theo, ich danke dir. Der Spieß hat sich fast noch für mich entschuldigt. Was du da alles reingeschrieben hast! Da wäre ich nie darauf gekommen. Ich kann jetzt sofort nach Hause fahren und soll dann anrufen, wie lange ich da bleiben muss. Er würde das alles schon hier regeln. Mensch Theo, das hast du aber spitzenmäßig hingekriegt. Danke noch mal.«

Er eilte aus der Kantine und meine Tischnachbarn schienen ebenfalls tief beeindruckt.

»Du Theo«, sagte Christian, von Beruf Schlosser und auch verheiratet.

»Nächste Woche sollen wir einen Vertrauensmann wählen. Ich werde dich vorschlagen. So einen wie dich brauchen wir. Einverstanden?«

„Also so schnell geht das aber nicht«, antwortete ich.

»Erst muss ich mich mal schlau machen, was da sonst noch so auf mich zukommt. Ich sage dir in den nächsten Tagen, ob ich das überhaupt will. Und ich bin ja Verweigerer und da ist noch gar nicht sicher, ob ich überhaupt gewählt werden kann«.

Bevor ich mich in entsprechende Verordnungen einlesen konnte, waren meine Kameraden schon einen Schritt weiter. Sie hatte einfach unseren Spieß gefragt und er sah keinen Hinderungsgrund. Außerdem kam noch hinzu, dass kein anderer sich zur Wahl stellen wollte.

So kam es, wie es kommen musste:

Man wählte mich einstimmig ohne jeden Gegenkandidat zum Vertrauensmann der Kompanie fünf/hundertsiebzig. Bei der Wahl im großen Saal waren mehrere Unteroffiziere, die Gruppenleiter und Fahrlehrer der Kompanie anwesend. Als man mich vorschlug, stellten sie sich zusammen und tuschelten. Sätze wie: Der ist doch Verweigerer, konnte man deutlich hören. Aber sie hatten keinen Einfluss auf die Vorschläge der Mannschaftsdienstgrade und erst recht nicht auf das Ergebnis. Ich nahm die Wahl an. Ich war davon überzeugt, dass es das Höchste war, das ich bei der Bundeswehr erreichen würde. Dass mithilfe meines Schreibens der Kamerad nach Hause fahren durfte, hatte sich in der Kompanie sehr schnell herumgesprochen. Jedenfalls hatte ich den Eindruck, dass es jeder wusste. Der Vertrauensmann als Bindeglied zwischen dem Vorgesetzten und der Mannschaft hatte in etwa die Aufgabe eines Klassensprechers. Aber man kann die Interessen des Vorgesetzten oder der Kameraden stärker vertreten. Wenn ich meine Aufgabe wirklich ernst meinte, dann musste ich mich weiterbilden. Was ich an Vorschriften, Erklärungen und Dienstanweisungen in die Hände bekam, verschlang ich wie ein Fuchs ein Huhn. Einige Tage nach der Wahl wurde ich zum Kompaniechef gerufen. Der Arbeitsraum sah genauso aus wie der des Hauptmanns von der Ausbildungskompanie. Als ich meinem neuen Chef gegenüber stand, schmunzelte ich, denn ich fragte mich, ob er mir auch eine Schallplatte schenken würde.

»Das Lachen wird Ihnen noch vergehen, Grenadier Schreiber. Ihre Aufgabe ist es, mir einmal in der Woche Bericht zu erstatten, was in der Truppe so los ist. Kommen Sie am nächsten Montag nach dem Morgenappell unauffällig zu mir, verstanden?«

»Herr Hauptmann, ich habe Sie sehr wohl verstanden. Hier muss eine Verwechslung vorliegen!« antwortete ich gelassen und mit fester, überzeugender Stimme. Der Hauptmann zog die Augenbrauen zusammen und wirkte irritiert.

»Wie? Wie meinen Sie das?«

»Ich bin zum Vertrauensmann gewählt worden, aber nicht zum Spion.«

Dabei hob ich meine rechte Hand zum soldatischen Gruß, drehte mich auf dem Fußballen zackig um und ließ ihn im berühmten Regen stehen. Im Flur staunte ich sogar über meinen Mut. Aber mich von vornherein zum Spitzel anzuheuern, so direkt und unverblümt, das fand ich schon eine harte Nummer. Jetzt waren die Fronten geklärt. Ich wusste, mit wem ich es zu tun hatte und er auch. Was ich nicht ahnen konnte, dass das erst der Anfang war.

Kapitel 34

Der finstere Monat November drückte nun nicht nur auf meine Stimmung, sondern ich merkte, dass auch die Kameraden mit miesen Gesichtern durch die Flure gingen. Aufmunterung gab es, als am zweiten November der Hauptmann beim Morgenappell die Gruppen für die erste Fahrstunde einteilte. Danach wurde ich als Einzelner aufgerufen:

»Panzergrenadier Schreiber?«

»Hier«, rief ich spontan und trat einen Schritt aus der Reihe vor.

»Sie finden sich im Wachzimmer Ihrer Kompanie ein.«

»Jawoll, Herr Hauptmann«, antwortete ich zackig. Ein Raunen ging durch die Mannschaft. Jetzt wusste auch der letzte, dass ich vom Fahrunterricht ausgeschlossen war. So geht es einem Wehrpflichtigen, wenn er verweigert und in der Truppe bleiben muss. Ich hatte immer noch keine Antwort vom Prüfungsausschuss, fiel mir dabei ein. Nach dem Frühstück mit den etwas weichen Brötchen und einer Tasse von dem Getränk, das man hier auch Kaffee nannte, begab ich mich wieder zum Kompaniegebäude und setzte mich ins Wachzimmer. Hier konnte ich durch das eine Fenster in den Flur und durch das andere nach draußen schauen. Ich sah, wie in einen überdimensionalen Fernseher dem Treiben der Kameraden zu, deren Freude auf die Fahrstunden sich auf ihre Körperhaltung und Gang auswirkte. Die dunkle November-Stimmung hatte sich in Wohlgefallen aufgelöst. Als nun meine Gedanken sich zu verselbständigen begannen, erschreckte ich mich, als plötzlich die Tür aufging. Ich sprang automatisch auf und wollte gerade ansetzen, zu grüßen und Meldung zu machen, da rief der Kamerad:

»Mensch Theo, das tut mir leid, bleib mal ruhig sitzen.«

»Ludger, nicht wahr? Deinen Namen habe ich behalten, weil du mir im Unterricht aufgefallen bist. Ich finde das klasse, wie du widersprichst, wenn der Leutnant politisch undifferenziert argumentiert.«

»Um es vorsichtig auszudrücken«, fiel er mir ins Wort.

»Was der Typ für einen Mist verzapft, das passt auf keine Kuhhaut. Das ist primitivste bürgerliche Militärpropaganda. Die werden ja so geschult, aber verstehen selbst nicht, was sie von sich geben. Aber ich bin zu dir gekommen, weil ich dir etwas geben will. Das wird dich ganz sicher interessieren.«

Er öffnete den obersten Knopf von seinem grünen Kampfhemd, zog ein weißes DIN á vier Heft heraus und gab es mir in die Hand:

»Lass dich aber nicht erwischen und verrate mich nicht, dass du die Zeitung von mir hast. Auf den Stress kann ich gut verzichten. Das Blättchen wurde heute Morgen vor der Kaserne verteilt. Die machen das so lange, bis sie von der Wache vertrieben werden. Los steck es weg!«

Ich faltete es und schob es auch unter mein Hemd.

»Also mach`s gut. Und nimm´s nicht so tragisch!«, rief er beim Verlassen der Wache.

Die Wache bestand nur aus einem Tisch und drei Stühlen und einem schwarzen Telefon. Der Tisch stand vor dem Fenster nach draußen und ich konnte genau erkennen, wer zum Fahrunterricht ging. Da tauchten plötzlich der Hauptmann zusammen mit dem Spieß und vier Unteroffizieren auf und verschwanden in Richtung LKW-Parkplatz. Jetzt fühlte ich mich sicher und holte die auf weißem Papier vervielfältigte Zeitung aus meinem Hemd. Genaugenommen war es nur ein Doppelblatt und vorne stand der Name: Muffe? Nummer acht, November dreiundsiebzig. Da drunter stand: Die Zeitung von Soldaten – für Soldaten! Und auf dieser Titelseite gab es nur einen Artikel: Der Verteidigungsminister antwortet der Muffe. Das Wort Muffe war mir bekannt. Es bedeutete nichts Anderes als Angst, aber eher die Angst, sich etwas nicht zu trauen, was man sich eigentlich trauen sollte. Von mir konnte ich absolut behaupten, dass ich keine Muffe hatte. Das Blatt fesselte mich so stark, dass ich alle Artikel, die alle mit einer Schreibmaschine geschrieben waren, komplett durchlas. Der Minister hatte tatsächlich dieser lächerlichen kleinen Amateur-Zeitung geantwortet und sich gerechtfertigt, dass die Kantinenpreise erlaubterweise höher waren als in normalen, zivilen Läden. Dreißig und vierzig Prozent Aufschläge waren legitim. Die Zeitung Muffe? hatte die überzogenen Preise der Bundeswehrkantinen massiv kritisiert. Dem konnte ich aus meiner Erfahrung uneingeschränkt zustimmen. Ich erinnerte mich an die Schuhcreme in der Kantine der Grundausbildungskompanie im Harz. Was mich aber mehr noch verwunderte, dass tatsächlich ein Bundesminister diesem mickrigen Blatt geantwortet hatte. Da musste also mehr hinter stecken, dachte ich und sah im Impressum, dass man sich regelmäßig im Hot in der Emsstadt traf. Spontan beschloss ich, am nächsten Montag da hinzugehen, am Montag um neunzehn Uhr. Dieser Entschluss sollte mein Leben völlig verändern.

Kapitel 35

Es war bereits dunkel. Der November wollte es so. Nachdem ich den quadratischen Flur des HOT`s betreten hatte, ging auch das Flurlicht aus. Unbeeindruckt klopfte ich an der nächsten Tür und hörte ein gedämpftes:

»Herein.«

»Ich suche den Arbeitskreis demokratischer Soldaten«, fragte ich ohne Umschweife.

»Da bist hier richtig, komm rein.«

Die Stimme klang sanft. Im Raum stank es nach Zigarettenqualm. Vielleicht sollte ich anfangen zu rauchen, wenn überall gequalmt wird, dachte ich.

»Ich heiße Theo Schreiber und bin hier stationiert bei den Transportern und du bist der Kreis oder der Kreismittelpunkt?«, fragte ich in Anspielung auf die Menge der anwesenden Soldaten.

»Du triffst es auf den Kopf. Aber wie bist du auf uns gestoßen?«

»Ein Kamerad, Ludger, hat mir die Muffe in die Hände gedrückt.«

Dabei fiel mir auf, dass Ludger gar nicht mitgekommen war. Ich fand das komisch.

»Also, ich bin Hermann Kintrup und quasi der letzte Mohikaner. Die anderen sind mittlerweile alle weg, haben den Wehrdienst hinter sich. Das ist der Lauf der Dinge. Und ich, ich bin auch schon raus und habe nur eine Ausgabe der Muffe gemacht. Willst du mitmachen oder wofür interessierst du dich?«

Er ging zur Ecke des Raums, öffnete den einsam stehenden Kühlschrank und fragte:

»Trinkst du ein Bier mit?«, und nahm zwei Flaschen heraus, ohne meine Antwort abzuwarten und setzte sich hinter den großen leeren Tisch. Eine Flasche stellte er vor mich hin und schob mir den Flaschenöffner über den glatten Tisch.

»Ich hatte nicht mehr damit gerechnet, dass noch einer kommt. Ich bin auch schon ausgemustert. Aber ich kann nicht mehr in der Kaserne übernachten, da ich ja meinen Otto unter die letzte Ausgabe gesetzt. Die sind glatt in der Lage und verhaften mich unbesehen.«

»Das glaube ich nicht. Außerdem stimmte doch alles, was auf diesen vier Seiten stand.«

»Du hast ja noch gar keine Ahnung. Das ist für die ein Kinderspiel. Die sagen einfach »Verunglimpfung der Bundeswehr« und schon siehst du dich im Knast wieder.«

»Ich weiß zwar noch nicht alles, aber ich habe doch Einiges in der Grundausbildung erlebt und ich habe den Wehrdienst verweigert. Die erste Prüfung ist auch schon gelaufen. Ich habe aber noch kein Ergebnis und ich bin seit drei Tagen Vertrauensmann«, rechtfertigte ich mich.

»Dann mach dir mal keine Hoffnung. Bei der ersten Prüfung kommt keiner mehr durch. Das kannst du dir abschminken. Ich fahre gleich mit dem Zug nach Münster zu Alexander. Dort kann ich nämlich übernachten und Alexander hat sich bereit erklärt, die Muffe weiter zu machen.«

»Was hältst du davon, wenn ich dich mit dem Wagen hinbringe. Dann könnte ich auch diesen Alexander kennenlernen.«

»Mensch, das wäre ja prima. Wir haben uns schon gefragt, wie man von außen wieder jemanden bekommt, der interne Skandale aufdecken kann. Alex hat zwei Jahre hier verbracht und studiert nun in Münster, soviel ich weiß, Jura.«

»Es ist jetzt schon halb acht. Was meinst du, sollten wir nicht schon jetzt losfahren. Es kommt doch wohl keiner mehr?«

»Ok, können wir machen. Ich muss aber meine Sachen mitnehmen.«

Er ging in einen Nebenraum und kam mit dem oliv-grünen Seesack wieder. Ich wollte ihn nicht brüskieren, aber ich dachte: Wenn ich den Bund verlasse, gehe ich ganz sicher ohne Seesack in die Freiheit. Die Fahrt nach Münster dauerte eine gute Dreiviertelstunde.

»Wir müssen ans Ende der Steinfurter Straße. Kurz davor ist eine kleine Stichstraße rechts, direkt hinter der Ampel. Fahr da mal rein und parke irgendwo. Alex wohnt gleich am Anfang«, dirigierte mich Hermann.

Erst am Hindenburgplatz fanden wir einen freien Parkplatz.

»Das man den Platz immer noch nach Hindenburg, dem Wegbereiter von Hitler, nennt, ist schon ein Indiz, welcher Geist in dieser Stadt regiert«, meinte Hermann.

»Das ist meine Stadt. Ich bin hier zu Hause. Also mäßige dich!« antwortete.

Ich ließ nicht gerne etwas auf mein Münster kommen.

»Wir haben hier auch eine von-Stauffenberg-Straße. So ist es ja nicht!«

»Nichts gegen deinen Lokalpatriotismus. Aber eine Erinnerung an den Faschismus in Deutschland ist das ganz sicher nicht.«

Da musste ich ihm Recht geben. Wir standen nun vor der Haustür und Hermann klingelte, natürlich nicht kurz, sondern hielt den Daumen fast so lange drauf, bis die Tür aufsprang. Wir schritten durch einen dunklen Gang und dann drei Stufen nach unten und da stand sie, Caro, die Freundin von Alex. Sie bat uns beide freundlich herein und führte uns in einen Wohnraum mit verschiedenen alten und verschlissenen Sesseln um einen niedrigen quadratischen Tisch. In der Ecke rechts stand ein Beistelltisch mit einem Plattenspieler. Eine LP drehte sich langsam und ich konnte mit Mühe erkennen, dass die Rolling Stones ihr Bestes gaben.

»Ich mach euch einen Tee. Hermann, machst den Plattenspieler wieder lauter?«

Caro verschwand in einen Nebenraum und kam nach wenigen Minuten mit einem alten Tablett wieder, auf dem sich drei ostfriesische Tassen, eine blau-weiße Kanne und ein Schälchen mit kristallenen Zuckerstückchen und ein Kännchen Dosenmilch befanden.

»Theo, du musst nämlich wissen, dass Caroline aus Friesland kommt und Alexander Hansen aus Bremerhaven.«

Caro schaute ihn mit ernsten Augen an.

»Das werde ich doch noch sagen dürfen. Ich bin überzeugt, dass Theo zu uns passt. Er ist übrigens Münsteraner und kam mit einer Muffe unter dem Arm zum ADS – Treffen. Alle anderen sind ja mittlerweile weg.«

»So, so«, sagte Caro. »Da wird sich Alex aber freuen. Ich glaube, ich höre Schritte.«

Und tatsächlich, die Zimmertür zum Flur öffnete sich und ein großer, breiter, fast möchte man sagen, ein dicker Mann mit einer ausgebeulten, braunen Cordhose und gestreiften Hosenträgern schritt würdevoll auf mich zu und streckte mir seine Pranke entgegen.

»Ich bin Alexander. Kommt, setzen wir uns.«

»Theo, Theo Schreiber aus dem Transportbataillon fünften / hundert-siebzig. Hermann hat mich hier her gebracht. Ich bin übrigens Verweigerer und nicht ganz sicher, ob ich überhaupt zu euch passe.«

Wir setzten uns.

»Under my Thumb« ertönte mit vielen Kratzern aus den beiden kleinen Lautsprechern und Alex erzählte uns von seiner Bundeswehrzeit und dass er seit fast zwei Jahren dabei sei. Er lehnte sich bequem zurück und stopfte sich eine geschwungene Pfeife. Mit einem orangenen Feuerzeug versuchte er, den Tabak zu entzünden und zog mehrmals die keine Flamme in den Tabak. Dann stieß er dicke weiße Wolken über den Tisch bis an die Decke. Ein süßlicher Duft erfüllte den Raum. Caro stand auf und öffnete die Tür zur Küche. Während Mick Jagger das Zimmer atmosphärisch ausfüllte, begann Alexander mit seiner ersten kleinen Rede:

»Theo, wenn die Bundeswehr das wäre, was man im Allgemeinen glaubt, könnte man sich damit vielleicht noch abfinden. Der postulierte Bürger in Uniform ist aber nur ein schöner Anspruch, der davon ablenkt, was beim Bund real passiert. In den Führungsetagen versteckten sich alte Nazis, die jetzt immer mehr zum Vorschein kommen. Es ist bezeichnend, dass die Nato die Diktatoren in Portugal, Griechenland und der Türkei unterstützt. Die Nato steht im Widerspruch zur Entspannungspolitik und der Auflösung der Blöcke.«

»Alexander«, unterbrach ich ihn. Er legte seine Pfeife in den Aschenbecher am Tisch und kraulte sich den schwarzen Bart, der um seinen Mund herum gewachsen war. Er war nicht gewohnt, dass man ihn unterbrach, wo er doch gerade dabei war, die politischen Zusammenhänge darzulegen.

»Ich bin sehr daran interessiert, die Welt im Ganzen zu verstehen. Aber ich glaube, dass die Kameraden in der Emsstadt ganz andere Sorgen haben. Wir sollten sie dort abholen, wo sie stehen. Ich meine damit, wir sollten über ihre Situation berichten. Mir ist zum Beispiel in der Grundausbildung klar geworden, dass wir sehr knapp gehalten werden, quasi wie kleine Kinder. Unsere Pflichterfüllung wird dadurch nicht angemessen wertgeschätzt. Zudem werden wir gedrillt, bis wir alles tun, ohne mehr darüber nachzudenken. Wir werden Maschinen. Dieser unwürdige und letztlich unmenschliche Zustand wird dann nur durch übermäßigen Bierkonsum ausgehalten und verdrängt. Darum sollte man zuallererst mehr Wehrsold verlangen, meine ich, bevor wir über die Nato diskutieren.«

Alexander nickte, nahm wieder seine Pfeife und kratzte die Asche mit einem Pfeifenreiniger aus. Hermann unterstützte meine Ansicht und meinte, ich müsse unbedingt dabei bleiben. Caro hatte eine neue Platte aufgelegt und

Cat Stevans sang: Morning has broken. Sie war in die Küche gegangen und hatte ein paar Bierflaschen aus dem Kühlschrank geholt. Es dauerte keine Stunde und ich fühlte mich hier besser als zu Hause. Wir diskutierten auf Augenhöhe, obwohl ich Alex wegen seines umfassenden Wissens beneidete. Als tief in der Nacht Hermann sich verabschiedete, um, wie er sagte, das Nachtleben von Münster zu erkunden, bot mir Alex an, hier bei ihm zu übernachten. Wir stellten zwei Sessel zusammen und Cora brachte mir eine Decke.

»Weißt, Theo, ich war anfangs sehr skeptisch. Ich hatte ja überhaupt keinen Plan vom Bund. Aber die Gefahr für die Demokratie, die von der Bundeswehr und auch von der Nato ausgeht, kann man gar nicht hoch genug einschätzen. Ich habe durch Alex sehr viel dazu gelernt. Es macht auf jeden Fall Sinn, sich mit der Geschichte zu beschäftigen. Unsere Generation hat völlig vergessen, dass der letzte Weltkrieg mit zig Millionen Toten, und den meisten davon in der Sowjetunion, nicht mal dreißig Jahre her ist. Und beide großen Kriege gingen von deutschem Boden aus. Mach dich richtig schlau, dann wirst du erkennen, wie wichtig deine Arbeit im ADS ist. So, und nun schlaf gut. Ich muss auch früh raus. Ich weck dich dann. OK?«

Ich weiß nicht, ob ich Ja gesagt habe.

Kapitel 36

Die nächste Muffe sollte im Dezember erscheinen. Alex hatte den Kontakt zum Asta der Uni Münster aufgebaut, der eine Druckmaschine sein Eigen nannte und uns einen Sonderpreis angeboten hatte. Den Artikel über das Abdieseln der LKW, die unnötige Verschwendung von Benzin und die Verseuchung des Bodens, durfte ich schreiben. Alex, der für alles, was in der Muffe stand, verantwortlich zeichnete, ergänzte mein Thema mit weiteren skandalösen Fakten: Bei dem letzten Manöver, an dem auch meine Kompanie teilgenommen hatte, bevor ich dort stationiert worden war, wurden über zwei Millionen Liter Sprit vergeudet. Nach offiziellen Angaben konnte er zitieren: »So verbraucht zum Beispiel der Panzer Leopard pro Fahrtstunde sechshundert Liter Diesel.«

Noch konnten wir die vorgesehenen vier Seiten nicht ganz füllen. Alex wartete bis zuletzt, ob ich noch irgendetwas aus der Kaserne recherchieren konnte. Wie der Zufall es wollte, kam ein Leserbrief, den wir nur ein wenig umschreiben mussten. Die Überschrift lautete: Dienstbeginn Montagmorgen um 9 Uhr! Was war geschehen. Es war der zweite autofreie Sonntag und die Soldaten sollten bereits laut Befehl um vierundzwanzig Uhr in der Kaserne sein. Darum waren hunderte von Soldaten nicht mit dem Auto zur Kaserne gefahren, sondern waren auf die Bahn umgestiegen. Obwohl einige Soldaten beim Kommandeur darum gebeten hatten, Soldatenbusse, von denen es ja beim Transport-Bataillon ausreichend gab, einzusetzen, hat sich keiner darum gekümmert. So standen hunderte Kameraden am Bahnhof, da die Linienbusse so spät nicht mehr fuhren, und mussten zusehen, wie sie irgendwie zur Kaserne kamen. Einige erwischten noch ein Taxi, aber die meisten mussten stundenlang mit ihrem schweren und unhandlichen Gepäck zu Fuß gehen. Die verantwortlichen Offiziere hatten nichts unternommen. Die Wehrpflichtigen schienen ihnen am A…. vorbeizugehen. Sie wohnten ja auch in der Nähe und besaßen alle ein Auto. Darum forderte der Kamerad des Leserbriefes den Dienstbeginn um neun Uhr montags, solange es autofreie Sonntage gibt. Alexander klopfte noch in aller Eile den Leserbrief als Aufmacher in die Schreibmaschine. Sonntagnacht wurde gedruckt. Um vier Uhr morgens brachte ein Student die Pakete nach Rheine und übergab sie den Verteilern, die schon vor dem Kasernentor standen und auf die Lieferung warteten und froren. Der Winter hatte Einzug gehalten und nachts ging die Temperatur schon bis zum Gefrierpunkt. Sie waren zu viert, hüpften gegen die Kälte und rieben sich die frierenden Hände. Der Himmel war wolkenlos und die vier wurden nur vom Vollmond beschienen. Es war die erste Muffe, bei der ich mitgearbeitet hatte. Aus blanker Neugier stand ich abseits vom Kasernentor, aber mit sicherem Abstand, um meine erste Verteilung einmal mitzuerleben. Ich hatte mich hinter einem Baum versteckt. Die Autos der ankommenden Soldaten hielten tatsächlich rund fünfzig Meter vor der Einfahrt an und nahmen eine Zeitung mit. Ich konnte genau erkennen, dass auch Offiziere sie entgegen nahmen, aber sofort unter den Sitz legten oder sonst wie versteckten.

Doch es dauerte nicht lange, da stürmten mehrere Wachsoldaten in grüner Kampfuniform, bewaffnet mit der G3, aus der Einfahrt direkt auf die Verteiler zu. Ich hielt die Luft an. Ich stand immer noch hinter einem Baum und konnte alles sehr gut beobachten. Nur erwischen lassen durfte ich mich nicht. Aber um mich verspürte ich gar keine Angst. Die Verteiler, darunter auch ein Mädchen, ließen vor Schreck die Zeitungen fallen und rannten, so schnell sie konnten, aus dem Bundeswehrbereich. Bis zu dem Schild »Betreten verboten« durften die Soldaten sie verfolgen. Sie erreichten das Schild, aber die Verteiler waren schon weit genug weg, um festgenommen werden zu können. Mein Herz schlug mir bis zum Hals. Damit hatte ich nicht gerechnet. Ich hätte auch nicht helfen können. Das wird ein neuer Artikel werden – für die nächste Muffe! Ich wartete, bis sich die Wachen wieder verzogen hatten. Sie waren gerade mal eine Sekunde im Wachhäuschen verschwunden, standen die Verteiler wieder am Straßenrand und verteilten weiter unsere Muffe. Das war mutig und jetzt verstand ich auch Alex, der gesagt hatte:

»Auf unsere Verteiler ist absolut Verlass, die wissen, was sie zu tun haben.«

Einige Tage später sollte ich sie persönlich kennenlernen, insbesondere die Verteilerin.

Kapitel 37

Natürlich durfte mich niemand erwischen, aber die Sache erhielt dadurch noch mehr an Reiz: Ich hatte ein ganzes Paket der Muffe mit in die Kaserne geschmuggelt. Soweit ich die Kameraden als verlässlich einschätzte, gab ich ihnen jeweils ein Exemplar. Kam ich mit jemandem ins Gespräch, lud ich ihn zu unserem Treffen am nächsten Montag ins HOT ein. Alex hatte die Idee, eine eigene Satzung für den ADS Emsstadt aufzusetzen. Er war davon überzeugt, dass ich einige Kameraden bewegen würde, zum ADS-Treffen zu kommen. Er sollte Recht behalten. Hermann Kintrup hatte sich für alle Zeiten aus unserem Kreis verabschiedet und Alexander den Schlüssel vom HOT übergeben. Als ich eintraf, war er bereits da, saß an dem großen, leeren Tisch und schrieb einige Sätze in einen Collage Block.

»Hallo Theo, schön, dass du schon da bist. Ich habe angefangen, eine Satzung für den Standort des ADS Emsstadt zu formulieren. Du bist allein? Kommen noch welche?

«Ich hoffe. Ich habe mit vielen gesprochen, aber keiner wollte sich festlegen.«

»Es ist ja noch nicht so spät. Setz dich und hör mal!«

Alexander Hansen saß wie auf einem Thron. Seine halblangen, fast bläulich schimmernden schwarzen Haare spiegelten das Licht der grellen Neonröhren wider. Er war zu dick für dreiundzwanzig, verabscheute Sport und rauchte liebe seine Pfeife. Außerdem spielte er seit seiner Kindheit Geige und so saß er auch auf dem Stuhl.

»Nach der Einleitung kommt:»Wir haben uns im ADS zusammen geschlossen, um uns gemeinsam für unsere Rechte und Interessen einzusetzen als eine Art Soldatengewerkschaft.« Dann sollte auf jeden Fall rein: Staatsbürger in Uniform und irgendwie auch der Begriff »Friedensarmee.«

»Das hört sich schon mal gut an. Aber irgendwie sollte es auch um eine sinnvolle Freizeitgestaltung gehen und zum Ausdruck gebracht werden, dass wir immer noch Jugendliche sind und den Kontakt zu den anderen Jugendlichen am Standort suchen oder so ähnlich«, fügte ich hinzu.

»Das ist eine gute Idee. Außerdem bin ich dafür, unsere eigene Satzung nicht zu politisch zu machen, mehr so auf die sozialen Dinge der Soldaten abheben. Damit hätten wir schon genug zu tun. Da liegt noch genug im Argen. Außerdem könnten alle mitmachen, aus allen Parteien, außer den Nazis, natürlich.«

In diesem Moment öffnete sich die Tür und ein älterer Mann in einem grauen Kittel stellte sich breitbeinig mitten in den Raum und rief:

»Was geht denn hier ab? Wer hat Ihnen erlaubt, hier den Raum zu nutzen? Woher haben Sie eigentlich den Schlüssel?«

Alexander erhob sich langsam von seinem Stuhl. Er wusste um seine körperliche Erscheinung. Er blickte ernst in die Augen des Mannes und sagte in einem bewusst ruhigen Ton:

»Mein Name ist Alexander Hansen. Ich bin Oberleutnant der Reserve. Bevor Sie mir mit Ihren Fragen meine kostbare Zeit stehlen, informieren Sie sich erst einmal über die aktuelle Raumverteilung. Haben Sie mich verstanden? Und dann lassen Sie sich einen Termin beim Gefreiten Schreiber geben, wenn Sie mich noch einmal sprechen möchten.«

Dabei zeigte er mit seiner rechten Hand auf mich und fuhr fort:

»Und jetzt nennen Sie mir mal Ihren Namen und dann schließen Sie die Tür von außen, aber zack-zack!«

Seine Stimme war von Satz zu Satz lauter und bedrohlicher geworden.

»Manfred Heimann, ich, also in Ordnung, entschuldigen Sie die Störung, nochmals.«

Er machte so etwas Ähnliches wie einen Diener, ging drei Schritte rückwärts und schloss beim Verlassen des Raumes die Tür.

»Mensch Alexander! Dass du zwei Jahre beim Bund und auch noch Offizier warst, das habe ich jetzt gesehen. Der tut mir ja schon fast leid", lachte ich.

»Aber Gefreiter werde ich nie, als Verweigerer«, ergänzte ich.

»Ich kann diese Art von Mensch nicht ausstehen. Im Job sind sie nichts und bietet sich eine Gelegenheit, werden Sie zu Tyrannen. Typische Mitläufer. Bei solchen hat der Faschismus ein leichtes Spiel. Beim Bund gibt es einige von dieser Sorte. Übrigens sollten wir mit dem Stadtjugendring uns noch mal kurz schließen, um den Raum auf Dauer zu bekommen.«

Ich übernahm gerne diese Aufgabe. Dann setzten wir uns wieder hin und formulierten weiter an unserer Satzung. Nach und nach trudelten über zehn

Kameraden ein, interessanter Weise nicht aus meiner, sondern alle aus den anderen Kompanien. Fast bis Mitternacht diskutierten wir über die Aufgaben, die wir uns selbst stellten und schrieben sie in die Satzung. Der erste Beschluss wurde gefasst: Zum nächsten Treff bringt einer eine Kiste Bier mit.

Kapitel 38

So ein bisschen Selbstbetrug war schon dabei, als ich mir sagte, dass ich keinen LKW-Führerschein brauchte und dass ich es doch sehr gut hätte, hier im Wachzimmer der Kompanie zu sitzen und lesen zu dürfen. Ich hatte mir zum ersten Mal eine politische Zeitschrift gekauft, weil mir bewusst geworden war, dass ich viel zu wenig informiert war, was die sogenannte große Politik betrifft. Ich las erst einmal das Inhaltsverzeichnis durch, um mich dem Thema zu widmen, was mir möglicherweise am nächsten lag. Ich hörte einen Automotor. Ein grüner Jeep mit offenen Fenstern hielt auf dem kleinen Platz vor dem Wachfenster, das nach vorne zeigte. Der Beifahrer stieg aus und holte vom hinteren Sitz einen halb gefüllten Seesack heraus, betrat das Kompaniegebäude und klopfte an meine Tür.

»Die Post, Kamerad. Ah ein neuer. Mach mal den Tisch frei!« rief er übermäßig laut.

Ich nahm die Zeitschrift vom Tisch und stand auf. Er packte den Seesack, drehte ihn auf den Kopf, öffnete mit einem Ruck das Band und die vielen Briefe verteilten sich auf dem Tisch.

»Alphabetisch sortieren und in Päckchen á zehn bündeln, dann zum Spieß damit. Bis übermorgen, Kollege.«

Ich hatte nichts gesagt und er verschwand aus dem Zimmer. Im Stahlschrank fand ich Gummibänder und so setzte ich mich wieder hin und fing an, die Briefe zu sortieren. Ein Brief hatte dieses schmutzige Grau-gelb der Behörden. Ich zog ihn aus dem Haufen und erkannte sofort den Adressaten: An Theo Schreiber, Transportbataillon fünfte / hundertsiebzig in Rheine. Absender Kreiswehrersatzamt Münster. Obwohl mir klar war, dass ich abgelehnt worden war, zitterte ich doch am ganzen Körper. Ich riss den Brief auf und holte vier mit Schreibmaschine voll gedruckte Seiten heraus. Auf der ersten Seite unten stand, sauber abgesetzt:

Der Wehrpflichtige ist nicht berechtigt, den Kriegsdienst mit der Waffe zu verweigern. Hier stand es schwarz auf weiß! Dass ich durchgefallen war, nun gut, damit hatte ich ja gerechnet. Nein, hier stand Kriegsdienst und nicht Wehrpflicht. Das Wort Krieg verfolgte mich schon seit der ersten Stunde bei der Bundeswehr. Vor meinem geistigen Auge lebten bei diesem Wort immer die Dokumentarfilme aus dem ersten und zweiten Weltkrieg auf, wie die übriggebliebenen Soldaten zerschunden und in Fetzen gekleidet ungeordnet in grauen Prozessionen sich durch die zerbombten Straßen schleppten. Man hat mir nicht abgenommen, dass mein Gewissen mir verbietet, auf Menschen zu schießen, nur weil ich schießen kann und nicht einen derartigen Eindruck machte, dass ich bei der Handhabung einer Waffe in mir zusammenbrach. Ein lebensfroher Mensch passt nicht in die Vorstellung eines Kriegsdienstverweigerers. Und was noch hinzukommt: Einer der Beisitzer war tatsächlich ein hohes Tier beim Bund und der Vater meines Mitschülers. Bei der Namensnennung stand aber nicht Oberst oder ähnliches, sondern schlicht und unverfänglich: Als gewählter Beisitzer. Die sind auch noch zu feige, ihre Position bei der Bundeswehr zu zuangeben. Ich steckte meinen Brief ein und sortierte die Post weiter. Während meine Hände wie automatisiert zu Werke gingen, musste ich weiter nachdenken. Ich spürte Widersprüche in mir und konnte die unterschiedlichen Gedanken und Gefühle nicht miteinander vereinbaren. Jetzt war es amtlich: ich muss noch elf Monate Soldat spielen, bevor ich meine Staatspflicht erfüllt habe. Meine Gedanken verdichteten sich plötzlich zu einer Art Wut, Wut auf diese erlebte Ungerechtigkeit, nein nicht so sehr Ungerechtigkeit, sondern Ungleichheit. Ich stellte mir vor, Alex Hansen, Hermann Kintrup und ich würden einem einzigen Offizier gegenübersitzen und ihn beurteilen, ob er ausreichend demokratisch gesinnt ist, um eine Kompanie der Bundeswehr zu leiten. Ich fing bereits an, Fragen zu erfinden, um den Charakter eines Offiziers zu erkennen, da ging die Tür auf und der Spieß stand vor mir.

»Schütze Schreiber, sobald Sie fertig sind, bringen Sie mir die Post in mein Büro!«

»Herr Hauptfeldwebel, ich fände es besser, die Post den Kameraden direkt zu geben. Dann kommen Sie nicht in den Verdacht, die Briefe zu zensieren.«

»Was erlauben Sie sich eigentlich, Schreiber. Sind Sie nicht ganz bei Trost? Für diese Unterstellung könnte ich Ihnen einige Tage in der Zelle verschreiben. Aber ich will das mal vergessen. Bleiben Sie auf dem Teppich und machen Sie ihre Arbeit, dann ist das kommende Jahr für Sie ein Klacks.«

»Jawoll, Herr Hauptfeldwebel«, antwortete ich soldatisch und atmete tief durch.

Das wäre beinahe ins Auge gegangen. Meine Ahnung, dass man eventuell in die Briefe hineinschauen würde, war zwar jetzt unbegründet, aber im Zusammenhang mit den kommenden Vorfällen nicht mehr abwegig. Vom MAD, militärischer Abwehrdienst, hatte ich ja bis dahin noch nichts gehört. Wie nah er mir kommen sollte, hätte ich in diesem Moment nicht für möglich gehalten. Nachdem ich die vielen kleinen Päckchen in die Schreibstube, dem Vorzimmer vom Spieß gebracht hatte, setzte ich mich wieder an meinen Tisch und blätterte durch die neue Zeitschrift. Ein Artikel hatte mich besonders angesprochen, weil da von einem ehemaligen deutschen SS-Offizier, dem Walter Rauff die Sprache war. Auf Rauffs Konto war die Vernichtung von neunzigtausend ukrainischen Juden in Kiew 1941 und 1942 gegangen. Dieser Mordexperte sollte nun in Chile für Ordnung sorgen. Seit dem 11.September 1973 herrschte in Chile das Kriegsrecht. Wir hatten gerade mal Anfang Dezember. Das war also gar nicht so lange her. Warum habe ich nichts darüber erfahren, zumal am 11. September chilenische Generäle mit der Unterstützung der CIA die gewählte Regierung von Herrn Allende gestürzt hatten. Was ich dann las, hat mir irgendwie die Augen geöffnet.

Tausende Menschen wurden verschleppt und vernichtet, die Sozialleistungen wieder eingestellt, die kostenfreie Milchversorgung für Kinder wurde eingestellt, die Löhne wieder heruntergesetzt, und die Inflation schraubte sich nach oben. Faschisten regierten nun Chile, aber ohne Rückhalt in der Bevölkerung. Daher hatten die Putschisten einen Terrorapparat aufgebaut. Jetzt waren auch die Großgrundbesitzer und Konzernherren wieder da. Plötzlich überkam mich ein merkwürdiges Gefühl, das ich nicht verstand. Aber mein Gehirn ackerte. Ich musste mich an etwas Wichtiges erinnern. Es war in der Grundausbildung, als Peter aus Dortmund sagte, dass es wichtig sei, dass es die Wehrpflicht gäbe. Jetzt verstand ich ihn erst. Wir sind so etwas wie eine Kontrollinstanz mit einem direkten Arm zur normalen Bevölkerung. Wir können zuhause berichten, was hier hinter scheinbar verschlossenen Türen passiert. Wir sollten dies Zeit also nicht mit Saufen und Nichtstun vergeuden, sondern aufpassen, um erkennen zu können, wenn hier etwas in die falsche Richtung läuft. Unser Geschichtslehrer hat immer und immer wieder gesagt, man muss aus der Vergangenheit lernen. Die Vergangenheit in Deutschland war in diesem Jahrhundert im Wesentlichen durch Krieg, ja sogar Weltkriege, gekennzeichnet, Kriege, die von unserem Boden ausgingen und mittels einer gewaltigen Armee möglich wurden. Und nun gibt es sie wieder. Ich hatte schon lange aufgehört zu lesen und hatte mich ganz meinen Gedanken hingegeben. Immer deutlicher verstand ich, wo ich hier eigentlich gelandet bin. Ich wurde innerlich ganz aufgewühlt. Ich werde keinen zweiten Antrag auf Verweigerung stellen. Meine Perspektive hatte sich völlig verändert.

Als plötzlich die Tür aufging, erschreckte ich mich derart, dass der Kamerad Sebastian wieder einen Schritt zurückstolperte und völlig verwirrt fragte:

»Ich bin nicht der Teufel, sondern nur der Sebastian. Dass du dich so erschreckst, hätte ich nicht für möglich gehalten. Ich hatte dich ganz anders eingeschätzt. Erzähl, was ist los?«

»Ich war völlig in Gedanken. Das kann ich gar nicht alles auf einmal erklären. Das ist so komplex wie die Wirklichkeit, als wenn ich gerade einen Buwusstseinssprung gemacht hätte. Oder, ich bilde mir das alles nur ein.«

Sebastian sah mich ungläubig an. Ich bat ihn, sich auf meinen Stuhl zu setzen. Ich setzte mich auf den Tisch und las ihm den Artikel über Chile vor. Er hörte aufmerksam zu und sagte:

»Theo, komm lass uns doch zur Kantine gehen, es ist schon Mittag. Dann reden wir unterwegs weiter.«

Wir gingen und als wir miteinander sprachen, haben wir geflüstert.

Kapitel 39

Immer, wenn die Kompanie zur Fahrstunde ging, musste ich mich im Wachzimmer einfinden, um dort als Verweigerer meine Zeit abzusitzen. Ich tat willig und ohne Gegenwehr, wie mir befohlen und alle, auch der Spieß, hatten sich daran gewöhnt. Als Aushilfskellner konnte ich einen guten Draht zum Küchenpersonal aufbauen. Man hatte mich unter anderem einmal nach meinem Lieblingsessen gefragt. Als ich von Kartoffelsalat mit Ketchup sprach, erlaubte man mir, nach dem Mittagessen in die Küche zu gehen und mir Kartoffelsalat abzuholen, so viel ich wollte. Darum stand seitdem auf meinem Tisch im Wachzimmer immer eine Schüssel mit Kartoffelsalat und Ketchup neben einem Pott Kaffee. Aus dem Schreibzimmer holte ich mir nach und nach die Broschüren der Bundeswehr, die gesetzlichen Ausführungen, die ZDV, die zentrale Dienstvorschrift für den Innendienst. Darin standen sehr viele Bestimmungen, die fast niemand kannte, was zum Beispiel als Befehl oder Strafe erlaubt war, wie und wo man sich beschweren konnte und etwas stand da, was ich nicht für möglich gehalten hätte. Der Vertrauensmann darf mehrere Stunden pro Tag nach Bedarf Beratung durchführen. Also schnitt ich aus einem Karton ein Schildchen, das ich mit Tesafilm an meine Wachtür mit der Aufschrift klebte: Heute Beratung, bitte anmelden. Zuerst haben mich viele Kameraden belächelt und meine Aktion für eine Provokation gegenüber den Offizieren gehalten. Aber als die ersten mich, beziehungsweise meine Beratung weiter empfahlen, wurde ich zu einer Institution in der Kaserne. Auch aus anderen Kompanien kamen Soldaten zu mir. Sie hatten Fragen in Sachen Heimfahrten, Sonderurlaub, ungerechtfertigten Strafen, Beleidigungen und Beschwerdemöglichkeiten. Eines Tages, es war noch sehr früh direkt nach dem Frühstück, klopfte jemand zaghaft an der Tür. Ich rief wie gewohnt:

»Herein.«

Ich glaubte, ich sah` nicht richtig. Automatisch erhob ich mich und salutierte ordnungsgemäß. Vor mir stand ein Oberleutnant aus einer anderen Kompanie, den ich nicht kannte.

»Lassen wir mal das Förmliche. Herr Schreiber, man hat ja schon viel von Ihnen gehört und ich kann doch davon ausgehen, dass dieses Gespräch unter uns bleibt. Mein Name ist Thorsten Maiwald. Ich hatte mich für fünfzehn Jahre verpflichtet. Aber es geht einfach nicht mehr. Können Sie mir helfen, wie ich hier wieder herauskomme?«

»In den Vorschriften der Bundeswehr gibt es eigentlich kein Kapitel über einen vorzeitigen Ausstieg. Aber letztlich wird es eine wirtschaftliche Entscheidung geben. Sie werden mit dem Kommandeur die Ansprüche, die der Bund hat und die Ansprüche, die Sie haben, gegeneinander abwägen. Grundsätzlich kann Sie keiner zwingen, hier zu bleiben, unabhängig, für wie lange Sie sich verpflichtet haben. Wenn Sie wollen, können wir die Einzelheiten einmal durchgehen. Dafür schlage ich allerding einen neuen Termin vor, um mich auch noch einmal sachkundig zu machen.«

Der Offizier kam pünktlich zum nächsten Termin und wir entwickelten eine bestechende Argumentationskette, die keine Widersprüche mehr zuließ.

In den Wochen darauf kamen weitere fünfzehn junge Offiziere, die sich alle noch einmal gründlich mit ihrer Situation beim Bund auseinander gesetzt hatten und zu dem Schluss gekommen waren, mit meiner Hilfe aus der Bundeswehr auszuscheiden. So manche Beschwerde von Mannschaftsdienstgraden habe ich im Laufe der Zeit mit dem Oberst, dem Bataillonskommandeur persönlich besprochen. Der Oberst sprach mit mir auf Augenhöhe, ohne seine Autorität zu schmälern. Wir waren uns nicht unähnlich, er der höchste Dienstgrad des Bataillons und ich, der noch tiefer stand als der niedrigste Dienstgrad, ich der Verweigerer. Seit dem ersten Zusammentreffen mit dem Oberst wurde ich wieder in den normalen Dienst aufgenommen. Einmal, allerdings zeigte er die andere Seite seines Charakters, die ich ihm nicht zugetraut hatte. Aber dafür musste ich noch einiges anstellen. Wenn keine Manöver und Transporte waren, bei denen ich als Beifahrer mitfuhr, saß ich in meinem Wachzimmer und beriet die Kameraden. Jetzt im Januar 1974 lag mein erstes Manöver vor mir. Das alleine schon wäre einen Roman wert.

Kapitel 40

»So langsam wird mir klar, warum man solche Touren nur mit einem Beifahrer unternehmen sollte, der auch einen Führerschein hat.«

Sebastian war nicht sauer, dafür kannte ich ihn schon zu gut. Aber er hatte recht. Nur, er hatte sich freiwillig gemeldet, mich an seiner Seite zu haben. Es war Anfang Dezember. Der Winter war auch auf dem Vormarsch und es war schon bitterkalt. Seit über zehn Stunden waren wir nun schon in Kolonne über die eisglatten Nebenstraßen Richtung Bremen gefahren. Der Wagen vor uns schleuderte immer wieder Schneematsch gegen unsere Scheibe. Und ehe die langsamen Scheibenwischer die Sicht wieder freigeschaufelt hatten, fuhr man regelrecht blind. Als wenn es nicht schon anstrengend genug wäre, in Kolonne zu fahren, forderte das Wetter die volle Konzentration.

»Wir haben es ja bald geschafft«, versuchte ich ihn zu trösten. Ich zog eine Schachtel Zigaretten aus meiner Innentasche des Parkas.

»Soll ich dir auch eine anstecken?«, fragte ich ihn freundlich.

»Gute Idee. Aber du weißt, dass wir im Wagen nicht rauchen dürfen?« sagte er mit einem gequälten Lächeln.

»Du bist echt lustig. Jetzt kommst du mit solch einem Spruch, wo die Schachtel schon fast leer ist.«

»Ich meinte das nicht so ernst, sondern dich nur daran erinnern, die Zichte immer unten zu halten. Die ersten Kontrolleure stehen schon da hinten. Schau mal. Dort links am Straßenrand. Der winkt uns rechts rein auf den Acker. Die Wagen vor uns sind schon hinter dem Wäldchen. Wir sind viel zu langsam.«

»Gut, dass alles verschneit ist, dann können wir den Spuren der anderen Wagen leichter folgen. Ach du Scheiße!" rief ich und Sebastian trat schon auf die Bremse. Jetzt sah er auch den Posten.

Ein Uffz stand an einem Jeep und signalisierte: Mit offenen Fenstern fahren!

»Die sind doch nicht ganz dicht. Das kann doch nicht deren Ernst sein!«

Sebastian fuhr dem Unteroffizier fast über die Zehen. Sie nicht zu überfahren, mit diesen riesigen Reifen, die man vom Fahrerhaus gar nicht sehen konnte, war die eigentliche Kunst.

»Seid ihr verrückt?« schrie er von unten und sprang in einem Satz nach hinten, rutschte aus und fiel vorn über in den Schnee. Ich machte das Fenster auf, sah, wie er langsam wieder aufstand, seinen Stahlhelm zurechtrückte und rief:

»Herr Unteroffizier, wir wollten uns nur über Ihr Fehlsignal informieren. Das sollte doch wohl heißen, bei zehn Grad Minus, bitte die Fenster zuhalten!«

»Ihr Name?«

Mehr kam nicht aus ihm heraus.

»Schütze Theo Schreiber vom Transportbataillon 15/1 aus Rheine. Wie kommen wir zu unserem Hotel?« fragte ich und Sebastian lachte schallend los. Ich drehte mich zu ihm um und hob dabei meine Hand mit der Zigarette hoch.

»Schütze Schreiber, jetzt reicht es. Ich werde Sie in das Disziplinarbuch eintragen. Ihr Kompaniechef wird sich schon etwas einfallen lassen. Verunglimpfung eines Vorgesetzten und Rauchen im Dreizehntonner. Machen Sie nur so weiter. Sie haben noch drei Wochen Gelegenheit dazu. So und jetzt Fenster auf und wieder den Anschluss herstellen!«

Während ich das Fenster auf meiner Seite öffnete, legte Sebastian krachend den ersten Gang ein und zwang diesen LKW-Riesen zu einem Sprung nach vorne. Ich sah, wie er die plötzlich losgelassene Kupplung sofort wieder zurückdrückte und schon saß der Zweite Gang. Dreizehn Tonnen stoben wie ein Bison los, dass es einem Angst und Bange wurde. Der Uffz schrie noch irgendetwas, aber Sebastian ließ sich nicht irritieren und zwang den LKW zur Höchstleisung.

»Mensch Bastian, das habe ich dir Hänftling gar nicht zugetraut. Alle Achtung!« rief ich bewundernd und zog mir die Parka-Mütze über die Ohren.

»Ha, so etwas lass ich mir nicht zweimal sagen«, lachte Sebastian. Nach wenigen Minuten hatten wir den Wagen vor uns wieder vor der Nase und hielten einen Abstand von rund zwanzig Metern. Wir mussten Die Geschwindigkeit wieder drosseln und folgten Ihm mit fast Vierzig quer durch die verschneite Landschaft. Nach fast einer Stunde sahen wir schon an die dreißig LKW neben einander stehen und reihten uns dazu. Als wir aus dem hohen Sitz heraus kletterten, bemerkten wir eine riesige Halle, die nach erstem Eindruck früher Hunderte von Hühnern beherbergt hatte. Einige Meter abseits stand ein Bauernhof, der zu einer vornehmen Gaststätte umgebaut worden war, zu dem auch eine ansehnliche Pferdezucht gehörte. Vor dem runden hohen Eingang aus dunklem Holz hatte man eine Mannschaftszelt von acht mal acht Metern aufgebaut, die vordere Plane aber zur Seite oder hochgeklappt. Als Sebastian und ich daran vorbeigingen und uns zum Bauernhaus wendeten, rief Oberleutnant Meermann hinter uns her, den wir aber nur an der Stimme erkannten, da er im Schatten an der hinteren Wand saß. Vor ihm flackerte ein Holzgrill:

»Halt, aus welchem Bataillon seid ihr?«

»Schütze Schreiber, von der derselben wie Sie, von der fünften / hundert-siebzig«, antwortete ich und ging auf ihn zu.

»Ah, Schreiber, Ihr seid auch mit dabei. Schön. Hinter dem Masthähnchen-stall steht eure Scheune. Holt eure Wäsche und Schlafsäcke und beeilt euch. Es gibt gleich Abendessen. Der Wagen ist schon unterwegs. Abmarsch!«

Es war zwar ein Befehl, aber der Ton war freundlich.

»Los, Bastian, dann zurück zum Wagen«, sprach ich laut ins kalte Dunkel. Sebastian stupste mich an und wir gingen durch den ausgetretenen Schnee wieder zu unserem LKW, packten den eingerollten grünen Schlafsack und unsere Seesäcke und schleppten alles auf einmal zur Scheune. Es wimmelte von Kammeraden, die ungeniert fluchten. Taschenlampen ließen die Männer mit ihren Gewehren und Sachen wie Geister erscheinen.

»Sollen wir wirklich zwei Wochen hier übernachten?« fragte mich Sebastian völlig ungläubig.

»Das ist noch nicht alles«, hörte ich eine fremde Stimme aus dem Dunkeln.

»Unser Bataillon wurde schon eingewiesen. Alle sollen mal dran kommen und draußen Wache halten. In einiger Entfernung von hier, die ganze Nacht!«

»Das kann doch nicht dein Ernst sein. Ich werde das mal mit dem Meermann besprechen, der scheint mir ganz in Ordnung und er vertritt den Kompanie-chef«, antwortete ich selbstsicher.

Sebastian und ich begannen im Taschenlampengewitter einen Platz zum Schlafen zu suchen und legten die Schlafsäcke schon mal aus und den Seesack oben drauf. Ich hörte, wie Äste knackten. Wir gingen hinten ´raus und sahen einige Kameraden, die für ein Lagerfeuer Holz zusammenlegten. Dabei hörten wir einige Satzfetzen:

»Es gibt nur ein Plumpsklo für einhundertfünfzig Mann.« Und:

»Von den drei Ölöfen soll sogar einer funktionieren!«

»Aus den fünf Wasserhähnen kommt nur kaltes Wasser!«

Wir ließen sie kommentarlos weiterarbeiten und begaben uns zum Führer-zelt vor dem Bauernhaus, in der Hoffnung, dass die Gulaschkanone bald an-kommt. Wir hatten mehr Hunger als Interesse an besonderen Komfort.

Kapitel 41

»Kompanie stillgestanden«, rief Oberleutnant Meermann. Hinter ihm hatten sich ein halb Dutzend Unteroffiziere verschiedener Bataillone aufgereiht.

»Wir verzichten auf das Durchzählen. Die Unteroffiziere werden Sie gleich in verschieden Gruppen einteilen und in Ihre Aufgaben einweisen. Meine Herren, achten Sie auf die genauen Anweisungen. Die Übung dauert zwei Wochen bis zum dreizehnten Dezember und trägt den Namen:»Schlauer Lux«. Die dienstfreie Zeit wird Ihnen noch bekannt gegeben. Das nächste Dorf liegt fünf Kilometer von hier und darf nicht aufgesucht werden. Ebenso gilt strengstes Alkoholverbot. Hinter dem Dorf üben die verfeindeten Truppen »Rot« und »Blau«. Transporter, Sanis und Küche bedienen beide Parteien. Kompanie rührt euch! Unteroffiziere übernehmen! Wegtreten!«

Sebastian stand neben mir. Sein Unterkiefer klapperte, dass man es sogar hören konnte.

»Wenn es geht, holen wir uns noch etwas zum Anziehen«, sagte ich und fuhr fort:

»Komm, wir gehen einfach direkt zu dem Uffz da vorne, der ist aus unserer Kompanie!«

»Ich habe mich gewaschen. Das Wasser war eiskalt. Ich dachte, danach würde ich schon warm werden. Aber es ist draußen noch kälter, das hält doch kein Schwein aus!«

»Ich hatte Glück, ich kam nicht mehr zum Waschen. Der Wasserhahn trocknete aus. Das war schon der zweite von den fünfen, der ausgefallen war.«

»Wir gingen schnellen Schrittes zum Uffz und fragten ihn, ob nicht ein Transport anläge.

»Heute habe ich keinen Befehl für eine Fahrt. Aber ihr könnt die Wagen sichern und aufpassen, dass nichts geklaut wird. Ich muss rüber zum Gefechtsstand. Große Lagebesprechung. Ich kann mich also nicht um euch kümmern. Wenn etwas passiert, meldet euch im Hauptquartier. So, dass soll genügen.«

Er hob die rechte Hand und deutete einen Gruß an. Wir grüßten auch militärisch und schritten selbstbewusst in Richtung Scheune. Als er uns nicht mehr hören konnte, musste ich lachen, wobei ich mir aber sofort den Mund zuhielt. Sebastian schaute mich ungläubig an.

»Was ist los? So kenne ich dich gar nicht!«

»Merkst du denn gar nichts? Der hat doch gar keinen Plan. Er schickt uns in die Diaspora und wir sollen uns bei irgendeinem zurückmelden, der von nichts weiß. Weißt du, was wir jetzt machen? Ach komm einfach mit.«

Ich ging voran in die Scheune und nahm noch einen Pullover aus dem Seesack und Sebastian verpackte sich in alles, was er bei sich hatte, bis er nicht mehr fror. So ausgerüstet nahm ich ihn mit zum Hauptquartier, machte Meldung und fragte, wann und wo heute Mittag die Essensausgabe vorgesehen ist. Dann marschierten wir los und suchten in der herrlichen weißen Winterlandschaft unseren LKW. Auf dem riesigen Gelände mit weit über fünfzig Wagen mussten wir schon genau hinschauen, denn sie sahen sich ja zum Verwechseln ähnlich und etliche waren nach uns angekommen.

»Weißt du, Bastian, wir sind hier völlig allein. Hier können wir den Motor anlassen und es uns gemütlich machen. Hier sind auch Zigaretten.«

Sebastian ließ den Motor an und nach wenigen Minuten wurde es kuschelig warm im Führerhaus. Wir qualmten genüsslich und unterhielten uns so intensiv, dass wir nicht merkten, dass plötzlich die Fahrertür aufging und ein Soldat hineinrief:

»Gut, dass ihr schon da seid. Ich soll für die Blauen einen Transporter organisieren. Ein ganzer Zug soll umziehen und der Fußmarsch würde zu lange dauern.«

Wir ließen ihn auf meiner Seite zusteigen. Platz ist ja genug da. Er leitete uns durch das Nachbardorf und dann weiter zu seinem Gefechtsstand. Dort warteten schon an die zwanzig schwerbewaffnete Rekruten. Wir luden sie auf, und während sie sich auf den harten Holzbänken niederließen, schlossen wir wieder den hinteren Aufstieg mit der oliv-grünen Plane, sodass keiner von außen sehen konnte, wen oder was wir transportierten.

Dann führte nach den Angaben unseres Begleiters der Weg wieder in die unberührte Natur, bis wir an einem Bauernhof vorbeikamen, bei dem ein Tankwagen aus unserem Bataillon stand. Ich stieg aus und fragte den Kamerad, ob etwas nicht in Ordnung sei.

»Nein, alles läuft prima, wie jedes Jahr. Wir sind auch gleich fertig und dann wird Kasse gemacht. Wenn du nicht plapperst, wirst du beteiligt.«

Jetzt fiel mir der Abfüllschlauch ins Auge, der ins Bauernhaus führte. Dann kam ein zweiter Soldat, Hauptgefreiter-Unteroffiziersanwärter, sprach zuerst mit seinem Obergefreiten und kam dann zu mir.

»Du schweigst wie ein Grab«, und er streckte mir eine Handvoll Scheine in meine Parka-Tasche. Der andere holte den Schlauch ein. Sie grüßten militärisch korrekt und fuhren krachend in die weiße Weite.

»Die sind bestimmt auf dem Weg zum nächsten Bauern. Ich bin überzeugt, dass sie hier jedes Jahr wiederkommen. Billigen Diesel können die Bauern gut gebrauchen«, rief ich in das Führerhaus und kletterte zu den beiden anderen. Dann zog ich das Bündel Scheine aus der Tasche und zählte fast einhundert Mark. Ich teilte gerecht in drei gleiche Teile und wir beschlossen, wenn wir die Kameraden abgeladen haben, ins Dorf zu fahren und uns mit Getränken einzudecken.

»Über den starken Spritverbrauch sollte die „Muffe" mal schreiben. Das wäre einen Artikel wert«, sagte Sebastian, ohne einen von uns anzuschauen.

Wenn der wüsste, dass ich das schon längst im Kopf formuliert hatte ... Sichere Nebeneinkünfte im Manöver! Warum die Bauern sich jedes Jahr auf das Manöver freuen!

Kapitel 42

»Lieber stinke ich, als dass ich erfriere«, hörte ich die helle Stimme von Sebastian. Ich schraubte meinen Kopf vorsichtig durch Jacken, Pullover und Hemden, die ich noch zusätzlich über meinen Kopf gezogen hatte und sah Sebastian im nato-oliven Trainingsanzug vor mir stehen.

»Ich stelle mich nicht eine Stunde für eiskaltes Wasser an. Man wird schon nicht davon sterben.«

»Guten Morgen, Bastian. Stellen wir uns dem Kampf gegen Viren und Bazillen. Lasst uns das Immunsystem stärken.«

Ich kroch langsam aus dem Schlafsack und stellte mich zu meinem Kameraden.

»Du bist schon komplett angezogen? Hast du so geschlafen? Das scheint wirklich die einzige Methode zu sein! Warte noch einen Moment, ich ziehe mich kurz um, dann können wir zum Frühstück gehen.«

Über einhundert Soldaten krabbelten mehr oder weniger dick angezogen aus ihren Schlafsäcken und fluchten über alles, was ihnen gerade in den Sinn kam. Bastian war fertig und wir stolzierten mit langen Beinen wie Flamingos durch die Wäsche und Schlafsäcke der Kameraden in Richtung frische Luft, zum Ausgang der Scheune. Der Boden war mit Stroh ausgelegt und der eigentliche Grund, warum man in der Scheune nicht rauchen durfte. Die Morgenluft war nicht nur frisch, sondern derart brutal kalt, dass man kaum atmen konnte. Weitere Kameraden hatten sich zu uns gesellt und wir gingen in einer Gruppe zum Eingang des Bauernhauses. Vor dem Zelt am hohen hölzernen Tor, einem ehemaligen Scheunentor, war ein langer Tisch aufgebaut. Kameraden in weißen Jacken standen dahinter und reichten uns das ersehnte Frühstück. Zuletzt wurde der Kaffee ausgeschenkt. Sebastian und ich suchten Schutz an der Seitenwand des Gasthofes.

»Guck dir das mal an«, rief Sebastian.

»Hier durch das beschlagene Fenster, was da auf dem Fensterbrett steht!«

Ich traute meinen Augen nicht. Das Fensterbrett war voll von Bierflaschen, Weinflaschen, dazwischen sogar Schnapsflaschen, die aber allesamt leer waren.

»Habt ihr denn das Gegröle nicht mitgekriegt, heute Nacht?«

Ein großgewachsener Kamerad, im oliv-grünen Parka gehüllt, stand bereits mit dem Rücken an der Hauswand und kaute beim Sprechen unbekümmert weiter.

»Die Offze haben sogar eine Sauna im Gasthof«, sprach er undeutlich weiter.

»Die machen sich einen lauen Lenz und wir erfrieren!«

»Das nennt man Alkoholverbot«, ergänzte ich die offensichtliche Ungerechtigkeit.

»Schade, dass wir keinen Fotoapparat dabei haben. Das hätten wir am besten gestern Nacht aufnehmen müssen. Ein gefundenes Fressen für die Presse!«

Beinahe hätte ich mich verraten. Aber man hat mir bedenkenlos zugestimmt. Als das Wort Alkohol fiel, hatte ich Sebastian schmunzeln sehen. Wir hatten gestern auf dem Rücktransport uns noch im Dorf mit ein paar Weinflaschen eingedeckt. Plötzlich durchdrang eine schrille Stimme die merkwürdige Stille und befahl uns, zum Appell anzutreten. Es wurden Freiwillige für die Außenwache gesucht. Sebastian und ich meldeten uns sofort, was bei den Offizieren ein breites Schmunzeln hervorrief. Weitere vier Paare wurde ausgezählt und wir bekamen die Anweisung, an der äußersten Grenze des abgesteckten Manövergebietes Wache zu schieben und alle fremden, unbefugten Personen die Grenze aufzuzeigen und die Personalien aufzunehmen, um sie dem Hauptquartier zu melden. Die Wache sollte zwölf Stunden umfassen, aber auf eine Rückmeldung zum Zapfenstreich um vierundzwanzig Uhr wollte man verzichten. Wir wussten natürlich, warum. Die Offze wollten nicht, dass man sie beim Gelage erwischt. Uns sollte es nur Recht sein. Wir durften uns von der provisorischen Küche Proviant abholen. Sebastian und ich erweiterten noch einmal unsere Kleidung. Unsere Gangart kam die fetter Menschen sehr nahe. Mit doppelter langer Unterhose konnte man nur breitbeinig gehen. Wir ignorierten einige Kommentare und Pfiffe, zumal wir in der dicken Ummantelung auch noch die Weinflaschen versteckt hatten. Wir bemühten uns, so schnell es irgendwie ging, in der winterlichen Landschaft zu verschwinden. Der Spieß hatte Sebastian eine Karte mitgegeben, auf der die Manövergrenze eingezeichnet war. Zuerst liefen wir die Straße entlang, die wir von unserer Auskunft aus noch kannten. Sie war derart verschneit und von Schneewehen überzogen, dass man angenehmer neben ihr hergehen konnte. Nach gut einer Stunde kamen uns drei Null-vier-Tonner entgegen. Sie fuhren extrem langsam. Wir stellten uns an den rechten Straßenrand und salutierten. Im dritten Wagen erkannte ich den Oberstleutnant, den obersten Befehlshaber unseres

Bataillons. Er hatte auch mich erkannt und hob grüßend nur seinen linken Arm, was mich an die Grußtechnik der englischen Königin Elisabeth erinnerte.

»Der grüßt dich ja wie einen alten Bekannten«, wunderte sich Sebastian.

»Wir haben uns ja auch schon öfter unterhalten, wenn ich so manche Anliegen der Kameraden vorgetragen habe. Ich glaube, ab einer bestimmten Stufe oder Stellung, werden Menschen wieder vernünftiger, zumindest haben sie es nicht mehr so nötig, anzugeben und zu prahlen.«

»Aber Theo, sei nicht so leichtgläubig. Um so weiter nach oben zu kommen, muss man schon …"«

»Über Leichen gehen, meinst du das?« fragte ich Bastian. Er nickte.

»Pass ja auf dich auf, ich jedenfalls trau keinem in einer solchen Position!«

»Noch musste ich nicht in Konfrontation mit ihm gehen. Aber man kann ja nie wissen. Ich werde an deine Warnung denken, wenn es mal richtig ernst wird.«

Ich schwitzte schon in meiner dicken Verpackung, aber bei diesem Satz lief es mir kalt den Rücken runter und wieder hinauf, als wenn ich schon eine Vorahnung gehabt hätte. Nach einer weiteren Stunde merkten wir unsere Beine und suchten nach einer Ruhestelle. Am Waldrand lag ein umgefallener Baum, der uns einlud, auf ihm Platz zu nehmen. Wir saßen keine fünf Minuten und der Himmel riss auf, die weiß-grauen Wolken öffneten wie im Theater die Bühne und der Himmel strahlte in hellem Blau. In diese Idylle und Stille piepsten vorsichtig einige Vögel. Es war gerade mal zehn Uhr morgens und nach vielen Wochen des Versteckspiels zeigte sich eine feuerrote Sonne und lachte uns aus, wohl weil wir so lange nach ihr gesucht und nicht gefunden hatten.

»Du, Bastian, leider ist es noch zu früh für einen Schluck Wein. Es ist auch besser so. Du sagst, wann es weitergehen soll.«

»Wenn ich die Karte richtig interpretiere, müsste bald ein Fluss kommen, der die Grenze des Manövers bildet. Diesen Fluss müssten wir finden. Wir müssen jetzt querfeldein, ungefähr diese Richtung«, sagte Bastian, stand auf und zeigte mit dem ausgestreckten Arm in den vor uns liegenden Wald.

»Gut, lass uns losziehen.«

Wir rafften uns wieder auf und drangen in den Wald ein. Schneefetzen, von schwarzen Krähen mit lautem Geschrei losgetreten, fielen von den Bäumen und versuchten uns zu treffen. Der Marsch durch den Mischwald war anstrengend, immer wieder sackten wir tief in den Schnee ein, der zudem auf Laub lag, das sich in einer Bodenkuhle gesammelt hatte. Trotz der Mühe schmeckte die Luft irgendwie nach Urlaub. Als der Wald sich langsam lichtete und in eine weiße, glatte Fläche überging, konnten wir kaum die Augen offen halten, derart blendeten die reflektierten Sonnenstrahlen im Spiegel des Schnees. Plötzlich standen wir vor dem Fluss. Er war sehr schmal und von beiden Seiten mit Schnee und Eis zugewachsen.

»Geh nicht zu nahe dran«, sagte ich zu Bastian.

»Der Fluss sieht nur schmal aus, aber das täuscht. Ich bin davon überzeugt, dass er mindestens drei bis vier Meter breit ist«.

Bastian nahm einen dicken Holzstamm, der aus dem Schnee ragte und warf ihn mit beiden Händen auf das Eis am Rand des Flusses. Ein riesiges Stück Eis brach ab und fiel samt Holzstamm ins fließende Wasser und wurde von der Strömung mitgerissen.

»Du hast wohl zu viel Karl May gelesen. Mann, das hätte ganz schön schief gehen können. Alle Achtung«.

»Danke für die Lorbeeren«, antwortete ich.

Dann setzten wir den Marsch in sicherem Abstand zum Fluss fort.

»Bastian, schau mal gerade aus! Erkennst du das auch? Weißt du, was sich dort unten am Fluss befindet?« fragte ich ihn halb rhetorisch.

Er hob die Hand schützend über die Augen und sagte leise:

»Ich glaube es kaum, ein Campingplatz, hier in der Wildnis, genial!«

Unsere Schritte wurden leichter, weil wir nun ein Ziel vor unseren Augen hatten, das wir schnell erreichen wollten, ohne zu wissen, warum.

Sträucher und kleine Bäume markierten verschneite Wege und Gärten. Der Platz mit ungefähr dreißig fest installierten Campingwagen wurde von einem hohen Drahtzaun gesichert. Aber es gab auch ein Tor und was uns wunderte: Es war nicht abgeschlossen. Wir betraten den Platz und stellten fest, dass wir die einzigen Feriengäste waren. Ohne uns abzusprechen, stampften wir von Wagen zu Wagen und zogen an den Türen, um zu prüfen, ob nicht doch eine Tür uns hinein ließ.

»Theo!« Bastian rief mich.

»Hier her, dieser ist offen!«

Ich schulterte wieder mein G3 und lief im Eilschritt zu Bastian. Er musste von hier gerufen haben, dachte ich, aber ich sah ihn nicht, obwohl ich direkt am Campingwagen stand. Plötzlich klopfte es am Fenster, aber von innen. Bastian grinste mit breitem Mund und winkte mich hinein. Es war ein geräumiger Wagen mit einer Sitzecke, deren Fenster zum Fluss zeigten und einer Schlafecke auf der gegenüberliegenden Seite.

»Der sieht von außen viel kleiner aus als von innen. Damit habe ich echt nicht gerechnet«, sagte ich erstaunt.

Wir zogen unsere dicken Parka aus, dann die Wollpullover und setzten uns in unserem Kampfhemden an den kleinen Tisch in der Sitzecke. Das war der Beginn einer ersten Liebe zum Camping. Die Küche war vollständig eingerichtet. Wir beide wagten aber nicht, die Gasflasche anzuschließen und verzichteten auf warme Getränke. Wir genossen unseren mitgebrachten Wein und den traumhaften Blick auf das fließende Gewässer und die weiße offene Landschaft. Wir fanden alte Zeitschriften und ein Transistorradio, das sogar funktionierte. Einmal am Tag gingen wir zurück, meistens mittags, um etwas Warmes zu essen und achteten darauf, dass uns keine Vorgesetzten ansprechen konnten, um unbeobachtet wieder zum Campingplatz zu kommen. Wir schliefen in weichen Betten mit samtweichen Daunenkissen. Am sechsten Tag wurde bekannt gegeben, dass in zwei Tagen die Transporter in das Manöver eingebunden werden und wir die Wagen kontrollieren und frisch betanken sollten. Uns blieb also nur noch ein Tag auf dem Campingplatz. Da wir den Bettnachbarn mitgeteilt hatten, dass wir die Nächte auch auf Wache sind, hatte bis dahin keiner etwas gemerkt. Mit Wehmut gingen wir am siebten Tag noch einmal nach dem Mittagessen los und wollten uns von „unserem" Wagen verabschieden. Wir saßen in der Sitzecke. Draußen schneite es. Es fühlte sich wie Weihnachten an. Der Nachmittag wollte nicht mehr hell werden. In einer Schublade lag Schreibpapier und verschiedene Kugelschreiber. Ich gab Sebastian einen leeren Block und einen Stift mit den Worten:

»Schreib du zuerst und bedanke dich für die Unterkunft und was dir sonst noch so einfällt. OK?« Bastian setzte sich an den Tisch und schrieb die obere Hälfte der Seite bis zur Mitte, unterschrieb und gab mir das Blatt. Ich hatte mir längst überlegt, was ich schreiben wollte. Es war ein Dankesbrief und wie wir hier herkamen, im Warmen geschlafen haben und dass nichts kaputt gegangen ist. Wir haben auf den Campingwagen aufgepasst und bedanken uns für die Gastfreundschaft und dann habe ich meine Adresse darunter gesetzt und darum gebeten, mir doch mal zu schreiben, wenn sie, die Besitzer, wieder hier sind. (Übrigens, sie haben mir ein Jahr später tatsächlich einen lieben Brief geschrieben und sich bedankt, dass wir so ordentlich waren und den Wagen vor allen Gefahren bewahrt hatten.)

Kapitel 43

So ungefähr wusste Sebastian, wie er fahren musste. Der schmale Feldweg war uns schon mehr als bekannt. Wir fuhren denselben Weg, den wir schon so oft zu Fuß gegangen sind. An der schmalen Brücke, an der wir rechts den Fluss entlang bis zum Campingplatz marschiert sind, überquerten nun aber den Fluss und fuhren geradeaus weiter. Unsere Augen suchten automatisch auf der rechten Seite den Campingplatz. Aber er war zu weit weg. Nach einigen Kilometern sahen wir einen kleinen roten Wimpel an einem Baum. Er hing schlapp herunter und bewegte sich nicht. Er war steif gefroren. Wir waren auf dem richtigen Weg, nur, wir fuhren nicht mehr auf dem geteerten Feldweg, sondern über schneebedeckte Wiesen und Felder.

»Schau mal, Theo, dahinten, das sind alles Panzerspuren. Die Zäune sind alle platt.«

Wegen der Schneeverwehungen erschienen die Zerstörungen fast schon wieder schön. Auch die Böden hatten einiges mitbekommen: Tiefe Löcher mitten auf flachen Wiesen.

»Da haben die Bauern im Frühjahr aber reichlich zu tun«, fügte ich hinzu.

»Ich glaube, die lassen sich das gut bezahlen«, erwiderte Bastian.

Er fuhr fast nur noch im zweiten Gang und folgte den breiten Radspuren im Schnee vor uns. Nach einer langen Kurve sahen wir den gleichen Dreizehntonner, wie wir ihn hatten, neben dem Weg stehen. Wir hielten an, stiegen aus und sahen zwei Kameraden, die sich am Motor zu schaffen machten.

»Hallo, sollen wir euch mitnehmen? Was ist passiert? Das ist Bastian und ich bin Theo. Ihr seid doch auch von der fünften / hundertsiebzig aus Rheine?«

»Ja, Kumpels, ich kenne eure Gesichter. Wenn ihr uns verpfeift, gibt's Kleinholz, kapiert?« drohte uns der größere und auch wohl ältere der beiden. Seine Kriegserklärung war ernst gemeint und sein Gesicht musste schon viel erlebt haben. Mit vierzehn eine Schlosserlehre und dann unter Tage oder so ähnlich, dachte ich. Sebastian schwieg und so gut kannten wir uns mittlerweile, dass wir hier ganz ruhig bleiben mussten. Ich ergriff wieder das Wort:

»Für wen hältst du uns? Wenn du wüsstest, was wir eine Woche lang gemacht haben, würdest du dich entspannen. Von mir aus kannst du auch den Wagen in die Luft sprengen. Du musst selbst wissen, was du machst. Übrigens, ich bin der Vertrauensmann der Kompanie, mich schockiert gar nichts mehr. Du wirst ja wohl schon mal etwas von mir gehört haben, hoffe ich!«

Meine Stimme ließ ich wieder wie unser Schuldirektor ertönen, die so nie den bestimmten Zweck verfehlt: Sie verschaffte mir Respekt.

»Ach du bist das. Das trifft sich gut. Wenn wir wieder zuhause sind, komme ich mal zu dir. Wir haben dem Motor nur ein wenig Sand nachgefüllt. Wir hatten leider kein Öl mehr.«

Er grinste über das ganze Gesicht und sein Kumpel zur Seite schlug sich mit der flachen Hand auf die Schenkel und meinte:

»Das musste sein. Der Kompaniechef braucht unbedingt noch ein paar kaputte LKW. Zuhause in der Kaserne haben wir ein Dutzend Fahrzeuge wieder an`n Toch gebracht und was hat der Chef gemacht? Nichts, keinen Tag Sonderurlaub, nicht mal eine Stunde oder auch nur ein Lob. Aber als der Oberstleutnant auftauchte, da bekam er Lob und ihm wurde von ganz oben eine Gehaltserhöhung in Aussicht gestellt, aber das Schwein gab nicht zu, dass wir die zwölf Wagen repariert hatten, und das sogar während der Freizeit. Das haben wir alles mitgehört. Und diese zwölf Wagen schicken wir in diesem Manöver zum Jordan. Da kann er ein Ei drauf schlagen.«

»Süß ist die Rache. Könnt euch drauf verlassen. Wir schweigen wie ein Grab. Seid ihr nun fertig und fahrt mit oder was habt ihr vor?« fragte ich so freundlich wie möglich.

»Nein, wir haben keine Lust, bei dem Manöver mitzumachen. Wir gehen gemütlich zurück zum Lager und melden uns krank. Dann sehen wir weiter. Also Leute, fahrt mal ruhig und haltet eure Klappe!«

Er drehte sich wieder zum Motor und verschloss die Öffnung für das Motoröl.

»Gut, Jungs, dann woll´n wir mal. Bastian, schmeiß die Karre an. Wir fahren.«

Wir drehten uns nicht mehr um, kletterten ins hohe Fahrerhaus und Bastian fuhr vorsichtig los.

»Die gehen jetzt nicht zum Lager zurück, da wette ich drauf«, sagte Bastian und schaute kurz zu mir hinüber.

»Nein? Sondern …?«, fragte ich unvermittelt.

»Die laufen zum Parkplatz, wo unsere anderen LKW stehen. Ich kann doch bis zwölf zählen. Die haben doch erst einen Wagen zerstört. Und nach Adam Riese fehlen noch elf.«

»Auf diese Idee bin nicht gekommen. Aber ich kann mir das sehr gut vorstellen. Denen trau ich das zu. Wir werden es ja sehen.«

»Das ist reale Sabotage. Wenn die erwischt werden, wandern die nicht nur für Wochen in den Bau, sondern das geht auch noch in den zivilen Strafprozess. Das kann sehr bitter ausgehen.«

Nach gut zwei Stunden über weiße Felder und Wiesen erreichten wir die Blauen. Wir kamen genau zur richtigen Zeit an. Es gab Gulasch und dreifach gehärtete Kekse, die niemals schlecht wurden und bereits als Kommissbrot im ersten Weltkrieg an der Front gegessen wurden.

»Die Suppe tut echt gut«, meinte Bastian und strich sich über seinen schlanken Bauch.

»Nur das Brot oder diese Kekse waren vom Russlandfeldzug neunzehnhundertsechzehn übrig geblieben«, sagte ich beim Versuch, ein Stück abzubeißen. Wir hatten uns zu einer Gruppe gesellt und ich fragte in die Runde:

»Wir sind hierher geordert worden und sollen die Kameraden ins Kampffeld verlegen. Wer kann uns da weiterhelfen?« fragte Bastian.

»Kollegen, es ist eher immer das Gegenteil der Fall. Zuerst sollten wir zum zentralen Punkt laufen. Dann sollten wir hier die Stellung aufbauen und im Zelt übernachten und dann sollten wir mit unseren Fahrzeugen hinfahren. Nur, wir haben hier keine Fahrzeuge. Und jetzt seid ihr da und wollt uns dorthin fahren. Ein paar Sannis laufen sich die Füße wund, obwohl sie keine Sannis waren und richtige Sannis wurden als Feldmelder eingesetzt und andere wiederum wurden gar nicht beschäftigt und spielen seit über einer Woche nur noch Karten. Ich glaube, hier hat man einiges verwechselt. Und was ist dabei herausgekommen. Zwei Kameraden hatte man auf Wache geschickt, ohne sie abzulösen und so standen die armen Kerle die ganze Nacht auf einer Stelle. Erst am Morgen hat man sie gesucht und ohnmächtig gefunden. Ob sie das überlebt haben, wage ich zu bezweifeln. Am besten, ihr fragt mal den Oberleutnant Meermann, der jetzt im Offze-Zelt sitzt. Da hinten, hinter dem letzten Panzer. Die da stehen, sind übrigens alle kaputt und warten auf ihren Abtransport.«

»Danke für die Tipps«, sagte ich und gab Bastian mit meinen Augen einen Wink und wir gingen zu den Panzern und sahen dann auch das große Zelt. Es war weiß mit Flecken. Die Plane der Tür mit den Knöpfen war bis zum Boden zu. Wir stellten uns davor und ich rief mit durchdringender Stimme:

»Klopf, klopf, können wie eintreten?«

»Herein!« schallte es von innen.

Von links nach rechts konnte man die Türplane zur Seite schieben und wir traten ein. Oberleutnant Meermann erhob sich und entgegen allen Vorschriften und Gewohnheiten streckte er mir die Hand zum Gruße entgegen. Ich ergriff sie, dann gab er auch Bastian die Hand.

»Setzt euch«, sagte er freundlich und wir setzten uns auf die aufklappbaren Zeltstühle. Ein runder Tisch trennte uns vom Sitz des Oberleutnants.

»Schreiber, so lerne ich dich auch mal kennen. Habe schon viel von dir gehört. Einen solchen Bekanntheitsgrad habe ich in vier Jahren nicht erreicht. Und? Geht die Verweigerung weiter?«

»Nein Herr Oberleutnant.«

Ich wollte weitersprechen. Doch er unterbrach mich:

»Werner, ich heiße Werner.«

»Das soll mir recht sein. Theo. Und das ist Sebastian. Wir hatten eigentlich die Frage, wo und wann wir eingesetzt werden. Wir sollten Mannschaften transportieren, haben aber keinen Plan bekommen.«

»Da werde ich mich drum kümmern. Ich wollte schon längst mal mit dir Kontakt aufgenommen haben. Ich werde nämlich auch im nächsten Oktober den Bund verlassen und mich immatrikulieren. Dann sind wir beide Studenten. Da wollte ich doch mal hören, was du für Fächer wählen wirst. Vielleicht trifft man sich dann mal.«

»Das ist ja ein Ding«, entschlüpfte unkontrolliert meinem Mund.

»Ich bin mir nicht mehr so sicher, aber es wird wohl auf Sport hinauslaufen, dazu ein schriftliches Fach, vielleicht Französisch oder Russisch, auf jeden Fall fürs Gymnasium.«

In mir wuchs der Stolz und meine Gedanken ließen alles, was ich sehen konnte, verschwinden. Ich stand in der Empfangshalle der Uni Münster und fühlte mich glücklich.

»Ich denke an Geografie und Englisch und in meiner Freizeit lerne ich Vokabeln und Idioms.«

In diesem Moment öffnete sich die Plane der Tür und ein Offizier, den ich nicht kannte, trat ein. Werner stand auf. Wir taten es ihm gleich und grüßten soldatisch.

»Michael, ist es schon soweit?«

Der Offizier nickte.

»Das ist Theo Schreiber, der berühmteste und berüchtigtste Vertrauensmann, den wir je im Bataillon hatten. Wir fangen im nächsten Herbst beide an derselben Uni an zu studieren.«

Dann wandte er sich uns zu.

»Theo, Sebastian, ich muss los. Wendet euch an den Fahnenjunker Korber. Der hat die Organisation und sicher weiß er auch, wohin ihr fahren sollt. Also, macht´s gut. Wir Offiziere haben heute ein Treffen der besonderen Art. Da darf ich nicht fehlen. Komm Michael!«

Dann drehten sich beide um und verließen eilig das Zelt. Bastian setzte sich wieder an den Tisch, auf dem verschiedene Zeitschriften lagen, aber auch ein mit Hand beschriebener Zettel, der ihn neugierig machte.

»Theo, ich glaube, dein Werner hat diesen Zettel hier versehentlich liegen gelassen.«

Er nahm das vollgekritzelte Blatt und las vor:

»Samstag fünfzehn Uhr, Treffen im Gasthaus. Bequeme, aber warme Kleidung nötig. Einweisung durch den Rittmeister. Danach Ausritt circa anderthalb Stunden, bis die Dunkelheit eintritt. Einweihung der neuen Sauna im ehemaligen Stall mit Sektempfang, Abendessen im Gasthof um zwanzig Uhr, Ende offen.«

»Kopfschmerzen inbegriffen«, ergänzte ich lachend.

»Wenn die wüssten, dass wir das wissen …"

»Und dann sollen wir uns ein schlechtes Gewissen machen, wenn wir auf einen Campingwagen aufpassen«, meinte Sebastian.

»Du vielleicht, ich nicht!«

Kapitel 44

Wie all die anderen hatten wir die letzten Tage unser Frühstück abgeholt und uns in die Scheune, den provisorischen Schlafsaal, begeben. Die meisten Kameraden hatten Aufgaben bekommen, verschiedene kleine Transporte zu fahren, Material abzuholen oder Ersatzteile in den verschneiten Krieg zu bringen. Es scheint nicht so leicht zu sein, alle Soldaten gleichermaßen in einem Manöver zu beschäftigen. Viele wurden bei solchen Ausflügen Meister im Skat. Sebastian und mich hatte man wohl vergessen. Wir kauten an unserem zu trockenem Brot, das wir wie alte, zahnlose Männer in den nicht mehr heißen Kaffee eintauchten. Bastian hatte ich gesagt, dass ich ein Tagebuch führe, damit er nicht fragt, was ich gerade schreibe. In jeder möglichst unbeobachteten Minute schrieb ich an dem neuen Artikel für die nächste „Muffe". Ich saß mal wieder unbequem auf meinem Schlafsack und versuchte, in meinen Notizblock zu kritzeln, was ich bereits in diesem Manöver erlebt hatte. Neben vielen unwichtigen Einzelheiten erinnerte ich mich daran, dass jemand von den zwei Kameraden erzählt hatte, die bei der Nachtwache draußen ins Koma gefallen und möglicherweise erfroren waren. Aber ich wusste nichts Genaues und stellte mir daher selbst die Aufgabe zu recherchieren. Aber wen sollte ich fragen und warum sollte ich jemanden fragen? Das könnte auffallen. Ein UVD, Unteroffizier vom Dienst, betrat die Scheune und rief:

»Kompanie! Achtung!«

Alle Kameraden, zahlenmäßig an die dreißig, stellten sich wie aufgeschreckte Hühner sofort hin und ließen dabei alles fallen, was sie gerade in der Hand hielten. An mehreren Stellen klirrte und schepperte es.

»Sind die Schützen Schreiber und Sebastian Menzel hier? Rührt euch und beide mitkommen!« Wir schauten uns verdutzt in die Augen, zuckten mit den Schultern und staksten wie Flamingos über die herumliegenden Kleidungsstücke, Helme und Schlafsäcke zum Ausgang. Wie hörige dumme Gänse trotteten wir dem Unteroffizier hinterher.. Der Weg führte uns direkt ins Zelt des Hauptquartiers, das man vor dem Gasthof aufgeschlagen hatte. Der Eingang war aufgezogen, sodass wir direkt eintraten und Oberleutnant Meermann erblickten, daneben unseren Kompaniechef Hauptmann Rossmeier, die unmittelbar ihre Unterhaltung unterbrachen.

»Schütze Schreiber und Schütze Menzel, wie befohlen«, rief ich markant soldatisch.

»Rührt euch«, kam vom Hauptmann. Er zog seine Augenbrauen zusammen und bemühte sich, uns ernst anzuschauen.

»Sie waren zur Wache bei unserem Fuhrpark eingeteilt. Schütze Schreiber, als Vertrauensmann genießen Sie mein Vertrauen und darum verlange ich eine ehrliche Antwort. Dafür ist die Sache zu ernst. Herr Oberleutnant hatte bereits ein gutes Wort für Sie eingelegt. Also, was ist geschehen? Sind Sie im LKW eingeschlafen?«

»Nein Herr Hauptmann«, antworteten wir gleichzeitig wie aus der Pistole geschossen.

»Sie wissen nicht, warum Sie hier sind?« fragte er sichtlich erstaunt.

Bevor wir antworten konnten, mischte sich Meermann ein:

»Ich habe Ihnen ja gesagt, die wissen von nichts. Schütze Schreiber hätte es mir sofort berichtet.«

»Zwölf LKW haben einen Motorschaden. Das war ganz klar Sabotage. Und Sie haben nichts bemerkt?«

»Herr Hauptmann, unseren Befehl haben wir pflichtgemäß ausgeführt. Wir sollten einen Tag und eine Nacht den Fuhrpark bewachen und nur bei Vorkommnissen Meldung machen, damit die Offiziere nicht bei ihrer fröhlichen Feier gestört würden. Außer bei den Offizieren gab es keine Vorkommnisse und danach haben wir eine Woche die Manövergrenze bewacht, auch ohne Vorkommnisse.«

Der Hauptmann blickte zu Meermann. Dieser zuckte nur mit den Schultern.

»Sie haben also nichts gemerkt, und das halten Sie bitte bei sich, verstanden? Wegtreten!«

Sein Gesicht war so rot wie das Gesäß eines Bonobo-Affen.

Wir grüßten auffällig korrekt, machten kehrt und marschierten aus dem Zelt.

Draußen konnte sich Sebastian vor Lachen kaum noch halten.

„»Dass du dir das getraut hast, Theo. Die hast du aber an der richtigen Stelle getroffen.«

»Angriff ist die beste Verteidigung. Du kennst doch den Spruch: Wer sich rechtfertigt, klagt sich an. Jetzt wissen die wenigstens, dass sie sehr vorsichtig sein müssen. Was die nämlich veranstaltet haben, darf auf keinen Fall nach ganz oben. Dann rollen Köpfe!«

Für mich war klar, dass hier ein Skandal darauf wartete, bei nächster Gelegenheit als Aufmacher in der Muffe vor der Wache verteilt zu werden.

Kapitel 45

Mit einem Ruck öffnete sich die Tür der UVD-Stube, die ein Fenster zum Flur und eines nach draußen zum Hof hatte. Ich machte den Versuch, mich zum Gruß hinzustellen, da rief der Unteroffizier vom Dienst:

»Bleiben Sie sitzen, Schreiber, morgen ist Heiligabend. Packen Sie ihre sieben Sachen und fahren auch Sie nach Hause. Das ist ein Befehl.«

Seine schmalen Lippen versuchten unter dem Oberlippenbart zu lächeln.

Ich nahm mein Notizheft, schob es wie eine Brieftasche so selbstverständlich wie möglich in meine Innenjacke. Er konnte ja nicht wissen, dass ich meinen Artikel für die Muffe über das Manöver gerade fertig hatte. Nach einem angedeuteten Militärgruß verließ ich die Stube, holte meinen Rucksack aus dem Spind und trottete zum Parkplatz. Am Einfahrtstor betrat ich das Wachhäuschen und wurde auch schon freundlich empfangen. Der wachhabende Unteroffizier zeigte mit langem Arm zu dem Tisch vor der Heizung.

»Die Batterie steht da unten!«

»Danke«, antwortete ich.

»Dann hat ja alles geklappt. Der Wagen wäre nach drei Wochen Frost mit Sicherheit nicht angesprungen.«

»Da kann`ste ein Ei drauf schlagen, der hätte sich nicht einen Millimeter bewegt.«

Den Spruch hatte ich irgendwo schon mal gehört. Er kam mir bekannt vor. Egal, ich packte mit beiden Händen die Batterie und schleppte sie zu meinem roten R4. Der Wagen sprang mit der erwärmten Batterie problemlos an. Mit der linken Hand flach an die Windschutzscheibe fuhr ich langsam los und rollte vom leeren Bundeswehrparkplatz. Dann stellte ich die Lüftung auf heiß und konnte durch meinen Handabdruck die Fahrbahn erkennen. Nach drei Kilometern mündete die Panzerstraße in die Hauptstraße nach Rheine und ich genoss die freie Sicht. Auf Sommerreifen fuhr ich bedächtig die Strecke nach Münster. Der WDR spielte amerikanische Weihnachtslieder und ich trällerte mit: »Let it snow, let it snow!« Nach Hause wollte ich auf keinen Fall. Ich beschloss, Alex aufzusuchen. Dicke Schneeflocken versperrten immer wieder den Blick auf die Fahrbahn, die Scheibenwischer kämpften auf höchster Stufe gegen den Schnee und gaben immer nur sporadisch den Blick frei. Weil ich nur sehr langsam fuhr, wagten doch einige andere Autofahrer, mich zu überholen. An der nächsten Ampel standen sie alle wieder vor mir. Über eine Stunde hatte mich dieser abenteuerliche Kampf gegen das weiße Unwetter gekostet, bis ich den Wagen in Münster parken konnte.

Die kleine Wohnung befand sich versteckt im Untergeschoss. Ein schmaler Flur führte in die hintere Haushälfte. An der vergilbten Holztür hing mit einer Heftzwecke ein weißes Blatt Papier, auf dem deutlich lesbar zu erkennen war:

Den Schlüssel habe ich mitgenommen. Alex.

Ich musste schmunzeln. Das war typisch Alexander. Der Schlüssel befand sich also unter dem großen Blumentopf im Hauseingang. Und genau da fand ich ihn auch. Ich ging ins kleine quadratische Wohnzimmer mit dem niedrigen Tisch und alten abgewetzten Sofas, die ansonsten keinen Platz mehr ließen als für einen antiken Plattenspieler. Auf dem Tisch lag wieder ein Zettel:

»Wir sind im besetzten Haus in der Frauenstr. 24, komm rüber, Theo!«

Ich freute mich wie ein kleines Kind, endlich mal nichts mit Bundeswehr. Zu Fuß waren es nur zehn Minuten und jetzt ich genoss die weiße Winterlandschaft. Von weitem hörte ich schon die Musik. Gar nicht weihnachtlich, Stones und Hardrock. Unter den schlanken Holzfenstern des Jugendstilhauses hingen steif gefrorene Transparente:

»Mehr Wohnraum für Studenten«. »Hausbesetzung« und viele andere. In den offenen Fenstern saßen junge Leute mit auffallend langen Haaren. Ich zwängte mich durch die Eingangstür und suchte in der Menge Alex. Er saß ganz hinten vor dem langen Tisch und als er mich erkannte, winkte mir zu. Rufen war zwecklos. Bei ihm angekommen, schrie ich ihm ins Ohr:

»Ich habe ´ne super Story für die Titelseite! Vom Wintermanöver!«

Er nickte und schob mir einen vollen Bierkrug über den Tisch. Genau den brauchte ich jetzt. Manchmal, wenn eine andere Platte aufgelegt wurde, schwoll das Stimmengewirr an und man versuchte, sich zu verständigen. Alex, der für sein jugendliches Alter schon sehr beleibt war, schuf immer wieder Platz für mich, durchzog mit der Rechten seine dunkelblauen glatten Haare und stellte mich all seinen Bekannten vor. Irgendwann wurde es draußen hell. Einige strömten hinaus und begannen eine Schneeballschlacht. Plötzlich verhallte die Musik und die Meute fing an zu grölen:

»Oh Tannenbaum, Tannenbaum, wie grün sind deine Blätter!«

Gleichzeitig öffnete sich die Eingangstür und zwei kräftige Studenten trugen einen gewaltigen Weihnachtsbaum in den Salon und stellten ihn mitten im Raum auf. Seine Spitze berührte fast die sehr hohe Decke. Nun übernahm der Plattenspieler wieder die Regie:

»We don`t need no education.«

Dann schrie jemand mit einer schrillen wie eine Sirene:

»Die Suppen sind fertig. Man bediene sich in der Küche!«

Ich wurde immer wieder angesprochen und musste von der Bundeswehr und natürlich vom Manöver erzählen. Über den Tag lernte ich viele Menschen kennen und spürte das Verlangen, im nächsten Jahr auch dazuzugehören.

»Ich bin Sabrina,« hauchte mir jemand Parfümiertes ins Ohr.

»Ich wohne oben, direkt unterm Dach. Komm mit!«

Sie nahm meine Hand und zog mich hinter sich her, über die knarrende Holztreppe über zwei Etagen bis in ihre Dachwohnung.

»Heute ist Heilig-Abend. Das müssen wir feiern.«

Sie drückte mir ein Glas Rotwein in die Hand und küsste meine Wange. Ich verstand die Welt nicht mehr. Sollte ich sie abwimmeln? Sie sah super aus, lange schwarze Haare, durchsichtige Bluse und einen Minirock. So ganz passte sie nicht in dieses revolutionäre Haus. Hatte ich wirklich eine Wahl? Zur Orientierung schaute ich auf ihr breites Bett, über das eine bunte Decke lag. Sie musste meinen Blick aufgefangen haben und handelte sofort. Mit beiden Händen zog sie mich auf die Decke und begann, mich von oben bis unten abzuknutschen. Es wurde ein Heilig-Abend, wie ich ihn bis dahin noch nicht erlebt hatte. Irgendwann muss ich eingeschlafen sein. Als ich wieder zu Bewusstsein kam, erhob ich mich vorsichtig aus dem Bett. Ich wollte sie nicht wecken, aber das Bett war leer und ich war nackt. Meine Sachen waren im ganzen Zimmer verstreut. Als ich mich bückte, tat mir der Rücken weh. Da ging die Tür auf und Alexander stand breitbeinig im Türrahmen. Er lächelte genüsslich und meinte:

»Ich habe mir schon gedacht, dass du hier bist. Hat es wenigstens Spaß gemacht?«

»Ich glaube schon,« antwortete ich leise.

»Schau dir mal deinen Rücken an! Der ist ja völlig zerkratzt.« Jetzt spürte ich es auch:

»Das ist jetzt schon das zweite Mal, dass mir jemand den Rücken ruiniert, ohne dass ich das merke.«

»Sag `bloß, du kannst dich an nichts erinnern? Übrigens, Sabrina ist hier bekannt, und dass sie über dreißig ist, ist dir auch wohl nicht aufgefallen!«

»Scheiß Alkohol«, grunzte ich vor mir hin.

»Theo, ich muss jetzt zum Bahnhof. Caro war gestern bei Ihren Eltern in Bremerhaven. Heilig- Abend und so, aber ich sehe schon, ich gehe doch allein zum Bahnhof.«

Kapitel 46

»Alex hört genauso gerne Hardrock wie auch Klassik. Du musst wissen, dass er auch Geige spielt.«

Man sah Caro an, dass sie auf ihren Alexander sehr stolz war.

»Setz dich doch zu uns, Caro«, forderte ich sie auf.

»Theo, gleich kommt doch noch Hubert, ich setze schon mal einen Kaffee auf und ich möchte euch ja auch nicht stören.«

»Wer ist denn Hubert?« fragte ich Alex.

»Hubert ist Sozialdemokrat und macht seinen Wehrdienst im Münster-Handorf. Er will dort auch eine Soldatenzeitung herausbringen und braucht noch die eine oder andere Info.«

»Wo du gerade Sozialdemokrat sagst, bei der Fete in der Frauenstr. 24 waren das alles Kommunisten?«

Alexander griff zu seiner geschwungenen braunen Pfeife, die auf dem Tisch neben dem Aschenbecher lag und begann das übliche Ritual der Reinigung und des Stopfens mit Tabak.

»Nein, das waren sowohl Leute vom MSB Spartakus, SHB, also Jungsozialisten und Gewerkschafter, nicht zu vergessen, die aktiven Fachschaftsleiter, die Interessensvertreter der Studenten. Das wirst du später auch noch kennen lernen. Aber du brauchst keine Sorgen zu haben, die marxistischen Studenten sind absolut freundlich und fressen keine Kinder.«

Er lachte und paffte eine dicke Rauchwolke über den runden Tisch. Es klingelte und Caro ließ Hubert hinein. Nachdem wir uns bekannt gemacht hatten, setzte sich auch Caro zu uns.

»Was haltet ihr davon, wenn wir uns regelmäßig zum Beispiel donnerstags in Rheine treffen würden?« fragte Alex in die Runde. Im Grunde war die
Frage ja nur an mich gerichtet, denn ich war der einzige Soldat aus Rheine,
Hubert war in Münster stationiert und Alex war längst nicht mehr beim Bund,
sondern studierte im 2.Semester Jura.

»Ich kümmere mich um einen Treffpunkt,« sagte ich.

„Im glaube, im HOT vom Stadtjugendring gibt es ausreichend Räumlichkeiten.«

»Gut, Theo und nun zu den Vorfällen beim Manöver.«

Ich schlug meine Kladde auf.

»Ich habe bereits den Artikel fertig. Ich finde, man sollte ihn so sachlich
wie möglich halten.«

»Au ja, ließ mal vor, Theo«, forderte Caro mich auf. Sie war in der Ausbildung zur Kindergärtnerin und stets darauf erpicht, mal etwas Anderes als
Kinderkram zu hören. Also begann ich:

»Übung brauner Bär«. Brauner Bär, so hieß die letzte Übung einer Pan-
zergrenadier-Division, an der Teile des Transport-Bataillon hundertsiebzig
Rheine-Bentlage in der Zeit vom 2. bis zum 13 Dezember mitwirkten. Wie die
offizielle Beurteilung, die an höhere Stellen geleitet wird, aussieht, wissen wir
nicht. Der ADS fragte einige Soldaten, was sie von der Übung zu erzählen
wussten. So halten wir es für wichtig, bereits jetzt einen allgemeinen Eindruck
von dieser Übung zu geben, weisen aber darauf hin, dass wir in der nächsten
„Muffe" weiteres berichten werden.

Die Übung, also das Wintermanöver, fand in Bothel bei Bremen statt. Die
vierte / hundertsiebzig hatte vollständig teilgenommen. Von der ersten /
hundertsiebzig. fuhren Küchenwagen, Fernmelder, Sanis und der Wartungs-
trupp mit. Die fünfte / hundertsiebzig beteiligte sich mit einem halben TKW-
Zug, der durch Mob-Reservisten verstärkt wurde. Man hatte sich eine vor-
nehme Gaststätte mit Pferdezucht ausgesucht, um den Verteidigungsfall zu
üben. Außerdem gab es da noch ein Bauernhaus, einen ehemaligen großen
Masthähnchenstall und eine Scheune. Im Bauernhaus, wo richtige Betten
standen, schliefen die Vorgesetzten. Im großen Stall hausten rund hundert-
fünfzig Mannschaften auf Stroh und Zeltplanen! Ein Rest wurde in der zugigen
Scheune untergebracht. Man hatte extra viel Kräne mit kaltem Wasser im
Stall angebracht, von den drei Ölöfen war einer längere Zeit einsatzbereit.
Wie wir erfahren haben, wird dafür pro Soldat am Tag eine D-Mark an den
Besitzer gezahlt. Nun, das war noch längst nicht alles. Es gab nur ein Plumps-

klosett für die hundertfünfzig Mann und die Kameraden in der Scheune durften sich in Eimern waschen.

Wir meinen, dass man der Hygiene und Fürsorge nicht ausreichend nachgekommen ist. War denn die Thyphuswelle noch nicht Warnung genug? Hätten die Räume nicht auch so sauber und warm sein können, wie sie die Feldwebel und Offiziere im Kompanie-Gefechtsstand im Bauernhaus hatten?

Die Soldaten hatten auch ihren Dienst zu verrichten: Die kämpfende Einheit wurde mit Nachschub versorgt. Wenn unter diesen Bedingungen die Kameraden der Küche und Instandsetzung Tag und Nacht im Einsatz waren und ganze Arbeit leisteten, ist ihnen das um so höher anzurechnen.

Was noch ins Auge fiel, waren die Fehlentscheidungen: Sanis mussten Kartoffeln schälen oder Mun-Transporte fahren. Mob-Reservisten liefen als Sanis ohne Neutralitätsbinden umher. Einige Soldaten waren Tag und Nacht unterwegs, andere spielten stundenlang Karten. Ja, einmal mussten Soldaten Wagen bewachen, die gar nicht auf dem Platz standen, sondern auf Tarnsport waren! Doch die Übung hatte auch angenehme Seiten. Diese waren aber nur den Vorgesetzten vorbehalten. Man traute seinen Augen nicht: Da saßen doch Hauptmann Lübeck, Hauptfeldwebel Jordan, Oberfeldwebel Hass und andere Feldwebel auf Pferden. Sie wiederholten sogar mehrfach ihre Ausritte. Diesen Wild-West-Spaß ließ sich natürlich Oberstleutnant Kartsch nicht nehmen!

Die fünfhundert Meter entfernt liegende Sauna wurde von ihnen auch nicht gescheut. Mehrere Male ließen sie sich im VW-Bulli dorthin chauffieren. Der Kontakt zur Zivilbevölkerung wurde durch ein Fest hergestellt: Feiern durften allerdings nur die Offiziere. Zum Schluss: Die Mannschaften, für die striktes Alkoholverbot bestand, durften die Reihen der Bierflaschen am Kompanie-Gefechtsstand auf dem Fensterbrett bewundern.«

Ich holte tief Luft.

»Das ist wirklich der Hammer«, meinte Hubert.

»Trefft ihr euch immer hier, quasi geheim?« fragte er Alexander.

»Bisher ja, aber wir sollten eine offene Anlaufstelle anbieten, zum Beispiel im HOT in Rheine, die Redaktion sollte aber weiterhin geheim tagen, das wäre sonst zu riskant«, warf Caro ein.

»Das habe ich vorhin schon gesagt, als du in der Küche warst, Caro. Ich kümmere mich sofort darum.«

»Gut«, meinte Alex. »Dann hätten wir das. Übrigens, ich habe die Mitteilung aus Dortmund vom Elan-Verlag, die schreiben uns, dass es weitere Neugründungen von Soldatenzeitungen und Arbeitskreisen gibt, mittlerweile in fast allen Bundesländern. Wir sind nicht mehr ganz allein!«

Als ich das hörte, schlug mir mein Herz bis zum Hals, so aufregend war diese Information für mich und es stachelte meinen Ehrgeiz noch mehr an.

Hubert erhob sich und zog einen dicken alten Pelzmantel an.

»Beim nächsten Treff in Rheine bin ich dabei. Wäre doch gelacht, wenn wir in Münster nicht auch eine Zeitung hinkriegen würden. Aber ich möchte noch ein Anliegen loswerden. Wie wäre es, wenn man bei diesen offiziellen Treffen auch mal bestimmte Themen wie Aufrüstung und Rüstungskontrolle besprechen würde. Dazu kann man ja dann auch andere Interessierte einladen.«

»Da habe ich schon länger darüber nachgedacht,« meinte Alex und Caro nickte zustimmend. Sie unterstütze ihren Freund auch im Kampf gegen die Ungerechtigkeit bei der Wehrpflicht. Hubert verabschiedete sich und wir diskutierten zu dritt noch bis tief in die Nacht, wobei im Hintergrund die Rolling Stones ihr Bestes gaben. Irgendwann war ich auf dem schäbigen, aber weichen Sofa eingeschlafen.

Kapitel 47

Der Schnee hatte sich in braunen Schlamm verwandelt. Die Straßen waren nass und es nieselte. Es wollte einfach nicht hell werden. Nach einer Woche weihnachtlichen Winterwetters folgte nun das typische Münsterwetter. Es war mir egal und ich fuhr Montag früh um vier Uhr wieder in Richtung Rheine. Caro hatte mir noch ein paar Stullen geschmiert und eine Schachtel Zigaretten zugesteckt. Alex war spät nach Hause gekommen und hatte mir ein Exemplar der neuesten „Muffe" mit meinem Artikel auf der Titelseite auf den Tisch gelegt. Heute wird sie vor der Kaserne verteilt. Das wollte ich mir nicht entgehen lassen und holte alles aus dem alten R4 heraus, was ging. Noch bevor der Berufsverkehr einsetzte, sah ich die Umrisse der höchsten Gebäude von Rheine, der Arbeiterstadt an der holländischen Grenze. Außer Taxis fuhren noch keine Autos und ich bretterte quer durch die Innenstadt am Bahnhof vorbei geradeaus in Richtung Bentlage zur Kaserne. Vor mir waren wieder nur Taxis. Wenn mich ein Wagen überholte, konnte ich an den Gesichtern der Insassen erkennen, das es sich um Soldaten handelte, die mit dem Zug zur Kaserne gekommen waren und nun auf Taxis angewiesen waren. Busse fuhren um diese Zeit noch nicht. Was ist denn nun los? Fragte ich mich, als mehrere Polizeiwagen mich überholten und auch in Richtung Kaserne fuhren, ja fast rasten. Und tatsächlich bogen sie in die Panzerstraße ein, die durch den Wald direkt zur Kaserne führte. Ich fühlte, wie eine gewisse Ahnung in mir aufstieg. Noch eine Linkskurve und die Kaserne würde vor mir liegen. Und nun sah ich die drei Polizeiwagen direkt vor dem Tor auf dem rechten Parkstreifen stehen. Sechs Polizisten waren ausgestiegen und standen gestikulierend vor einigen jungen Leuten in Zivil. Sie hatten mehrere Pakete meiner „Muffe" unter dem Arm. Mein Herz pochte. Ich fuhr auf den Parkplatz und ging dann zu Fuß zum Eingang und stellte mich mutig vor die Polizisten. Da mein Vater auch Polizist war, hatte ich keinen Respekt vor diesen Staatsbeamten.

»Was wollen Sie? Gehören Sie dazu«, gaffte mich einer an.

»Ich bin Soldat und wollte mir eine Zeitung abholen!« rief ich lautstark zurück.

»Das hat sich hier ausgezeitungt, mein guter Freund.

»Die Flugblätter werden konfisziert. Das ist hier bereits Bundeswehrgelände. Hier haben diese Leute nichts zu suchen!«

 Oh, dachte ich, der fühlt sich aber sehr sicher.

»Erstens bin ich mit Sicherheit nicht Ihr guter Freund und zweitens sind die Zeitungen mein Eigentum. Da haben Sie aber auch gar nichts zu konfiszieren. Ich wollte auch nicht nur eine Zeitung mitnehmen, sondern alle, deswegen bin ich hier. Ich habe den Auftrag vom Oberstleutnant Kartsch, alle Zeitungen einzusammeln und ihm persönlich zu übergeben. Hat er Sie denn nicht angerufen und Ihnen die Anweisungen gegeben?«

»Nein, das war ein Feldwebel.«

Seine Stimme verriet eine erste Verunsicherung.

»Das sieht ihm ähnlich«, sagte ich, zog meinen Bundeswehrausweis aus der Hosentasche, der im Sichtfenster des Portemonnaies steckte, schlug es auf und sofort wieder zu.

»Sie sollten doch nur die Verteiler vom Grundstück jagen und was machen Sie, einen Staatsakt daraus. Haben Sie Lust, einen ausführlichen Bericht zuschreiben, für nichts und wieder nichts. Sie machen sich ja nur lächerlich!«

Ich drehte mich selbstbewusst militärisch um und wandte mich an die kleine Gruppe der Verteiler. Ein Mädchen mit sehr langen Haaren war mit von der Partie.

»Los, macht schon, gebt mir alle eure Blätter und verschwindet. Na, macht schon. Zett, zett, ziemlich zügig.«

Sie steckten die offenen Exemplare zu den andere in die altgedienten Einkaufstaschen und stellten Sie mir mit offenem Mund vor die Füße.

»Geht doch«, rief ich und machte eine Handbewegung, als wollte ich Hühner verscheuchen. Nun bekamen die Polizisten, die auch nicht viel älter waren, ihre Kinnladen nicht mehr zu. Die Verteiler, vier Jungs mit langen Haaren unter ihren Wollmützen reagierten sofort und es bedurfte keiner Wiederholung. Wortlos drehten Sie sich um und rannten wie angestochen durch die Dunkelheit davon. Irgendwo im Wald mussten Sie ihr Auto versteckt haben, das war mir klar. Ich war so dreist und nahm dem Polizisten vor mir das eine Exemplar der „Muffe" aus seiner Hand und steckte es zu den anderen in die Tasche.

»So muss man mit dem Gesinde umgehen«, sagte ich selbstsicher.

»Ich wünsche den Herren noch einen guten Tag, ich muss zum Kommandeur und werde ihm berichten, dass Sie gute Arbeit geleistet haben!« Ich nahm beide Taschen hoch, drehte mich rechts um und schritt würdevoll in Richtung Eingangstor. Ich vernahm noch die Worte:

»Lasst uns die Sache abbrechen. Es hat doch keinen Sinn.«

Während sich die Polizeiwagen entfernten, kamen mir Wachsoldaten entgegengelaufen. Ich konnte sie beruhigen und brachte die beiden Taschen zu meinem karmin-roten, zerbeulten R4.

Kapitel 48

Ich setzte mich ins Auto und überlegte. Der Schneefall war stärker geworden und man konnte seine Hand nicht vor den Augen sehen. Die ersten Soldaten kamen vom Wochenendurlaub zurück und schlichen mit ihren klapprigen Autos auf den Parkplatz zu. Ich wollte wissen, ob die Verteiler noch in der Nähe waren. Ich hatte ja immerhin noch alle Blätter im Auto, die unbedingt verteilt werden mussten. Ich durfte es auf keinen Fall tun. Also fuhr ich los, dieselbe Straße zurück, aber extrem langsam, in der Hoffnung, sie zu entdecken, was natürlich unmöglich war, bei diesem Schneegestöber. Plötzlich blinkten mich Scheinwerfer aus dem Wald mit dem Fernlicht an. Das können nur die Verteiler sein. Ich hielt an und da kam auch schon der Wagen, ein VW-Bulli aus einem Feldweg auf mich zu und hielt genau vor mir. Ich stieg aus, die Seitentür des Bullis öffnete sich und ich stieg ein.

»Ich bin Theo Schreiber. Prima, dass ihr gewartet habt.«

Ich gab jedem die Hand im Sitzen und so lernte ich sie kennen: Zuallererst Pascha, ein schlaksiger langer Kerl mit speckigen, langen, dunkel braunen, glatten Haaren, wohl der Anführer der Gruppe. Dann war da noch Charly, ein kleiner Dicker mit einer grauen Schlägermütze, aber lieben kleinen Kulleraugen und der Dritte stellte sich als Radieschen vor mit den Worten:

»Ich gehe jeder Sache auf den Grund.«

Klara hieß das Mädchen mit den unwahrscheinlich langen, welligen braunen Haaren, die ihren Rücken komplett bedeckten. Klara nach Klara Zetkin genannt, der Kommunistin, die gegen Hitler gekämpft hatte.

»Wir sind von der SDAJ Rheine,« begann Pascha das Gespräch und schaute mich dabei direkt an, um meine Reaktion abzuschätzen.

»Mir hat bereits Alex berichtet, dass eine Gruppe vom SDAJ unsere Zeitung verteilt. Danke Leute, aber das wäre fast in die Hose gegangen. Wir müssen uns was einfallen lassen.«

Ich versuchte, möglichst cool zu wirken und legte meine Schachtel Zigaretten auf den kleinen Klapptisch.

»Greift zu. Nach dem Schrecken gönnen wir uns erst einmal eine Erholungspause. Bis auf Klara angelte sich jeder eine Zigarette aus der Schachtel und gaben sich gegenseitig Feuer.

»Wie du das hingekriegt hast,« pustete der Dicke durch seine Qualmwolke, »die Sache mit den Bullen."

«Jau, das war ein starker Auftritt«, ergänzte Charly und musste husten.

»Also«, hob ich an, ich komme aus einer Polizistenfamilie, da lernt man mit Uniformträgern umzugehen. Die schreiben alle ungern Protokolle und haben bei so einem Wetter auch keinen Bock, Leute wegen solcher Kleinlichkeiten mit zu nehmen und sie dann wieder auf freien Fuß zu setzen. Das macht für sie keinen Sinn, dann lassen sie es lieber. Meine Erfahrung hat sich mal wieder bestätigt.«

»Und was ist«, fragte Klara zögernd, »wenn die beim obersten Indianer anrufen und von dir erzählen und dich beschreiben? Das wäre dann aber fatal.«

»Da kann ich dich beruhigen. Die rufen nicht an. Der Anruf würde gespeichert und dann müssten sie doch ein Protokoll schreiben und eingestehen, dass sie einem Rekruten auf den Leim gegangen sind. Das wäre oberpeinlich.«

Jetzt bemerkte ich, dass Klaras Nase ein wenig gebogen war – jedenfalls von der Seite konnte man es erkennen. Von vorne sah es eher so aus, als wenn sie eine Stupsnase hätte. Ich schätzte sie auf gerade mal achtzehn. Ihre Augen funkelten grünlich im Spiegel des Schnees. Pascha hatte mitbekommen, dass ich Klara mehr musterte als die anderen.

»Die ersten Soldaten kommen, wir sollten uns etwa überlegen«, meinte Pascha fast beiläufig.

»Was meinst du, Theo?«

»Bitte nehmt nicht alle Zeitungen mit, sondern immer nur eine kleine Menge, sollte nochmal jemand kommen und sie haben wollen. Was übrigbleibt, steckt ihr noch an die Autos auf dem Parkplatz. Eine mehr kann nicht schaden, aber lasst euch nicht erwischen und rennt sofort weg. Soldaten dürfen euch nicht folgen und Polizisten kommen erst einmal nicht wieder.«

»Gut, lasst uns aufbrechen, bevor es hell wird,« rief Pascha und erhob sich vorsichtig, um sich nicht den Kopf zu stoßen.

»Ich gehe zurück in die Kaserne und beobachte mal die Reaktionen. Morgen Abend würde ich gerne ins HOT kommen. Vielleicht treffen wir uns dort.«

Als die Tür zur Seite geschoben wurde, wehte eine mächtige Schneewolke ins Auto. Klara fing unweigerlich an zu lachen und steckte die anderen an. Gemeinsam gingen wir zur Kaserne. In Sichtweite rannte ich voraus, um nicht den Eindruck zu erwecken, dass ich zur Gruppe gehören könnte.

Kapitel 49

Die Kaserne lag mitten im Grünen und ein früher Weckruf durch den Offizier vom Dienst, den OvD, war überflüssig, derart trällerten die Waldvögel durch die offenen Fenster der Stuben. Hinzu kam ein süßliche Duft, der ganz und gar nicht den Allergikern gefiel. Wenn dann die ersten Sonnenstrahlen die Nase kitzelten, wusste auch ein Soldat, dass Frühling war. Ich genoss die erste Stunde des Tages und erinnerte mich an meine Kindheit, als ich in aller Frühe, noch im Dunkeln, mit meinen Großeltern in Holland zum Angeln fuhr.

Ich war noch nicht lange Vertrauensmann, sodass ich mich zur Verwunderung meiner Kameraden in die Vorschriften, Verbote und Anweisungen vertiefte. Am wichtigsten erschien mir die ZDV zehn / fünf für den Innendienst. Ich las diese zentrale Dienstvorschrift zum ersten Mal komplett Satz für Satz durch und stieß dabei auf eine Passage, die mein Soldatenleben wesentlich ändern sollte. Da stand doch tatsächlich, dass der Vertrauensmann seine Stube als Beratungsbüro vormittags nutzen darf und bei Bedarf vom allgemeinen Dienst befreit war. Mehrere Male las ich den Text laut, um auch ganz sicher zu gehen, dass es richtig war, was ich las. Eine Seite meiner Kladde musste dran glauben. Ich riss sie heraus und schrieb: Vertrauensmann Theo Schreiber, Sprechstunde ohne Voranmeldung von neun bis zwölf Uhr – laut ZDV für den Innendienst. Nach dem Frühstück in der Kantine schob ich den einzigen Schreibtisch in die Mitte, stellte einen Stuhl dahinter und begann über das zu schreiben, was in der letzten Zeit im Bataillon vorgefallen war. Ich hörte immer wieder Schritte vor der Tür. Wie erwartet klopfte es. Ich bat freundlich um Eintritt und vor mir stand Otto mit hochrotem Kopf.

»Was gibt`s Otto? Du bist doch sonst nicht so schüchtern. Los erzähl!«

Mit geröteten Augen, die am liebsten geweint hätten, berichtete er stotternd, dass ihm nicht erlaubt war, nach Hause zu fahren. Er habe drei kleine Kinder und die hätten sich im Kindergarten angesteckt. Alle drei mit Keuchhusten und seine junge Frau wüsste nicht mehr ein noch aus und brauche dringend Hilfe. Er war schon auf dem Sprung, auch ohne Erlaubnis vom Spieß nach Hause zu fahren, egal was man mit ihm später machen würde. Ich konnte ihn beruhigen und versprach ihm großmündig, ihm garantiert helfen zu können. Ich begann, alles im Detail aufzuschreiben. Daraus wurden ganze drei Din a vier Seiten, handgeschrieben. Ich nahm die Zettel und ging den langen Flur entlang bis zur Schreibstube, dem Vorzimmer vom Spieß.

Ich klopfte und betrat direkt die Stube, in der zwei Kollegen in grauen Uniformen saßen und ihre Schreibmaschinen quälten.

»So Leute, hier habt ihr mal `ne sinnvolle Arbeit!«

Ich legte einem der beiden die Zettel auf die Schreibmaschine.

»Entweder du schreibst das ab, aber sofort, oder ich diktier dir den Brief an den Kommandeur. Laut ZDV zehn / fünf habe ich als Vertrauensmann das Recht dazu.

»OK, Theo, dann diktier mal. Da bin ich aber gespannt.«

Nach einer halben Stunde war der Brief fertig. Ich ließ ihn von Otto unterschreiben und verabschiedete mich mit militärischem Gruß – rechte Hand flach an die Stirn und zackig wieder zurück:

»Wenn der Spieß fragt, wo ich wäre, sagt ihm, ich bin beim Kommandeur Kartsch. Es könnte länger dauern.«

Das Gebäude des Kommandeurs war kleiner als die einzelnen Kompanien und lag ein wenig abseits an der Grenze des Bataillons und in der Nähe des Eingangs. Ich betrat das Gebäude und ging eine Etage höher und klopfte dezent unter dem Schild an der Tür: Oberstleutnant Kartsch.

Ich hörte ein Herein und trat ein. Der große Raum mit der weiten Fensterfront sollte den Besucher wohl beeindrucken. Weit hinten an der Stirn des Raumes stand ein Schreibtisch und dahinter saß der Bataillonskommandeur. Ich salutierte militärisch:

»Schütze Schreiber von der fünften / hundertsiebzig im Auftrag eines Kameraden in der Funktion als Vertrauensmann bittet um Anhörung.«

»Stehen Sie bequem, Schreiber«, befahl der Kommandeur fast zaghaft und leise.

»Geben Sie her!« Ich trat bis vor den Schreibtisch und reichte ihm die drei Seiten. Er blieb sitzen und las aufmerksam meinen Bericht.

»Da haben Sie aber mächtig auf die Tränendrüsen gedrückt. Es ist juristisch sehr zweifelhaft, ob durch die Verweigerung der Bundeswehr ihr eine Mitschuld unterstellt werden kann, wie Sie schreiben. Aber sei`s drum, Sie legen sich für ihre Kameraden enorm ins Zeug, das will ich honorieren. Ich werde den Hauptfeldwebel Weber anweisen, dem Wunsch nach Sonderurlaub in diesem Fall zu nachzukommen. Schütze Schreiber, aber übertreiben Sie es nicht. Abtreten!«

Ich grüßte in militärischer Perfektion, knallte die Hacken zusammen, dass es weh tat, rief ein:

»Jawoll, Herr Oberstleutnant!«

Und verließ aufrecht und stolz die Höhle den Löwen. Wenn das kein Erfolg ist! Da wird sich Otto aber freuen, ich muss ihn suchen – meine Gedanken überschlugen sich. Schade, dachte ich gleichzeitig, dass ich das nicht für den ADS ausschlachten kann. Dann müsste ich ja Farbe bekennen. Ich rannte zu meiner Kompanie und fragte mich nach Otto durch. Es hieß Frühjahrsputz bei den Dreizehntonner und wahrlich, da stand er mit anderen Kameraden und spritzte aus dicken grünen Schläuchen Dieselfontänen auf einen der LKWs. Er drehte den Strahl ab und lief mir entgegen. Seine Freude war überwältigend und er konnte es kaum fassen, ließ den Schlauch fallen und rannte zu unserem Kompaniegebäude.

»Sagt mal, was macht ihr hier eigentlich?« fragte ich in die Runde.

»Ist das Waschen? Weiß der Chef das?« Alle nickten und einer sagte:

„Das ist sogar ein Befehl. Wir sollen alle Wagen abdieseln. Dadurch werden die richtig sauber und glänzen wie neu!«

Für ihn war sein Tun ein Befehl und dadurch von höchster Stelle legitimiert.

»Ich kann es kaum glauben. Was das kostet, aber das ist nicht das Schlimmste, der ganze Mist geht ins Grundwasser. Hört sofort auf, ich muss zum Chef!«

Meine Autorität schien gestiegen zu sein. Die Kameraden stoppten die Dieselhähne und zogen Zigarettenschachtel aus ihren Jacken.

»Seid ihr von allen guten Geistern verlassen? Ihr sprengt euch in die Luft, ihr Idioten!«

Sie bekamen einen hochroten Kopf und gaben kleinlaut zu, dass sie nicht daran gedacht hätten.

»Macht Feierabend und geht duschen. Wenn jemand fragt, sagt ihm, dass ich das angeordnet habe und schickt ihn zu mir, selbst wenn es der Papst oder der Oberstleutnant ist, verstanden?« Offensichtlich bedrückt machten sie sich davon. Auch ich ging zurück, setzte mich an meinen Schreibtisch und schrieb zwei Briefe, einen an den Kommandeur und einen an die Muffe.

Kapitel 50

Die Vorhalle des HOT mit der breiten Treppe in der Mitte nach oben in die erste Etage war sehr groß und es tummelten sich an die zehn jungen Leute. Auf der linken Seite standen die Verteiler, Pascha mit seinen Freunden und auch Klara. Ich spürte eine innere Aufregung. Rechts diskutierte man aufgeregt über die Fußballweltmeisterschaft, die bald beginnen sollte. Mir war sofort klar, das waren Soldaten. Pascha hatte mich gesehen und kam direkt auf mich zu.

»Ich habe den Schlüssel, wir können gleich hier rein.«

Er schloss die Tür neben uns auf und wir traten nach und nach in den quadratischen Raum ein. Es war muffig und Klara öffnete alle Fenster. Wir stellten die vielen Holzstühle im Kreis auf und dann setzten sich alle sehr brav. Plötzlich stand Alex breitbeinig in der Tür und freute sich, dass so viele gekommen waren. Nachdem auch er einen Platz gefunden hatte, bat er die Anwesenden, sich vorzustellen. Die vier neuen Soldaten waren von der Fliegerstaffel der Hubschrauber. Sie kamen mir sehr suspekt vor und ich flüsterte Alex ins Ohr:

»Ich glaube, die wurden geschickt, pass auf, was du erzählst.«

Alex hatte aber schon längst einen Plan.

»Damit hier keine Missverständnisse aufkommen, sollten wir zuallererst unsere Ziele im Arbeitskreis demokratischer Soldaten, also ADS, diskutieren und festlegen. Ich habe dazu schon etwas vorbereitet. Aber es haben sich noch nicht alle vorgestellt.«

Dabei schaute er auf Hubert Vogel. Dieser erklärte, dass er in Münster auch einen ADS gründen möchte. Er sei zudem überzeugter Sozialdemokrat. Danach erhob sein Nachbar zur Linken das Wort:

»Ich heiße zwar Michael, aber man nennt mich Gong, weil ich die Meinung vertrete, das unser eigentliches Vorbild China sein sollte, und zwar«,

»Und zwar,« fuhr Alex dazwischen, »werden wir nachher noch genug Gelegenheit haben, unsere Meinungen zu begründen. Bleiben wir vorerst bei der Vorstellung. Und wer ist dein Nachbar zur rechten?«

»Ich heiße Leo und bin in Gellendorf, eurer Nachbarkaserne stationiert. Ich heiße wirklich Leo und bin Leo Trotzki auf der Spur. Mir ist die Übermacht der Bolschewiki hier schon aufgefallen. Da wird noch so einiges diskutiert werden müssen.«

Nun musste ich eingreifen:

»Liebe Kameraden, liebe Freunde des HOT. Wie wir schon jetzt feststellen konnten, sind bei uns die unterschiedlichen politischen Richtungen vertreten. Und das ist auch gut so. Der ADS von anderen Kasernen versteht sich als Interessensvertreter der Wehrpflichtigen, so etwas Ähnliches wie eine Gewerkschaft. Alex ist Jura-Student und war zwei Jahre hier in Rheine beim Bund. Er beschäftigt sich intensiv mit den Rechten der Soldaten. Ich bitte euch, nachdem Alexander seine Vorschläge vorgetragen hat, dann erst die einzelnen Aspekte zu diskutieren. Wir suchen den kleinsten gemeinsamen Nenner, um gemeinsam als ADS Rheine auftreten zu können. Wir brauchen ein solches Grundsatzprogramm, weil wir sonst keinen Antrag zur Aufnahme in den Stadtjugendring stellen können. Stimmst Pascha?«

Pascha nickte.

»Er ist nämlich Mitglied im Stadtjugendring und will uns helfen, da hinein zu kommen. Dafür vorab schon mal herzlichen Dank an die SDAJ Rheine!«

Die Koalition von Hubert, Leo und Gong verzog bei dem Ausdruck SDAJ die Miene und es bestand die Gefahr, dass ein Bruch bevorstand. Darum griff ich sofort ein:

»Wir haben keine Sozialdemokraten, Trotzkisten oder Maoisten gefunden, die die Zeitung verteilen, aber das können wir jederzeit ändern.«

Natürlich steckte in meinem Satz auch eine gewisse Ironie, aber so konnte ich ihnen den Wind aus den Segeln nehmen. Die vier Fallschirmjäger konnte ich nicht mehr fragen, sie hatten schon genug gehört und das Weite gesucht.

»Ich lade euch nun zu einem Bierchen am Marktplatz ein, wie wär`s?«

Die Zustimmung war mir gewiss und so brachen wir gemeinsam zum Marktplatz auf. Pascha als Ortskundiger ging voran und Klara hakte sich bei mir unter:

»Das war clever, Theo. Am besten geh`n wir zum Piraten, da sind wir ungestört.«

Der Pirat war eine Kneipe für Lederjacken und Hardrock-Fans, aber das Pils war preiswert und es gab immer frische Frikadellen mit angerösteten Zwiebelringen. Einer langen Nacht stand nichts mehr im Wege. Alex musste mit dem Zug nach Münster und verabschiedete sich früh. Die anderen diskutierten über die Weltrevolution, die man damals verpasst hatte und Klara nahm mich mit zu sich nach Hause. Es muss so gewesen sein, denn ich kann mich an den Heimweg nicht mehr erinnern.

Kapitel 51

Es war bald Ostern und die Kameraden freuten sich auf ihren ersten etwas längeren Heimaturlaub. Ich saß frech in meiner Stube hinter dem Schreibtisch, an der Tür klebte das Beratungsschild und ich dachte angestrengt nach. Alex hatte mir im Vertrauen mitgeteilt, dass die letzte Muffe den Rest unserer Kasse beansprucht hatte. Die Papier- und Druckkosten mussten immer mit Vorkasse bezahlt werden, auch beim Asta des Studentenwerkes. Dieser bot sowie schon aus politischer Sympathie einen Sonderpreis, einen wirklich günstigen, aber ganz ohne Geld lief auch da nichts. Hier musste man sich etwas einfallen lassen. Ich würde ja Geld verdienen, aber ich hatte mich über Ostern zur Wache gemeldet, damit die verheirateten Kameraden nach Hause fahren konnten. Daraus ergaben sich aber noch zwei wohl überlegte Vorteile: Erstens war ich in der Kaserne, falls irgendetwas passieren würde, das für die Muffe interessant wäre, aber zweitens hatte ich meinen direkten Vorgesetzten den Wind aus den Segeln genommen, die mich gern bei Widerworten zum Wachdienst am Wochenende verdonnern würden. Dadurch konnte ich so manches Mal den Befehl verweigern und meine Meinung sagen. Größere Strafen konnten sie nicht verhängen, da mussten sie mich schon zum Chef schicken und da wussten sie, dass ich gut mit ihm stand und mich auch schon mit ihm in der Freizeit unterhalten habe, ich, der kleine Schütze Arsch und verkrachte Wehrdienstverweigerer und er, der Leiter der Kompanie, seines Zeichens Major. Dann klopfte es plötzlich. Ein mir unbekannter Kamerad aus einer anderen Kompanie trat ein und setzte sich. Er klagte über Magenschmerzen und Fieber. Jetzt vor Ostern waren nur Sanitäter im San-Bereich, die ihm nicht helfen konnten. Er wollte unbedingt zu einem richtigen Arzt. Man hat ihm einfach Bettruhe verordnet, aber die Krämpfe nahmen zu. Da gab es nur eine Chance. Er müsste in den San-Bereich nach Münster. Da befindet sich so was Ähnliches wie ein kleines Bundeswehrkrankenhaus, das zur Generalität gehörte und am Hindenburgplatz in Münsters Innenstadt lag. Auf diesem riesigen Platz fand die Osterkirmes statt und die Schausteller suchten immer Aushilfskräfte für den Auf – und Abbau. Meine Idee stand. Ich sagte ihm, er sollte hier auf mich warten, was er auch bereitwillig und erwartungsvoll tat. Ich erhob mich und ich ging zum Kompaniechef, der sein Büro nur wenige Türen weiter im selben Flur hatte. Ich durfte mich ohne Anmeldung direkt an ihn wenden. Er fand meine Idee honorig, den kranken Kameraden zum Krankenhaus zu begleiten und neben ihm zu wachen und nach einer Woche ihn wieder in die Heimatkaserne zurück zu führen. Er stellte mir sogar Sonderurlaub in Aussicht. Dann telefonierte er und bestellte in meinem Beisein einen Fahrdienst, der uns auf Abruf sowohl hinfahren und sogar abholen sollte.

Nach der bürokratischen Prozedur wurden wir gemeinsam in einem Krankenzimmer in der Parterre des Bundeswehrgebäudes untergebracht. Es war Mittwoch, der Kirmesaufbau hatte begonnen und draußen war es schon dunkel geworden. Das Fenster knarrte, als ich es langsam einen ausreichenden Spalt öffnete und herausklettern konnte. Ich schlich über den Rasen des Vorgartens und erreichte die vierspurige Ringstraße um den Hindenburgplatz und ging wieder aufrecht auf das Gelände mit den emsigen hunderten Helfern, die dabei waren, die Gondel, Raupe, Achterbahn und viele andere Attraktionen aufzurichten. Morgen sollte es schon losgehen. Ich frug mich durch, bis ich schließlich vor dem Riesenrad stand, dass noch keine Speichen hatte. Der Betreiber suchte noch jemanden. Ich willigte ohne zu wissen, was ich machen sollte, sofort ein, weil ich froh war, dass er mir fünfzig Mark für heute Nacht in Aussicht stellte. Er führte mich zu einem riesigen Kasten mit Knüppeln, die so aussahen wir Baseball-Schläger und gab mir einen stinkenden braunen Rucksack mit den Worten:

»Hier mein Junge. Die Beine vom Rad stehen bereits. Du packst den Rucksack voll mit den Holzbolzen, kletterst dort nach oben zur Achse und kloppst die Bolzen in die Flügel. Die kommen per Kran. Ist alles klar? Dann los! Wenn du fertig bist, gibt's den Lohn. Jeder Fehler kann Menschenleben kosten, ist das klar genug?«

Er schlug mir kräftig auf die Schulter, doch das kannte ich von anderen Chefs und vermied jegliche Regung, sagte nur energisch:

»Natürlich, alles klar, Chef!« und begann, meinen Rucksack zu füllen. Der Chef drückte mir noch einen Vorschlaghammer in die Hand und ich kletterte wie ein Affe an einer Palme einen der vier Füße des Riesenrades hoch. Ich wagte nicht nach unter zu gucken. Natürlich hatte ich es vermieden, ihm zu sagen, dass ich nicht schwindelfrei wäre. Jetzt gab es kein Zurück mehr. Langsam gewöhnte ich mich an den weiten Überblick über das riesige Gelände mit dem Barockschloss auf der linken Seite und den Kirchtürmen der Innenstadt auf der gegenüberliegenden Seite. Gefährlich wurde es immer, wenn ich mit dem Hammer ausholen musste, um die Bolzen bis zum Anschlag zu versenken. Der schwere Hammer zog meinen Oberkörper erbarmungslos ins Freie. Aber ich hatte einen ebenso eisernen Willen, den Hammer zu halten und drauf zu schlagen. Zum Glück war es windstill. Nur die Vögel machten einen Lärm, dem ich erbarmungslos ausgeliefert war. Es waren diese schwarzen Krähen, die sich durch mich gestört fühlten. Sie mussten auch den Frühling riechen. Es wurde langsam hell, als alle Flügel des Riesenrads fest saßen.

Mein Chef klopfte mir wieder auf die Schultern, gab mir einen fünfzig Markschein und sagte:

»Dienstagabend nach Ostern dreiundzwanzig Uhr ist Abbau. Wenn du willst?«

Ich nickte und keuchte:

»Bin pünktlich Chef«, und schleppte mich mit brennenden Schultern zurück zum Dienstgebäude der Bundeswehr. Mein kranker Kamerad wartete schon auf mich. Mir war kotzübel, aber ich war glücklich und schlief sofort ein.

Kapitel 52

Jeden Morgen gab es den sogenannten Morgenappell. Die gesamte Kompanie stellte sich nach der körperlichen Toilette und vor dem Frühstück vor dem Kompaniegebäude auf und empfing, wie man sagte, das Morgengebet. Der Hauptmann benannte normalerweise einen Fähnrich, die Tagesaufgaben zu erteilen. Beim ersten Morgenappell nach den Osterferien ließ der Hauptmann durchzählen, um zu kontrollieren, ob auch alle wieder aus dem Urlaub zurückgekommen waren. Bis auf Otto waren wir vollständig. Der Hauptmann schien erleichtert. Heute behielt er das Wort:

»Kameraden, heute ist ein besonderer Tag. Heute finden die Fahrprüfungen auf dem Dreizehntonner statt. Hauptfeld Webel teilt Sie in Zweiergruppen ein und führt Sie zum Fuhrpark. Dort erklären Ihnen die Fahrprüfer die Aufgaben. Schütze Schreiber übernimmt die Kompanie-Wache und unterstützt die Küche bei der Versorgung der Prüflinge während der Pausen mit Kartoffelsalat und Kaffee. Und noch eins: Schüttet heute ausnahmsweise mal keinen Weinbrand in den Morgenkaffee. Wer mit Alkohol erwischt wird, kann seinen Führerschein für alle Zeiten vergessen. Ich glaube, ich habe mich deutlich genug ausgedrückt! Hauptfeld übernehmen Sie!«

Er wandte sich an seinen Nachbarn, grüßte lässig und marschierte ins Gebäude. Gleichzeitig hörte ich neben mir Getuschel:

»Der hätte mal nicht verweigern sollen.«

Natürlich kam ich mir merkwürdig vor, als einziger Abiturient der Kompanie wie Aschenputtel behandelt zu werden. Aber ich trug es mit Würde und begab mich in die Wache. Ich ging dem Getratsche während des Frühstücks aus dem Weg und zu essen gab es ja später noch genug für mich. Die Kompanie war abgerückt und ich saß allein am Schreibtisch in der Wache und sah aus dem Fenster auf den leeren Hof. Es gab hier kein Radio, nur ein schwarzes Telefon. Nach einem erfolglosen Meditationsversuch schreckte mich das schrille Klingeln des Telefons auf.

»Schütze Schreiber, Kompanie-Wache fünfte / hundertsiebzig zu Befehl!« rief ich in den Hörer und aus Gewohnheit wäre ich fast aufgestanden.

»Schreiber, Sie sind doch der Vertrauensmann.

Das war zwar keine Frage, aber ich antwortete mit:

»Ja.«

»Fahnenjunker Tillmann, Ich muss Sie dringend sprechen, haben Sie gleich Zeit für mich?«

»Ja.«

»Gut, dann bin ich gleich bei Ihnen.«

Er legte auf. Was sollte das denn jetzt, fragte ich mich. Ich kannte ihn überhaupt nicht. Er muss von einer der anderen Kompanien im Bataillon sein. Ich überlegte krampfhaft, ob ich irgendwie einen Fehler gemacht hatte. Hat man mich in Münster erkannt? Ich begann zu zweifeln. Aber schon nach wenigen Minuten klopfte es. Ich bat höflich herein und vor mir stand ein Fahnenjunker seines Zeichens, was die Schulterklappen verrieten.

»Setzen Sie sich.«

Ich bot ihm den zweiten Holzstuhl an und musterte ihn in Sekundenbruchteilen. Abiturient, gerade mal zwanzig, so alt wie ich, Grundausbildung, Fahnenjunckerlehrgang, Bundeswehrhochschule, Vorbereitung zum Leutnant, Besonders kurze Haare, kindliche Augen, wirkt eingeschüchtert, will aber Haltung zeigen. Mindestens auf fünfzehn Jahre verpflichtet, wenn nicht sogar Z.Grabstein bis zur Pensionierung mit Abfindung.

»Ich habe von Ihnen gehört,« begann er mit leiser Stimme das Gespräch.

»Ich gehe davon aus, dass wir hier nicht abgehört werden.«

Ich nickte.

»Meine Kameraden und ich haben beschlossen, unsere Verpflichtung zu stornieren und die Bundeswehr zu verlassen. Uns hört doch hier keiner?«

»Nein, da können Sie ganz beruhigt sein. Die ganze Kompanie ist in der Fahrprüfung. Ich brauche keinen LKW – Schein, ich werde Ende des Jahres zur Uni gehen und studieren.«

Das sagte ich so selbstbewusst, wie ich nur konnte, um hier Augenhöhe trotz unserer militärischen Unterschiede herzustellen. In wenigen Wochen ist er Leutnant, dann bald Major und könnte meinen Kompaniechef vertreten.

»Wenn das so einfach ginge, würden das viele machen. Aber so geht das nicht. Sie können nicht einfach verweigern, Sie sind eine gesetzlich eingerichtete Verpflichtung eingegangen. Da kommen Sie nicht raus. Aber das wissen Sie ja wohl?«

»Das schon, aber man sagt, dass Sie da was machen könnten, wie auch immer. Stimmt das?«

»Ich bin zwar Vertrauensmann, aber nur für die Mannschaftsdienstgrade, nicht für Offiziere, aber das muss Ihnen doch auch klar sein. Ich bin hier der Schütze Arsch!«

»Ich halte das aber hier nicht mehr aus. Ich weiß nicht, was ich machen soll.«

Ich glaubte, Feuchtes in seinen Augen zu sehen. Was ich nun begann, war eine langatmige Befragung nach Familie, Elternhaus, Bildung, Berufswunsch, Krankheiten, Erlebnissen beim Bund und so weiter. Das Ganze dauerte eine geschlagene Stunde. Ich hatte alle Angaben mitgeschrieben.

»Ich will etwas versuchen, aber ich kann für nichts garantieren und es kann mächtig in die Hose gehen, wenn es nicht klappt. Wollen Sie das Risiko eingehen?«

Er nickte und fragte zaghaft:

»Wir sind zu neunt, kann man da was gemeinsam machen?«

Sich in der Menge verstecken, dachte ich, was für ein Schlappschwanz.

»Nein, ich kann nicht eine Begründung für neun Leute schreiben, das kann man sofort in die Tonne kloppen. Das muss alles individuell ausgefeilt werden. Die anderen sollen auch zu mir kommen. Ich werde etwas schreiben und dann mit dem Kommandeur das Gespräch suchen. Ich sehe ein Prozent eine Chance, mehr nicht. Wir gehen die Sache durch, wenn ich das Gesuch fertig habe. Kommen Sie in einer Woche wieder. Dann schauen wir weiter.«

Er bedankte sich und gab mir gegen alle militärischen Sitten und Regeln die Hand und verabschiedete sich. Auf was habe ich mich da eingelassen? Krass. Wenn es eine Chance gab, dann konnte es nur Alex, unser Jurastudent herausfinden. Als es draußen dunkel wurde, hatte ich Bauchschmerzen, weil ich Mengen von Kartoffelsalat gegessen hatte. Die Kameraden kamen mit wehenden Zetteln in der Hand zurück und feierten Ihre bestandenen Prüfungen. Ich zog mich um und ging zu meinem karminroten, rund um verbeulten R4 und fuhr nach Münster, in der Hoffnung, Alex zuhause anzutreffen. Als ich die Panzerstraße verließ und in die Hauptstraße Richtung Rheine bog, sah ich im Rückspiegel einen grauen VW Passat Kombi. Ich erreichte Rheine und musste quer durch die Stadt in Richtung Münster fahren. Der Passat hatte mehrere andere Wagen zwischen uns gelassen, fuhr aber weiter hinter mir her. Spätestens jetzt war mir klar: Ich werde verfolgt. Was sollte ich tun? Ich fuhr erst einmal weiter und überlegte, ob ich Alex überhaupt besuchen sollte und damit seine Wohnung verraten würde. Ich erreichte Münster, der Passat auch. Mit meiner Seifenkiste hatte ich keine Chance, einen Passat abzuhängen. Ich musste mir etwas anderes einfallen lassen. Mir kamen die Krimis vor mein geistiges Auge. Da sind die Verfolgten in Busse oder Bahnen umgestiegen und im selben Zuge auf der anderen Seite wieder ausgestiegen. Da sah ich auf der rechten Fahrbahnseite eine Parklücke mit Gebührenzähler. Ich fuhr in die Lücke, stieg aus, ließ den Motor aber laufen und ging zum Gebührenzähler und warf 10 Pfennig ein. Der Passat fuhr an mir vorbei und nahm rund dreißig Meter weiter eine Parklücke in Beschlag. Ich drehte mich schnell um, setzte mich ins Auto und fuhr sofort los. Zum Glück konnte ich mich zwischen zwei Autos einfädeln, wobei ich allerdings von einem Hupkonzert begleitet wurde. Ich bog unmittelbar in die nächste Seitenstraße, drehte und fuhr wieder auf die Hauptstraße in die entgegengesetzte Richtung. Der Passatfahrer musste nur mitbekommen haben, dass ich abgebogen war, denn ich sah im Rückspiegel, wie auch er in dieselbe Nebenstraße abbog, aber nicht wieder herausfuhr. Ich fuhr eine große Schleife um die Innenstadt bis zum größten Parkplatz in Münster, auf dem Ostern noch die Kirmes stattgefunden hatte. Ich parkte den Wagen hinter einem LKW und ging zu Fuß zur Wohnung von Alex. Einen Verfolger hatte ich nicht mehr. Ich huschte eilig die Treppe hinunter zur Souterrain-Wohnung und klopfte dreimal kurz, unser Zeichen. Cora öffnete und war erstaunt, mich hier zu sehen. Ich erzählte ihr von meiner Verfolgung und dann kam auch schon Alex nach Hause. Er legte die Stones auf, Cora machte ein paar Brühwürstchen fertig und wir diskutierten bis tief in die Nacht. Alex hatte eine Idee, was ich schreiben könnte. Die Idee war, dass es für die Bundeswehr besser wäre, sich von solchen Soldaten zu trennen, als auf Dauer immer nur Probleme mit ihnen zu haben. Nur musste man das Ganze dem Kommandeur noch so richtig schmackhaft machen. Das war mein Part und das konnte ich hervorragend. Ab jetzt waren unsere Treffen konspirativ. Es wurde spannender. Ich durfte es mir auf dem langen Sofa bequem machen und schlief ein. Cora weckte mich mit duftendem Kaffee und verabschiedete sich zum Dienst.

Kapitel 53

Mit neun mal drei Din a vier Seiten unter dem Arm meldete ich mich beim Kommandeur an.

»Sie schon wieder. Na geben Sie schon mal her. Worum geht`s denn diesmal. Oh ha, Sie machen ja Karriere. Los erzählen Sie!«
Das ließ ich mir nicht zweimal sagen und legte los.

„Ich will die Bundeswehr vor einer zentralen Schwächung der Schlagkraft im Ernstfall bewahren. Ich habe alles im Einzelnen aufgeschrieben. Diese jungen Offiziere sind eine Zumutung.«

»Na hören Sie mal, solch ein Urteil steht Ihnen wahrlich nicht zu.«

»Wenn Sie meine Berichte gelesen haben, werden Sie mir zustimmen. Wenn die Jungs ihre fünfzehn Monate hinter sich haben, geben Sie ihren Gesuchen am besten statt, um Schlimmeres zu verhindern. Es handelt sich nicht um die gewünschten Führungskräfte. Sie können sich nicht auf diese Offiziere verlassen. Das würde ein schlechtes Licht auf Ihre Führungsqualität werfen. Lieber ein Ende mit Schrecken, als ein Schrecken ohne Ende. Aber letztlich bleibt es Ihre Entscheidung. Ich bitte, mich höflich zu verabschieden!«

Ich grüßte, machte kehrt und verließ das Kommandeurszimmer. Drei Wochen später erhielten neun junge Offiziersanwärter ihre Entlassungspapiere.

Ich musste sowohl dem Kommandeur als auch den Offizieren versprechen, absolut verschwiegen zu sein. Dass ein solcher Vorgang für die Muffe ein gefundenes Fressen gewesen wäre, stand außer Frage und nun war mir auch klar, dass der Oberstleutnant mich verdächtigte, hinter der Soldatenzeitung zu stehen. Jetzt musste ich noch vorsichtiger sein. Doch der nächste Skandal ließ nicht lange auf sich warten. Als wir uns wieder im HOT zusammensetzten, erzählte Leo von der Motoradtour. Er hatte sich wie ich freiwillig zum Wochenenddienst gemeldet. In seiner Kaserne hatte offensichtlich ein Hauptmann und Kompanieführer seines Zeichens Geburtstag gefeiert und der kommenden Muffe zu einem Artikel auf der ersten Seite verholfen. Leo hatte in der Wache am Kaserneneingang gesessen und ungewöhnlichen Krach gehört. Dem war er nachgegangen und sah, wie der Hauptmann sturz betrunken auf einem schweren Motorrad im Kasernengebäude unter klatschendem Beifall anderer Offiziere die Treppe auf und abfuhr. Ohrenbetäubender Lärm, Benzingestank und Qualm ergänzten das Spektakel. Dann durften die anderen auch mal probieren, den heißen Ofen die Treppe nach oben zu donnern. Leo erzählte seine Story außergewöhnlich lebhaft und meinte zum Schluss:

»Diese Ausgelassenheit erinnerte mich eher an Kinder als an Erwachsene. Das war schon sehr merkwürdig. Wenn das veröffentlich wird, rollen Köpfe, das kann bis ganz nach oben Wellen schlagen!«

Und so war es auch. Die nächste Muffe schlug ein wie eine Bombe, Das Bataillon erzitterte. Ich wurde direkt nach dem Erscheinen der Zeitung zum Kommandeur gerufen. Seine Sekretärin hatte die Grippe überstanden und winkte mich gleich durch zum »Chef«.

»So, Schreiber, Sie können ja nichts dafür, dass hier etwas an die große Glocke gehängt wird, das ist doch klar. Kommen Sie mir ja nicht mit, dass Sie von nichts wussten. Hier hätten Sie den Mut aufbringen müssen, den Sie sonst auch vor sich her tragen und mich im Vorfeld informieren müssen, wie sich das gehört. Das wäre das Mindeste, was ich von Ihnen erwartet hätte. So, und jetzt ´raus mit der Sprache: Wer steckt hinter der Muffe? Ich will Namen hören!«

Der Kommandeur hatte sich einen roten Kopf geredet und schien fast außer Atem. Jedenfalls war er sehr aufgebracht.

»Herr Oberstleutnant, die Soldatenzeitung war nicht die Ursache, sondern das Verhalten der Offiziere. Sie verwechseln Ursache und Wirkung. Aber was Sie von mir verlangen, kann ich Ihnen nicht bieten. Das tut mir leid.«

»Ob Ihnen das Leid tut oder nicht, spielt hier keine Rolle. Die Offiziere werden zur Rechenschaft gezogen, das ist unvermeidlich. Aber ich mach´ Ihnen ein Angebot: Was halten Sie davon, wenn ich Sie zum Gefreiten mache und Sie mir im Gegenzug die Namen nennen?«

»Verraten.«

»Unsinn, Verrat ist Ihre Zeitung, Nun, was meinen Sie, Schreiber?«

»Ich akzeptiere.«

Ich sprach´s mit der festen Überzeugung, nie auch nur ein Wort zu verraten. Aber die Lohnerhöhung käme gerade richtig.

»Nun gut, also ´raus mit der Sprache!«

»Erst warte ich den „Gefreiten ab, das ist …«

»Ich stehe zu meinem Wort. Beim nächsten Appell werden Sie befördert, dann sehen wir uns wieder. Abmarsch!«

Es war der nächste Montagmorgen, als die Kompanie sauber aufgereiht auf dem Hof stand und der Hauptmann die Namen vorlas von all den Soldaten, die die Fahrprüfung bestanden hatten und nun zum Gefreiten befördert wurden. Dann fiel plötzlich der Name: Schreiber und gegen jede Disziplin drehten sich die Kameraden zu mir um, während der Hauptman weiter sprach:

»Schreiber, wegen seiner Verdienste als Vertrauensmann, wird heute zum Gefreiten erhoben. Herzlichen Glückwunsch, Schreiber. Kompanie zum Dienst wegtreten!«

Ich grinste immer noch, als einige Kameraden mir auf die Schulter klopften und mir ebenfalls gratulierten. Ich dachte immer nur: Ein verkappter Wehrdienstverweigerer wird Gefreiter. Das ist reiner Wahnsinn. Sei`s drum. Ich kann`s gut gebrauchen.

Auch im ADS hatte sich dieses Phänomen herumgesprochen und Klara lud mich zum Bier ein, später, nach der Sitzung.

»So, Leute, genug der Lobeshymnen, ich habe eine Idee, aber da müssen alle mitziehen«, machte ich die Runde neugierig.

»Dann schieß mal los«, rief Gong und schien sich regelrecht zu freuen.

»Also, die Kameraden haben jeden Montagmorgen das Problem, wenn Sie nachts mit dem letzten Zug am Bahnhof ankommen, noch irgendwie zur Kaserne zu kommen. Busse fahren nicht mehr und der Rest des Wehrsolds landet dann bei den Taxifahrern. Ich habe beim Kommandeur vorgesprochen, ob nicht die Bundeswehr Busse, also Kleinbusse einsetzen könnte, aber ich stieß auf massiven Widerstand. In dem Zusammenhang erinnere ich an eine Aktion der Studenten im Münster. Die Rote Punkt Aktion. Wer bereit war, Kommilitonen mit zu nehmen, hatte einen roten Punkt an die Windschutzscheibe geklebt. Was haltet ihr davon, das hier auch zu machen?«

Klara ergriff sofort das Wort:

»Pascha macht ganz sicher mit, der hat ja einen VW-Bulli.

»Wir müssen das auf jeden Fall groß ankündigen, damit sich die Kameraden melden, die mit ihren Autos nachts am Bahnhof vorbeifahren. Wir brauchen eine Stelle, wo sie die roten Punkte abholen können.«

»Wenn Die SDAJ wieder in vorderster Front mitmischt, mach ich nicht mit«, warf Leo ein.

»Das ist mir alles zu DKP-lastig. Das könnten die Kameraden durchaus selbst organisieren.«

Alex ging dazwischen:

»Mir soll das Recht sein, aber bleiben wir doch sachlich. Ich finde die Aktion grandios, nur man sollte das Ganze mit entsprechenden Forderungen nach außen tragen, wie zum Beispiel: Frei Fahrt für Wehrpflichtige, Bund oder Stadt tut etwas für die Kameraden vor Ort!«

»Dann sollten wir das aber in der Presse bekannt machen, vielleicht sogar im Radio oder Fernsehen, den Spiegel und den Stern anschreiben, wird ja wohl nicht so schwer sein«, meinte Gong.

»Das wäre ja schon mal eine gute Aufgabe für dich. Unsere Zustimmung ist dir gewiss.«

Alle nickten und Leo meinte:

»Ich helfe dir bei den Formulierungen. Aber wir müssen noch irgendwie die roten Punkte herstellen, Selbstkleber und dann verteilen, vielleicht mit der nächsten Muffe als Beilage und im Innenteil zur Aktion aufrufen.«

»Das wird mächtig Staub aufwirbeln« warf ich ein und Alex informierte:

»Ich kläre das mal juristisch, damit die Taxi-Innung uns nicht ans Bein pinkeln kann.«

»Das ist eine gute Idee«, ergänzte Klara.

»Die Taxifahrer können nämlich ganz schön aggressiv werden, wenn man denen das Geschäft versaut.«

Wir beschlossen, alles bis zur nächsten Sitzung in die Wege zu leiten und dann den Aktionssonntag festzulegen.

Die Woche war schnell vorbei und es hatte sich einiges ereignet. Man traf sich, Pascha war auch dazugekommen und hatte Zeitungsausschnitte mitgebracht.

»Da habt ihr aber etwas losgetreten. Hier die Lokalzeitung, Leserbriefe von der Taxi-Innung, regelrechte Drohbriefe. Von der Bundeswehr keine Resonanz, aber das wird ein heißer Kampf am Bahnhof. Ihr müsst auf jeden Fall die Kameraden, die mitmachen, aufklären. Es wäre `ne Katastrophe, wenn es zu Schlägereien käme. Das würde auf die Soldaten und den ADS zurückfallen.«

»Und der DKP«, frohlockte Leo schlitzohrig.

»Du hast sicherlich Recht, aber auch ich bin dafür, dass die SDAJ als Jugendorganisation der DKP sich zurückhält,« ergänzte ich und Gong meinte:

»Wenn Pascha da aufläuft. Der ist doch in Rheine bekannt wie ein bunter Hund, dann glauben doch alle, das mal wieder die DKP dahintersteckt.«

»Das stimmt«, bestätigte Klara

»Aber hört zu! Ich bekomme ganz sicher den Bulli von Pascha. Dann wäre das Problem gelöst.«

Alex hatte sich zurückgehalten. Außerdem besaß er auch kein Auto. Das Wesentliche war besprochen und so wollte man sich beim nächsten Mal im HOT treffen und an der neuen Muffe formulieren. Nach der Sitzung fasste Klara meine Hand und nahm mich mit zu sich nach Hause. Sie hatte meine innere Aufgeregtheit gespürt und versuchte, mich zu beruhigen:

»Irgendetwas scheint in dir zu rumoren. Wir gehen jetzt erst mal rein, ich habe noch Bier im Kühlschrank und dann reden wir mal darüber.«

Ich nickte nur und wir stiegen die alte Holztreppe hoch in die dritte Etage des muffigen Arbeiterhäuschens und betraten ihre Dachwohnung. Hinter dem schlanken Flur war die Küche, links ein Wohnzimmer und daneben ein Schlafzimmer. Alles wirkte sehr aufgeräumt und erinnerte mich an eine übergroße Puppenstube. Wir setzten uns in die Küche an den kleinen Tisch, dessen eine Seite an der Wand lehnte. Man konnte im Sitzen den Kühlschrank öffnen und sie holte zwei Flaschen Bier heraus. Es gab keine Gläser. Sie setzte eine Flasche an ihren Mund und sagte:

»Dann man Prost, auf uns und die Aktion!«

Ich nahm einen tiefen Schluck und spürte sofort den Alkohol im Kopf. Ich war das nicht gewohnt, aber es entspannte mich sofort.

»Nun, was ist mit dir los, was beschäftigt dich?« fragte sie ohne Umschweife.

»Ich weiß nicht, wie ich anfangen soll, aber es hat sich alles so logisch entwickelt und ich habe einfach immer mitgemacht.«

»Willst du aussteigen. Mir kannst du das ruhig sagen. Ich kann schweigen.«

»Nein, eigentlich nicht, ich finde das ja alles auch richtig, aber irgendwie ist man plötzlich links und quasi Kommunist. Habe ich mich so verändert? Ich fühle mich überrollt, obwohl ich dahinterstehe, kannst du das verstehen?«

»Ich verstehe dich, natürlich. Ich glaube, das geht allen so, die anfangen, sich zu engagieren. Bei mir war das nicht viel anders. Mein Vorteil war allerdings, dass meine Eltern alte Gewerkschafter waren und ich mit denen meine Ängste und Sorgen besprechen konnte. Du hattest bisher niemanden, aber jetzt bin ich ja da.«

Sie so zu hören, entspannte mich und ich trank zügig meine Flasche aus.

»Als ich anfing zu zweifeln, warum ich mich als Frau gegen den Militarismus engagieren sollte, spielte mir mein damaliger Freund das Lied vor. Dann bekommt dein Tun einen tieferen Sinn. Das kann man nur fühlen. Weißt du was, ich habe es auf dem Tonband und ich spiele es dir einfach vor.«

Sie stand auf und holte aus dem Wohnzimmer einen grauen Kasten mit zwei tellergroßen Tonbändern, fädelte das eine ein und steckte den Stecker in die Steckdose. Erst knarrte es und dann sang eine raue Männerstimme das Lied: Es ist an der Zeit.

»Weit in der Champagne im Mittsommergrün,
dort, wo zwischen Grabkreuzen Mohnblumen blühn,
da flüstern die Gräser und wiegen sich leicht
im Wind, der sanft über das Gräberfeld streicht.

Auf deinem Kreuz finde ich, toter Soldat,
deinen Namen nicht, nur Ziffern, und jemand hat
die Zahl neunzehnhundertundsechzehn gemalt,
und du warst nicht einmal neunzehn Jahre alt.

Ja, auch dich haben sie schon genauso belogen,
so wie sie es mit uns heute immer noch tun.
Und du hast ihnen alles gegeben - deine Kraft, deine Jugend, dein Leben.

Hast du, toter Soldat, mal ein Mädchen geliebt?
Sicher nicht, denn nur dort, wo es Frieden gibt,
können Zärtlichkeit und Vertrauen gedeihn.
Warst Soldat, um zu sterben, nicht um jung zu sein.
Vielleicht dachtest du dir, ich falle schon bald,
nehme mir mein Vergnügen, wie es kommt, mit Gewalt.
Dazu warst du entschlossen, hast dich aber dann
vor dir selber geschämt und es doch nie getan.

Ja, auch dich haben sie schon genauso belogen,
so wie sie es mit uns heute immer noch tun.
Und du hast ihnen alles gegeben - deine Kraft, deine Jugend, dein Leben.

Soldat, gingst du gläubig und gern in den Tod?
Oder hast du, verzweifelt, verbittert, verroht,
deinen wirklichen Feind nicht erkannt bis zum Schluß?
Ich hoffe, es traf dich ein sauberer Schuß.
Oder hat ein Geschoß dir die Glieder zerfetzt?
Hast du nach deiner Mutter geschrien bis zuletzt,
bist du auf deinen Beinstümpfen weitergerannt,
und dein Grab, birgt es mehr als ein Bein, eine Hand?

Ja, auch dich haben sie schon genauso belogen,
so wie sie es mit uns heute immer noch tun.
Und du hast ihnen alles gegeben - deine Kraft, deine Jugend, dein Leben.

Es blieb nur das Kreuz als einzige Spur
von deinem Leben, doch hör meinen Schwur,
für den Frieden zu kämpfen und wachsam zu sein.
Fällt die Menschheit noch einmal auf Lügen herein,
dann kann es geschehn, dass bald niemand mehr lebt,
niemand, der die Milliarden von Toten begräbt.
Doch längst finden sich mehr und mehr Menschen bereit,
diesen Krieg zu verhindern, es ist an der Zeit.«

Ich hatte Tränen in den Augen und Klara hielt mit beiden Händen meine ganz fest.

»Denk doch nur an Vietnam mit Millionen Toten und über fünfzigtausend junge Soldaten aus den USA verloren ihr Leben und das in der heutigen Zeit. In Deutschland gingen nach dem Zweiten Weltkrieg Millionen von Menschen auf die Straße und forderten: Nie wieder Krieg. Man wehrte sich gegen eine Bundeswehr und die Bewegung nannte man die »Ohne mich-Bewegung«, woraus sich die Ostermärsche entwickelten. In dieser Tradition gegen den Militarismus stehst du mit dem ADS. Da kannst du stolz sein und du hast schon enormen Mut bewiesen. Das kann noch eine große Bewegung werden. Abrüstung müsste auf der Tagesordnung stehen und eine ehrliche Auseinandersetzung mit dem Ostblock und nicht wie die Amerikaner, die Sowjetunion kaputtrüsten zu wollen. Das soll als Vortrag genügen. Du brauchst kein schlechtes Gewissen oder Gefühl zu haben. Du bist auf der richtigen Seite!«

Sie stand auf und zog noch zwei Flaschen Bier aus dem Kühlschrank. Meine Sprachlosigkeit löste sich bald. Die Rote-Punkt-Aktion wurde noch kurz abgehandelt und mir fielen die Augen zu. Müde und erschöpft ließ ich mich aufs Bett fallen. Ich spürte noch ihren Körperduft und griff in ihre langen, dichten, dicken Haare und schlief ein.

Kapitel 54

Es war Sonntagabend. In Sichtweite des Bahnhofs war ein kleiner Parkplatz, auf dem wir uns treffen wollten. Ich hatte meinen zerbeulten R4 gerade abgestellt, da fuhr auch schon der bemalte VW-Bulli auf den Platz, am Steuer Klara. Ich war ausgestiegen und sie verließ den Bulli und wir umarmten uns.

»Wir sind noch sehr früh,« meinte sie.

»Sollen wir noch einen Bummel durch die Innenstadt machen? Ich hätte Lust auf ein Eis. Das Wetter ist ja fantastisch.«

»Das spendiere ich gerne, Klara. Lass uns die roten Punkte aber erst anbringen, wenn wir losfahren, nicht dass die Taxifahrer auf dumme Gedanken kommen. Ich bin ja mal gespannt, wie viele Kameraden mitmachen. Ich habe den offenen Brief an die Bundeswehr und die Stadt Rheine vorbereitet und eine Menge Kopien im Auto, aber gut versteckt. Man kann ja nie wissen.«

Also schlenderten wir bis zur Emsbrücke und setzen uns in ein italienisches Eiscafé mit Blick auf den Fluss. Die Sonne verfärbte sich ins Orange und die Ems verwandelte sich in eine optische heiße Glut. Ich drückte ihre Hand: Sie beugte sich zu mir hinüber und gab mir einen Kuss auf den Mund. Glücksgefühle, wie ich sie lange nicht mehr gehabt habe, durchströmten meine Körper. Ich wollte mich nicht verlieben, aber jetzt war es zu spät. Ich ergab mich der Situation und war glücklich.

»Nach der Aktion kommst du zu mir, das ist ein Befehl, Herr Gefreiter!«

Ich hätte fast salutiert, so ernsthaft hat sie gesprochen und wir beide mussten laut lachen, dass sich die Nachbarn zu uns umdrehten. Der Abend verging schnell und es wurde schlagartig dunkel. Im Bulli warteten wir der kommenden Ereignisse. Die ersten Soldaten trudelten mit ihren armseligen Autos ein. Wir verteilten die roten Punkte und die offenen Briefe. Um kurz vor zwanzig Uhr, der letzte Bus zur Kaserne hatte schon den Motor gezündet und fuhr ohne einen Soldaten zur Kaserne.

»Schau mal Theo, das ist der letzte Bus, der noch fährt und kein Soldat ist da drin!«

»Die kommen ja auch alle viel später.«

So war es auch. Es hatten sich mittlerweile zehn freiwillige Fahrer eingestellt und die ersten Soldaten kamen um halb zehn aus dem Bahnhof, bepackt mit dem berüchtigten grünen Seesack und sie schauten sich hilflos auf dem Vorplatz um. Bevor sie zu den Taxis gehen konnten waren wir schon da. Hoch erfreut, zehn Mark zu sparen, kletterten sie in unsere Wagen, nachdem Sie die schweren Seesäcke in dem Bulli untergebracht hatten. Im Konvoi fuhren wir dann mit acht Autos die Jungs zur Kaserne. Schneller als die Polizei erlaubt, rasten wir wieder zurück zum Bahnhof. Uns kamen schon die nächsten Kameraden mit dem roten Punkt an den Windschutzscheiben entgegen. Am Bahnhof angekommen, schleppten zwei Kameraden einen großen Pappkarton in Richtung Bulli.

»Was habt ihr denn da mitgebracht?« fragte ich unverblümt.

»Mann, auf welchem Planeten lebst du eigentlich? Die Fußball WM fängt bald an, das Ereignis des Jahrhunderts!«»Ja dann mal vorsichtig, Klara fährt euch zur Kaserne. Wenn´s losgeht, komme ich mal gucken!«

Damit waren sie einverstanden und freuten sich schon jetzt auf die Spiele. Im Wagen schrien sie:

»Deutschland wird zuhause Weltmeister!«

Und neben mir trällerte mir ein Soldat ins Ohr:

»Im Endspiel gegen Brasilien!«

Die letzte Tour machten Klara und ich gemeinsam im Bulli um zwei Uhr, als der letzte Zug abgefahren war und nur noch vier Kameraden zur Kaserne mussten. Die Taxifahrer verhielten sich auffällig zurückhaltend. Klara hatte meine Gedanken erraten und sagte:

»Da hat bestimmt die Zentrale entsprechende Anweisungen gegeben.«

»Das nehme ich auch an.«

Die Aktion war ein riesen Erfolg. Wir widerholten Sie am kommenden Wochenende und dann trafen wir uns wieder am übernächsten Donnerstag im HOT. Es wurde heiß diskutiert, was man weiterhin unternehmen sollte. Die Tagespresse hatte sogar über unsere Rote-Punkt-Aktion berichtet. Als dann Gong verspätet den Raum betrat, rief er ohne Rücksicht auf den Redner:

»Wisst ihr das Neueste? Letzten Sonntag, nach unserer Aktion hat die Bundeswehr Busse eingesetzt. Das müssen wir feiern!«

»Das ist ein guter Anlass,«meinte Alex.

»Um uns beim Stadtjugendring anzumelden. Jetzt können wir etwas vorweisen und dann wären wir offiziell anerkannt.«

Wir stimmten natürlich zu und beauftragten Pascha, die nötigen Formulare zu besorgen. Er war ja mit der SDAJ im Stadtjugendring vertreten.

Die nächste Hauptversammlung des Stadtjugendrings war in vier Wochen und wir verabredeten uns eine Stunde vor dessen Beginn, um unseren Antrag abzugeben. Wir hatten uns in unserem angestammten Raum eingefunden. Während Alex das Formular ausfüllte und mit einer Begründung rang, hörten wir die vielen Schritte, die die Treppe hochgingen, bis in den zweiten Stock, wo sich die Aula befand. Pascha hatte zugesagt, zum passenden Zeitpunkt den Antrag abzuholen und der Vollversammlung zu übergeben. Die Sitzung hatte längst angefangen und man hörte keifende Stimmen, die ein Durcheinander vermuten ließen.

»Was ist denn da oben los. Das ist vielleicht ein Theater,« meinte Klara.

»Ob die über uns streiten,« fragte sich Leo und blickte in die Runde.

»Und das, obwohl wir gar nicht dabei sind. Da ist irgendetwas im Busch«, stutzte Gong, der sich sonst mit Spekulationen zurückhielt.

»Ich habe Paschas Stimme gehört. Der hat sich ganz schön aufgeregt,« rief Klara. Das kenne ich von ihm. Immer dann, wenn es um Gerechtigkeit geht, dreht er auf. Der kann Ungerechtigkeit auf den Tod nicht haben. Es geht sicher wieder um die SDAJ. Der Stadtjugendring will uns ja unbedingt raus haben,« regte sich Klara auf. Sie wurde wütend und ihre Wangen färbten sich rötlich ein.

»Da stimmt was nicht,« sagte ich.

»Am liebsten würde ich da mal hinaufgehen.«

»Das lässt du schön bleiben.«

Klara hielt mich am Ärmel fest. Sie wusste um meine Tatkraft und dass ich keine Rücksicht auf Spießer nehme, wenn es um etwas geht.

Wir hörten eine Tür knallen und dann mächtige Schritte die Treppe hinunter und dann öffnete sich die Tür. Pascha.

»Was ist passiert?« fragte Klara. Wir saßen wie gebannt auf unseren Stühlen und schauten auf Pascha. Aufgeregt begann er seine kurze Rede:

»Eigentlich konnte keiner wissen, dass ihr einen Aufnahme-Antrag stellen wollt. Aber irgendwelche Knilche aus der rechten Ecke stellten plötzlich den Antrag, die Satzung des Stadtjugendringes zu ergänzen, nämlich dass grundsätzlich keine Soldaten in den Stadtjugendring aufgenommen werden sollten. Das wären keine Jugendlichen und diese Berufsgattung würde nicht zum Stadtjugendring passen. Gleichzeit stellte man den Antrag zur sofortigen Abstimmung, um den allgemeinen Fortgang nicht unnötig in die Länge zu ziehen. Da habe ich aber heftig protestiert!«

»Das haben wir sogar gehört, hier unten,« riefen wir wie aus einem Munde.

»Aber ich hatte keine Chance. Es wurde abgestimmt und das mit kaum Gegenstimmen. So hat man euch taktisch ausgebremst. Das ist typisch bürgerliche Politik. Erst gar nicht irgendwelche Inhalte zulassen und diskutieren, sondern formal alles zu torpedieren.«

»Scheiße, Scheiße, Scheiße,« rief ich und nahm einen Holzstuhl mit beiden Händen hoch, als wollte ich jemanden erschlagen.

»Die sollen mich kennenlernen. Ich gehe da jetzt hoch!«

»Du gehst da nicht hoch, da kannst auch du nichts ändern!«

Ihre Stimme hatte einen schrillen Klang angenommen. Klara hielt mich am Arm fest und Alex sagte:

»Theo, beruhige dich, die können uns nicht aufhalten. Komm, setz dich wieder. So kenne ich dich gar nicht. Dass du einen starken Willen hast und dich auch rücksichtslos durzusetzen weißt, das ist mir jetzt auch klar geworden. Aber das ist nicht unsere feine englische Art. Lass uns doch einfach unseren Erfolg mit dem roten Punkt feiern!«

Natürlich waren alle sofort damit einverstanden und wir zogen gemeinsam wieder zum Piraten.

Kapitel 55

Deutschland gewann sein erstes Spiel gegen Chile. Abends trafen wir uns im HOT und diskutierten. Ein Thema waren natürlich die Machenschaften im Stadtjugendring. Pascha war diesmal auch dabei und hatte ein paar Freunde mitgebracht, die erzählten, dass sie die Muffe verteilt hätten und dass sie von den Soldaten gerne angenommen worden sind. Dann viel der Begriff Fußball und Chile und Pascha unterbrach den Kameraden mitten im Satz:

»Da spielt man Fußball gegen Chile und es wird kein Wort über die Ermordung von Allende, dem demokratisch gewählten Präsidenten, fallengelassen, das ist allein schon ein Skandal. Seit dem 11 September vorigen Jahres herrscht in Chile das Kriegsrecht. Die Zahl der Ermordeten wird auf fünfzehntausend geschätzt. Da die Faschisten sich nicht auf das Volk stützen können, haben sie einen Terrorapparat aufgebaut, mit dem sie die Bevölkerung unterdrücken. Chefberater der neuen chilenischen Geheimpolizei DINA ist der ehemalige SS-Oberst Walter Rauff. Auf sein Konto geht die Vernichtung von neunzigtausend ukrainischen Juden in Kiew in den Jahren 1941 und 1942. Dieser Mordexperte soll jetzt mit den chilenischen Demokraten abrechnen!«

Im Raum war es still geworden. Und Pascha sprach weiter:

»Und zu alldem schweigt unsere schöne Presse, nicht nur das Fernsehen. Demokratische Soldaten haben sich geweigert, ihre Kameraden zu erschießen und wurden in Schauprozessen zum Tode verurteilt. Wir fordern daher die Bundesregierung auf, alle Zuwendungen an die Putschisten zu unterbrechen und die diplomatischen Beziehungen abzubrechen. Ich meine, ihr als Soldaten solltet in der Kaserne eure Kollegen auf die Umstände in Chile hinweisen. Auch das ist Friedensarbeit. Wir dürfen nicht schweigen.«

Pascha sah man seine Aufregung an.

»Ich glaube auch, dass das mit zu unserer Aufgabe gehört, mit den Kameraden darüber zu sprechen. Dann wird man sensibler, was unsere Situation als Soldaten angeht«, meinte Leo und Klara fügte hinzu:

»In Portugal haben im letzten Jahr die Soldaten die Befehle des Diktators verweigert und auch nicht auf ihre Brüder geschossen, da steckten ihnen die Frauen Nelken in die Gewehrrohre. Das war der Beginn der sogenannten Nelkenrevolution. Mittlerweile ist der Diktator Caetano geflohen und mit ihm das Großkapital, im Besonderen die Amerikaner. Noch ist diese unblutige

Revolution voll im Gange Jetzt soll zum ersten Mal demokratisch gewählt werden und alle Parteien sind mindestens nach eigenen Angaben sozialistisch, sogar die rechten. Ihr könntet doch auch in der nächsten Muffe über Portugal und Chile schreiben, wenn unsere bürgerliche Presse alles verschweigt. Ich erinnere mich noch, dass vor nicht langer Zeit Franz-Josef Strauß in Chile war.«

Die Idee wurde aufgriffen und Leo war bereit, über Chile zu recherchieren und einen Artikel zu verfassen:

»Ich möchte mal daran erinnern, dass neunzehnhundertsiebzehn in der Oktoberrevolution auch die Soldaten sich dem Zaren verweigert haben und sich auf die Seiten der Revolutionäre schlug, leider die Bolschewisten um Lenin, die dann ein grausames Regiment führten und die Zarenfamilie komplett hinrichtete. Aber da sieht man, welche Rolle die Armee im Kampf um Demokratie spielt oder spielen kann.«

Gong ergänzte:

»Und wir sollten mal auf die Notstandsgesetzte, diese enorme Veränderung des Grundgesetzes eingehen. Da geht es nämlich um den Einsatz der Bundeswehr im Innern der Republik«.

Dann erhob Alex das Wort:

»Wenn die Fußball - WM vorbei ist und Deutschland in der Vorrunde gescheitert ist, wird es wieder ernst. Am 1. September ist Antikriegstag. Das sollten wir im Auge behalten und mal über Aktionen nachdenken, angesichts Chile und Portugal«.

In diesem Moment beschloss ich, wenn die Bundeswehrzeit vorbei ist, fahre ich, und wenn ich trampe, nach Portugal. Danach diskutierten wir noch bis tief in die Nacht über die verschiedenen Revolutionen und verständigten uns über die Forderungen der französischen Revolution: Gerechtigkeit, Brüderlichkeit, Gleichheit. Es war eine Idealisierung, aber sie hat Spaß gemacht, sich wie ein Geheimbund von zukünftigen Revolutionären zu fühlen. Nach einer kurzen Nacht überschüttete uns der Alltag wieder mit der Realität. Dass es derart dramatisch würde, konnte keiner ahnen. Alles fing damit an, dass die Zeitschrift Soldat `74 bundesweit mit den Forderungen des ADS erscheinen sollte. Alexander brachte den Entwurf mit in die ADS-Sitzung:

»Ich habe da an dich gedacht« begann er und schaute mich direkt an.

»Theo, du riskierst am wenigsten von allen, da du ja bald entlassen wirst. Hier, ich lese das Ganze mal vor.«

Alex hob die Blätter hoch, setzte seine schwarze Nickelbrille auf und las die komplette Soldat `74 vor. Er endete mit den Worten:

»Das sind alles genau unsere Forderung nach mehr Rechten für die Wehrpflichtigen. Bisher haben neunundsechzig Soldaten unterschrieben. Theo, was hältst du davon. Das könntest du doch auch unterschreiben.«

»Und diese Zeitung wird in ganz Deutschland, in allen Kasernen verteilt? Das wird wie eine Bombe einschlagen. Und wenn die mich in den Bau stecken, Alex, ich mache mit«, antwortete ich mutig, aber nicht unüberlegt.

»Dann unterschreib` hier. Ich schicke deine Unterschrift noch heute nach Dortmund in die Redaktion. So, und nun zu Stukenbrock«.

Klara schaute mich stolz an:

»Das finde ich klasse von dir, Theo. Wir werden alle Maßnahmen dann komplett ausschlachten. Denn das wird nicht ohne Reaktion bleiben, das garantiere ich euch«.

Jetzt wurde es mir doch mulmig. Aber es gab kein Zurück mehr.

»Wer fährt am achten September mit nach Stukenbrock, bei Paderborn, zur Gedenkstätte der gefallenen Soldaten aus Polen und Russland?« fragte Alex weiter.

Alle wollten mit und mein R4 hatte drei Gäste aufzunehmen. Pascha fuhr mit dem Bulli und wollte den Rest mitnehmen.

Deutschland wurde Weltmeister und der achte September rückte näher. Wir wollten uns am großen Parkplatz treffen. Als ich ausstieg kam schon Alex auf mich zu und rief:

»Theo, schau mal dahinten, wer da kommt!« Ich drehte mich um, erkannte aber keine bekannten Gesichter. Alex stand nun neben mir, während die anderen drei sich aus meinem R4 quälten:

»Der in der Mitte, der weißhaarige, das ist Max Reimann. Er war der Fraktionsvorsitzende der damaligen Kommunistischen Partei Deutschlands, der KPD, die später verboten wurde. Er war damals der älteste im Bundestag und hat das neue Grundgesetz vorgelesen. Das war ein höchst historischer Augenblick in der Geschichte der jungen Bundesrepublik. Neben ihm läuft Milke, der Außenminister der DDR und rechts von Reimann siehst du den Vorsitzenden der DKP, Herbert Mies. Komm, wir schließen uns ihnen an«.

Die berühmte Herrenriege schritt an uns vorüber und wir alle hinter ihnen her. Schon bald erreichten wir die Soldatengräber, bestückt mit Tausenden kleinen Holzkreuzen. Dieser weite Blick über so viele Toten verschlug mir die Sprache.

Reimann drehte sich zu mir um und signalisierte, dass ich mich neben ihn stellen sollte. Ich war in der Ausgehuniform der Bundeswehr und er musste wohl verstanden haben, welches Risiko ich eingegangen war. Von offiziellen

Vertretern der Bundeswehr war weit und breit keiner zu sehen. Die Sonne des Spätsommers brannte und ich begann, unter der Uniform zu schwitzen. Emotionale Reden wurden gehalten und der vielen Toten gedacht, meist junge Kerle, die ihr Leben in den letzten Tagen des Zweiten Weltkrieges ließen. Ich musste unweigerlich an das Lied denken, das Klara mir vorgespielt hatte. Mein Körper zitterte und ich hatte mit Tränen zu kämpfen. Nach den Reden gingen hunderte Besucher wieder zu ihren Autos. Mit diesen unauslöschlichen Eindrücken fuhren wir schweigend nach Hause. Nach einer halben Stunde überholte uns ein VW-Bulli. Klara winkte zu mir herüber, ich sollte ihr hinterherfahren. Ich hatte alle Mühe, ihr mit meinem alten R4 zu folgen. In Rheine angekommen musste sie an einer Ampel halten, Sie stieg hastig aus und kam zu mir ans Fenster.

»Ich bring die Kollegen noch zur Kaserne, dann treffen wir uns am Marktplatz.«

Ich nickte und hinter uns begann bereits ein Hupkonzert. Wenn ich in diesem Moment geahnt hätte, was auf mich zukommen sollte, hätte ich nicht genickt, sondern wäre geflüchtet. Ich war zuerst am Marktplatz und bereits ausgestiegen. Dann kam auch der Bulli. Ich freute mich, sie war alleine. Hand in Hand schlenderten wir die Fußgängerzone entlang in Richtung Emsbrücke und italienischen Eissalon. Ich wollte sie gerade fragen, welche Sorten sie haben möchte, als ich einen Stoß in den Rücken bekam.

»Nehmen Sie die Hände hoch und hierüber. Er schubste mich zum Straßenrand und ein anderer tastete mich ab, als wenn ich eine Waffe bei mir tragen würde.

»Er ist sauber«, sagte der Mann hinter mir. Er war in der Kluft der Feldjäger und einen halben Kopf größer als ich. Ich hatte überhaupt nicht vor, mich zu wehren oder wegzurennen.

»Nehmt bitte die Utzi runter, ich hau` schon nicht ab, außerdem seid ihr zu zweit. Da habe ich sowieso keine Chance«, sagte ich, um die Sachlage zu entkrampfen.

»Halt den Mund und beweg deinen Arsch«, schnauzte mich der Hintermann an.

»Ok, ok«, wagte ich noch zu sagen.

Ein Soldat vor mir, der andere hinter mir marschierten wir unter den neugierigen Blicken der Passanten zum Marktplatz, wo ein Bundeswehr-Jeep stand. Ich spürte, dass Klara uns aus gesicherter Entfernung verfolgte. Wir verließen die Stadt und fuhren in Richtung Gellenbeck, der zweiten Kaserne von Rheine.

»Was habe ich denn eigentlich verbrochen«, wagte ich zu fragen.

»Genaues weiß ich nicht«, antwortete der Fahrer. Er war einige Jahre älter als ich.

»Ich kann nur so viel sagen, dass es hieß, Vorsicht Waffenbesitz und Verunglimpfung der Bundeswehr in der Öffentlichkeit.«

»Nur weil ich in Uniform auf dem Soldatenfriedhof der Polen und Russen war, die wir überfallen hatten?« entrüstete ich mich.

»Da kann und will ich nichts zu sagen, aber es war ja wohl verboten. So und jetzt Ruhe, wir sind gleich da.«

Schweigend passierten wir das Tor der Wache Rheine-Gellenbeck, in der Leo stationiert war. Der Wagen hielt direkt vor der Wache. Zwei weitere Soldaten kamen heraus und man begleitete mich zu viert zur Wachstube. Die Sonne stand schon schräg und erschien mir über dem Wachhäuschen wie der Stern von Bethlehem. Sie blendete mich so stark, dass ich beim Betreten der Wache völlig im Dunkeln stand. Wie einen Blinden führte man mich den schmalen Gang entlang. Am Ende wurde eine Tür geöffnet und man schob mich in eine Zelle.

»Hier können Sie es sich gemütlich machen«, meinte der jüngere Feldjäger.

»So viel Komfort bin ich gar nicht gewohnt«, antwortete ich und während er die Tür von außen verriegelte, hörte ich ihn noch sagen:

»Dem wird der Humor noch vergehen«.

Nun war ich allein. Ich setzte mich an den Schreibtisch und starrte gegen die hellgrüne Wand. Ich saß zum ersten Mal in einem Gefängnis. Mein Körper war eingeschlossen, aber mein Geist war frei. Dieser Gedanke sorgte für eine innere Gelassenheit. Ich sagte mir, dass mir nicht mehr passieren kann als hier eingesperrt zu sein. Man wird mich nicht schlagen oder verprügeln oder sonst irgendwie quälen und irgendwann wird man mich wieder herauslassen müssen, dessen war ich mir sicher. Diese Zeit war für mich eher ein Abenteuer als eine Bestrafung. Ich musste unweigerlich an Klara denken. Ich hatte sie liebgewonnen mit ihren bis zum Po reichenden welligen vollen Haaren. Wenn ich gewusst hätte, was sie gerade unternahm, hätte ich vor Freude geweint. Sie hatte all ihre Freunde zusammengetrommelt und einen Plan ausgeheckt. Plötzlich knarrte die Tür, ich hörte, wie sich der Schlüssel im Metallschloss drehte und die Tür sich langsam öffnete. Ich musste am Tisch eingeschlafen sein, denn es war dunkel und das Licht ging an.

»Das hat eine junge Dame für Sie abgegeben. Ich hole Ihnen gleich noch eine Vase«.

Er trug einen üppigen bunten Blumenstrauß vor sich her und legte ihn auf den Tisch. Die Tür stand sperrangel geöffnet und ein frischer Luftstrom drang in die Zelle. Gemischt mit dem süßen Duft der Blumen atmete ich tief ein.

»Danke«, gab ich zurück. »Das kann nur Klara gewesen sein«.

Der Wachsoldat verließ die Zelle, wobei er die Tür offen stehen ließ und kam mit einer grauen, abgewetzten, bauchigen Vase wieder und stellte sie auf meinen Schreibtisch.

»Nächstes Mal schließen Sie hinter sich aber die Tür, sonst kriegen Sie noch mal Schwierigkeiten«.

Mit hochrotem Kopf verließ er wieder mein Appartement und ich erkannte, dass er Schütze war und erst seit kurzem bei der Bundeswehr sein konnte. So viele Gefangene gab es nun mal nicht bei der Armee. Und ich war der einzige Gefangene in der Wache. Die Tür ging schon wieder auf und der junge Rekrut trug nun ein Gewehr, eineG3, vor sich her.

»Essenszeit, kommen Sie mit, wir bringen Sie in die Kantine«.

Er wartete, bis ich vor ihm durch die Tür gegangen war. Vorne im Aufenthaltsraum wartete schon der zweite Soldat, der, auch mit einem G3 bewaffnet war, vor mir her ging, während der hintere mir den Gewehrlauf in den Rücken schob. So verließen wir die Wache und marschierten zum nächsten Gebäude, in dem sich die Kantine befand. Die anwesenden Soldaten glotzten mich an, als wenn ich ein Schwerverbrecher wäre. Mir war das egal, denn ich genoss die Abwechslung. Frühstück, Mittagessen und Abendbrot waren angenehme Unterbrechungen. Von Tag zu Tag standen immer mehr Blumensträuße im großen Wachtraum. Nach einer Woche war es ein Bild für die Götter. Die Wache war mit Blumen übervoll und man hatte mittlerweile ein Blumenmeer vor der Wache aufgebaut. Ein Blumenladen wäre vor Neid geplatzt. So etwas hatte es in der Kaserne bisher nicht gegeben. Und dann kam der Tag, an dem die Wache personell verstärkt wurde. Wir kamen wieder zu dritt vom Mittagessen zurück, da hörte man schon von weitem die Sprechchöre: »Freiheit für den Gefreiten Schreiber«! Und dann sah ich sie, die Menschenmenge und ganz vorne stand sie, Klara, und winkte mit beiden Armen, als wenn sie um Hilfe rufen würde. Als mich die Menge erblickte, rückte sie bis zum Stahltür vor und einige rüttelten an den Gitterstäben und riefen:

»Freiheit für den Gefreiten Schreiber!«

Das konnten die Wachsoldaten gar nicht gut haben, rannten mit dem Gewehr im Anschlag zum Tor und riefen im Befehlston:

»Weg vom Tor! Verschwindet vom Bundeswehrgelände! Sonst passiert was«!

Es waren sicherlich über fünfzig Leute, überschlug ich im Kopf, während ich mit meinen Bewachern an der langen Reihe der Blumen entlang in der Wachstube verschwand. Die Sprechchöre hallten noch in meinen Ohren nach, als hinter mir die Tür verriegelt wurde. Ich hatte mich gerade an meinen leeren Holztisch gesetzt, da hörte ich wieder das metallische Knarren des Schlüssels.

»Sie haben Besuch«, schallte es von außen. Ich traute meinen Augen nicht: Cora, die Freundin von Alex trat ein. Sie trug eine graue Weste und darunter einen faltigen grauen Minirock, der ihre schlanken Beine sehr vorteilhaft in Szene setzte. Sie nahm ohne Kommentar auf dem Holzbett Platz:

»Du siehst gut aus, das Einzelzimmer scheint dir zu bekommen. Ich soll dich von allen grüßen und besonders von Alex. Er hat dir einen Anwalt besorgt. Der hat schon zum Truppendienstgericht geschrieben«.

»Und du hast dich ja echt chic gemacht. Alles nur für mich. Was gibt es Neues in der Welt?« fragte ich ehrlich interessiert.

»Du bist nicht der einzige, den man in eine Arrestzelle geschickt hat. Man hat alle siebzig Unterzeichner von Soldat ´74 am selben Tag inhaftiert. Die müssen ganz schon Angst vor euch haben, denn das war eine bundesweite Aktion. Also ihr habt was bewegt und bei uns: Wir haben über dreihundert Unterschriften mit einem Protestbrief an den Oberstleutnant gesammelt und ihm bereits überreicht. Bis jetzt hat er nicht reagiert. Wir hatten ihn aufgefordert, deine Bestrafung von vierzehn Tage Bau zurück zu nehmen. Hier«.

Sie zog ein engbeschriebenes Blatt aus ihrer Umhängetasche.

»Alex hat in deinem Sinne einen offenen Brief an den Verteidigungsminister geschrieben. Du kannst alles ändern und wenn du einverstanden bist, solltest du ihn unterschreiben. Dann verteilen wir ihn mit der Muffe an der Kaserne und schicken ihn an den Minister«.

Ich begann, ihn laut zu lesen:

»Offener Brief an Verteidigungsminister Georg Leber. Ich bin einer der Unterzeichner der Studie »Soldat 74« Soldat für den Frieden – mehr Rechte für Soldaten, die in Bonn der Presse vorgestellt wurde. Ich habe diese Studie mit siebzig Wehrpflichtigen aus dem ganzen Bundesgebiet unterzeichnet, weil ich es für meine Pflicht halte, auf Missstände und gefährliche Entwicklungen beim Bund, die ich am eigenen Leib erfahren habe, aufmerksam zu machen. Am Tage nach der Veröffentlichung verbot Generalinspekteur Zimmermann die Verbreitung von »Soldat 74« in den Kasernen und befahl, die Unterzeichner zu bestrafen. Am 28.5.1974 bin ich von Oberstleutnant Kartsch für die Unterzeichnung der Studie mit vierzehn Tagen Arrest bestraft worden. Ich soll vierzehn Tage in den Bau, weil ich mehr Wehrsold für Wehrpflichtige und wirksame Mitbestimmung für Vertrauensleute gefordert habe. Herr Minister Leber, als Vertrauensmann habe ich selbst immer wieder erfahren müssen, wie gering die Rechte des Vertrauensmannes sind, wie sehr diese geringen Rechte verhindern, dass der Vertrauensmann sich wirklich wirksam für seine Kameraden einsetzen kann. Ich soll vierzehn Tage in den Bau, weil ich vor reaktionären Kräften innerhalb der Bundeswehrführung gewarnt habe. Herr Minister, es finden Notstandsübungen statt, wie während der Übung Römerkastell in Hessen, wo Soldaten den Einsatz gegen streikende Henschelarbeiter proben mussten, oder wie in Dörverden Generäle und Stabsoffiziere sympathisieren offen mit den Putschgenerälen in Chile. Brigadegeneral Beermann hält den faschistischen Putsch für berechtigt und ein Oberstleutnant, der als Taktiklehrer an der Heeresoffiziersschule in Hamburg lehrt, erklärte auf die Frage, ob er einen Putsch in der Bundesrepublik für möglich halte: »Ja, darüber wird im Casino durchaus diskutiert. Dieser Fall ist gegeben, wenn eine linke Regierung über bestimmte Verstaatlichungsmaßnahmen hinaus die Grundsubstanz der verfassungsmässigen Ordnung die Art. 1-19 Grundgesetz antasten würde. Und dies ist schließlich eine Frage der Interpretation«. Oberstleutnant Witt, Mitglied des Landesvorstands der NPD in Schleswig-Holstein, verteilt Hetzschriften gegen die Entspannungspolitik. Und bei alledem soll ich schweigen? Wenn die Bundestagsabgeordneten Horn und Hansen, die zugleich Mitglieder des Verteidigungsausschusses des Bundestages sind, eine Pressekonferenz einberufen, um auf die Gefahr eines Verfassungsbruchs durch Generäle hinzuweisen, dann wollen Sie mir verbieten, auch vor dieser Gefahr zu warnen? Herr Minister, ich lasse mir meine politischen Ansichten nicht verbieten! Gerade als Staatsbürger in Uniform bin ich nach § 8 des Soldatengesetzes verpflichtet, für Frieden und Demokratie einzutreten. Sie sind kürzlich mit einem Weißbuch an die Öffentlichkeit getreten, in dem Sie unterschwellig wieder die Gefahr aus dem Osten an die Wand malen. Sie fordern weitere Aufrüstung. Dabei ist es durch wissenschaftliche Forschungsinstitute erwiesen, dass die sozialistischen Staaten dem Westen militärisch nicht überlegen sind. Dabei haben die sozialistischen Staaten während der letzten Jahre immer wieder ihre Entspannungsbereitschaft unter Beweis gestellt. Es ist Zeit für eine konsequente Abrüstung. Die Unsummen, die jährlich in die Rüstung gesteckt werden, fehlen in der Bundesrepublik an allen Ecken und Enden: Im Bildungswesen, im Verkehrswesen, im Gesundheitswesen. Herr Minister, wollen Sie mir verbieten, dass ich Ihren Behauptungen im Weißbuch widerspreche? Wollen Sie jeden Wehrpflichtigen, der nicht Ihrer

Meinung ist, bestrafen? Ist das Ihre Art, sich mit Andersdenkenden auseinander zu setzen? Dabei sagen Sie im Weißbuch doch selbst, die Bundeswehr müsse sich der öffentlichen Diskussion stellen. Dabei sagen Sie in Ihrem Tagesbefehl zum fünfundzwanzigsten Jahrestag des Grundgesetzes doch selbst, dass der Soldat verpflichtet sei, wachsam zu bleiben, damit Frieden und Freiheit auch künftig erhalten bleiben. Herr Minister, Sie täuschen sich, wenn Sie meinen, durch Bestrafung verhindern zu können, dass die Wehrpflichtigen über »Soldat 74« diskutieren. Nehmen Sie den Befehl des Generalinspekteurs zurück! Ordnen Sie die sofortige Aufhebung aller Bestrafungen der Unterzeichner von »Soldat 74« an! Nehmen Sie meine vierzehn Tage Arrest zurück!

Gefreiter Theo Schreiber und die Adresse. Ok, dem ist nichts hinzu zu fügen. Das unterschreibe ich natürlich. Bestell Alex meine Grüße. Das hat er super geschrieben«.

»Dann werde ich alles veranlassen«, antwortete sie förmlich.

Sie wirkte stolz und sie freute sich, dass ich zufrieden war mit dem, was ihr Freund geschrieben hatte.

»Natürlich halte ich dich auf dem Laufenden. Die neue Muffe ist schon in Arbeit. Da kommt der offene Brief rein. An den Minister geht er heute noch in die Post. Übrigens, man kann das Blumenmeer von der Straße aus sehen. Immer wieder halten Autos an und manche Fahrer steigen sogar aus und fragen die Wache. Du bist schon richtig bekannt«.

Sie erhob sich, um zu gehen und ich rief:

»Wache, aufmachen«!

Ich hörte Schritte von Stiefeln und dann den Schlüssel im Schloss knarren. Caro zwinkerte mit beiden Augen und verließ meine Zelle. Ich war wieder allein, saß an dem leeren Holztisch und starrte an die hellgrüne Wand. Einsame Stille füllte den Raum. Eine Woche war vergangen und ich musste an die Gespräche mit dem Oberstleutnant denken.

»Ich werde dafür sorgen, dass Sie nicht studieren können«, hatte er einmal gesagt.

In zehn Tagen wäre meine Wehrpflichtzeit zu Ende und das Studium würde beginnen. Ich freute mich und gleichzeitig spürte ich eine Unruhe. In diesem Zustand wurde mir mein Eingesperrt sein bewusst. Soweit kann der Arm der Armee nicht gehen. Der Oberstleutnant wollte mich nur einschüchtern, sagte ich mir in Gedanken und beruhigte mich wieder. Zum ersten Mal nahm ich die Zelle so richtig wahr. Mein Gefühl wurde ernst. Aber zum Weinen reichte es nicht. Die paar Tage werden mich nicht bezwingen. Meine Überzeugung blieb ohne Abstriche. Man versucht, mir das Rückgrat zu brechen. Das schafft keiner, auch kein Knast. Dafür waren meine Erfahrungen noch zu lebhaft in meiner Erinnerung. Ich stellte eher die Demokratie in Frage. Im Rückblick stellte ich fest, dass ich ernster geworden war. Die vielen Gespräche mit hochrangigen Offizieren hatten schleichend meine jugendliche Naivität verdrängt, aber auf der anderen Seite mein Selbstbewusstsein gestärkt. Die Bunderwehr hatte bei mir das Gegenteil erreicht. Ich fühlte mich erwachsener und gelangte mit starrem Blick auf die leere Wand zu der Überzeugung, dass man mir nichts mehr vormachen kann. Ich hatte plötzlich das Bedürfnis, alles aufschreiben zu wollen und rief die Wache. Man brachte mir einen Block mit unliniertem Papier und einen Bleistift. Anstatt zu schreiben, begann ich zu zeichnen. Es entstand eine Wand aus Ziegelsteinen, die in der Mitte des Bilder auseinanderbrachen und ein Gesicht offenbarte, das mit der Nase voran die Mauer durchbohrte. Die Zelle hinderte mich nicht daran, so zu denken, wie ich es wollte. Ich werde studieren und man kriegt mich nicht klein.

Kapitel 56

Dumpfe Stiefelschritte näherten sich der Zellentür. Der Stahlschlüssel kratzte im Schloss der Stahltür.

»Gefreiter Schreiber, Sie haben Besuch. Herr General ...«, er stockte, aber der Name kam nicht heraus.

»Aus Münster«. Die Tür öffnete sich und ich stand auf. Im ersten Moment wollte ich automatisch militärisch grüßen, ließ aber meine rechte Hand unten. Im Türrahmen stand tatsächlich ein General. Ich erkannte sofort sein Lametta, seine goldenen Sterne auf den Epauletten und seine goldene Kordel über den eingefallenen Brustkorb. Sein Gesicht war zerfurcht, seine grauen Augen wirkten klein und unsicher. Aber ich kannte ihn nicht.

»Ich wollte nur mal sehen ...«.

Weiter kam er nicht, denn ich fiel ihm ins Wort. Eigentlich wollte ich sagen: Ich bin doch hier kein Affe im Zoo, aber ich schrie zu meiner eigenen Überraschung:

»Verschwinden Sie! Machen Sie, dass Sie hier rauskommen!«

Als wenn der Luftschwall meines Schreis den General nach hinten gedrückt hätte, stolperte er völlig überrascht zurück, drehte sich und verschwand wie ein Phantom aus der Tür und aus meinem Blickfeld. Die Tür schloss sich knarrend wie von Geisterhand und fiel ins Schloss. Im Schloss knarrte es metallisch. Die Tür war verschlossen und ich wieder allein. Ich atmete tief durch und fühlte mich erleichtert. Was habe ich da gemacht? Korrekt war es ganz sicher nicht, aber ich würde es wieder machen. Für wen halten die mich eigentlich? Ich hatte einen Wutanfall. In einer normalen Situation hätte ich mich gerne mit ihm unterhalten. Aber so, wie man mich hier behandelt, braucht man sich nicht zu wundern, dass meine Nerven blank liegen. Die Wachsoldaten hatten natürlich mit gespitzten Ohren alles mitbekommen. Mir wurde bewusst, dass dieser Vorfall in der Kaserne die Runde machen und mit Sicherheit auch bis zum Kommandeur gelangen wird. Sei´s drum. Was soll mir noch großes passieren, beruhigte ich mein Gewissen. Aber in diesem Punkte lag ich völlig falsch, was ich bald erfahren sollte. Drei Tage nach diesem besagten Vorfall bekam ich Besuch. Mein Spieß stand plötzlich im Türrahmen und streckte mir sogar die Hand zum Gruße entgegen, völlig unmilitärisch.

»Herr Schreiber, ich muss Ihnen leider zwei unangenehme Nachrichten überbringen.«

Sein Ton war freundlich, fast mitfühlend. Ich bot ihm meinen Holzstuhl an und setzte mich auf die Bettkante und sagte:

»Na dann schießen Sie mal los. Ich werde es schon verkraften.«

»Man hat Sie als Vertrauensmann abgesetzt.«

»Sie meinen mit »man« sicherlich den Oberstleutnant?«

Er nickte. Sein Gesicht färbte sich leicht ins Rötliche. Ich wusste, dass er mich mochte und spürte, dass es ihm unangenehm war, es mir mitzuteilen.

»Ihr offener Brief an den Verteidigungsminister«.

»Was ist mit dem Brief?« fragte ich stirnrunzelnd.

»Ihre vierzehn Tage sind zwar übermorgen abgelaufen.«

Er stockte.

»Aber?«, half ich ihm weiter.

»Also der Oberstleutnant hat Sie wegen dieses Briefes zu weiteren drei Wochen Arrest verurteilt. Das Truppendienstgericht hat dem entsprochen und ein entsprechendes Urteil ausgesprochen«.

»Ohne mich anzuhören?« entrüstete ich mich.

»Davon ist auszugehen. Das tut mir leid. Ich hatte nur den Befehl, Ihnen das mitzuteilen. Das habe ich jetzt hiermit getan«.

Nun war es raus und er fühlte sich erleichtert.

»Sie können ja nichts dafür. Aber ich danke Ihnen«.

Während er sich von der Bettkante erhob, fragte er höflich:

»Kann ich noch etwas für Sie tun?«

»Nein, danke, mir fehlt es hier an nichts. Vielen Dank noch mal. Ich muss jetzt erst einmal nachdenken. Aber Sie tun mir leid. Sie haben noch viele Jahre bis zur Rente, bis Sie hier rauskommen. Ich bin in spätestens drei Wochen von hier verschwunden«.

Er seufzte und schien seine Verpflichtung zum Berufssoldat offensichtlich zu bereuen. Ich rief die Wache und die Tür wurde unmittelbar geöffnet. Der Spieß schmunzelte. Der Wachsoldat hatte gelauscht.

»Herr Feldwebel, machen Sie´s gut, falls wir uns nicht mehr sehen sollten«.

Automatisch grüßte er militärisch, seine Hand noch an der Stirn verließ er die Zelle. Ich war auf der harten Bank sitzen geblieben und war wie gelähmt. Tränen quälten sich aus meinen Augen und die ersten Tropfen kullerten langsam über meine Wangen und hinterließen wie kleine Schnecken einen feuchten Streifen. Noch weitere drei Wochen, dieser Gedanke durchflackerte ungebremst mein Gehirn. Ich stand auf und schrie:

»Nein!«

Die Wände schienen zu zittern.

»Ist was passiert?« schallte es erschrocken vom   Vorraum der Wache herüber.

»Nein, alles ist gut«, antwortete ich viel leiser und wischte mir mit den Händen die Tränen aus dem Gesicht. Dann setzte ich mich wieder an den Tisch und starrte an die hellgrüne Wand. Eine Fliege hatte sich vor meinen Augen an der Wand niedergelassen und putzte sich mit den Vorderpfoten wie ein Hund die Schnauze. In der Wand gegenüber der Tür befand sich ein sehr kleines Fenster, das auf Kipp stand und außen mit drei vertikalen Stahlstangen verziert war. Erst jetzt drang dieses Gefängnisfenster in mein Bewusstsein. Ich starrte das Fenster an. Ich sah nun zum ersten Mal bewusst den blauen Himmel. Er provozierte meine Sehnsucht. Das Gefühl des Eingesperrtseins erreichte eine unbekannte neue Dimension. Musste es wirklich so weit kommen? fragte ich mich. Ich werde mit Arrest bestraft, aber wofür eigentlich? Alles, was ich in der Bundeswehr getan habe, habe ich mit Überzeugung getan. Die Widersprüche lagen nicht bei mir. Mit dem Rüstungshaushalt hat man uns betrogen. Die vielen versteckten Posten, die Verdrehung der Vergleiche der Rüstungsausgaben von Ost und West, die Behandlung der Soldaten, wie unmündige kleine Kinder, egal, was ich gedanklich mir vor Augen führte, es gab keinen vernünftigen Grund, mich hier einzusperren, nur, weil man die Macht dazu hatte. Die Staatsgewalt hat etwas mit Gewalt zu tun. Die habe ich nun ausgiebig kennengelernt. Eine zweite Fliege krabbelte freiwillig durch den Spalt des Kippfensters in die Zelle. Die andere Fliege flog hinzu und zeigte ihr die neue Umgebung.

Kapitel 57

Dreimal am Tag wurde ich unter Waffen zum Essen geführt. Das waren sehr angenehme Abwechslungen. Leider durfte ich dabei mit niemandem sprechen und ich versuchte es auch nicht mehr. Man führte mich immer an einen separaten Tisch. Auch damit habe ich mich abgefunden und das Geglotze der Kameraden war auch bald vorbei. Am meisten genoss ich den Weg direkt vor der Wache. Da ging es dann immer quer durch das Blumenmeer bis zur Zellentür. Nach jedem Essen legte ich mich aufs Bett und ließ meinen Gedanken freien Lauf. Meine Augen folgten häufig den Fliegen, die ungejagt sich bei mir wohl fühlten, ab und zu auf meinen Händen landete und irgendwie etwas zu futtern fanden. Dann flogen sie wieder wir Starfighter, aber ohne zusammen zu stoßen. Sie vermittelten eher Freude und schienen den leeren Raum zu genießen. Ich nannte sie Karl und Luise, die etwas kleiner war. Die Nachricht über den Spieß war bereits vor drei Tagen, ich genoss meinen Mittagsschlaf, als plötzlich ein Wachsoldat rief:

»Schreiber, aufwachen, Sie kriegen Besuch«. Gleichzeitig hörte ich den Schlüssel im Schloss. Aufregung durchflutete meinen ganzen Körper, als ich mich voller Erwartung vom Bett erhob. Caro kam durch die Tür. Mich überwältigte eine derartige Freude, dass ich sie umarmte und drückte. Sie war völlig verblüfft, ließ es aber über sich ergehen.

»Das ist ja eine Begrüßung, Theo. Komm wir setzen uns auf Bett.«

Wir setzten uns nebeneinander und ich fragte sichtbar aufgeregt:

»Was gibt's Neues, ich habe dir auch einiges zu erzählen. Fang du an!«

»Du bist ja ganz aufgekratzt, aber alles der Reihe nach.«

Sie holte ein mit Schreibmaschine beschriebenes Din a vier Blatt und übergab es mir mit den Worten:

»Das ist das Schreiben vom Rechtsanwalt. Er beschwert sich beim Truppendienstgericht, dass man ihn nicht zur Verhandlung geladen hatte.«

»Dann kann er gleich den nächsten hinterherschicken.«

»Was?« fragte sie und ihre Augen wurden immer größer.

»Was ist denn passiert«

»Ach« antwortete ich lapidar und tat so cool wie möglich.

»Man hat mir noch einen Nachschlag von weiteren drei Wochen Arrest verpasst, sonst nichts.«

»Sonst nichts. Dass dich das nicht umhaut. Das ist schon bemerkens-wert. Dabei war unsere Veranstaltung ein Riesenerfolg, auch wenn sich keiner von der Bundeswehrführung hat blicken lassen. Es wurde heiß diskutiert und wenn wir das an diesem Abend erfahren hätten, das hätte vielleicht sogar einen Aufstand provoziert, so aufgeladen waren die knapp dreihundert Gäste. Wie war denn die Begründung? Doch wohl nicht wegen des offenen Briefes an den Verteidigungsminister?«

»Doch, das war der Grund«, antwortete ich trocken. Caro schüttelte den Kopf und meinte:

»Du bist drauf, dass dich das nicht umhaut, so etwas habe ich noch nie erlebt.«

»Mein Spieß persönlich hat mir die Nachricht überbracht. Aber das war nicht der einzige Besuch. Weißt du, wer noch hier war, um mich wie ein Affe im Zoo zu sehen? Du glaubst es nicht. Ein General aus Münster stand plötzlich in der Tür.«

»Oh Gott, was hat er gesagt?«

Caro konnte ihre Aufregung nicht verbergen. Ihre Hände formten sich zu Fäusten und Röte kroch ihr über die Wangen.

»Nichts.«

»Nichts?«

»Nichts, er konnte nichts sagen, denn ich habe ihn lauthals rausgeschmis-sen. Er stolperte rückwärts und war, ohne ein Wort von sich zu geben, wieder verschwunden.«

»Das glaube ich jetzt nicht. Das ist doch nicht wahr. Aber dir ist das zuzu-trauen.«

Ihre Stimme überschlug sich fast.

»Doch, so war das, so wahr ich hier sitze. Du kannst ja mal die Wache vorne fragen.«

»Doch, jetzt glaube ich dir. Wenn ich das Alex erzähle, der flippt völlig aus. Hast du keine Angst, dass das noch ein Nachspiel haben könnte?«

»Du meinst, noch mal so drei Wochen Nachschlag. Nein das glaube ich nicht. Der wird diese Peinlichkeit schön für sich behalten. Außerdem gibt es keine Verordnung oder Gesetz im Bundeswehrrecht, das verbietet, einen General aus der Zelle zu verscheuchen«.

Dabei musste ich selbst lachen und Caro stimmte mit ein, sie konnte so herzlich lachen, dass ich mit ihr mitlachen musste.

»Du bist mir aber auch einer, oh Gott, oh Gott« seufzte sie und ein Wachmann rief:

»Die Sprechzeit ist zu Ende.«

Gleichzeitig schloss er die Zellentür auf und Caro fragte im Hinausgehen:

»Brauchst du noch etwas, Theo?«

»Nein danke«, gab ich vergnügt zurück.

»Mir fehlt es hier an Nichts, nur ein wenig Freiheit, aber die winkt schon durchs Fenster. Grüß mir alle schön und besuch mich mal wieder«.

Die Tür fiel krachend ins Schloss und ich musste innerlich noch lachen. Ich legte mich der Länge nach auf die Matratze und während ich mir vorstellte, in die Uni zu gehen, fiel ich in einen Tiefschlaf, der brutal durch den Schrei:

»Fertigmachen zum Abendessen!« beendet wurde.

Kapitel 58

Bei den wachhabenden Soldaten hatte ich mich vergewissert: Es sind noch drei Tage bis zum Ende meiner Wehrpflichtzeit und die vierzehn Tage Arrest hätte ich damit auch überstanden. Aber dann sollen noch drei Wochen drangehängt werden. Bei diesem Gedanken fühlte ich mich doch sehr unwohl. Der Gedanke daran wurde schmerzhaft. Nicht dass ich körperlich etwas spürte, der Schmerz war eher im Kopf angesiedelt. Von dort ging eine Unruhe aus, die sich wie ein Frieren äußerte, obwohl es sehr warm und manchmal sogar schwül war und ich begann zu frieren. Ich musste mich anders orientieren, meine Gedanken in andere Richtungen bringen, aber wie? Ich versuchte, mich krampfhaft als Student zu fühlen, aber dieser Selbstbetrug wollte nicht so recht gelingen. Ich ergab mich meinem Schicksal. Trotzdem bereute ich meinen Widerstand nicht. Was habe ich denn schon gemacht, dass man mich derart bestraft? Alles war rechtens. Ich habe nur das Soldatengesetz im Sinne der Kameraden ausgelegt und mich für sie ins Zeug gelegt. Hochrangige Offiziere, wie der Oberstleutnant Witt, seines Zeichens NPD-Funktionär, traten in Uniform bei öffentlichen Veranstaltungen auf und wurden nicht betraft. Andere Kameraden zerstörten Bundeswehreigentum und ließen ihrem Frust freien Lauf. Ich setzte mich dagegen für die Rechte der Soldaten ein und gedachte der unzähligen Toten der letzten Kriege. Das hätte der Bundeswehr gut zu Gesicht gestanden und einen positiven Impuls für die Zukunft gegeben. Ich ließ meine letzten fünfzehn Monate noch einmal Revue passieren und empfand eher Stolz als Resignation und je länger ich nachdachte, desto besser fühlte ich mich. Die Kälte wich. Klara kam mir in den Sinn. Wie es ihr wohl geht? Sie hat mich nie besucht. Aber das Blumenmeer von der Straße bis zur Zelle, das hat mich aufgebaut. Ich musste immer schmunzeln, wenn ich daran dachte. Ich lag nun viel häufiger auf dem Bett als dass ich am Tisch saß. Im Liegen verfolgte ich die akrobatischen Flugkünste der Fliegen und erlaubte meinen Gefühlen und Gedanken freien Ausgang. Ich hatte fast verdrängt, dass ich ein einziges Mal meine Eltern besucht hatte. Es war nur ein kurzer Besuch und ich hatte mir danach geschworen, nie wieder hinzugehen. Mein Vater hatte mir direkt ins Gesicht gesagt, dass er als Polizist in der politischen Überwachung tätig war und längst über meine subversiven Handlungen Bescheid wüsste, was seiner Kariere schaden würde. Ich hatte ohne Kommentar umgehend das Haus verlassen und mir geschworen, dort nie wieder aufzulaufen. Es war das endgültige Ende meiner Beziehung zu meinen Eltern. Merkwürdigerweise schlief ich zufrieden ein. Sonnenstrahlen, die den Weg durch das kleine Zellenfenster gefunden hatten, weckten mich viel zu früh. Theoretisch war es der vorletzte Tag meiner Wehpflichtzeit. Nach dem Mittagessen wollte ich mich wider hinlegen, da rief ein Wachsoldat durch die verschlossene Tür:

»Schreiber, Sie haben Besuch« und die Tür wurde geöffnet.

»Caro, das ist ja eine Überraschung. Du hast dein Versprechen tatsächlich wahr gemacht und besuchst mich wieder. Komm setz dich«.

Ich deutete auf den freien Platz neben mir auf dem Holzbett und sie setzte sich auch sofort mit den Worten:

»Ich habe nicht viel Zeit, aber ich soll von allen schöne Grüße bestellen. Alex hat mit dem Anwalt gesprochen. Er wird nochmal an das Truppendienstgericht schreiben und sich beschweren. Leider hat er nichts gefunden, was darauf hindeutet, dass du pünktlich entlassen werden kannst. Es sieht schlecht aus für dich. Aber auf der anderen Seite hat der ADS beschlossen, an jedem Tag nach dem offiziellen Ende der Wehrpflichtzeit vor der Wache zu demonstrieren und richtig Zampano zu veranstalten. Die Kameraden vom ADS haben da sehr kreative Möglichkeiten überlegt. Ich bin hier, um dich zu fragen, ob du etwas dagegen hast. Wenn nicht, würden sie übermorgen anfangen. Ich kann dir versprechen, dass das Wellen schlagen wird.«

»Du kennst mich doch genug, dass ich natürlich dafür sein würde. Dann bin ich mal gespannt.«

Ich dachte, dass es dann auf jeden Fall nicht langweilig wird.

»Gut, das war der eigentliche Anlass. Dann noch das hier.«

Sie zog einen weißen Briefumschlag aus ihrer Handtasche und reichte ihn mir. Ich nahm ihn und sagte ein wenig nervös:

»Da steht kein Absender drauf.«

»Ach ja, er ist von Klara. Ich sollte ihn dir eigentlich erst geben, wenn du frei bist. Aber da ich für drei Wochen zu meinen Eltern nach Bremen fahre, gebe ich ihn dir schon jetzt. Du sollst ihn aber erst öffnen, wenn du entlassen bist. Das musste ich ihr versprechen.«

Es war ihr sichtlich unangenehm und ihre Stimme vibrierte. Ich legte den verschlossenen Brief auf den Tisch.

»Danke, Caro. Falls du sie noch sehen solltest, bestell ihr schöne Grüße von mir, egal, was sie mir schreibt.«

Ich hatte eine böse Ahnung und lenkte vom Thema ab:

»Bist du mit dem Zug gekommen«? fragte ich sie unvermittelt.

»Das hast du aber fein abgelenkt. Aber du hast Recht, ich bin mit dem Zug gefahren und dann mit dem Bus direkt vor die Kaserne. Da hat sich einiges verbessert. Und sonntags nachts fahren jetzt regelmäßig Bundeswehrbusse zum Bahnhof und holen die Soldaten ab. Die Rote-Punkt-Aktion ist immer noch ein großer Erfolg. So und jetzt muss ich gehen, sonst verpasse ich den letzten Bus zum Bahnhof.«

Sie schaute flüchtig auf ihre kleine Armbanduhr, erhob sich und umarmte mich.

»Danke noch mal für alles, grüß Alex von mir. Drei Wochen gehen auch vorbei. Mach dir keine Sorgen, und einen schönen Urlaub bei deinen Eltern«.

Sie musste den Tränen nahe sein, so schnell drehte sie sich von mir weg und stand vor der verschlossenen Zellentür. Ich rief den Wachsoldaten, der auch sofort da war und die Tür aufschloss.

»Tschüß Theo«, und die Tür war zu.

Ich legte mich zwar aufs Bett, konnte aber kein Auge zutun. So lag ich die ganze Nacht, bis es langsam hell wurde und die Vögel den Tag begrüßten. Ich hatte immer an den Brief von Klara denken müssen und als der Tag das mickrige Zellenlicht verschluckte, hatte ich meinen Kampf verloren und öffnete den Brief. Mein Gefühl hatte mich nicht getäuscht:

»Lieber Theo, die Zeit mit dir war wunderschön. Ich habe viel Neues erfahren. Du warst nie aufdringlich, sondern hast mich respektvoll behandelt. Du bist ein großartiger Mensch, von denen es nicht viele gibt. Aber ich sehe, dass du deinen Weg gehen wirst und auch gehen musst. Dabei würde ich dich nur behindern. Du wirst in die Welt der Universität eintauchen und so, wie ich dich kenne, wirst du auch dort den Laden aufmischen. Ob du Sportlehrer, Politiker oder Wissenschaftler wirst, du wirst alles schaffen. Ich drücke dir beide Daumen und sei mir bitte nicht böse. Unsere Wege müssen sich trennen. Das ist für uns beide richtig. Bitte antworte nicht. Ich weiß, was du schreiben würdest. Mach es mir nicht unnötig schwer. Ich komme schon klar. Alles Gute, mein Freund. Klara.«

Tränen hatten ihre Wörter verschmiert. Ich saß auf der Bettkante und versuchte, mich zu beherrschen. Ich war allein, keiner konnte mich sehen. Ich weinte, aber ich verstand sie. Fast genauso mit ähnlichen Worten hatte sich damals auch Susanne von mir verabschiedet. Ich weinte und fühlte mich nach und nach erleichtert. Die folgende Nacht habe ich tief und fest geschlafen und sogar den Tagesanbruch verpasst. Plötzlich öffnete sich die Zellentür. Beide Wachsoldaten standen zwischen den Pfosten.

»Gibt es schon Frühstück?« fragte ich verwirrt.

Beide grinsten und sprachen gleichzeitig:

»Du kannst raus. Du bist entlassen. Wir haben den Befehl, dir mitzuteilen, dass die Wehrpflichtzeit beendet ist und wir sollen dich zu deiner Kompanie begleiten. Du sollst dein G3 und die Bundeswehrklamotten abgeben. Das ist ein Befehl!«

»Leute, das ist der beste Befehl, den ich die ganzen fünfzehn Monate bekommen habe. Dann man los!«

Es folgen Original-Abdrucke von Auszügen der Soldatenzeitung Muffe aus Rheine.

Dieter Grzonka war der Geburtsname vom
Autor Dieter Reinecker

Alle Namen wurde verändert bis auf:

Georg Leber, damaliger Verteidigungsminister
Oberstleutnant Witt, NPD

Allende, ermordeter Präsident von Chile
Pinochet, Faschist und Diktator nach Allende
Caetano, Faschist und Diktator von Portugal
Rauff, ehemaliger SS Offizier
Max Reimann, ehem .KPD-Chef
und ältester Bundestagsabgeordneter 1949
Erich Milke, Minister für Staatsicherheit DDR
1993 wg. Schießbefehl verurteilt
Herbert Mies, ehem. Vorsitzender der DKP

Die Zeitung für Soldaten—von Soldaten !

Extra

DIETER SITZT!

Hans - Dieter Grzonka, 5./17o., Vertrauensmann, sitzt seit dem
16. o7. 1974 im Gellendorfer Knast. Er hatte die am 2o. o4. 74
in Bonn vorgestellte Studie Soldat '74 mit 7o weiteren Wehrpflichtigen unterzeichnet, in der auf Mißstände innerhalb
der Bundeswehr hingewiesen wird und die deshalb mehr Rechte für
Soldaten fordert (Herabsetzung der Wehrdienstzeit, Erhöhung des
Wehrsoldes, freie Wochenenden, freie politische Betätigung sowie
Mitbestimmung in der Kaserne).

Am Tage nach der Veröffentlichung befahl Generalinspekteur Zimmermann die Bestrafung der 7o Unterzeichner.

       DAS IST GESCHEHEN!

Dieter wurde am 28. o5. 74 von seinem Oberstleutnant Bartsch
zu 14 Tage Arrest verurteilt. Trotz Beschwerde gegen diesem
Disziplinarbescheid, welcher aufschiebende Wirkung hat, sitzt
Dieter!

Während Dieters Bestrafung noch ausgesetzt war, ließ er sich
dennoch nicht einschüchtern. Er schrieb einen offenen Brief an
Verteidigungsminister Leber, indem er die Aufhebung der Bestrafungen gegen die Unterzeichner der Studie Soldat '74 forderte.

Aber auch diesmal bewies die Bundeswehrführung ihre "demokratische Gesinnung"!!!

21 T a g e   A r r e s t   f ü r   D i e t e r   G r z o n k a !

Dieters Forderungen sind auch eure Forderungen, deshalb
   solidarisiert euch mit Dieter,
   besucht ihn im Gellendorfer Knast.

Macht mit beim Arbeitskreis demokratischer Soldaten,
denn nur gemeinsam können wir für unsere Rechte kämpfen!

Verantwortlich : H. Flexy. 44 Münster, Grevener Str. 25

204

Zeitung für Soldaten von Soldaten!

ZEITUNG DES ARBEITSKREISES DEMOKRATISCHER SOLDATEN
Rheine

5 Wochen Arrest für demokratischen Wehrpflichtigen?

Was sich während der letzten 2 Monate in der Kaserne Bentlage, im TrspBtl 170 abgespielt hat, sagt mehr über den Geist gewisser Bundeswehroffiziere als all die schönen Sonntagsreden, in denen vom "Staatsbürger in Uniform" oder vom "mündigen jungen Soldaten" geredet wird. Fassen wir zusammen.

Forderungen. Die Konferenz verurteilte sämtliche Schritte der Bundeswehrführung gegen die Verfasser von Soldat 74. Die 11. Bundesjugendkonferenz der Postgewerkschaft verurteilte scharf die Repressalien gegen die demokratischen Wehrpflichtigen. Die Landesjugendkonferenz NRW des DGB und der IV. Bundeskongreß der

Am 20 April dieses Jahres erscheint in Bonn die Wehrpflichtigenstudie "Soldat 74", von 7o Soldaten aus dem gesammten Bundesgebiet unterzeichnet.
Einer der Unterzeichner ist der Gefreite Dieter Grzonka, 5./170, Kaserne Bentlage.
Die Wehrpflichtigen wenden sich in Soldat 74 mit ihren konkreten Problemen an die Öffentlichkeit. Sie weisen auf die unhaltbare soziale Lage der Wehrpflichtigen hin und fordern u.a. mehr Wehrsold und echte Mitbestimmungsrechte für ihre Vertrauensleute.

Breites Echo für Soldat 74

Soldat 74 hat unter den Wehrpflichtigen ein breites Echo gefunden. Hunderte von Wehrpflichtigen schlossen sich bis jetzt mit ihrer Unterschrift den Forderungen ihrer Kameraden an. Die 10. Bundesjugendkonferenz der IG Metall solidarisierte sich mit den Wehrpflichtigen und ihren Sozialistischen Deutschen Arbeiterjugend solidarisierten sich mit den Forderungen der Wehrpflichtigen nach mehr Wehrsold, Mitbestimmung und demokratisch Rechte.

Von Seiten der BuWe-Führung: Druck

Die Reaktion der Bundeswehrführung: Schon am Tage nach der Veröffentlichung der Studie verbot Generalinspekteur Zimmermann die Verbreitung von Soldat 74 in den Kasernen. Er befahl, die daran beteiligten Soldaten zu bestrafen, z. Zt. rollt in der Bundeswehr eine Welle von Verfolgungen demokratischer Wehrpflichtiger. Soldaten, die einzig und allein, das "Vergehen" Begangen haben, die Zustände innerhalb der Bundeswehr öffentlich zur Diskussion zu stellen, werden verhört, mit Geldbußen oder Arrest bestraft oder sogar aus der Bundeswehr entlassen.

DIESE ZEITUNG IST EUER EIGENTUM!
KEIN SPIESS DARF SIE EUCH WEGNEHMEN!

ZEITUNG DES

ARBEITSKREISES **D**EMOKRATISCHER **S**OLDATEN

AKTION

ROTER PUNKT

SONNTAG, den 20.4.75
SONNTAG, den 27.4.75
fährt der ADS ab 20°° Uhr vom Bahnhof - Rheine
zu den **KASERNEN !!!**

An den nächsten beiden Sonntagen wird der ADS mit Privatwagen ab 20 Uhr am Bahnhof stehen und zum Nulltarif die Soldaten zu den Kasernen fahren!

WAS WILL DER ADS?

Der Wehrsold reicht vorne und hinten nicht! Die letzte Erhöhung um 30-DM vor anderthalb Jahren ist ein glatter Hohn! Diese Erhöhung wurde um ein mehrfaches durch die Inflation weggefressen. Da kann man nehmen, was man will, ob Benzin oder Zugtarife, das Leben außerhalb der Kaserne wird immer teurer. Die Kantinenpächter nutzen ihre Monopolstellung trotzdem noch rücksichtsloser aus.

Mehr Rechte für den Vertrauensmann!

...end der Gefreite Grzonka
...e 14 Tage Arrest in Gellendorf
...tzt, wird er auf Antrag des
...andeurs Otl Bartsch vom Trup-
...ienstgericht als Vertrauens-
... abgesetzt
...der 5./170 Bemtlage abge-
...t.

...er Grzonka saß im Arrest,
...er Soldat 74 unterzeichnet
...indem er u.a. mehr Rechte,
...ogar wirksame Mitbestimmung
Vertrauensleute fordert.

jedem Anliegen seiner Kameraden
beim Chef vorstellig geworden.
Täglich kamen Soldaten zu ihm, um
sich bei ihm Rat zu holen. Doch ve
oft mußten sie einsehen, wie ve
wenig Rechte ein Vertrauensmann,
im Grunde jeder Soldat hat.
Dieter genießt auch jetzt noch
das Vertrauen seiner Kompanie.

Wie dringend nötig es ist, diese
Rechte für die Vertrauensleute
durchzusetzen, hat Dieter in
seiner Kompanie bewiesen. Denn
er hat sich für die wirklichen
Interessen seiner Kameraden eingesetzt. Nicht ohne Grund war er
im Februar solidarisch von allen
3 Zügen der 5./170 zum Vertrauensmann gewählt worden. In der Kompanie hatte es sich schnell herumgesprochen, daß Dieter seine
Rechte (Soldatengesetze) kennt.
Wie wir erfahren konnten, hat er
bei Diziplinarangelegenheiten
nicht nur von seinem Anhörrecht,
gebrauch gemacht, sondern ...

Denn nicht umsonst haben mehrer
Soldaten der 5./170 Beschwerde
gegen die Absetzung Dieters als
Vertrauensmann eingelegt.
Wir meinen: Die Absetzung von
dem Gefreiten Dieter Grzonka al
Vertrauensmann ist ein ungeheue
licher Vorgang!!!
Hier bewahrheitet sich die bere
tigte Forderung von Soldat 74:
Vertrauensleute brauchen Mitspracherecht, um sich wirksam f
die Soldaten einsetzen zu könne
Dazu gehört auch, daß Vertrauen
leute nur von den Soldaten wied
des Amtes enthoben werden dürfe
welche sie selbst ...
gewählt haben!

Ausschnitte aus Soldat 74

Soldaten für den Frieden -

Soldat'74

Mehr Rechte für Soldaten

I. Wehrpflichtige sagen ihre Meinung

Wir sind junge Arbeiter, Angestellte, Schüler und Studenten, die · Zeit ihren Wehrdienst ableisten.

Viele von uns haben an Aktionen gegen Wehrkundeunterricht und Bundeswehrhochschulen teilgenommen und so ihren Willen nach einer friedlichen gesellschaftlichen Entwicklung ausgedrückt.

Immer mehr Jugendliche der Bundesrepublik wehren sich gegen Rüstung und Militarismus. Sie fragen sich: Warum steigt der Rüstungsetat, obwohl ein politischer Entspannungsprozeß sich besonders in Europa mehr und mehr durchsetzt? Warum werden trotz-

Probleme der Soldaten und undemokratische Vorgänge in der Bundeswehr unterrichtet werden. In einigen Standorten sind die Soldatenarbeitskreise Mitglied des Stadtjugendringes oder streben diese Mitgliedschaft an. Sie entwickeln sich überall dort zu wirkungsvollen Sprachrohren der demokratischen Soldaten, wo sich Gewerkschaften und demokratische Jugendverbände

den Problemen der Wehrpflichtigen zuwenden. Wir sind entschlossen, unsere Gedanken in die Kasernen, Betriebe, Gewerkschaften und Jugendverbände zu tragen.

Wir rufen unsere Kameraden, die Gewerkschaften und die Jugendverbände darum auf, dieses Programm zu diskutieren, es weiter zu entwickeln und um seine Verwirklichung zu kämpfen.

Wir verlangen auch als Soldaten die Gewährleistung unserer Grundrechte und fordern:

- Freie politische und gewerkschaftliche Betätigung aller Soldaten im Rahmen des Grundgesetzes außerhalb und innerhalb der Kasernen.
- Freistellung zur Ausübung des passiven Wahlrechts auch für Wehrpflichtige.

Soldat '74

- Jugendvertreter, gewerkschaftliche Vertrauensleute und junge Betriebsräte müssen vom Wehrdienst und Zivildienst freigestellt werden.
- Freie Betätigung aller demokratischen Organisationen in der Bundeswehr.
- Sofortige Änderung von Kasernen- und Schiffsnamen, die eine reaktionäre und militaristische Tradition verkörpern und Umbenennung nach Demokraten, Widerstandskämpfern und Antifaschisten.
- Mitbestimmung über Inhalte der „Aktuellen Information". Freie Wahl der Referenten.

smöglichkeiten liegen. Wir
…en, daß die Mannschafts-
…n nicht länger unter Aus-
…der Wehrpflichtigen betrie-
…rden dürfen. Die Kantinen-
…ürfen sich nicht länger auf
Kosten bereichern. Wir wol-
Kantinen selber führen und
…waltung und Preisgestaltung
…ssttattung der Aufenthalts-
…für Mannschaften in den
…pausen muß erheblich ver-
werden

…glichkeiten für die Freizeit-
…ng für Wehrpflichtige sind
…men unzureichend.
…er versauern wir nach
…schluß im Kasernenbereich
…ns wird in teuren Disko-
…Gaststätten und Kinos am
…s Geld aus der Tasche ge-

…ist gerade für uns Wehr-
…ge mit unseren bescheide-
…anziellen Mitteln ein viel-
…Freizeitangebot bei niedri-
…sen die wichtigste Voraus-
…für eine sinnvolle Gestal-

III. Mehr Rechte für die Wehrpflichtigen

Täglich erleben wir in der Bundeswehr: Nach wie vor endet z. B. das Recht auf freie Meinungsäußerung vor dem Kasernentor. Wer seine Meinung kritisch und offen zu allen Fragen sagt, wird daran gehindert und bekommt Druck.

Angriffe von Vorgesetzten auf im Grundgesetz verbriefte Rechte z. B. auf Informationsfreiheit, Meinungsfreiheit sind an der Tagesordnung. So wurden in einer Ulmer Kaserne Jugend- und Gewerkschaftszeitschriften wie elan, ran, Metall und andere als „Zersetzungsmaterial" beschlagnahmt.

Bereits 1970 wurde die Diskussion der demokratischen Wehrpflichtigenstudie „Soldat '70" auf Befehl des Generalinspekteurs der Bundeswehr verboten.

In der letzten Zeit häufen sich Fälle, daß Wehrpflichtige — obwohl sie ihren Dienst korrekt ver-

— Kein Soldat darf wegen seiner religiösen, weltanschaulichen und politischen Überzeugung und Aktivität im Dienst oder bei Beförderungen benachteiligt werden.
— Entfernung reaktionärer Offiziere aus der Bundeswehr.

Mit einer neuen Wehrdisziplinar- und Wehrbeschwerdeordnung (WDO WBO) wurden die Rechte der Soldaten weiter verringert: Der Kompaniechef kann Arreststrafen bis zu sieben Tagen verhängen. Die direkte Beschwerde an den Bundesminister der Verteidigung ist nicht mehr möglich. Bei Zurückweisung einer Beschwerde durch das Truppendienstgericht werden die Kosten des Verfahrens auf den Beschwerdeführer abgewälzt. Nach den Vorstellungen der Bundeswehrführung soll der Vertrauensmann williges Werkzeug der Kompanieführung sein. Vertrauensleute, die sich aktiv für die Interessen ihrer Kameraden einsetzen, haben mit Repressalien zu rechnen. In der Öffentlichkeit wurde ein Befehl des Kommandeurs der 3. Panzerdivision bekannt,

Vertrauensleutewahl kandidiert, wird registriert und überwacht. Vertrauensleute, bzw. Kandidaten für dieses Amt, wurden aus ihren Einheiten abkommandiert oder versetzt. Disziplinarvorgesetzte beantragen bei den Truppendienstgerichten die Abberufung von Vertrauensleuten, die das volle Vertrauen ihrer Kameraden haben.

— Unsere gewählten Vertrauensleute dürfen nicht versetzt oder abkommandiert werden. Sie dürfen nur von denen abgewählt werden, von denen sie ihr Mandat erhielten.
— Vertrauensleute dürfen Versammlungen der Soldaten einberufen.
— Wahl von Vertrauensleuten auf Bataillons-, Brigade- und Divisionsebene.
— Beschwerderecht der Vertrauensleute für ihre Kameraden.
— Mitbestimmung der Vertrauensleute bei der Erstellung des Dienstplanes.
  Mitbestimmung der Vertrauensleute über personelle Entscheidungen im Kompanierahmen.
— Mitbestimmung bei der Urlaubs- und Wochenenddienstbefreiungsregelung, um erpresserischen Druck durch Vorgesetzte gegen einzelne Soldaten auszuschließen.

Wir fordern:
— Herabsetzung der Wehrdienstzeit und Zivildienstzeit auf zwölf Monate.
— Erhöhung des Wehrsoldes auf 90 Prozent des vor der Wehrdienstzeit erreichten Nettoeinkommens, mindestens aber 500 DM bei jährlicher Angleichung des Mindestbetrages an die allgemeine Lohnentwicklung.
— Zwei gesetzlich garantierte freie Wochenenden im Monat und Vergütung der Wochenenddienste.
— Verlängertes Wochenende für Soldaten aus weiter entfernt gelegenen Standorten.
— Freie Benutzung öffentlicher Verkehrsmittel zwischen Heimat- und Standorten und im Standort selbst.
— Gewährung eines mindestens 14tägigen gewerkschaftlichen oder politischen Bildungsurlaubs im Jahr für jeden Wehrpflichtigen.
— Erhöhung des Jahresurlaubs für Wehrpflichtige auf 6 Wochen.

Wir fordern:
— Weg mit der Notstandsgesetzgebung, die den Bürgerkrieg einplant!
— Schluß mit der Erfassung von Bundesbürgern auf den „schwarzen Listen" des MAD!
— Wir fordern die Bundesregierung auf, alle Notstandsübungen, alle Manöver und Planspiele mit Bürgerkriegscharakter zu verbieten!

IV. Die Bürger-kriegsarmee

Uns wird immer wieder gesagt: Die Bundeswehr schützt die Freiheit der Bürger unseres Landes.

Wir haben das Gegenteil erfahren. Im Jahre 1968 wurden die Notstandsgesetze verabschiedet. Sie ermöglichen den Einsatz der Bundeswehr im Innern unseres Landes. Wir sollen gegen unsere eigenen Kollegen in den Betrieben, wir sollen am Ende gegen uns selbst und unsere Interessen vorgehen: Im Mai 1973 probte die 2. Jägerdivision bereits den Einsatz gegen Henschel-Arbeiter in Kassel.

Auf dem wehrpolitischen Kongreß der CSU im Herbst 1973 schlug der Bundeswehrexperte der CDU, Manfred Wörner, vor, die Bundeswehr mit einem „Netz von Vertrauensleuten der CDU/CSU" zu überziehen.

So wird ein Spitzelsystem aufgebaut, so wird die Aufstellung einer Putschtruppe begünstigt. Im Jahr 1973 hat der „Militärische Abschirmdienst (MAD)" rund drei Millionen Bundesbürger überprüft. Rund 66 000 Bürger unseres Landes wurden vom militärischen Geheimdienst in schwarzen Listen für

4.Komp.PzGrenBtl.13
Verletzung seit.....
Art: Armbruch links
Bemerkung: Er ist vom Gebrauch des linken Arms befreit.
Hiermit wird der Kamerad lächerlich gemacht und bloßgestellt.

Am 8. September war in der Kaserne 'Tag der offenen Tür' mit Vereidigung der Rekruten. Da wir vor der Vereidigung Propaganda für die Verweigerung des Gelöbnisses machten (Flugblätter etc.) und auch sonst nicht ganz unbekannt waren, erschien einige Tage vor dem 'großen Ereignis' der MAD und stellte Fragen über politische Einstellung etc. Man konnte merken, daß die Offiziere nervös waren, es könnte etwas schief gehen an jenem Tag. Trotzdem hatten wir am 8. September 16 Mann zusammen, die das Gelöbnis nicht mitsprachen, erschreckend viel für die Herren Offiziere, da es im letzten Quartal nur zwei waren. An diesem Tag mußten wir auf den Stuben bleiben und durften nicht aus den Fenstern sehen, damit das 'einheitliche Bild' für die Zivilbevölkerung nicht zerstört würde. In dem Kasernengelände hielten sich zu der Zeit 30 MAD-Männer und Einzelkämpfer in Zivil aus unserem Bataillon

In der 5./170 ist dauernd was los!!!
Nun,es sind nicht immer dieselben...
Sie tun auch nicht immer dasselbe...
Nur bestraft werden immer dieselben!
Am 22. März z.B. "feierten" die
Stuffze und Feldwebel der 5./170
eine Beförderung. Auch der Kp-Chef
Hauptmann Schäfer mixte ordentlich
mit.Es mußte ne dolle Stimmung da
gewesen sein. Denn bald hörte man
es im Uffz-Raum klirren.Gläser und
Flaschen flogen gezielt an die Wände.
Eine Wette wurde abgeschlossen. Ein
Fahrschullehrer mußte ein Krad 'rauf

holen lassen.Er fuhr auch bald krachend über den Flur in den Uffz-Raum
(22 Uhr!!!) Schäfer wollte auch mal
fahren und fuhr 'nen Tisch samt Spieß
gegen die Wand.Dann sollte noch der
Fahrlehrer mit dem Krad die Treppe
runter fahren.Der packte sich für
nichts und kam unter Beifall von
seinen Kollegen heil unten am UvD-
Zimmer an. Es war eben ein dummer
Jungenstreich auf höherer Ebene,
meinte Hauptmann Schäfer später.
Das war alles.
Nun, die 5./170 hat nicht nur Vor
gesetzte, sondern auch Reservisten,
die mal ihre Tageszahl begießen.
Im Mai wurde vor der Kompanie ein
Fischbassin gebaut, Das Wasser war
gerade ein paar Tage drin. Am 29.
Mai dachten sechs Reservisten mehr
an ihre Entlassung als an ihren
Zapfenstreich. Ihre Stimmung war
fast so gut wie die ihrer Vorgesetzten. Ein Reservist, ein wenig
überglücklich,sprang ins Fisch-
becken. Die anderen standen dabei

und hatten ihren Spaß daran. Das
Radio schalte ziemlich laut, so-
daß sich Hauptfeldwebel Heinz in
seiner Nachtruhe wohl gestört fühlte.
So kam er angerannt - im Schlaf-
anzug- wohl schwer als Hauptfeld
vom planschenden Gefreiten zu erkennen. Nach einem entsprechenden
Wortgefecht befahl Heinz dem UvD
die Namen der sechs Soldaten ins
UvD-Buch einzutragen.
Sollte etwa dieser dumme Jungenstreich Konsequenzen haben??
Tatsächlich: den sechs Soldaten
wurde die Pfingstdienstbefreiung

**Erzähl den Witz von der
Demokratie an der Bundeswehr
nochmal, Kollege.**

gestrichen und sie bekamen sogar
Ausgangsbeschränkung !! Außerdem
mußte jeder noch 100 (hundert) DM
Disziplinarbuße blechen !!!!!!!!!

Hier zeigt sich deut-
lich, wie wichtig die
Forderung von Soldat 74
Wir meinen:,   ist: Mitspracherecht
für Vertrauensleute bei
Disziplinarangelegen-
heiten!!

Ausfertigung

Truppendienstgericht Nord
- 2. Kammer -
Az. N 2 - GL ¿ 3/74

B e s c h l u ß :

In der Sache

des Gefreiten Hans - Dieter G r z o n k a ,
5./Transportbataillon 170, Rheine,
PK 250453-G-32510,
- Abberufung als Vertrauensmann § 22 Abs. 1
Vertrauensmänner-Wahlgesetz -

hat die 2. Kammer des Truppendienstgerichts Nord in ihrer
nichtöffentlichen Sitzung vom 16. Juli 1974 in Münster (Westf.),
an der teilgenommen haben:

Vorsitzender Richter am Truppendienstgericht Dr. B u r a u e l
als Vorsitzender,

o h n e   mündliche Verhandlung entschieden:

Der Gefreite Hans-Dieter Grzonka, 5./Transportbataillon 170
wird als Vertrauensmann abberufen.

Dr. Burauel   Rosenhäger   Falk

Oberstleutnant Falk,
Hauptgefreiter Rosenhäger
als ehrenamtliche Richter,

Truppendienstge- richt

G r ü n d e !

Der Soldat ist Vertrauensmann bei seiner Einheit der
5./Transportbataillon 176. Er dient als Wehrpflichtiger
in der Bundeswehr. Seine Dienstzeit endet am 33.09.1974.
Am 05. Juni 1974 stellte der Kommandeur Transportbataillon
176 den Antrag, den Soldaten gemäß § 22 Abs. 1 des Vertrauensmännerwahlgesetzes wegen grober Verletzung seiner
gesetzlichen Pflichten als Vertrauensmann abzuberufen.

Gegen den Soldaten wurden bisher wegen Verletzung seiner
Dienstpflichten folgende Disziplinarmaßnahmen verhängt:

1. am 23.08.1973 eine Disziplinarbuße von 100.-- DM, weil
   er in angetrunkenem Zustand randalierte, den Befehl
   des OvD ruhig zu sein, nicht befolgte, die Sicherungen
   im Sicherungskasten eines Flurs ausgeschaltet und dabei "Alarm" gerufen hat.

2. am 25.09.1973 12 Tage verschärfte Ausgangsbeschränkung,
   weil er die Waffenausbildung gestört, den Befehl eines
   Unteroffiziers, den Stahlhelm auf dem Kopf zu behalten,
   nicht ausgeführt und einen Ausbilder vor dem Zug bloßgestellt hat.

3. am 23.11.1973 mit 60.- DM Disziplinarbuße, weil er Tor-
posten den Befehl des Wachhabenden, die ausfahrenden
Kfz anzuhalten und zu kontrollieren, nicht befolgt hat.
Er hat trotz des Befehl des Wachhabenden, die Hände aus
den Taschen zu nehmen während der Wachbereitschaft, mehrfach die Hände in die Hosentasche gesteckt und einem
Unteroffizier wissentlich eine falsche Angabe gemacht.

4. am 28.12.1973 16 Tage Ausgangsbeschränkung, weil er
während des technischen Dienstes, in Führerhaus in
einem Lkw 5-tonner geschlafen hat.

5. am 28. Mai 1974 mit 14 Tagen Disziplinararrest, weil
er den am 20.04.1974 in Bonn veröffentlichten Aufruf
"Soldat 74" mitunterzeichnet hat. In diesem Aufruf
wird die Bundeswehr als Störfaktor in der Entspannungspolitik, als Wirkungsfeld reaktionärer Offiziere und
undemokratischer Hort des Militarismus angeprangert.
Die Ausführungen und der Aufruf zielen darauf ab, die
Bereitschaft der Wehrpflichtigen zum Wehrdienst und
das Vertrauen der Öffentlichkeit zur Bundeswehr zur
erschüttern und zu untergraben.

Der Antrag ist begründet, zulässig.

Gemäß § 22 des Vertrauensmännerwahlgesetzes kann der Ein-

heitsführer (Kommandeur, Lehrgangsleiter) beim Truppendienst-

Aus der „Muffe"

Freiheit für den Gefreiten Grzonka

Oberstleutnant Bartsch kneift

Am 2. Juli fand im Kolpinghaus in Rheine eine Solidaritätsveranstaltung für den Gefr Hans-Dieter Grzonka und für die Studie "Soldat 74" statt. 44 junge Leute und Wehrpflichtige waren gekommen. Vertreter des ADS Rheine, der DGB-Jugendgruppe Lingen, der Deutschen Friedensgesellschaft/Internationale der Kriegsdienstgegner Rheine und Emsdetten, der SMV der berufsbildenden Schulen Rheine, der SMV des Kopernikus-Gymnasiums Rheine sowie der Sozialistischen Schülergruppe Rheine, hatten zu dieser Veranstaltung eingeladen. Die einzelnen Gruppen gaben Stellungnahmen zur Reaktion der Bundeswehrführung auf "Soldat 74" und zur Studie selbst ab. Alle Gruppen erklärten sich mit dem Gefr.

Grzonka und der Studie solidarisch und forderten die sofortige Zurücknahme der Bestrafung.

In der anschließenden Diskussion schilderte Hans-Dieter Grzonka seine Lage. Zur Diskussion wurde auch der Kommandeur von Grzonka, OTL Bartsch, eingeladen, der jedoch der Veranstaltung fernblieb. Er bestraft zwar demokratische Soldaten, scheint aber nicht in der Lage zu sein, sein Verhalten zu rechtfertigen oder zu erklären. Hat ein Oberstleutnant etwa Angst vor einem Wehrpflichtigen? Aber trotz des Fernbleibens von OTL Bartsch wurde die Veranstaltung zu einem Erfolg. Alle Anwesende (mit Ausnahme von 2 älteren Herren) erklärten sich mit ihrer Unterschrift solidarisch mit dem Gefr. Grzonka. Inzwischen haben bereits hunderte von Rheiner Bürger und Soldaten ihre Unterschrift für den Gefr. Grzonka abgegeben.

(PS/SG)

Empfehlungen

Beate Reinecker

Lass dich nicht verbiegen!
Lass dich nicht brechen!

Ratschläge & Ermutigungen
aus der praktischen Philosophie

VERLAG
AUF DER
WARFT

ISBN: 978-3-939211-86-0
Bestellen über den Verlag:
Auf der Warft - Münster

Beate Reinecker

Leuchte durch dein Leben Band 1

Leben mit Verantwortung 1-7

Die Frage nach dem Glück kann man nicht ohne eine Aufklärung über die vielfältigen Fallen und Irrwege im Leben eines Menschen beantworten. Die Freiheit und Selbstbestimmung des Einzelnen hängen unmittelbar mit dem Erleben von Glück zusammen. Diese vielfältigen Aspekte bilden den thematischen Schwerpunkt dieses 1. Bandes: Ein Mensch, der wie eine Marionette an Fäden zappelt und nicht mehr das Lebensruder in der Hand hält, wird nicht das Glück eines selbstbestimmten Lebens erfassen können. Freiheit und Selbstverantwortung gehen Hand in Hand. Deshalb ist die Erarbeitung eines ethischen Standpunktes die Basis eines menschenwürdigen Lebens. Diese Ermutigungen aus der praktischen Philosophie sparen nicht mit gesellschaftspolitischer Kritik. Es ist ein unerschrockenes, philosophisches Primärwerk, das zudem in seiner literarischen Art und Begrifflichkeit besticht.

Taschenbuch 14.95 €   **ISBN:** 978-3743149717

Portrait

Beate Reinecker. 1959 in Essen geboren, studierte sie Philosophie und Germanistik in Münster. Sie ist Mutter von zwei erwachsenen Kindern. Ihre philosophische Art der Betrachtung menschlichen Handelns fanden ihren Ausdruck in der Malerei, indem Sie beeindruckende Collagen schuf, woraus sie ihre literarischen Werke entwickelte. So erschien bereits eine Auswahl ihrer Bilder 2010 unter der Überschrift «Flammendes Herz». Im Jahre 2014 stellte sie ihr erstes, umfassendes Buch mit dem Titel «Lass dich nicht verbiegen! Lass dich nicht brechen!» im Rahmen der Frankfurter Buchmesse vor. Das positive Feedback motivierte sie, ihr philosophisches Werk fortzuführen, woraus diese beiden Bände 1 und 2 «Leuchte durch dein Leben!» entstanden.

Beate Reinecker

Leuchte durch dein Leben! Band 2

Leben mit Verantwortung 8-12

Die Glücksphilosophie, einer der zentralen Aspekte des 1. Bandes, wird in diesem 2. Teil um den ethischen Anspruch erweitert, der, aus der individuellen Selbstbestimmung erwachsen, eine gesellschaftliche Verpflichtung ableitet. Aus dem Blickwinkel der Autorin darf die Freiheit nicht losgelöst von der Selbstverantwortung betrachtet werden. Die eigene Würde und individuelle Selbstbestimmung müssen in dieser Gesellschaft immer wieder aufs Neue erkämpft werden. In privaten wie gesellschaftlichen Entscheidungen bedarf es wesentlicher Informationen und einer globalen Vernunft, um nicht Opfer von Fremdbestimmung zu werden, die stets einen schleichenden Demokratie-Abbau begleitet. Die Philosophin fordert den mündigen Bürger, der mit Mut für die Demokratie eintritt. Das Wahren der Würde und das Bewahren der Demokratie gehen Hand in Hand. Die Autorin macht Mut und wirkt durch ihre Authentizität.

Taschenbuch   14.94 €   **ISBN:** 978-3743134072

Dieter Reinecker

Wie ich die Dialyse fünf Jahre hinauszögerte!

Notwendig veränderte Auflage von: Wie ich der Dialyse entkam.
Ein Selbstversuch mit veganer Ernährung

Notwendig veränderte Auflage von: Wie ich der Dialyse entkam ... Ein Selbstversuch mit veganer Ernährung

Mit 57 Jahren erhielt der Autor die Diagnose:
Chronische Niereninsuffizienz im Endstadium.
Er musste sich entscheiden:
Nierentransplantation oder Dialyse.
Der Autor entschied sich gegen beides. Er forschte nach den Ursachen und den Zusammenhängen zwischen der Krankheit und seinem Leben. Welchen Weg er ging und wie er ihn ging, das beschreibt er nicht trocken, wissenschaftlich und nüchtern, sondern lebendig, humorvoll, aufregend und spannend wie ein Roman, so dass jeder verstehen kann, was es bedeutet, sich selber aus der tiefsten Krise seines Lebens herauszuarbeiten, dass es sich lohnt zu kämpfen, dass man Gewohnheiten ändern kann, dass man sein Leben ändern kann und wie wichtig es ist, die richtige Frau an seiner Seite zu haben. Ganz nebenbei erfährt der Leser nicht nur grundlegendes Wissen über Nieren und Ernährung, sondern auch einen einzigartigen Blick auf das Leben an sich.

Taschenbuch 19,95€
ISBN 978-3-7392-2347-6

Dieter Reinecker

Ein Weltraumwissenschaftler schaut über 30 Jahre täglich in seinen Monitor und beginnt, seine Gedanken in seine Lebenswirklichkeit zu transportieren.
Er gerät in die Fänge seiner Außerirdischen und findet Vergleiche zu seiner ersten Liebe, die er sein Leben lang unter Schuldgefühlen mit sich getragen hatte. Er beginnt, in seiner virtuellen Welt zu leben, sie wird seine Realität, und er flieht ....
Wer diesen Roman gelesen hat, wird ihn in seinem Leben nicht mehr vergessen!

Taschenbuch 9,99€
ISBN 978 3 7347-9309-7